Le cactus

SARAH HAYWOOD

Le cactus

ROMAN

Traduit de l'anglais
par Jessica Shapiro

DENOËL

J'AI LU

TITRE ORIGINAL
The Cactus

ÉDITEUR ORIGINAL
Two Roads, département de John Murray Press,
groupe Hachette UK, 2018

Pour Simon, Gabriel et Felix

Août

1

Je ne suis pas du genre à garder de la rancune, ruminer les désaccords ou douter des intentions d'autrui. Je ne me sens pas non plus obligée d'avoir le dernier mot à tout prix. Comme pour toutes les règles, bien sûr, il y a des exceptions. Je ne resterai pas les bras croisés si une personne se fait exploiter, de même si c'est moi qu'on exploite ; je ferai tout mon possible pour m'assurer que justice soit rendue. Il n'est donc pas étonnant que les événements qui se sont déroulés ce mois-ci ne m'aient laissé d'autre choix que de prendre des mesures immédiates et décisives.

C'est mon frère, Edward, qui m'annonça la mort de notre mère. Il n'était que cinq heures et demie un samedi matin, mais j'étais déjà réveillée ; penchée au-dessus de la cuvette des WC, je me demandais s'il fallait que je me fasse vomir ou que j'attende que la nausée passe. Vomir vous soulage quelques instants mais la sensation revient rapidement, donc, après une évaluation des avantages et des inconvénients, je décidai que la meilleure solution était d'attendre. Tandis que j'examinais mon reflet bilieux, le téléphone gazouilla dans la cuisine. Si peu de gens m'appellent sur mon fixe que je pressentis immédiatement une urgence concernant ma mère. Ce n'était pas une urgence. Il n'y avait d'ailleurs aucune raison pour que mon frère, Edward, m'appelle aussi tôt, sauf pour me prendre au dépourvu.

« Suze, c'est moi, Ed. J'ai une mauvaise nouvelle. Tu devrais peut-être t'asseoir.

— Qu'est-ce qu'il se passe ?

— Je sais pas comment te dire ça, Suze. J'ai bien peur que...

— Edward, reprends-toi. Elle est à l'hôpital ?

— Elle est partie, Suze. Morte la nuit dernière. Je suis rentré à deux heures ; j'avais bu quelques bières chez un pote. La lumière de sa chambre était encore allumée, alors j'ai frappé et j'ai passé la tête par la porte. J'ai su tout de suite à la manière dont elle était affalée. La généraliste est passée : accident vasculaire cérébral foudroyant, c'est ce qu'elle a dit. J'arrive pas à y croire. »

Je ravalai la vague nauséeuse et m'assis à la table de la cuisine. Je pris quelques instants pour rassembler des miettes de toast éparses.

« Suze... Suze ?

— Elle avait quand même soixante-dix-huit ans, finis-je par dire, et c'est vrai qu'elle avait déjà eu deux attaques. Ce n'est pas vraiment une surprise. » J'hésitai. Je savais que j'aurais dû me montrer compatissante mais ça ne me venait pas naturellement quand il s'agissait de mon frère. « Je comprends que ça n'a pas dû être drôle de la trouver comme ça, ajoutai-je. Désolée, je n'ai pas le temps de parler, il faut que je me prépare pour aller au travail. Je t'appellerai plus tard. Et Edward...

— Oui, Suze ?

— S'il te plaît, arrête de m'appeler Suze. »

Je ne m'attendais pas à devenir orpheline à quarante-cinq ans, un âge auquel la plupart des gens ont encore leurs deux parents, mais ma mère et mon père avaient plus de trente ans à ma naissance et mon père souffrait d'une certaine fragilité psychologique qui écourta sa vie. Je n'avais pas vu ma mère aussi souvent que j'aurais dû ces dernières années. Je suis fonctionnaire, chargée de projet (j'analyse des tas de données complexes et établis des rapports de performance détaillés) et lorsque je ne passe pas des heures à me débattre avec des chiffres et de la paperasse, je lutte contre des moulins à vent.

Je lui rendais d'autant moins visite qu'Edward vivait de nouveau chez ma mère et que lui et moi ne partageons pas la même perspective de la vie – pour rester poli. À vrai dire, nous nous mettons en quatre pour éviter de nous voir. Mon frère n'a que deux ans de moins que moi ; mais du point de vue de son développement émotionnel et psychologique, figé à la fin de son adolescence, on lui en donnerait trente de moins. J'ajouterais que ce n'est pas dû à un quelconque trouble mental mais à son caractère velléitaire et égocentrique. Pendant que je travaillais dur pour construire une carrière et une vie stables, Edward titubait de job minable en relation insignifiante et en appartement miteux. Pas surprenant qu'à quarante ans, il soit retourné en rampant vivre chez notre mère.

Apprendre la mort d'un parent proche est un choc, même si ce parent était âgé et malade. Assise en silence, je pris quelques minutes pour rassembler mes esprits. De toute façon, comme j'étais à Londres et le corps de ma mère à Birmingham, je ne pouvais pas faire grand-chose de concret. Je décidai donc de me rendre au travail et de me comporter normalement, du moins aussi normalement que possible en dépit de cette nausée persistante. Au bureau, je ne parlerais pas de la mort de ma mère. J'imaginais l'orgie de petits soins et de soupirs, les étreintes moites et les expressions de tristesse face à la nouvelle de la disparition d'une personne qu'ils n'avaient jamais rencontrée et dont ils ignoraient l'existence. Pas vraiment ma tasse de thé.

À la sortie du métro, je fus accablée par la chaleur, assez forte pour fondre le carré de macadam fraîchement coulé à cet endroit. Le bruit et les gaz d'échappement de la circulation ralentie semblaient amplifiés et l'intensité brûlante du soleil me picotait le fond des yeux. Une fois arrivée dans le havre tout relatif de mon bureau, situé dans le coin le plus tranquille de l'*open space*, j'allumai le ventilateur et le plaçai devant mon visage. Quelque peu revigorée, j'examinai, comme chaque matin, les cactus alignés sur ma table. Ayant vérifié qu'aucun n'avait pourri ni ne paraissait flétri ou desséché, je les époussetai à l'aide d'un pinceau doux, m'assurai que le compost avait le bon niveau d'humidité puis les pivotai pour maintenir une exposition homogène à la lumière du jour. Cette tâche accomplie, j'ouvris un dossier. J'espérais qu'en me plongeant dans ce rapport particulièrement ardu, que je devais soumettre à mon responsable la semaine suivante, je parviendrais à chasser les événements de la matinée au fond de mon esprit.

Pour une diplômée de droit, je n'ai peut-être pas le job le plus stimulant au monde, mais il me convient. Alors que la plupart des étudiants de ma promo ont poursuivi leurs études pour devenir notaire ou avocat, j'ai plutôt été attirée par la sécurité d'une carrière dans l'administration : les salaires, peu généreux mais stables, le plan de retraite convenable et le fait que je ne subirais pas les caprices des associés ni du procureur. Bien que mon diplôme ne me serve pas à grand-chose dans mon travail et que je ne possède pas le genre d'expertise que j'aurais acquise grâce à une formation professionnelle, ma vaste connaissance du droit et des rouages de la bureaucratie me sont remarquablement utiles quand il s'agit d'exercer un recours.

La vie de bureau serait supportable si je n'avais pas de collègues. Ce jour-là pourtant, encore plus que d'habitude, il me fallut affronter une série de contrariétés et de désagréments. Par exemple, il était à peine dix heures trente quand me parvint l'odeur de plat chinois que l'un de mes collègues les plus corpulents aime réchauffer dès le matin dans le micro-ondes de notre minuscule kitchenette. La bile me montait à la gorge et il me fallait un grand verre d'eau fraîche si je voulais éviter de courir de toute urgence aux toilettes. Je réussis à atteindre la fontaine à eau, où je tombai malheureusement sur Tom, un assistant administratif fringant recruté récemment, dont la barbe luxuriante était parsemée de miettes de baguette.

« Hé, Susan ; tu tombes bien. Je voulais te dire, j'ai créé un groupe Facebook pour organiser des sorties au pub et raconter les trucs qui se passent au bureau. Demande-moi en ami et je t'ajoute au groupe.

— Ça ne fait pas longtemps que tu travailles ici, pas vrai ? dis-je en remplissant mon verre d'eau. Tout le monde sait que je ne suis pas sur Facebook.

— Ouah, c'est vrai ? Alors comment tu communiques avec les gens ? Tu es sur Instagram ou sur WhatsApp ? Je peux toujours créer un groupe là aussi.

— Je ne suis sur rien du tout. J'ai remarqué que décrocher le téléphone ou envoyer un texto fonctionne en général.

— Ouais, ça marche pour, genre, ta mère ou je sais pas, mais comment tu peux rester en contact avec tes potes d'enfance ou de fac ? Comment tu fais pour organiser ta vie sociale ? »

Je n'étais pas d'humeur. Allez savoir pourquoi, mes yeux piquaient – peut-être à cause de l'éclairage éblouissant des néons. J'expliquai en quelques mots que je n'avais aucune envie de rester en contact avec des gens que j'avais vaguement connus des années auparavant et que j'aimais que ma vie reste simple. S'il se sentait obligé de m'informer des fêtes de bureau ou de toute autre question importante, qu'il m'envoie un e-mail. J'aurais pu suggérer qu'il franchisse les quinze mètres qui séparent son bureau du mien mais je n'aime pas encourager ce genre de choses.

Peu après treize heures, au moment où je jetais le sandwich au beurre que j'avais espéré pouvoir avaler, et tentais encore une fois de rassembler mes pensées, je fus irritée de voir Lydia – une trentenaire fraîchement célibataire – qui parcourait à grands pas le périmètre de la pièce. Toutes les minutes, elle jetait un œil à son poignet. Je devais commencer l'analyse des colonnes de chiffres que j'avais imprimées avant ma pause mais les déambulations de ma collègue m'en empêchaient.

« Lydia, tu fais exprès d'être exaspérante ? » m'écriai-je à son quatrième tour de piste.

Elle me répondit qu'on lui avait offert un bracelet connecté pour son anniversaire et qu'elle faisait ses dix mille pas par jour. Il fallait qu'elle retrouve la forme, maintenant qu'elle était « de retour sur le marché » – ce n'est pas ainsi que je décrirais notre statut commun de femme célibataire. Au cinquième tour, je lui demandai pourquoi elle n'allait pas marcher dehors, comme tout le monde. Apparemment, elle ne pouvait pas ; elle avait un rencard ce soir-là et ne voulait pas finir couverte de sueur et de crasse à force d'arpenter les rues. Au sixième tour, elle déclara que si je m'intéressais tant à ce qu'elle faisait, je pouvais la rejoindre. Je déclinai l'invitation. Au septième tour, je fus prise d'une terrible envie de l'étrangler. J'avais désespérément besoin de silence et de calme pour survivre à cette journée atroce. Je lui suggérai de monter et descendre les escaliers ; de cette manière, elle perdrait deux fois plus vite les kilos qui dépassaient de son arrière-train.

« J'ai compris, Susan », grogna-t-elle avant de changer de cap et de prendre la porte. Je suis sûre que je ne fus pas la seule à pousser un soupir de soulagement.

Dans l'après-midi, Tom – rivalisant avec Lydia pour le titre du collègue le plus agaçant de la journée – se faufila jusqu'à mon bureau. Je tentai de l'ignorer mais il semblait déterminé à attendre planté là que je m'intéresse à lui.

« J'organise une tournée des bars pour une association caritative le mois prochain et je me demandais si tu voudrais me parrainer, dit-il. Je peux t'envoyer le lien par e-mail vers la collecte de fonds, puisque tu ne comptes pas rejoindre de sitôt le vingt et unième siècle.

— Quelle association caritative ? demandai-je en lâchant mon stylo.

— J'ai pas encore décidé. Je sais juste qu'il faut que je donne un sens à ma vie. Pour les pandas, par exemple – j'adore les pandas –, ou pour enrayer le réchauffement climatique parce que ce truc me préoccupe vraiment en ce moment. Mais il y a tellement de bonnes causes, je ne sais par où commencer ! » Il prit un air exagérément triste.

« Il paraît que l'association AVC fait du très bon travail », dis-je. Mes yeux se remirent à piquer.

« Peut-être, mais c'est pas très sexy. De toute façon, je crois que mon pote s'est rasé la barbe pour les victimes d'AVC l'an dernier. Je veux faire quelque chose de différent.

— Eh bien, reviens me voir quand tu te seras décidé », répondis-je en m'éloignant de lui sur mon fauteuil à roulettes.

Ces jours-ci au bureau, tout le monde lève des fonds. Avant, ça arrivait une ou deux fois par an mais, désormais, c'est un flux continu : association caritative par-ci, parrainage par-là, marche, course à pied, course cycliste, natation, escalade, descente en rappel, trekking, cross dans la boue. Je ne me plains pas, entendons-nous. Je soutiens de tout cœur les gens qui consacrent leur énergie aux autres plutôt qu'à eux-mêmes – enfin, sans compter les bienfaits pour la santé et le sentiment de vertu qui en découlent. Cela étant dit, les interactions personnelles qui semblent faire partie intégrante de ce genre de démarche ont effectivement un impact sur la productivité au travail. Je décidai d'en toucher un mot à Trudy, ma supérieure, même si je ne m'en sentais pas vraiment le courage. J'aurais mieux fait de m'abstenir : elle se révéla elle aussi être source de frustration.

Trudy a rejoint notre département le même jour et au même grade que moi, c'est-à-dire au temps des dinosaures. Au début, elle me tannait pour qu'on boive un café à midi ou un verre de vin après le travail, mais elle s'est vite rendu compte qu'elle perdait son temps. Depuis, Trudy s'est hissée à coups de griffes au sommet vertigineux de la gestion d'équipe tout en s'arrêtant quatre fois pour congé maternité. Des photos des produits finis de ces intermèdes sont exposées, bien en évidence, sur son bureau, dans toute leur gloire édentée et pleine de taches de rousseur.

Pendant qu'elle se calait dans son fauteuil, avec un sourire indulgent, je lui expliquai combien il serait logique, en termes de rendement, d'accorder aux collègues un seul créneau par mois pour la promotion de leur association caritative, le recrutement de mécènes et la collecte de fonds. Trudy, se croyant drôle, sans doute, répondit qu'il serait plus logique, en termes de rendement, de m'accorder un seul créneau chaque mois pour faire mes suggestions quant à l'augmentation de la productivité. Elle gloussa ; pas moi. Peut-être sentit-elle mon mécontentement face à sa réaction, car son expression passa de l'hilarité à l'inquiétude. Elle me demanda si j'allais bien, si j'avais attrapé le rhume estival qui courait en ce moment. Alors qu'elle me tendait sa boîte de mouchoirs, j'inventai une excuse et quittai la pièce.

Dix-huit heures trente. Les seuls bruits étaient le bourdonnement lointain de l'aspirateur, de plus en plus fort à mesure qu'il s'approchait du bureau désert, et celui des pensées rebelles qui se bousculaient de nouveau dans ma tête. J'étais en train d'éteindre mon ordinateur et de ranger mon téléphone dans mon sac quand notre femme de ménage roumaine, Constanta, poussa la porte et entra, à bout de souffle. Je me préparai à notre échange habituel.

« Bonsoir, Susan. Comment ça va aujourd'hui ?

— Très bien, mentis-je. Et vous ?

— Bien, bien. Je toujours bien. Vous dernière personne au bureau ?

— Comme d'habitude.

— Ah, vous travaille dur, Susan, comme moi. Pas comme les autres paresseux. »

Elle s'approcha de mon bureau et se pencha pour chuchoter à mon oreille d'un air conspirateur, son souffle chaud sur ma peau :

« Celui-là, là-bas. Il tombe ses mouchoirs sales sur sol. Mouchoirs pleins de morve et crottes de nez. Et celle-là. Elle laisse tasses partout sur son bureau, couvertes de rouge à lèvres gras. Pourquoi elle pas les range dans cuisine ? Elle a moitié de placard plein. Avant, je rangeais bureau, maintenant j'embête pas moi. Je pas sa maman. Gros bébés. » Elle se redressa. « Alors Susan, vous toujours pas un mari ? » Si ça avait été quelqu'un d'autre, je lui aurais dit de se mêler de ses affaires, mais elle et moi avons la même conversation chaque jour et je connais mes répliques :

« Vous voulez rire !

— Vous femme très raisonnable. Les hommes ! Nous se tue à gagner argent et après, nous se tue à la maison encore travailler. Et qu'est-ce qu'ils font quand eux travail fini ? Ils s'allongent dans canapé et s'attendent qu'on serve, ou ils disparaissent Dieu sait où avec leur paye et reviennent poches vides. Mon mari, Gheorghe, il disparu comme fumée – *pouf*. Laisse quatre filles à moi pour élever. Elles toutes mariées maintenant, tous leurs maris bons à rien aussi. J'ai trois travails ménage pour envoyer argent à elles. Je leur dis cacher sous plancher.

— Elles ont de la chance d'avoir une mère comme vous », dis-je tout en vérifiant que ma carte de transport était dans ma poche et en éteignant mon ventilateur. Je m'arrêtai ; aujourd'hui, ces mots sonnaient différemment.

Constanta rayonnait. « Nous pareilles, vous et moi. Nous sait ce qu'on attend de la vie et comment arriver là. Nous pas s'inquiète ce que les autres ils pensent. Vous êtes bonne personne, Susan. »

Elle leva la main pour me pincer la joue, se souvint que j'esquive toujours un tel contact physique puis alla brancher son aspirateur de l'autre côté de la pièce. En sortant de l'immeuble, écrasée encore une fois par la chaleur qui irradiait des pavés, je me félicitai d'avoir réussi à maintenir cette façade toute la journée malgré les assauts continus de mes collègues. Personne n'aurait pu soupçonner ce qui s'était passé ce matin-là. En même temps, je n'ai aucun mal à dissimuler mes sentiments. Vous verrez : c'est un de mes talents.

Arrivée à la maison, j'appelai Edward. Il était étrange de lui parler deux fois dans la même journée et aussi poliment, pour changer. Les circonstances voulaient que nous écartions nos différences non négligeables pour travailler ensemble, du moins jusqu'à ce que les obsèques aient lieu et que la succession soit réglée. Il m'apprit que les pompes funèbres étaient passées et qu'il avait provisoirement fixé le jour des obsèques au vendredi de la semaine suivante. Une crémation, dit-il. Je n'y voyais aucune objection ; je ne comprends pas cette envie que le corps d'un membre de sa famille se putréfie dans la terre détrempée, ni ce besoin de fréquenter un autel, comme si l'âme du défunt attendait, perchée sur la pierre tombale, que quelqu'un vienne lui rendre visite pour papoter un peu. Alors très bien ; nous étions d'accord.

« J'imagine qu'elle n'a pas laissé de testament, dis-je. Elle n'en a jamais parlé. Il faudra simplement diviser entre nous les produits de la vente de la maison et ses économies. Je m'occuperai de tout. »

Un silence. « En fait, Suze, elle a bien fait un testament. Il y a quelques semaines. Elle avait entendu une émission à la radio expliquant que tout le monde devrait en avoir un. Je lui ai dit que je pensais pas que c'était nécessaire mais tu la connais. » Je me rappelle avoir détecté un ton défensif dans sa voix, ou est-ce rétrospectivement ?

« Vraiment ? Elle ne m'en a pas parlé. »

Il avait déjà contacté le notaire pour l'informer du décès de notre mère, ce qui me parut témoigner d'un sens pratique remarquable de la part de mon frère, dont les capacités d'initiative n'allaient généralement pas plus loin que parier en ligne ou commander une pizza.

« Il m'a dit qu'il me recontacterait quand il aurait retrouvé le testament. Je le laisse se charger de tout. Ce genre de choses, ça me dépasse complètement. »

J'allais être très occupée au travail cette semaine-là. Il me fallait donc compter sur Edward, en dépit de mon instinct et du bon sens. Je lui donnai des instructions méticuleuses concernant la déclaration de décès ; je lui transmis une liste de lieux pour la réception et lui rappelai l'existence du carnet d'adresses de ma mère pour qu'il y trouve les coordonnées des amis à prévenir. Lorsque je lui demandai s'il serait capable de faire tout cela, il grogna.

Il était vingt et une heures quand je raccrochai. Je n'avais rien mangé de la journée à part deux gâteaux secs au petit déjeuner ; j'avais la tête qui tournait. Je fis cuire un peu de riz blanc et m'assis à la table de la cuisine pour combattre la nausée. Les hurlements du bébé à l'étage ainsi que la puanteur des poubelles des voisins d'à côté s'infiltrèrent par les portes-fenêtres entrouvertes qui donnent sur ma cour arborée. Il faut que je vous explique : j'habite un appartement du sud de Londres, au rez-de-chaussée d'une ancienne maison victorienne.

Je l'ai loué pendant plus de dix ans, jusqu'au jour où le propriétaire a décidé de vendre. J'avais alors économisé suffisamment d'argent sur mon salaire minable de fonctionnaire pour payer l'apport. Je suis donc maintenant propriétaire ou, plus exactement, détentrice d'un énorme crédit immobilier.

Tandis que je cherchais le courage de porter ma fourchette à ma bouche, je regardais Winston, le chat de mon voisin, un matou roux trapu, faire méticuleusement sa toilette sur mes dalles en terre cuite. Je ne raffole pas particulièrement des chats ; je n'aime pas leur façon de détaler sous les voitures garées ou de se faufiler entre les grilles quand vous les appelez gentiment. Pourtant Winston fait exception. Il ne bouge pas quand vous l'approchez et tolère les caresses jusqu'à ce qu'il en ait assez ; puis il bâille, s'étire et s'éloigne tranquillement à pas feutrés. Personne ne l'intimide et il ne ressent pas le besoin de se faire bien voir. Il me rappelle *Le Chat qui s'en va tout seul*, de Kipling, l'une de mes histoires préférées lorsque j'étais enfant. Je me souviens de mon père, dans ses moments les plus lucides, qui m'asseyait sur ses genoux pour me la lire, dans un volume abîmé des *Histoires comme ça*. Tout en observant Winston, je me demandai où se trouvait ce livre à présent. Probablement au fond d'un carton oublié dans le grenier de la maison familiale, ce qui me fit penser à l'effort qu'il faudrait fournir pour la vider avant de la vendre. Dans l'état où je me trouvais, cette pensée m'était insupportable.

Lorsque j'appelai Edward le lundi soir pour vérifier l'avancée de ma liste de tâches, le téléphone sonna bien trop longtemps. J'allais raccrocher, quand une voix qui n'était pas celle d'Edward marmonna : « 'llô ? » J'hésitai, m'excusai d'avoir fait un faux numéro et raccrochai avant de me souvenir que j'avais composé le numéro préenregistré de ma mère. Je rappelai immédiatement. Encore une fois, le même salut désinvolte.

« Je viens d'appeler. C'est bien la maison des Green ? Patricia Green – feu Patricia Green – et son fils Edward ?

— Ouais, c'est bien ça.

— Je suis la sœur d'Edward, Susan. J'aimerais lui parler tout de suite.

— Ah, Susan. Ouais, euh, bien sûr. Je vais voir s'il est dans le coin. »

Des murmures, suivis d'un « Salut Suze » anormalement joyeux. « Comment ça va ?

— Edward, c'est qui ce type et pourquoi est-ce qu'il décroche le téléphone de notre mère ?

— Ah, lui, c'est Rob. Je lui ai dit qu'il pouvait pieuter ici quelques semaines, le temps de s'organiser. Il revient de voyage. C'est un mec super.

— Ça m'est égal qu'il soit super. Je ne veux pas d'inconnus dans la maison de notre mère. Dis-lui qu'il va devoir partir. Elle vient à peine de mourir et la maison est pleine d'objets de valeur.

— Écoute, Suze…

— *Susan.*

— Écoute, je connais Rob depuis la fac. Tu l'as rencontré une ou deux fois, il y a des années. Il a besoin d'un petit coup de main en ce moment. Il était là pour moi quand j'ai traversé des moments difficiles et maintenant je suis là pour lui. Je vais pas le virer – il a nulle part où aller. »

La loyauté de mon frère envers ses copains de beuverie est vraiment touchante.

Je décidai de régler ce problème en personne lorsque je serais à Birmingham. Il ne me faudrait pas longtemps pour mettre ce fameux Rob à la rue. Je détournai donc la conversation vers la question plus pressante des préparatifs des obsèques. Edward me dit que je serais heureuse d'apprendre qu'il s'était occupé de la réception : il avait loué l'arrière-salle d'un pub appelé The Bull's Head.

« On peut apporter à manger si on veut et se servir au bar », fit-il avec fierté.

Je lui expliquai que c'était totalement déplacé ; il lui faudrait annuler la réservation immédiatement. « Maman ne buvait jamais d'alcool. Elle aurait été horrifiée que sa réception ait lieu dans un pub.

— Tu déconnes ? Elle aimait se prendre un xérès ou un demi panaché de temps en temps. Et puis elle voudrait que les gens s'amusent, ce qu'ils feront au Bull's Head. Les tasses en porcelaine et les politesses, elle en aurait pas voulu.

— C'est exactement ce qu'elle aurait voulu. C'est comme ça qu'elle était ; pas le genre à descendre des pintes de bière et à faire la bringue.

— Eh bien c'est comme ça que ça va se passer, Suze, et tous les invités vont s'amuser, raconter des histoires drôles à son sujet et picoler un peu s'ils ont envie. Et si ça te plaît pas, tu peux toujours te casser. »

2

Il est facile de choisir la bonne tenue pour les grandes occasions. D'abord, il faut bien se connaître. Je suis menue et anguleuse, ce sont donc les tenues soignées et ajustées qui me vont le mieux. Ensuite, assurez-vous que chaque vêtement acheté est assorti au reste de votre garde-robe. Pour ma part, je n'achète que des habits gris anthracite ou noirs, des couleurs qui contrastent avec mes cheveux blonds. Enfin, jetez un œil de temps à autre à la rubrique mode des journaux. Je ne suis pas contre l'idée d'acheter d'autres tenues si une tendance me semble raisonnable. Quelle perte de temps frivole, me direz-vous, indigne d'une femme sérieuse. Pourtant, j'ai conçu cette méthode précisément pour ne pas passer mon temps à me préoccuper de mon apparence et pour être toujours habillée comme il faut. Bien entendu, l'application de telles techniques organisationnelles à d'autres aspects de votre vie quotidienne réduit considérablement la probabilité d'être mise en défaut par des imprévus.

Je défroissai une robe noire toute simple sur mon lit et posai dessus une feuille de papier de soie format A4 autour de laquelle je la pliai soigneusement. Puis j'enveloppai la robe dans une autre feuille et la rangeai au fond de ma valise. Je fis de même avec un gilet en cachemire noir. Je glissai du papier de soie à l'intérieur d'une paire d'escarpins noirs vernis, les mis chacun dans une pochette et les disposai dans la valise. La météo annonçait un temps sec et chaud à Birmingham pour les deux prochains jours mais comme je n'aime rien laisser au hasard, je répétai l'exercice de pliage avec un léger trench gris que je plaçai entre les chaussures. Après avoir ajouté une jupe en lin noir, un tee-shirt anthracite et un pull gris en coton fin, je roulai en boule mes sous-vêtements puis les insérai dans les espaces restants.

Alors que je fermais ma porte à clé et m'apprêtais à tirer ma valise vers Clapham North, le facteur me tendit une liasse de courrier, essentiellement des catalogues de boutiques où je ne me rappelais pas m'être rendue et des offres Internet. Je les fourrai dans ma boîte aux lettres pour les recycler à mon retour, ne gardant que les deux vraies lettres. Quand le métro étouffant ralentit puis s'arrêta juste après Leicester Square une demi-heure plus tard, je n'avais aucune raison d'imaginer qu'il ne redémarrerait pas de sitôt. Je tamponnai mon front à l'aide d'un mouchoir plié puis défis l'un des boutons de ma robe d'été en coton noir. Je relevai mes cheveux pour dégager ma nuque mais l'air immobile ne me permit pas de me rafraîchir. Quand j'expirais, mon souffle me faisait l'effet d'un sèche-cheveux. Il serait interdit de transporter du bétail dans de telles conditions, encore moins des humains.

La voix du conducteur grésilla par le haut-parleur : « *Toutes nos excuses pour ce retard. Je vous tiendrai informés de l'évolution de la situation.* »

En regardant autour de moi, j'eus d'abord l'impression qu'une nuée de papillons avait été enfermée avec nous ; de nombreux passagers se servaient de leur ticket comme d'un éventail, un geste certainement plus symbolique qu'efficace. Je m'estimais heureuse d'avoir trouvé une place assise, contrairement à la moitié des voyageurs, serrés devant les portes. J'aperçus mon reflet dans la fenêtre obscure en face de moi. Mon incapacité à manger ces derniers jours avait fait des dégâts : j'avais le teint cadavérique ; mes joues étaient creusées, mes yeux caverneux. Si je ne retrouvais pas rapidement l'appétit, je deviendrais squelettique en quelques jours. Compte tenu de mon état, était-ce tout à fait normal ? me demandai-je.

Le temps s'écoulait comme de la lave et la température ne cessait de monter. Les gens s'agitaient sur leur siège, écartant leurs vêtements de leur peau humide et glissant leurs pieds hors de leurs sandales. Quelle humiliation si je me mettais à vomir ! Cette pensée me rendit encore plus nauséeuse que je ne l'étais déjà.

« Eh merde, pas de réseau, bien sûr », grogna le bodybuildé à côté de moi, dont la sueur ruisselait le long des mollets nus jusque dans ses chaussures bateau en cuir flasque. Il tapota sans succès l'écran de son portable, maugréant qu'il serait allé plus vite à pied.

« *Encore désolé pour le retard* », reprit la voix du conducteur. « *Rassurez-vous, je vous tiendrai au courant dès que possible.* »

Deux vieilles dames aux cheveux gris assises en face de moi agrippaient les poignées de leur cabas, les doigts exsangues.

« Aucune chance pour que nous arrivions à temps.

— Si nous y arrivons tout court.

— Qu'est-ce que tu veux dire ?

— Tout le monde pense la même chose. De nos jours, il se passe toutes sortes de choses affreuses dans les grandes villes. Ça pourrait être un incident terroriste. C'est pour ça qu'ils ne nous donnent aucune information ; ils ne veulent pas qu'on panique. Ils ont peut-être trouvé un colis suspect ou été avertis qu'il y a un kamikaze à bord.

— Doux Jésus, Jan, ne dis pas ça. » La femme porta sa main à sa bouche.

Je n'ai pas pour habitude de parler aux inconnus, surtout dans les transports en commun, mais je me sens obligée d'aider les gens quand je le peux, même si cela me coûte. Je me penchai vers elles.

« Excusez-moi, mais je viens d'entendre votre conversation. J'habite à Londres et ce genre de choses arrive tout le temps. D'habitude, ce n'est pas aussi long mais je vous promets qu'il n'y a pas de quoi s'inquiéter.

— Comment pouvez-vous en être sûre ? » lâcha d'un ton sec l'oiseau de mauvais augure. « C'est impossible. Vous n'en savez pas plus que nous. Tout ce que je veux, c'est sortir d'ici *tout de suite*. »

Je me demande parfois pourquoi je me casse la tête.

« *Encore une fois, désolé pour le gros retard. On vient de m'informer que le métro précédent est tombé en panne à Tottenham Court Road. Les mécaniciens s'en occupent et nous espérons redémarrer bientôt.* »

L'annonce sembla mettre un terme à la patience générale et tout le monde se mit à parler en même temps.

« J'ai un train à Euston dans quinze minutes. »

« Je suis censé rencontrer un groupe d'étudiants étrangers au British Museum à la demie. »

« Je vais louper le début du film s'ils ne se remuent pas un peu. »

« Ça commence à devenir oppressant. »

« Il faut absolument que j'aille aux toilettes. »

J'aurais pu dire : « Ma mère est morte, ses obsèques ont lieu demain, je n'ai pas dormi depuis des jours et j'ai envie de vomir. » Bien sûr, je ne ferais jamais une telle chose ; je ne suis pas le genre de personne qui cherche la compassion.

« Vous savez qu'ils ont dû évacuer une rame en urgence le mois dernier ? » dit l'élégante femme noire assise à côté de moi. Elle posa son magazine. « Elle est restée coincée des heures entre deux stations, exactement comme la nôtre. Tous les passagers ont dû sortir par la porte du conducteur et marcher des kilomètres le long des voies, dans l'obscurité presque totale. Je parie que c'est ce qui va se passer. »

Il y eut un murmure de malaise général pendant lequel un homme maigre en bermuda, qui avait ôté sa chemise et l'avait nouée autour de la taille, s'approcha de nous d'un pas nonchalant. Il brandissait un téléphone portable qu'il pointa sur chacun de nous.

« Que pensez-vous de ce retard, mon ami ? » demanda-t-il en zoomant sur le bodybuildé. Ce dernier se cacha le visage derrière son journal.

J'étais la prochaine cible. « Et vous, m'dame, qu'est-ce que vous en pensez ?

— Vous êtes en train de filmer ?

— Ouais bien sûr. S'il s'agit en fait d'un incident majeur, je pourrai vendre les images à la télé ou aux journaux. Même si c'est mineur, ça pourra toujours intéresser quelqu'un. Sinon, je le mettrai quand même sur YouTube. Vous pourrez vous voir à l'écran, ma bonne dame.

— Éteignez ça, s'il vous plaît. Je n'ai aucune envie d'être aux infos ou sur YouTube.

— Elle a raison, renchérit ma voisine. Moi non plus, je n'ai pas envie de passer à la télé. Je ne suis pas coiffée ni rien. »

Les autres hochèrent la tête.

« Écoute, mon grand, fit le bodybuildé, je te demande très poliment mais fermement d'arrêter de filmer. Illico.

— Ou quoi ? Vous allez me forcer ?

— Si tu me cherches, oui.

— Attendez, dis-je, faisant un gros effort pour reprendre mes esprits. Je suis sûre que ça ne sera pas nécessaire. Si ce jeune homme a un minimum de bon sens, il arrêtera avant d'avoir des ennuis. J'aimerais juste vous signaler – je me tournai vers l'homme maigre – qu'il s'agit d'une violation de notre droit à la vie privée. Nous n'avons pas accepté d'être filmés. Nous pourrions vous poursuivre pour infraction aux droits de la personne. Êtes-vous sûr de pouvoir nous payer à tous des indemnités ? » Pures foutaises, bien sûr.

« C'est impossible, répondit-il, l'air moins sûr de lui. Et ces gens qu'on voit aux infos alors, dans les pays en guerre et tout ?

— Oui mais les images qu'on voit aux infos sont filmées dans l'espace public. Nous sommes tous ici en privé et à titre personnel. Aux yeux de la loi, c'est complètement différent. »

Il hésita, marmonna dans sa barbe puis éteignit son téléphone et le rangea dans la poche de son bermuda. Il regagna à pas lourds l'autre bout du wagon. C'est incroyable de voir à quel point les gens sont facilement intimidés à la simple évocation de la loi. Mes compagnons de voyage semblaient soulagés mais l'incident n'avait rien arrangé à ma nausée. Je fouillai dans mes affaires et trouvai un sac plastique, ma seule option si je ne parvenais plus à me retenir de vomir. Tête baissée, je tentai d'ignorer le babillage idiot autour de moi.

Brusquement, un bruit de moteur se fit entendre ; un sifflement et une embardée, puis le métro se remit lentement en marche. Il y eut une clameur sourde et quelques applaudissements. Au bout d'une ou deux minutes, nous arrivâmes à Tottenham Court Road, où le wagon se vida un peu. Arrivée à Euston, j'avais bien évidemment raté mon train pour Birmingham et, après une dispute épuisante au guichet, je n'eus d'autre choix que d'acheter un billet pour le prochain, qui partait moins d'une heure plus tard. La compagnie ferroviaire aurait de mes nouvelles.

Dans le hall, devant les panneaux d'information électroniques, les autres voyageurs et moi-même attendîmes comme des coureurs dans les starting-blocks que s'affiche le numéro de voie. Je n'apprécie pas l'indignité de courir jusqu'au train pour s'assurer un siège mais, n'ayant pas de réservation, je n'avais d'autre choix que de descendre la rampe à toute allure et de dépasser les wagons de première classe presque vides. Une fois à bord, je m'installai, hors d'haleine et en nage, dans un fauteuil côté fenêtre et dans le sens de la marche. Je posai ma veste et mon sac à main sur le siège à côté de moi pour tenir à l'écart les importuns. La ruse fonctionna jusqu'à Milton Keynes, après quoi une jeune femme potelée, en jogging gris et tee-shirt rose moulant, devint ma compagne de voyage. Ses cuisses boudinées débordaient sur mon siège et chaque fois que le train tanguait, c'est-à-dire souvent, sa chair se collait à la mienne. Je me serrai autant que possible contre la fenêtre.

Tout en contemplant le cours imperturbable du Grand Union Canal, parfois proche, parfois lointain, je me souvins des deux lettres. Je les sortis de mon sac. La police de caractères des deux enveloppes était identique. L'une avait été affranchie le mardi et l'autre le mercredi. J'ouvris la plus ancienne en premier. Elle provenait du cabinet de notaire qu'Edward avait mentionné au téléphone. L'expéditeur, un certain Mr Howard Brinkworth, me présentait ses condoléances pour la disparition de ma mère. Elle l'avait désigné comme exécuteur testamentaire. Il voulait estimer les biens et déposer une demande d'homologation ; il m'écrirait bientôt pour me transmettre les détails du testament. Je fus très surprise d'apprendre que ma mère avait choisi un notaire comme exécuteur, un rôle que j'aurais très bien pu endosser moi-même.

Je remis la première lettre dans l'enveloppe et dépliai la seconde. Après le préambule habituel, Mr Brinkworth en vint au fait :

Conformément à son testament, feu votre mère a donné à votre frère, Mr Edward Green, l'usufruit de la maison familiale (22 Blackthorn Road). Cela signifie que Mr Green est autorisé à y vivre aussi longtemps qu'il le souhaite ; la vente n'aura lieu et les bénéfices ne seront divisés en deux parts égales entre vous qu'en cas de départ ou de décès.

Le reste des biens de votre mère, composés de comptes en banque, de meubles et d'effets personnels, sera divisé équitablement entre Mr Green et vous-même.

Je laissai échapper un : « Bon sang, maman ! » Son casque sur les oreilles, la femme replète ne bougea pas mais quelques autres passagers se retournèrent pour voir si quelque chose d'amusant se préparait. Déçus de constater qu'il n'y aurait ni dispute ni bagarre, ils reprirent leur position initiale. Je replaçai soigneusement la lettre dans son enveloppe, pliai les deux enveloppes en quatre puis les tordis aussi fort que possible. Je les fourrai au fond de mon sac, que je posai de nouveau à mes pieds. Pourquoi diable ma mère avait-elle laissé Edward garder la maison aussi longtemps qu'il le voulait ? Il était *inconcevable* que cela fût son idée.

Ma voisine avait à présent ouvert un sachet de chips à l'oignon et au fromage et leur odeur âcre mêlée à celle des produits chimiques provenant des toilettes toutes proches me parut insupportable. J'avalai une gorgée d'eau et tentai de mettre de l'ordre dans mes idées. L'état mental de ma mère, après ses deux premières attaques, avait peut-être été pire que ce que je croyais. Ou peut-être avait-elle décliné depuis ma dernière visite, réussissant toutefois à feindre la lucidité quand je lui parlais au téléphone. Cela l'aurait rendue vulnérable à l'influence d'Edward. Je devais agir rapidement si je ne voulais pas être privée indéfiniment de mon héritage légitime et désormais plus que nécessaire.

3

Sans l'aide de personne, je me suis créé une vie idéale à Londres. J'ai un logement adapté à mes besoins actuels, un poste qui convient à mes compétences et un accès facile à toutes sortes de stimulations culturelles. Hormis mes horaires de travail, je contrôle chaque aspect de mon existence. J'avais jusqu'à récemment ce qu'on pourrait plus ou moins appeler un « partenaire », mais il s'agissait d'une relation d'ordre pratique pour tous les deux ; un simple arrangement qui offrait les bénéfices d'une association intime avec un membre du sexe opposé sans coût émotionnel. Dès que je découvris que le hasard, le destin, la malchance – appelez ça comme vous voudrez – avaient sérieusement compromis ma situation, je rompis notre association de façon nette et rapide. Mon univers demeure à l'abri derrière son mur d'enceinte, bien que cette description paraisse un peu ironique vu les circonstances actuelles.

En revanche, tandis que mon taxi quittait la gare de New Street en direction de Blackthorn Road, je ressentis mon appréhension habituelle à l'idée d'y retourner. Ce sentiment résulte peut-être de la phobie quasi pathologique que m'inspire la vie de banlieue, son isolement séduisant et sa fascination pour la banalité. Sans doute provient-il davantage des souvenirs d'un passé que je préférerais oublier. J'ai le sentiment terrifiant que ma vie londonienne soigneusement construite n'est que le rêve d'une petite fille malheureuse et que je vais bientôt me réveiller. C'est irrationnel, je sais.

En regardant les rues familières défiler par la fenêtre du taxi, je me remémore le week-end de Pâques. J'étais venue à Birmingham le samedi, juste à temps pour le dîner traditionnel de ma mère, sandwichs au jambon, salade de fruits et charlotte aux fraises. J'avais accepté à contrecœur de l'accompagner à l'église le lendemain. À ma connaissance, elle n'avait jamais vraiment été croyante mais, ces deux dernières années, elle avait commencé à fréquenter St. Stephen, une église devant laquelle j'étais passée des milliers de fois dans mon enfance. Je me demandai si les récentes attaques de ma mère l'avaient davantage fait réfléchir à la mort, l'incitant à assurer ses arrières avec Dieu. Ou peut-être commençait-elle à perdre la tête et devenait-elle plus vulnérable à l'influence des autres ; Margaret et Stan avaient tenté de l'attirer à St. Stephen aussi longtemps qu'ils avaient été ses voisins.

« Ça te plaira, Susan, m'assura-t-elle en enfilant un mince gilet lilas et en sortant un mouchoir propre du tiroir de la cuisine. J'étais gênée avant d'y aller, mais je me suis tout de suite sentie à l'aise. Ça me fait penser à mon enfance, quand j'allais à l'église. Tu ressentiras la même chose, j'en suis sûre.

— Nous n'allions pas à l'église quand j'étais enfant, tu t'en souviens ? répliquai-je en me dirigeant vers le couloir pour prendre ma veste, accrochée au portemanteau près de la porte. Tu ne nous y as jamais emmenés. Toi et papa étiez athées. "On récolte ce que l'on sème" – ce n'est pas ça qu'ils disent, dans la Bible ? »

Ma mère me rejoignit dans le couloir. Elle cherchait ses clés dans son sac à main ; je les aperçus sur la table de l'entrée et les lui tendis.

« Je suis certaine de vous y avoir emmenés quand vous étiez petits. Et je ne suis pas athée, Susan. Ton père peut-être, mais pas moi. J'ai toujours été croyante, mais la vie est tellement bien remplie qu'on met certaines choses de côté. J'aurais pu aider ton père s'il avait cru en quelque chose. Quoi qu'il en soit, je suis contente que tu m'accompagnes ; je n'arrive pas à convaincre Teddy d'essayer.

— Ça ne me surprend pas. Il ne sort pas de son lit avant midi. Et il n'a jamais vraiment eu la fibre religieuse. Maman, tu n'oublies rien ? » Je lui présentai son manteau comme un serveur au restaurant. Elle se retourna et y glissa ses bras.

« Il a des réflexions bien plus profondes que tu ne peux l'imaginer, Susan. Il est très sensible. La religion peut apporter un grand réconfort à ceux qui sont en difficulté ou en souffrance. Elle peut donner beaucoup de force.

— Tout ce dont souffre Edward, c'est de paresse aiguë et de je-m'en-foutisme, dis-je en suivant ma mère hors de la maison.

— Susan, écoute-moi. » Elle se planta au milieu du dallage irrégulier de l'allée et se tourna vers moi. « Teddy a besoin de soutien. Si quelque chose devait m'arriver, j'aimerais être sûre que tu garderas un œil sur lui et que tu t'assureras qu'il ne parte pas en vrille.

— Il a quarante-trois ans ; c'est un adulte. Il n'a pas besoin que sa sœur le surveille. De toute façon, on ne peut pas dire qu'il ait jamais écouté mes conseils. Il n'en fait qu'à sa tête. J'ai beau penser que c'est un vrai bon à rien, c'est ce qu'il a choisi d'être. Pour quelqu'un d'inutile, il se porte très bien. »

Je fermai derrière nous la grille en fer forgé et nous descendîmes Blackthorn Road, longeant des maisons mitoyennes bien entretenues et, de temps à autre, une modeste maison individuelle. Ma mère restait un peu en arrière.

« Il n'est pas comme toi, Susan, dit-elle au bout d'un moment. Tu as toujours été si raisonnable, si dégourdie. Je ne me suis jamais inquiétée à ton sujet. Mais Teddy, lui, a un tempérament d'artiste, comme ton père. La moindre chose peut le déstabiliser. »

Nous avions atteint l'église massive à l'angle de notre rue et de la rue principale. Margaret et Stan, tapis sous le portique, nous aperçurent et nous saluèrent.

« Joyeuses Pâques, Patricia. » Ils rayonnaient à l'unisson, embrassant chacun leur tour la joue poudrée de ma mère. « Et joyeuses Pâques, Susan », poursuivit Margaret en se précipitant sur moi. Je reculai d'un pas et lui tendis la main.

En entrant dans l'église, je subis un interrogatoire sur les moindres détails de ma vie à Londres. Heureusement, l'office allait commencer et je parvins à me glisser sur le banc avant ma mère, l'utilisant comme un rempart entre moi et l'inarrêtable Margaret. L'office ne fut pas trop douloureux : les cantiques étaient entraînants, le pasteur sérieux et, le plus important, ce fut vite fini. Après, Margaret et Stan remontèrent la rue avec nous d'un pas vacillant, les huit cents mètres de trajet paraissant deux kilomètres. Margaret se lança avec ma mère dans une discussion détaillée sur la meilleure variété de pommes de terre à faire rôtir, tandis que Stan me régalait des problèmes qu'ils rencontraient avec leur nouvelle chaudière. Alors que nous leur disions au revoir et que ma mère se dirigeait vers la porte, Margaret m'agrippa le bras.

« Alors, qu'est-ce que tu penses de ta maman ? On est un peu inquiets pour elle, chuchota-t-elle. Elle semble perdre la mémoire. Elle ne se souvient pas toujours de ce que nous lui avons dit ou de choses que nous avons prévu de faire ensemble. »

Que ma mère oublie ce que Margaret et Stan lui racontaient ne me surprit pas ; leurs sujets de conversation n'étaient pas exactement captivants. Et si elle ne se souvenait pas des rendez-vous fixés, c'était peut-être parce que ça l'arrangeait. J'avais néanmoins remarqué qu'elle était de plus en plus distraite, même si je n'avais pas l'intention de l'admettre devant les voisins.

« Elle me semble aller très bien. C'est peut-être vous qui perdez le nord. »

Je préparai le rôti dominical pendant que ma mère mettait la table. Sans surprise, Edward s'était débrouillé pour partir ce week-end-là – ma mère croyait qu'il avait reçu une invitation qu'il ne pouvait pas refuser –, nous étions donc seules toutes les deux. Au déjeuner, elle me parla de la nouvelle allée pavée du numéro vingt-cinq, qu'elle approuvait, et des choses qui se passaient au numéro dix-huit, qu'elle n'approuvait pas. Ensuite, je lavai la vaisselle et ma mère l'essuya, puis j'appelai un taxi. Il arriva plus tôt que prévu. Je déposai un bref baiser sur sa joue avant de sortir à la hâte. La dernière fois que je vis ma mère – la toute dernière, en fin de compte –, elle se penchait pour ramasser un emballage de barre chocolatée que le vent avait soufflé jusqu'au seuil de la porte.

Je ne savais pas si je devais entrer directement. Du vivant de ma mère, je sonnais d'abord par politesse, n'utilisant ma clé que si elle était occupée ou dans le jardin. Sonner dans les circonstances actuelles m'aurait toutefois poussée à admettre quelque chose que je n'étais pas prête à admettre. J'entrai. De la musique retentissait dans la cuisine, ce qui ne serait jamais arrivé sous le règne de ma mère. Je reconnus la chanson pour l'avoir entendue à l'époque lointaine de ma vie étudiante : *London Calling*, des Clash. En ouvrant la porte de la cuisine, prête à affronter Edward au sujet du testament de notre mère, je fus déboussolée par la vue d'un homme penché sur un iPad, entièrement nu à l'exception d'une petite serviette blanche enroulée autour de sa taille. Il se balançait de gauche à droite et agitait les bras en rythme. Ses cheveux, qui descendaient jusqu'à son menton comme une toison humide, lui tombaient devant les yeux, me dissimulant son visage. Je fis ce qu'il est d'usage de faire dans ces circonstances et toussotai. Il se redressa, avec le regard stupéfait d'un homme pris en flagrant délit.

Maintenant qu'il se tenait droit, je ne pus m'empêcher de remarquer qu'il était ridiculement grand. Certains peuvent trouver cela attirant mais en ce qui me concerne, mesurer plus d'un mètre quatre-vingts est excessif et respire l'envie de se faire remarquer. Je m'aperçus qu'il avait l'air étonnamment musclé pour quelqu'un d'aussi mince. J'ai conscience que cela pourrait être aussi considéré comme une qualité, mais si vous me demandiez ce que j'en pense, je vous dirais que cela prouve juste que la personne en question se préoccupe plus de son physique que de son intellect. La couleur de sa peau indiquait qu'il avait perdu beaucoup de temps à se prélasser sur la plage récemment ; son long nez droit dominait ses autres traits ; et ce que l'on appelle communément des rides d'expression rayonnait depuis la pointe de ses paupières, sans doute à force de plisser les yeux face au soleil. Il ne m'était pas tout à fait inconnu.

Lorsqu'il me vit, son visage se détendit.

« Salut, Suze, désolé pour ta mère ; elle était charmante, une vraie sainte. Ed est parti faire les courses. Je te proposerais bien une tasse de thé, mais on n'a plus de lait. » Il ramena ses cheveux en arrière et resta planté là, pas gêné le moins du monde de squatter la maison d'une vieille femme tout juste décédée. « Mes excuses pour la petite tenue, au fait. Je viens à peine de rentrer du travail.

— Alors, c'est toi, Rob ? Je ne pense pas que nous nous connaissions.

— Ah mais si, on s'est vus plusieurs fois quand tu sortais avec Phil. C'était avant, euh, l'accident. Donc ça doit faire des années. » Il s'empara de la bouilloire et la remplit dans l'évier. « J'ai vu qu'il y avait de la tisane, si c'est ta came.

— Je sais ce que ma mère range dans ses placards. Je me servirai quand l'eau aura bouilli. Pas la peine de t'embêter.

— Cool, fais ce que tu as à faire, Suze.

— Ne m'appelle pas Suze, s'il te plaît. Mon prénom, c'est Susan. Edward est le seul à m'appeler Suze et il a ses raisons, si tordues soient-elles.

— Ah, okay. D'accord. »

Je suis sûre que vous pouvez imaginer ce que je ressentais : retrouver la maison de ma mère – la maison de mon enfance – pour la première fois depuis son décès, pour m'apercevoir qu'elle avait été envahie par un invité surprise. Qui plus est, un invité qui occupait deux fois plus d'espace que la politesse ne l'autorisait. Je m'excusai et me rendis au salon. Cela ne faisait qu'une semaine que ma mère était morte mais la pièce paraissait déjà appartenir à une bande d'étudiants négligés plutôt qu'à une vieille dame maniaque. Les rideaux à rayures, au lieu d'être soigneusement maintenus par leurs cordons à pompons, avaient été tirés à moitié, comme si les ouvrir complètement avait demandé trop d'effort. Les petits coussins sur le canapé vert olive, au lieu d'être bien rebondis et alignés à intervalles réguliers le long du dossier, étaient écrasés dans un coin, après avoir visiblement servi d'oreillers. Des journaux jonchaient la moquette et des canettes de bière avaient laissé des marques rondes sur la table basse en acajou.

La cerise sur le gâteau était un cendrier – en verre ambré, je me souvins que mon père s'en servait – qui contenait non seulement des mégots de cigarettes, mais aussi des filtres révélateurs fabriqués à partir d'un paquet de Rizla déchiré. Tandis que je constatais les dégâts, Rob entra, vêtu à présent d'une robe de chambre.

« Je vais nettoyer vite fait », dit-il en jetant les papiers et les canettes dans un sac en plastique et en ramassant le cendrier.

« Ça serait bien si tu pouvais éviter de fumer dans la maison de ma mère, déclarai-je, m'efforçant de garder une voix calme et ferme. Elle détestait les cigarettes ; elle ne supportait pas d'être à côté de quelqu'un qui fumait. Elle était très fière de sa maison, et regarde le bazar que vous avez mis.

— Je ne fume pas non plus, à part un... enfin tu sais, de temps en temps. On s'est couchés tard hier pour regarder un vieux film d'horreur et ensuite j'ai passé la matinée sur le chantier, du coup... »

Écœurée par la vue du salon et perturbée par la présence de l'ami d'Edward, je me faufilai devant lui, ramassai ma valise et montai l'escalier. La porte de la chambre de ma mère était entrouverte. Je posai ma valise et entrai. L'odeur familière me frappa immédiatement : un mélange de camphre, de sachets de lavande et d'eau de toilette au muguet. Par bonheur, les draps avaient été retirés, mais à part ça, la pièce ressemblait en tout point à ce que j'imaginais de la nuit de sa mort. Il y avait encore un verre d'eau à moitié plein sur la table de nuit ainsi que le pilulier de ma mère, un numéro de *National Geographic* et ses lunettes de lecture.

Comme la tête commençait à me tourner, je m'assis au bord du fauteuil en rotin, sur le dossier duquel reposait le peignoir en chenille rose élimé de ma mère, abandonné comme une mue d'animal. Le mobilier en érable moucheté dominait la chambre à coucher : ma mère en était excessivement fière. Elle m'avait dit qu'il avait coûté à mon père trois mois de salaire dans les années soixante. Sur la coiffeuse, dans un cadre en argent, était posée une photographie de nous quatre devant une locomobile. Je me levai pour la regarder de plus près. J'avais l'air d'avoir neuf ans, Edward devait en avoir sept. Mes parents étaient au centre de la photo ; je tenais la main de mon père et Edward, celle de ma mère. Nous souriions tous, comme n'importe quelle famille parfaitement fonctionnelle.

Je reposai la photo sur la coiffeuse, près d'une coupelle de pot-pourri, et me dirigeai vers le bow-window. En tirant le rideau en dentelle, j'aperçus la Volkswagen Polo bleu marine de ma mère s'approcher de la maison et se garer dans l'allée. L'espace d'un instant, je sentis un spasme de culpabilité à l'idée que ma mère me surprenne en train de fouiner dans sa chambre, avant de me souvenir.

Edward sortit de la voiture, s'étira, remonta son jean noir puis tendit le bras vers le siège passager pour récupérer son sempiternel blouson noir. Clairement, il ne s'était pas rasé depuis au moins une semaine, ni peigné d'ailleurs. Plus maigre que Rob et bien plus petit, il a, selon moi, les traits anguleux d'une belette, ce qui le rend étonnamment attirant aux yeux de certaines femmes. Jusqu'à ce qu'elles apprennent à le connaître, bien sûr. Edward ouvrit le coffre de la voiture et en sortit deux sacs de supermarché, après quoi, se sentant probablement observé, il leva les yeux vers le bow-window et me salua. Je laissai retomber le rideau.

Quand j'entrai dans la cuisine, Edward était accroupi près du frigo, occupé à déballer les courses, et Rob – qui avait enfilé un jean et un tee-shirt – était adossé à l'évier. Le CD avait été changé : du modern jazz discordant assaillit mes oreilles. Edward se redressa, roula en boule les sacs plastique et les lança dans le coin près de la poubelle.

« Salut, Suze, t'as pas trop l'air dans ton assiette. Ça va, tu fais comme chez toi ?

— J'ai autant le droit d'être ici que toi.

— Susceptible. Est-ce que j'ai dit le contraire ? »

Je me dirigeai vers la bouilloire, remis l'eau à bouillir et me préparai une tasse de thé à la menthe.

« Il faut que nous discutions de certaines choses, Edward. En privé.

— Je m'éclipse ? demanda Rob.

— Non, t'es très bien là où t'es. Je compte pas parler de choses sérieuses aujourd'hui. Les obsèques ont lieu demain, Suze. C'est là-dessus qu'on devrait se concentrer. Pas ressasser les mêmes questions.

— Je n'ai pas l'intention de ressasser les mêmes questions. Il faut qu'on parle du testament de maman et qu'on s'occupe de ses affaires.

— Eh bah, ça pourra attendre. Pas question d'y penser avant qu'elle repose dans sa tombe.

— Elle va être incinérée, Edward.

— Je pense qu'Ed parlait symboliquement », intervint Rob, toujours là pour aider. Mon frère s'esclaffa.

Rob déambulait dans la cuisine, ouvrant et fermant bruyamment les tiroirs et les placards. Cette familiarité manifeste avec les effets personnels de ma mère me choquait profondément.

« Je m'y mets, sinon on ne mangera pas avant minuit, dit-il.

— Rob nous fait du curry d'épinards. Il est végétarien ; il a appris des super recettes, en Inde.

— Formidable. Néanmoins, je ne mange pas de curry en ce moment, je regrette donc de vous dire que je ne me joindrai pas à vous. Je me ferai des toasts plus tard. J'imagine que vous avez du pain.

— On est des hommes relativement civilisés, tu sais.

— À ce propos, qu'est-ce qui te prend de fumer dans la maison de maman ? Et de laisser des canettes de bière sur la table basse ? On aurait dit un squat quand je suis arrivée.

— Maman est plus là, que je sache. Alors c'est *moi* qui décide maintenant. Et *moi*, je dis qu'on peut fumer à l'intérieur. Cela dit, je suis d'accord pour le bazar. Je préfère une maison propre. J'en toucherai un mot à Rob. » Il lança un clin d'œil à son ami, qui sourit d'un air narquois avant de nous tourner le dos.

« Tu n'as aucun respect, Edward. Tu n'en as jamais eu. Nous reprendrons cette conversation plus tard. »

Je pris ma tasse de thé et quittai la cuisine.

« À plus tard », lança Edward.

Aucune chance que je rejoigne Bip Bip et Coyote ce soir-là. J'étais en minorité et, apparemment, mon frère et son ami profitaient de ma mauvaise posture. J'envisageai de refaire ma valise et de m'installer à l'hôtel, mais cela ferait le jeu d'Edward. Je resterais donc dans ma chambre à relire mon texte pour l'office et à établir une liste des problèmes dont j'avais l'intention de lui faire part. La journée du lendemain serait ardue, surtout dans mon état, et je n'avais aucune envie d'être davantage perturbée par le comportement infantile de deux hommes soi-disant adultes.

4

Dire que les obsèques ne se déroulèrent pas comme prévu serait un euphémisme. Je vous demande cependant de considérer que, depuis quelque temps, je ne suis pas vraiment moi-même et ce pour plusieurs raisons : vous en connaissez certaines et vous en avez probablement deviné d'autres. Je peux au moins affirmer que mon comportement avait une explication valable. Contrairement à Edward.

Ce matin-là, je me levai anormalement tard ; il était plus de neuf heures trente et les voitures des pompes funèbres devaient arriver dans moins d'une demi-heure. Alors que je m'habillais en hâte et passais un peigne dans mes cheveux, je luttais contre les vagues de nausée. Edward et Rob se trouvaient déjà dans la cuisine, mon frère assis à table, les jambes étirées et les bras croisés. Je fus heureuse de constater qu'ils s'étaient tous les deux rasés ; c'était tout ce qu'il y avait de plaisant chez Edward. Alors que Rob avait réussi à dénicher un complet sombre, quoique froissé, Edward portait un jean noir, une chemise noire, une cravate texane à pointes métalliques et des bottes de cow-boy noires. Ses manches remontées révélaient sa galerie de tatouages. Je secouai la tête. Rob semblait déterminé à parler des textes qui seraient lus pendant l'office, mais je lui fis comprendre que je ne souhaitais pas faire semblant d'être cordiale avec lui.

Je me servis un verre d'eau, préparai un toast et m'assis en face d'Edward. Il posa ses coudes sur la table et se mit à tapoter ses doigts les uns contre les autres. Pour la première fois, je remarquai chez lui un air tendu, comme si ses traits habituellement souples s'étaient ossifiés pendant la nuit. Pendant que je m'attaquais à un coin de mon toast, Edward repoussa soudain sa chaise, se dirigea vers le lave-vaisselle et en sortit un lourd verre en cristal taillé que ma mère conservait dans sa vitrine en bois de rose. Il prit une bouteille de whisky à moitié pleine dans le placard, se rassit et s'en versa une bonne rasade qu'il but d'un trait.

« Quelqu'un en veut ? demanda-t-il en brandissant la bouteille par le col d'un air provocateur.

— Ah oui, avec ça, la journée va vraiment se passer comme sur des roulettes, hein ? dis-je. Tu as l'intention de te saouler et de te ridiculiser ?

— Peut-être bien que oui, peut-être bien que non. J'ai pas encore décidé. Et de toute façon, ça te regarde pas, Suze. J'affronte les choses à ma façon et toi à la tienne.

— Mais si, ça me regarde, Edward. Toi et moi, nous représentons la famille. C'est ton devoir de te comporter convenablement.

— La famille ? Quelle famille, putain ? grogna-t-il en se servant une nouvelle rasade de whisky.

— Tu ferais mieux d'y aller mollo, mec, intervint Rob. La journée va être longue, tu sais.

— Ça va, Rob, c'est bon. Je sais ce que je fais. » Il sortit un paquet de cigarettes et un briquet de la poche du veston usé accroché au dossier de sa chaise et leva son verre. « Je sors fumer une clope. Tu vois comme je suis prévenant, Suze ? »

Une fois que la porte de derrière eut claqué, Rob entreprit de nouer la cravate qui pendait à son cou.

« Il faudrait peut-être le lâcher un peu, dit-il. C'est dur pour lui.

— Tu crois qu'il est le seul dans ce cas-là ?

— Je dis juste que ça irait sûrement mieux si vous pouviez rester calmes et vous soutenir l'un l'autre, un jour comme celui-ci.

— Edward et moi, nous soutenir ? Qu'est-ce que tu sais de notre famille ? »

Rob leva les mains en signe d'apaisement.

« Okay, okay, j'essayais juste d'aider. Je me souviens de l'enterrement de l'oncle de mon ex. Deux des frères d'Alison en sont venus aux mains juste après avoir mis le cercueil en terre. La mort, ça fait ressortir toutes sortes de rancœurs.

— Je t'assure que rien de ce genre n'arrivera aujourd'hui. Je n'ai pas pour habitude de me bagarrer en public. » J'allais continuer quand on sonna à la porte. L'entrepreneur des pompes funèbres, Mr Rowe, se tenait sur le seuil, affichant une expression peaufinée de sérieux professionnel.

« Bonjour, Mrs Green », dit-il solennellement. J'aperçus derrière lui deux limousines noires : le corbillard contenant le cercueil de bois clair de ma mère et une deuxième voiture pour Edward et moi. La surface des véhicules, lisse comme une nappe de pétrole, reflétait la lumière vive du soleil matinal, me forçant à plisser les yeux. Au-dessus du cercueil était posée la couronne simple et de bon goût que j'avais commandée en mon nom et celui d'Edward. Contre l'un des côtés, se dressait une hideuse composition florale d'œillets rose bonbon qui formait le mot « MAMAN ». Il ne pouvait s'agir que d'une provocation délibérée de la part d'Edward. Même lui devait savoir que c'était ostensiblement vulgaire. Il se montrait incapable de mettre de côté son animosité puérile, ne serait-ce que pour une journée.

Vous avez deviné que je n'ai pas l'habitude d'agir de manière irrationnelle. Malgré tout, tandis que je me tenais sur le seuil à regarder le cercueil à travers la chaleur miroitante de cette fin d'été, l'idée du corps rigide et pâle de ma mère enfermé dans cette boîte me frappa comme une bourrasque. Je me sentis chanceler et tendis les bras vers l'encadrement de la porte pour ne pas tomber.

« Nous ne sommes pas pressés, Mrs Green, entonna Mr Rowe. Prenez votre temps. C'est quand vous voulez.

— Juste une minute ou deux », dis-je en fermant la porte. « Ce n'est qu'un corps, pensai-je. Un corps, pas ta mère. Une coquille vide. » Alors que je m'adossais à la porte pour me ressaisir, Edward sortit en trombe de la cuisine, enfilant sa veste dans la foulée. Il s'arrêta au milieu du couloir.

« Allez, dit-il, que le spectacle commence. »

Le lent trajet vers le crématorium se fit dans un silence total. J'aurais faire un sermon à Edward sur l'horrible couronne mortuaire mais j'avais décidé de respecter le décorum du moment. Une dispute à l'arrière du corbillard aurait paru inconvenante. Edward, qui estimait que le port de la ceinture de sécurité ne s'appliquait pas à lui, était penché en avant, rongeant ses cuticules. Je me rencognai dans le siège en cuir froid et observai le défilé de vie urbaine au cœur de l'été. Je me souviens qu'enfant, les gens s'arrêtaient pour incliner la tête au passage d'un cortège funèbre. En l'occurrence, personne ne nous prêta la moindre attention : des jeunes femmes en robes légères exhibaient leur bronzage et papotaient en se promenant dans la rue ; des hommes d'affaires en bras de chemise et cravate desserrée aboyaient dans leur téléphone portable ; des enfants tiraient leurs parents harassés par la manche, les tannant pour obtenir une glace. Tout cela était sans importance au point d'être insultant.

En entrant dans le cimetière par le portail en fer, je regardai les pierres tombales, rangée après rangée, certaines en granit érodé, d'autres en marbre brillant, aux inscriptions dorées et tape-à-l'œil. Beaucoup avaient l'air abandonnées, comme si personne ne les avait visitées depuis des décennies ; d'autres étaient chargées de fleurs artificielles et vulgaires. Dans la vie comme dans la mort, on ne choisit pas toujours ses voisins. J'étais heureuse de savoir que le corps de ma mère ne serait pas enterré dans ce macabre champ de foire. Je frissonnai, malgré la chaleur croissante. Tandis que nous avancions dans l'allée de macadam brûlant bordée de plates-bandes municipales, je me frottai les bras pour tenter de me réchauffer.

Le crématorium apparut après le dernier tournant : un cube en brique rouge qui me faisait penser à une centrale électrique ou un transformateur. Cinquante ou soixante personnes s'affairaient devant l'entrée, plus nombreuses que je ne l'aurais cru. Parmi elles, j'aperçus ces bons vieux Margaret et Stan, bras dessus, bras dessous ; l'impétueuse sœur cadette de ma mère, tante Sylvia, en pleine conversation avec ses deux filles ; et le frère de mon père, oncle Harold, qui se tenait à l'écart de la foule. Rob avait dû prendre un raccourci vers le cimetière car il était déjà en train de bavarder avec deux hommes de la même espèce que lui et Edward. En voyant arriver le cortège funèbre, les invités se turent et affichèrent leur plus bel air endeuillé.

Dès que je sortis de la limousine, tante Sylvia se précipita vers moi pour m'étreindre vigoureusement. Son parfum intense et musqué me prit à la gorge et me donna envie de vomir.

« C'est un bien triste jour pour vous deux. Mais elle est partie vers un monde meilleur. »

Je restai parfaitement immobile, à attendre que ça passe. Elle finit par me lâcher et attrapa Edward. Pourtant, je n'étais pas encore tirée d'affaire ; tante Sylvia était suivie de près par ses jumelles, Wendy et Christine, qui m'infligèrent d'autres câlins et d'autres formules éculées de compassion. Je fus très surprise de voir, dans le sillage de mes cousines, un certain nombre de leurs rejetons ; j'aurais dû préciser que les enfants n'étaient pas les bienvenus aux obsèques.

« Ça, c'est mes petits, Leila et Cameron, dit Wendy en désignant deux enfants entre huit et dix ans qui avaient l'air de s'ennuyer ferme. Et eux, c'est les jumeaux de Chrissie, Freddie et Harry. »

Les deux petits blonds portaient des costumes et des nœuds papillons identiques. « On pensait profiter de la journée, comme on vient pas souvent à Birmingham. On va à Cadbury World cet après-midi. »

Heureusement, avant que j'aie eu le temps de répondre, Mr Rowe annonça qu'il était temps d'entrer dans le crématorium, le cercueil de ma mère ayant été hissé sur les épaules des porteurs. Edward et moi leur emboîtâmes le pas au rythme des arpèges résonnants des *Quatre Saisons* de Vivaldi. Alors que nous descendions lentement l'allée centrale du lugubre crématorium, les vertiges me reprirent de plus belle. Mes jambes tremblaient et je me demandai si j'allais réussir à atteindre mon siège. Cet étourdissement soudain me surprit ; je ne suis pas sujette à la faiblesse, qu'elle soit physique ou mentale. Malgré tout, quand je repensai aux jours précédents, je me rendis compte que je n'avais bu et mangé que le strict nécessaire pour calmer ma faim et ma soif.

J'eus une vision de mon sang devenu translucide, délesté de toute substance nutritive. Cette pensée m'affaiblit encore plus ; je titubai jusqu'au premier rang et m'effondrai sur le siège le plus proche. Edward me regarda d'un air perplexe mais je détournai la tête, refusant qu'il sente ma vulnérabilité momentanée. Oncle Harold, tante Sylvia, mes cousines et leur progéniture nous rejoignirent tout devant, tandis que les autres s'installaient derrière nous.

Le pasteur barbu de St. Stephen toussa, sourit et commença l'office. Pour être parfaitement honnête, je ne l'écoutai pas vraiment car je me concentrais sur ma respiration. Par ailleurs, une querelle avait éclaté entre les jumeaux terribles que Christine tentait de séparer et réprimandait par des chuintements frénétiques. Je parvins à me pencher vers Christine, un doigt sur ma bouche.

« Désolée », articula-t-elle en silence, avant de pousser rudement du coude l'un de ses fils.

« Et maintenant, dit le pasteur, chantons un cantique. »

Tout le monde se leva au moment où les premiers accords de *Comme Tu es Grand* emplissaient le crématorium. Aussitôt debout, je me rendis compte que mon corps ne voulait pas se trouver dans cette position. Je sentis le sang quitter ma tête comme l'eau s'écoule d'une éponge. J'envisageai de me rasseoir, mais je ne voulais pas attirer l'attention. À défaut, je pris le bras d'Edward d'une main et m'accrochai à sa manche de l'autre. Cela le surprit, une réaction tout à fait compréhensible sachant que notre dernier contact physique remontait à plusieurs décennies. Il eut le mérite de ne pas se dégager comme il en avait certainement envie, mais de rester aussi raide qu'un soldat de la garde royale ; la gêne se lisait sur son visage. À la fin du cantique, je lâchai son bras et me rassis lourdement.

« Il est maintenant temps d'écouter un premier Évangile, qui sera lu par Edward, le fils de Patricia », dit l'officiant.

Edward se traîna jusqu'au lutrin, toussa sèchement puis commença à lire d'une voix monotone un passage de la Bible. Sans mon frère à ma droite et avec l'allée à ma gauche, je me sentis encore plus vulnérable. Je vacillai. Quand Edward reprit sa place, je posai ma tête sur son épaule, mon flegme naturel s'étant évaporé. Le pasteur psalmodia quelques mots pendant que je chronométrai ma respiration en silence : « Inspire, deux, trois, quatre. Expire, deux, trois, quatre. » Je l'entendis soudain m'appeler.

« Susan... Susan... ? »

Son bras tendu m'indiquait le lutrin. Je fouillai mon sac à la recherche de mon poème de Thomas Hardy, *Si le printemps revenait*. Puis je me levai et montai les deux marches de l'estrade. Vacillante, je me maudis d'avoir choisi de porter des talons ; une bonne semelle plate m'aurait donné une plus grande stabilité. Je posai ma feuille sur le lutrin et regardai mon public. Tous les yeux étaient rivés sur moi, hormis ceux des jumeaux, qui se roulaient par terre aux pieds de Christine, et ceux des deux autres enfants, absorbés par leurs consoles de jeux. J'avais du mal à discerner les visages car tout se brouillait. Je me concentrai sur ma feuille.

« *Si le printemps revenait, revenait* », commençai-je.

« Oui ! » s'écria l'un des joueurs de console.

Je levai les yeux furtivement, m'aperçus que le public était devenu une grosse tache de couleur et reportai mon attention sur le poème. À présent, les mots nageaient au milieu de la page.

« *J'irai quand j'allais là.* Pardon, *J'irai là où quand j'allais.* Excusez-moi... *J'irai où j'allais quand...* »

Ma vue se pixélisait. Je ne voyais que de minuscules points lumineux et l'obscurité qui pulsait ; je n'entendais qu'un bourdonnement aigu dans mon crâne. Une vague de fatigue m'engloutit et je n'eus pas la force de lutter. Dormir me parut la chose la plus délicieuse et enviable au monde. Mes paupières se fermèrent. Je me laissai submerger.

Je pris peu à peu conscience de la voix de tante Sylvia qui caquetait dans le lointain. Je me demandai vaguement ce qu'elle faisait dans mon appartement en pleine nuit.

« Elle est blanche comme un linge. Il faut que le sang lui remonte à la tête, qu'on lui mette la tête entre les jambes. Portez-la au bord de l'estrade et asseyez-la bien droite. J'ai déjà vu ça. C'est le chagrin. La pauvre petite est bouleversée. Ce sont des choses qui arrivent. Vous, prenez-la sous les bras, et vous, par les jambes. Voilà, amenez-la jusqu'au bord. »

Je sentis des mains sous mes aisselles et autour de mes chevilles et me rendis compte qu'on me soulevait et me déplaçait. Malgré cela, j'étais incapable de bouger ou de parler. On m'assit, mes genoux furent écartés et ma tête poussée vers le bas. « Oh mon Dieu, pensai-je fugitivement, j'espère que personne ne peut voir ma culotte. » Quelqu'un passa son bras autour de mes épaules et j'entendis de nouveau tante Sylvia qui piaillait.

« Tout va bien, Susan. Tu as fait un petit malaise. Ça arrive à tout le monde. Prends ton temps. Respire profondément. Wendy est partie te chercher un verre d'eau. Ne t'inquiète pas, tu seras sur pied dans une minute. Prends ton temps, c'est tout. »

Je reprenais mes esprits mais ne voulais pas ouvrir les yeux, n'ayant aucune envie d'affronter ce qui venait de se passer, ni les conséquences. Je relevai un peu la tête et refermai les genoux.

« Regardez, elle revient à elle. Susan, ma chérie, tu m'entends ? me cria tante Sylvia dans l'oreille. C'est tatie. Tu es au crématorium. Ce sont les obsèques de ta mère et tu viens de tomber dans les pommes devant tout le monde. Tu entends ce que je te dis ? »

Rassemblant toute la dignité qui me restait, j'ouvris les yeux et dis : « Je vais bien. Très bien. Je vais juste aller me rasseoir. Continuez l'office, s'il vous plaît. »

Je vis Edward, toujours assis au premier rang, les bras croisés et l'air désabusé. Il haussa les sourcils, décroisa les bras et applaudit silencieusement. Rob et tante Sylvia me conduisirent jusqu'à un fauteuil que quelqu'un avait déniché je ne sais où. On me donna un verre d'eau, me demanda à plusieurs reprises si j'avais besoin d'autre chose, puis la cérémonie reprit. Edward proposa de lire le poème de Hardy. Je suis sûre que s'engouffrer dans la brèche ouverte par ma faiblesse lui plut énormément. Il y eut des prières, un autre cantique – où je restai assise –, ensuite le rideau tomba sur le cercueil de ma mère pendant que résonnait son air préféré : *Que Sera Sera*, de Doris Day. À la fin de la chanson, Edward se pencha vers moi.

« Alors, tu disais quoi, déjà, à propos de se ridiculiser ? »

Après la décrue des nausées et vertiges dont j'avais fait les frais toute la matinée, je restai échouée sur la plage de mon humiliation. Je fus soulagée de fermer enfin la portière du corbillard au nez des interminables marques de sollicitude pour mon bien-être et ma santé. Cependant, le calme fut de courte durée. Au bout de quelques secondes, des ongles rose saumon tapèrent sur la vitre, la porte fut ouverte d'un coup sec et tante Sylvia se jeta sur la banquette. Sourde à mes protestations, elle insista pour m'accompagner à la réception funéraire ; n'importe quelle personne dotée d'un minimum de sensibilité aurait compris qu'une femme qui venait tout juste de s'évanouir aux obsèques de sa mère avait besoin de s'isoler un peu pour se ressaisir.

« Oh, je sais que tu veux te montrer courageuse, ma chérie, mais ça ne m'ennuie pas. Chrissie se débrouillera sans moi, pour une fois. Elle nous suivra dans la Merco avec les jumeaux. C'est toi qui as besoin de moi pour l'instant. »

Bizarrement, Edward avait décidé de faire le trajet dans la camionnette boueuse de Rob plutôt que dans une limousine confortable avec tante Sylvia et moi. Ma tante ne cessait de tendre le bras pour me caresser les cheveux ou me tapoter le genou, ses bagues et bracelets tape-à-l'œil réfléchissant la lumière du soleil.

« Je comprends que tu sois morte de honte. À ta place, je le serais aussi. Mais ce genre de choses arrive à tout le monde. Tu ne baisseras pas dans notre estime. Personne ne se dira que tu fais une crise de nerfs, ni que tu souffres d'une fragilité héréditaire ou je ne sais quoi.

— Évidemment. Pourquoi est-ce qu'on croirait une chose pareille, au juste ?

— Oh, tu sais, tes antécédents familiaux. Enfin, du côté de ton père, quoi. Mais personne n'y songera, alors ne t'inquiète pas. »

Mes parents avaient grandi dans des milieux très différents. Alors que mon père venait d'une famille urbaine d'avocats et de comptables, ma mère descendait de travailleurs manuels et de solides ouvriers des Midlands. Mon père était un prof de fac très respecté, avant son déclin. Ce fut d'ailleurs à l'université qu'il rencontra ma mère. Celle-ci, dactylo au bureau des enseignants, avait eu des vues sur mon père pendant des mois avant qu'ils ne se parlent pour la première fois. Il était toujours habillé de manière élégante mais désinvolte : blazer en tweed bien coupé, nœud papillon, chaussures en daim. Tous deux avaient près de trente ans et la famille de ma mère commençait à croire qu'elle finirait vieille fille. Le jour où mon père s'approcha de son bureau pour lui demander si elle souhaitait prendre le thé avec lui, elle eut l'impression d'être un personnage dans l'un de ces stupides romans à l'eau de rose qu'elle dévora jusqu'à la fin de sa vie.

Après six mois de thés – puis des visites de musées et de demeures historiques ainsi que des conférences données par la société philharmonique de l'université –, la demande en mariage de mon père fut acceptée avec enthousiasme. Les salons de thé, musées et demeures historiques se révélèrent un écran de fumée. Après une cérémonie modèle à l'église et malgré les suppliques de ma mère, leurs sorties se limitèrent aux pubs, auberges et tavernes – bref, à n'importe quel endroit doté d'un bar.

Tante Sylvia, qui a quinze ans de moins que ma mère, avait au contraire toujours visé une vie de luxe. Elle commença son ascension tant espérée au comptoir des cravates d'un grand magasin ;

apparemment, elle avait postulé pour travailler au comptoir maquillage mais sans succès, ce qui me surprend énormément vu comme elle se tartine. Bien que tante Sylvia parvînt à charmer un certain nombre de jeunes hommes riches en leur nouant la cravate, ceux-ci s'en débarrassaient toujours sans ménagement une fois qu'ils avaient obtenu d'elle ce qu'ils désiraient ; c'est en tout cas ce que je déduisais de ses conversations avec ma mère.

Finalement, abandonnant ses rêves, ma tante décida de tenter sa chance avec l'ouvrier qui s'occupait du problème d'humidité chez mes grands-parents, se maria sobrement à la mairie du coin et neuf mois plus tard, donna naissance à mes cousines Wendy et Christine. L'ouvrier, oncle Frank, malgré ses débuts peu prometteurs, s'avéra être exactement ce que tante Sylvia cherchait depuis le début : un homme dont le but dans la vie était d'amasser autant d'argent que possible. Son secteur d'activité couvrait aussi bien les réparations et l'entretien des maisons, l'achat, la rénovation et la revente de biens immobiliers que la construction de lotissements. La famille passa d'une modeste maison mitoyenne avec trois chambres en banlieue à un pavillon des années soixante au fond d'une impasse, pour finir dans une villa d'architecte façon ranch, sur un chemin de campagne.

La limousine s'arrêta devant un pub victorien à tourelles : The Bull's Head, d'après le panneau à la peinture écaillée. Tante Sylvia fut fort surprise de découvrir que la réception se tiendrait à cet endroit et, pour une fois, j'étais d'accord avec elle. Dans le parking plein de nids-de-poule, un autre panneau défraîchi indiquait que la salle de réception se trouvait au fond de l'allée. Quelqu'un, vraisemblablement l'un des garçons de cuisine, avait accroché une feuille A4 sous le panneau à l'aide de punaises : *Pour Patrissia ces par la*, disait l'inscription, avec un smiley en dessous. L'allée étroite entre le pub en grès noirci et le mur de parpaings du chantier voisin était jonchée de mégots de cigarettes, de tessons de bouteille et de choses caoutchouteuses dont je détournai les yeux. Il y avait une odeur d'urine et de canalisations bouchées ainsi qu'un bourdonnement insistant de mouches. Je redoutais le verdict de nos invités les plus distingués.

La salle de réception était une annexe en crépi de plain-pied. Alors que je passais de la chaleur fétide de l'allée à la fraîcheur de l'intérieur, je fus frappée par une nouvelle odeur : un mélange de bière éventée et de désinfectant. Dans la lumière éblouissante d'un néon clignotant, j'étudiai la pièce. Le lino du sol avait une couleur de sang coagulé, les hautes fenêtres clairsemées étaient couvertes de toiles d'araignée et les tables en Formica effet bois qui bordaient chaque mur étaient grêlées de brûlures de cigarettes. Au milieu de la salle, se dressait un buffet sur lequel on avait disposé un éventail de plats indigestes, bourrés de glucides, et de boissons sucrées qui vous filent des caries. À un bout de la pièce, Edward et Rob installaient déjà le bar en pin aggloméré. Une bouteille de vin rouge presque vide était posée entre eux et mon frère parlait beaucoup trop fort. Quelques autres personnes étaient arrivées et se tenaient en petits groupes, mal à l'aise. Laissant tante Sylvia inspecter le buffet, je m'approchai d'Edward et de son ami.

« Ça va pas, la tête ? sifflai-je. Je te faisais confiance. J'étais contre l'idée d'une réception au pub depuis le début, mais je pensais que tu daignerais en choisir un décent, toi qui es expert en la matière. C'est une insulte à la mémoire de maman. J'ai honte, Edward. Je ne vais jamais pouvoir affronter nos invités.

— Fais gaffe, Suze, ou tu vas nous faire un nouveau malaise, répliqua-t-il en finissant son verre. Je connais le proprio. Il nous a fait un bon prix, un prix d'ami. Ce qui veut dire plus de thune au fond de ta poche, au bout du compte.

— Ce n'est pas une question d'argent, c'est une question de respect.

— Prends un verre de vin et détends-toi. On a quatre caisses à finir. » Il tendit le bras derrière le comptoir et sortit une autre bouteille qu'il déboucha avant de se resservir.

« Ne fais pas attention à lui, dit Rob à mi-voix. Il a soif. Pas étonnant, un jour comme aujourd'hui.

— Il a toujours soif et tu ne fais que l'encourager. Il n'y en a pas un pour rattraper l'autre.

— Je garde un œil sur lui, tu sais.

— Haha. »

Je leur tournai le dos et aperçus oncle Harold qui passait le pas de la porte. Je ne l'avais pas vu depuis l'enterrement de mon père, plus de vingt-cinq ans auparavant, même si ma mère et lui étaient restés en contact par lettres et se rendaient parfois visite. Son allure militaire restait inchangée malgré ses quatre-vingts ans. Il était bien entendu de mon devoir d'accueillir nos invités les plus importants, étant donné qu'Edward n'avait apparemment aucune intention de s'éloigner du bar. Je traversai la pièce au sol collant pour saluer mon oncle. Celui-ci venait d'accepter un verre de vin que lui tendait sur un plateau une jeune fille aux multiples piercings.

« Ça va mieux, Susan ? » demanda oncle Harold. Il but une gorgée de vin qui le fit grimacer.

« Oh oui, tout va bien. Une petite gastro, rien de plus.

— Bien, bien, tant mieux. Courage, ma grande. Ta mère n'aurait pas voulu te voir broyer du noir et t'apitoyer sur ton sort. Ce genre de comportement n'a jamais aidé personne.

— Absolument, oncle Harold, tu as raison. Je me concentre sur les détails pratiques, la succession, ce genre de choses. Pas le temps de m'occuper de moi. D'ailleurs, il faut que je t'explique – le choix du lieu de la réception est dû à une erreur gênante. Nous étions censés réserver le Bull, qui est une charmante auberge Tudor, mais Edward s'est emmêlé les pinceaux en cherchant le numéro de téléphone et a fini par louer le Bull's Head, un endroit totalement inapproprié, comme tu peux le constater. J'espère que tu ne crois pas que c'est le genre d'endroit que nous choisirions délibérément.

— Non, non, Susan, je comprends tout à fait. Je me suis immédiatement rendu compte qu'il s'agissait d'une terrible erreur. Je compatis. Pour la mort de ta mère aussi, bien sûr.

— Merci. Et comment vont tante Julia, Hugo et Sebastian ?

— Oh, tout le monde va très bien ; ils sont tous très occupés, comme d'habitude. Julia était désolée de ne pas venir aujourd'hui, mais elle lève des fonds pour des associations caritatives et elle ne pouvait pas du tout annuler. Tu connais la chanson. En ce moment, Hugo est sur le yacht à Antibes et Seb au Brésil pour un quelconque voyage d'affaires, sinon je suis persuadé qu'ils seraient venus aussi. »

Je n'en étais pas si sûre. J'ai toujours eu la nette impression que la famille d'oncle Harold considérait la nôtre avec un mélange de mépris hautain et de pitié condescendante. C'est sans nul doute par une sorte de sens vieillot du devoir familial qu'oncle Harold était resté en contact avec ma mère et est venu à ses obsèques.

Alors que la conversation se tarissait, Edward apparut, chancelant, au côté d'oncle Harold, une bouteille dans une main et un verre dans l'autre.

« Ravi de te voir, Harry », rugit-il en lui passant le bras et la bouteille autour des épaules. Il trinqua avec lui si violemment que je fus surprise que les verres ne se brisent pas.

« Bonjour, Edward. Mes sincères condoléances et ainsi de suite. Tu sembles tenir le coup. Tu as bu quelques verres, on dirait ?

— C'est ce que maman aurait voulu. J'arrête pas de le dire à Suze, mais elle a aucun sens de la fête, n'est-ce pas sœurette ? » Il tenta de m'entourer de son bras gauche pour nous rapprocher tous les trois mais je parvins à l'esquiver.

« Je suis persuadé que Susan affronte les choses à sa manière, Edward. Et puis, entre nous, même si je comprends que tu veuilles dire adieu à ta mère en bonne et due forme, je te suggère de lever un peu le pied. »

Un tel manque de bonhomie refroidit Edward, qui retira son bras. Je regardai autour de moi. Des petits groupes de gens bavardaient tranquillement, tout en mangeant des sandwichs au pain de mie et en buvant du jus d'orange à base de concentré dans des gobelets en plastique. Un des groupes se composait des voisins de ma mère dont je connaissais la plupart de vue ; un autre de personnes un peu plus bohèmes, qui appartenaient probablement à son club de lecture ; et un troisième gravitait autour du pasteur, de toute évidence des gens de St. Stephen. Tante Sylvia, Wendy, Christine et les enfants, qui venaient tout juste de remplir leurs assiettes au buffet, vinrent nous rejoindre. Tandis que je faisais les présentations nécessaires – la famille de mon père et celle de ma mère ne s'étaient pas revues depuis de nombreuses années –, Edward, qui semblait avoir oublié qu'il avait un verre à la main, but directement au goulot.

« Wendy, Chrissie, vous avez l'air plus appétissantes que jamais, marmonna-t-il en les déshabillant du regard. On croirait pas que vous étiez des gamines toutes plates. » Toutes deux gloussèrent timidement.

« Tu te souviens des jumelles, pas vrai Harry ? La dernière fois qu'on était tous ensemble, à l'enterrement de papa ? On avait quoi, treize, quatorze ans, dix-sept peut-être ? Pas toi, Harry, t'as toujours été vieux. » Il pouffa de rire avant de poursuivre dans la même veine. « Wendy et Chrissie étaient pas vraiment des bombes, à l'époque. Et maintenant, regarde-les, avec leurs longs cheveux blonds et leurs courbes et tout. » Il brandit sa bouteille de vin, dessinant des arabesques dans l'air. « C'est légal, non, de se marier entre cousins ? Non pas que ce soit le mariage que j'aie en tête. » Personne ne sut quoi répondre.

« Oui, ces jeunes femmes sont charmantes, risqua l'oncle Harold. Ravi de vous revoir, ainsi que votre charmante mère. » Tante Sylvia rougit sous sa tartine de fond de teint.

« Eh ben, Sylvia était plutôt canon aussi dans le temps, hein Sylvia ? reprit Edward. Je me souviens que tu venais nous rendre visite quand j'étais petit, avec tes jupes serrées, tes hauts moulants et tes talons. » Il soupira et ferma les yeux un moment. « C'est déroutant pour un garçon en pleine croissance, tout ça. » Les joues de tante Sylvia s'empourprèrent davantage et elle referma instinctivement un bouton en haut de son chemisier.

« Tais-toi, Edward, tu te ridiculises et tu nous mets tous mal à l'aise, dis-je.

— Qu'est-ce que je te disais, Harry ? Aucun sens de la fête, ma frangine. Elle est comme un trou noir qui aspire la joie et le plaisir.

— Écoute un peu, Edward, fit oncle Harold. Il est évident que tu as bu quelques verres mais je ne crois pas que ces dames apprécient le tour que prend cette conversation. Peut-être aimerais-tu sortir prendre l'air et revenir quand tu te sentiras mieux ?

— Quand je me sentirai mieux ? cria Edward. Je vais très bien. C'est tous ces vieux schnocks à mourir d'ennui qui me dépriment. » Les petits groupes cessèrent de parler et tout le monde se tourna pour voir ce qu'il se passait. Edward avait trouvé son public. « Vous tous, reprit-il en gesticulant, vous devriez vous amuser, vous devriez être en train de vous bourrer la gueule et de faire la fête. De célébrer la vie. Tout ce que vous faites, c'est rester plantés là à parler poliment et à grignoter vos sandwichs. Amusez-vous un peu, putain ! La picole est gratuite, bordel de merde.

— Edward, écoute ton oncle, insista tante Sylvia. Tu vas trop loin. Ça contrarie tout le monde.

— Rôôô, ferme-la, grosse vache.

— Edward, ça suffit », dis-je en lui saisissant le bras. Il me repoussa plus fortement que nécessaire et je trébuchai en arrière sur mes maudits talons. Rob, qui avait rejoint notre groupe au début de l'esclandre, m'attrapa avant que je ne tombe par terre.

« Vas-y mollo, Ed », lança-t-il en m'aidant à me relever. Je me dégageai de son étreinte.

Oncle Harold, qui avait l'habitude des sous-fifres récalcitrants, entreprit de s'occuper de la situation, mais il se heurta à un barrage d'obscénités de la part d'Edward. Rob finit par persuader mon frère, toujours hurlant, de le suivre au bar, où il tenta de lui retirer des mains une nouvelle bouteille de vin. Je me confondis en excuses auprès d'oncle Harold, de tante Sylvia et de l'assistance en général. Malgré tout, il était évident que personne ne souhaitait prolonger le fiasco et les gens commencèrent à trouver des excuses pour partir.

« Il suit les traces de son père », entendis-je tante Sylvia chuchoter à Wendy et Christine tandis qu'elles et leurs enfants s'enfuyaient à toutes jambes vers Cadbury World.

« Tout ira le mieux du monde demain matin, tu verras », marmonna oncle Harold, incontestablement soulagé de retrouver sa vie de famille impeccable.

Au bout de quelques minutes, il ne restait plus qu'Edward, Rob et moi dans la salle. Je fondis sur eux au moment où Rob tentait de passer les bras de mon frère titubant dans les manches de sa veste.

« C'est la dernière fois que tu me gâches la vie, Edward. Si tu crois que j'ai l'intention de te laisser occuper cette maison, ta cervelle est encore plus brouillée que je ne le croyais. Je vais te faire regretter d'avoir une sœur, tout comme j'ai toujours regretté d'avoir un frère. »

De retour chez ma mère, pendant que le taxi attendait dehors, je jetai mes vêtements dans ma valise et attrapai un sac de voyage dans le placard sous l'escalier. J'y fourrai la boîte à bijoux de ma mère, un service de fourchettes à dessert en argent et quelques autres petits objets de valeur qu'Edward pourrait être tenté de vendre. Après avoir claqué la porte, je traînai mes bagages dans l'allée du jardin. Un élan de vitalité monta en moi, provoqué par la haine pure que je ressentais pour Edward.

SEPTEMBRE

5

Le premier samedi de ce mois, j'entrepris d'écrire un e-mail à Mr Brinkworth, l'exécuteur testamentaire de ma mère. Même s'il ne s'était écoulé que quelques jours depuis les désastreuses obsèques, je me sentais plus légère qu'auparavant, peut-être parce que les nausées matinales s'étaient calmées – ou peut-être parce que je commençais à m'y habituer – ou parce que l'air s'était rafraîchi. Alors que je m'apprêtais à appuyer sur « envoyer », on sonna à ma porte. Comme je reçois rarement des invités, encore moins à l'improviste, je supposai qu'il s'agissait du facteur. M'attendant à devoir signer pour un paquet, quelle ne fut pas ma surprise de trouver sur le seuil mon « cavalier » d'autrefois, Richard, aussi sérieux qu'un témoin de Jéhovah. Avant que j'aie pu refermer la porte, il glissa dans l'entrebâillement un richelieu brun parfaitement ciré.

Il n'y a malheureusement pas que le testament fort suspect de ma mère et l'attitude déplaisante de mon frère qui me préoccupent à l'heure actuelle. Jusqu'à présent je n'ai pas été disposée à aborder de front l'autre problème, pas par honte ou par « déni », mais parce qu'il faut du temps pour accepter une nouvelle situation : pour assimiler les faits, y réfléchir et décider de la marche à suivre. Vous aurez compris que je suis au premier stade de ma grossesse. « Mais tu as quarante-cinq ans, me direz-vous, tu es célibataire et tes moyens financiers sont limités. » Je suis bien sûr tout à fait consciente de la situation et j'ai soigneusement étudié toutes les possibilités qui s'offraient à moi.

Je tiens à affirmer une fois pour toutes que je n'ai jamais eu le moindre désir de tomber enceinte. J'ai décidé il y a longtemps que ni mari ni enfants ne feraient jamais partie de ma vie ; mon autonomie complète est bien trop chère à mes yeux. C'est pour cela que l'arrangement avec Richard me convenait si bien. Nous nous sommes rencontrés il y a plus de douze ans. Un jour, je jetais par hasard un œil à la rubrique rencontres de l'*Evening Standard* que quelqu'un avait laissé dans le métro – pas parce que je me sentais seule ou que je cherchais un partenaire, mais simplement par ennui et curiosité – quand une annonce en particulier attira mon attention. Je me souviens encore de la formulation :

Homme extrêmement présentable, trente-cinq ans, ne désirant pas se ranger, cherche femme de caractère pour une appréciation mutuelle et sans engagement des plaisirs dramatiques, artistiques et gastronomiques de Londres et de l'un l'autre.

Après avoir vérifié que personne ne regardait, je déchirai l'annonce et la rangeai entre les pages de mon journal intime, où elle passa les quelques jours suivants. Je dois admettre que j'étais un peu blasée à l'époque. J'avais trente-deux ou trente-trois ans et la vie à Londres ne semblait plus offrir les possibilités excitantes d'autrefois ; les personnes que je connaissais de l'école, de l'université et du travail se précipitaient toutes comme des lemmings vers le mariage et la parentalité. « Pourquoi pas ? pensai-je. Qu'est-ce que j'ai à perdre ? » Il serait agréable d'aller au théâtre, au musée et au restaurant avec un compagnon. Sans compter le bénéfice auxiliaire d'un contact plus intime de manière régulière et sûre.

Je devrais préciser, sans vouloir être arrogante – c'est tout simplement un fait –, que je n'ai jamais manqué d'attention masculine. Être menue, blonde et élégante semble garantir un certain degré d'intérêt (un collègue m'a un jour décrite comme le sosie de Kylie Minogue si celle-ci avait eu une carrière d'actuaire. J'ignore s'il pensait me faire un compliment). Je m'aperçois cependant que les hommes attendent invariablement davantage de moi que ce que je suis prête à donner. Certains veulent de l'amour romantique, une rencontre des esprits, un partage de pensées et de sentiments ; d'autres recherchent de la vénération, de la déférence, de la soumission. Je ne suis pas faite pour toutes ces sottises, c'est pourquoi je fus attirée par l'annonce dans le journal. Cet homme apparemment cultivé cherchait la compagnie du sexe opposé, sans intentions cachées. Ce serait comme d'avoir une liaison extraconjugale mais sans les inconvénients d'un mari à la maison.

Ayant pesé le pour et le contre pendant une semaine environ, j'envoyai une réponse à sa boîte postale. Quelques jours plus tard, après une conversation téléphonique quasi professionnelle pour établir les règles de notre relation – pas d'engagement sur le long terme, pas d'investissement émotionnel, pas d'invasion de la vie privée –, je rencontrai Richard dans un restaurant branché de Chelsea, où je savais pertinemment qu'il était très dur d'obtenir une réservation. Il s'avéra être d'une beauté étonnante, avec un côté pas compliqué. Tout chez lui était ordonné et bien proportionné : son nez ni trop grand ni trop petit ; ses cheveux châtains ni trop longs ni trop courts, sa carrure ni trop musclée ni trop frêle ; ses yeux (qui soutenaient mon regard comme une égale) étaient d'une modeste couleur noisette ; le grain de sa peau semblait sain ; il était plus grand que moi, mais pas trop. Il portait une tenue ordonnée, elle aussi : chemise en coton parfaitement repassée, pantalon de coutil, blazer bleu marine et les richelieus bruns vernis susmentionnés. Sans être prétentieux, il était d'une politesse irréprochable et avait des sujets de conversation intéressants. Après avoir proposé de m'offrir le repas, il ne fit pas d'histoire et ne montra aucun signe d'irritation quand j'insistai pour payer ma part.

Richard m'expliqua qu'il était critique d'art et chroniqueur free-lance, qu'il vivait dans le Sussex et venait à Londres un ou deux jours par semaine. Il se disait très occupé, dévoué à ses passions et sans aucun désir de se retrouver prisonnier d'une famille. Il proposa que nous nous retrouvions chaque mercredi soir, en ayant auparavant organisé notre sortie, le dimanche au téléphone. Je lui répondis que j'étudierais attentivement la question et lui ferais part de ma décision. Deux jours plus tard, je l'appelai pour lui annoncer que j'acceptais les conditions, sachant que l'un comme l'autre pouvait mettre fin à la relation à tout moment, sans explication. Le mercredi suivant, après avoir vu *La Traviata* à l'Opéra national d'Angleterre, nous retournâmes dans sa chambre d'hôtel chic, où les choses furent plus que satisfaisantes.

Comme je le disais, c'était il y a plus de douze ans. Je suis sûre que ni moi ni Richard n'imaginions que cet arrangement durerait aussi longtemps, mais il convenait parfaitement à nos besoins. J'aimais les vernissages des galeries d'art, les premières et les restaurants mondains auxquels Richard avait accès grâce à ses contacts professionnels. Il aimait avoir une compagne fiable pour fréquenter ces lieux et ces événements. Nous appréciions tous deux cette « relation » intime qui ne présentait aucune menace pour notre indépendance. Le seul inconvénient pour moi était le coût financier ; je tenais toujours à payer ma part, sauf pour les billets gratuits ou les chambres d'hôtel que Richard devait de toute façon réserver. Par ailleurs, il me fallait des tenues de soirée, chaussures et sacs à main compris, que je ne me serais jamais donné la peine d'acheter autrement. De telles dépenses m'empêchaient d'épargner mais je décidai que les bénéfices en valaient la peine.

Richard et moi nous étions mis d'accord dès le début : pas de questions sur notre éducation et nos familles ; profiter du temps que nous passions ensemble, voilà tout ce qui comptait. Avec son apparence soignée, ses bonnes manières et sa façon de parler légèrement vieillotte, je m'imaginais qu'il était d'une famille de militaires – peut-être avait-il lui-même été dans l'armée. J'y fis allusion une ou deux fois et il ne nia pas.

J'ignore si Richard a fréquenté d'autres femmes pendant ces douze années ; je ne posais pas la question, considérant que ça ne me regardait pas. Pourtant, parce que je ne savais rien de la vie intime de Richard en dehors de nos rencontres, j'insistais pour qu'il emploie les mesures de protection adéquates quand nous nous trouvions dans sa chambre d'hôtel. Moi qui avais toujours cru que ces méthodes étaient infaillibles, j'ai appris à mes dépens que ce n'est pas le cas. J'aurais sans doute dû prendre moi aussi mes précautions, mais je pensais qu'alors, je risquais de moins bien surveiller les obligations de Richard. Quoi qu'il en soit, il y eut des ratés, de toute évidence, même si je n'en savais rien à l'époque.

Les signes se manifestèrent de la manière habituelle : retard de règles, goût métallique dans la bouche puis, deux semaines plus tard, les premières nausées et les vomissements débilitants. Dès que je me mis à vomir dans les toilettes de mon bureau un midi, je sus sans l'ombre d'un doute que j'étais enceinte. Le test que je fis le soir même confirma mes craintes. Ayant posé le bâtonnet devant moi sur la table, je saisis mon portable de mes mains qui n'arrêtaient pas de trembler et envoyai un texto à Richard, l'informant que tout était fini entre nous. Je reçus une réponse aussitôt, et un échange de messages s'ensuivit :

Richard : *C'est complètement inattendu, Susan. Je te propose d'en parler quand nous nous verrons mercredi prochain. Tu veux que nous allions prendre un verre avant le concert ?*

Moi : *Il n'y a rien à ajouter. Nous étions d'accord depuis le début que nous pouvions mettre un terme à notre arrangement s'il ne nous convenait plus, et c'est ce que je fais.*

Richard : *C'était il y a des années. Tu ne penses pas que je mérite une explication ?*

Moi : *Ça ne faisait pas partie de notre accord.*

Richard : *Retrouvons-nous mercredi pour en débattre. Je ne me rendais pas du tout compte que tu étais malheureuse.*

Moi : *Je ne suis pas malheureuse. Merci pour ces douze années agréables et bonne chance pour la suite. Amitiés, Susan.*

Mon portable sonna une demi-douzaine de fois dans l'heure qui suivit mais je ne décrochai pas. Puis il y eut un dernier échange de textos :

Moi : *Arrête de m'appeler, s'il te plaît. Continuer la discussion ne servira à rien.*

Richard : *Très bien. Mais ne t'attends pas à ce que je sois encore là quand tu changeras d'avis.*

Vous vous demandez sans doute, puisque je n'avais aucune envie d'avoir un bébé ni aucune objection morale ou éthique à avorter, pourquoi je fus si prompte à rompre tout contact avec Richard. J'aurais tout aussi bien pu continuer à le voir comme d'habitude, faisant passer les nausées matinales pour une gastro pendant que j'organisais l'interruption de la grossesse. En réalité, j'étais en colère contre lui. C'est lui qui m'avait fait ça ; je me retrouvais dans cette position peu enviable à cause de lui. La femme paie le prix tandis que l'homme s'en sort indemne, c'est un simple fait biologique. Par ailleurs, je désirais éviter absolument les rôles stéréotypés qu'adoptent les gens en cas de grossesse non désirée : la femme vulnérable en mal d'affection et l'amant froid et dédaigneux. J'imaginais la scène : j'apprends à Richard que je suis enceinte ; il pense que je l'ai fait exprès parce que je veux un bébé ou une relation plus sérieuse ; je tente de le convaincre que c'est la dernière chose dont j'ai envie ; il propose galamment de payer l'avortement et de m'accompagner à la clinique ; sa condescendance et sa pitié me font bouillir de rage. Non, mieux valait y mettre un terme vite fait bien fait.

Je pensais avoir réussi à me débarrasser de Richard, peut-être avec une once de regret face à la perte de nos mercredis soir, mais ça n'était pas encore tout à fait terminé.

« Richard, c'est du harcèlement, dis-je d'un ton ferme tandis qu'il se tenait sur le pas de ma porte. Enlève ton pied et va-t'en, s'il te plaît.

— Pas avant que tu aies entendu ce que j'ai à te dire. Laisse-moi entrer pour qu'on en discute. »

J'hésitai. Autant en finir avec cette histoire. Je m'écartai pour le laisser entrer.

« Alors ? demandai-je une fois qu'il fut confortablement installé dans mon salon.

— Susan, le temps que nous avons passé ensemble m'a été très précieux, commença-t-il. Ce n'est que lorsque j'ai reçu ton texto que j'ai réalisé à quel point nos mercredis soir faisaient partie de ma vie. Je comprends pourquoi tu l'as envoyé. Tu ne veux plus seulement ce que nous avons là, tu veux une sorte de garantie que tu ne seras pas seule quand tu atteindras l'âge mûr. Je ne me croyais pas capable d'un tel engagement, mais si je risque de devoir tirer un trait sur notre relation, alors je préfère te donner ce que tu désires. Susan, je te suggère de vendre ton appartement et d'en racheter un dans un endroit plus central, plus proche de tout, à deux pas des lieux que nous aimons. Je ferai en sorte de passer la nuit avec toi tous les mercredis et jeudis, et le reste de la semaine dans le Sussex. Je ne vois aucune raison qui empêcherait ce nouvel arrangement à long terme. »

Le malaise de Richard s'était dissipé et il affichait un sourire bienveillant. Nous ne nous étions jamais vraiment vus qu'à la lueur rosée d'une bougie ou d'une lampe de chevet, sous les lumières tamisées d'une salle de spectacle ou d'un bar. Assis sur mon canapé à onze heures un samedi matin, il avait l'air incongru, comme un beau tableau de maître dans une galerie d'art moderne. Il avait l'habitude d'organiser sa vie exactement comme il le souhaitait – usant de ses bonnes manières et de sa beauté discrète pour charmer les gens au besoin – et il ne lui était de toute évidence jamais venu à l'esprit que sa proposition ne me convaincrait pas. Je ne pus m'empêcher de rire face à son assurance déplacée. Ma colère s'estompa. Je savais que la scène qui allait suivre ne se passerait pas de la manière que j'avais redoutée. J'avais toutes les cartes en main. J'étais enceinte, certes, mais pas vulnérable.

« Eh bien, Richard. Quelle charmante idée. Mais de toute évidence, il faudra prendre un appartement avec jardin, pour le bébé qui est en route. Un grand, où ranger la poussette, le berceau et tout ce dont nous aurons besoin. Combien coûte un appartement avec jardin dans le centre ? Il faudra que j'arrête de travailler, bien sûr, mais je suis convaincue que tu serais ravi de rembourser le prêt et de nous aider financièrement, le bébé et moi. Nous ne pourrons plus sortir le soir parce que les baby-sitters à Londres coûtent une fortune. Mais ne t'inquiète pas, nous pourrons toujours nous blottir sur le canapé devant la télévision et commander des pizzas. Nous serons ensemble – deux nuits par semaine, du moins – et c'est tout ce qui compte, n'est-ce pas ? »

L'expression de Richard était à mourir de rire. Plus je parlais, plus ses sourcils se haussaient, pendant qu'un tic faisait tressaillir le coin de sa bouche. La sueur se mit à couler sur son front, malgré la fraîcheur, et son teint d'habitude éclatant vira au jaune blafard.

« Comment, tu es enceinte ? bégaya-t-il.

— Tu as tout compris. Maintenant, si ça ne te dérange pas, j'ai un e-mail urgent à envoyer. Laisse-moi te raccompagner. »

Sans un mot et l'air sidéré, Richard se laissa guider le long du couloir. Après avoir franchi le seuil, il se retourna, comme pour me dire quelque chose, mais se ravisa. Il se retourna de nouveau en atteignant le trottoir.

« Tu ne vas pas... Enfin, tu ne vas pas vraiment... ?

— Au revoir, Richard », dis-je en fermant la porte.

Et, si surprenant que ça puisse être pour moi comme pour tous ceux qui me connaissent, je crois que si ; je crois que j'en ai vraiment envie.

6

Une nouvelle visite à Birmingham, très différente de la précédente. J'avais du mal à croire que les nausées du matin et les inévitables conséquences de la mort de ma mère m'avaient affaiblie si peu de temps auparavant. En ce qui concernait ma condition physique, j'étais presque revenue à la normale. Émotionnellement, j'allais de mieux en mieux. Ayant réglé les choses avec Richard et pris une décision pour ma grossesse, je pouvais me concentrer sur ce qui me revenait de droit. Assise dans la salle d'attente de Brinkworth & Bates, j'étais gonflée à bloc et prête pour la bataille.

Je sais que certaines personnes me trouvent difficile, mais il faut reconnaître que je ne suis jamais grossière envers personne, sauf peut-être envers Edward, qui le mérite. De fait, je suis fière de mes bonnes manières ; je laisse mon siège aux personnes âgées dans les transports, ce qui provoque souvent un sentiment de honte chez les jeunes en bonne santé ; je fais bien attention d'envoyer des messages de remerciement lorsque je reçois un cadeau, si atroce soit-il ; je ne coupe jamais une file d'attente, même si les gens font de toute évidence la queue dans la mauvaise direction ; et ainsi de suite. Je reconnais pourtant que je n'aime pas tourner autour du pot. Au mieux, l'ambiguïté crée malentendu et embarras ; au pire, elle donne aux autres l'occasion de profiter de vos moindres faiblesses. Je voyais bien qu'il me faudrait tenir tête à Mr Brinkworth.

Afin de mesurer l'étendue exacte de l'implication d'Edward, j'avais écrit un mail au notaire pour connaître les circonstances de la rédaction du testament de ma mère, mais il n'avait même pas eu la courtoisie d'en accuser réception, et encore moins d'y répondre. Je découvris néanmoins qu'en recours provisoire, je pouvais demander à la cour de bloquer la requête en homologation dont Mr Brinkworth aurait besoin pour procéder à la succession. Le retard qui en résulterait m'incommoderait autant qu'Edward, mais je ne doutais pas de pouvoir tenir plus longtemps que mon frère, dont les revenus oscillent entre l'imprévisible et l'inexistant.

Ne pas avoir mon propre bureau est une source constante de frustration. Ceci est parfaitement injuste étant donné mon niveau d'expérience et d'expertise ; dans mon ministère, seuls les cadres ont l'honneur d'avoir un bureau à eux. Curieusement, à chaque fois que j'ai posé ma candidature pour un poste de manager, il m'est passé sous le nez. On m'a expliqué que mon talent n'était pas là ; il faut dire que personne dans mon administration n'est aussi consciencieux que moi quand il s'agit d'analyser des données complexes. Comme je n'ai pas de bureau, mes collègues peuvent tout entendre de mes coups de fil personnels. À chaque fois que je courais après Mr Brinkworth pour obtenir une réponse à mon e-mail, je devais donc téléphoner depuis le couloir près des toilettes ; un cadre pathétique pour une conversation importante.

Finalement, le notaire accepta de prendre mon appel.

« Mrs Green. Ce que vous devez comprendre, c'est que dans cette affaire, je ne suis ni de votre côté ni de celui de votre frère. Laissez-moi vous expliquer : mon unique devoir est de m'occuper de la succession de votre mère conformément à ses désirs. De longues correspondances ou conversations téléphoniques entraîneraient tout simplement des frais légaux inutiles que je me dois d'éviter en tant qu'exécuteur testamentaire. »

Mr Brinkworth parlait lentement et posément, comme si je risquais d'avoir du mal à le comprendre, et je sentais qu'il s'empêchait d'ajouter « ma chère » à la fin de son discours. Je connais très bien le genre. Mr Brinkworth avait certainement fait ses études dans une école privée médiocre et hors de prix, d'où il tenait l'idée que les anciens élèves d'établissements plus modestes lui devaient le respect. Incapable d'obtenir cette déférence dans sa vie quotidienne, il était devenu notaire afin de monter sa propre étude et de la diriger tel le souverain d'un royaume en carton-pâte. Il traitait probablement ses secrétaires comme son harem personnel et ses clients comme des enfants attardés.

« Eh bien Mr Brinkworth, ce que *vous* devez comprendre, c'est que je ne vais pas me laisser faire. Je soupçonne fortement que mon frère a manigancé toute cette histoire pour mettre la main sur l'héritage ; quant à vous, vous êtes en partie responsable d'avoir laissé ma mère signer un testament qui ne reflétait pas ses véritables volontés.

— De telles sottises ne nous mèneront nulle part. Comme vous avez malheureusement choisi de m'empêcher de lancer la succession, je suis prêt à vous accorder un rendez-vous afin de faire avancer les choses. Par souci de transparence, votre frère devra également être présent. Je clarifierai tout sujet que vous auriez du mal à saisir, après quoi je vous demanderai de me laisser faire mon travail. »

L'idée de résoudre le problème en personne me convenait tout à fait et nous prîmes donc les dispositions nécessaires.

Il était désormais quatorze heures quinze ; le rendez-vous avec Mr Brinkworth avait été fixé à quatorze heures. J'arrivai à l'étude notariale à l'heure pile, en dépit des cent cinquante kilomètres parcourus en métro et en train ce matin-là. Il n'y avait cependant aucun signe d'Edward, qui n'avait que quelques rues à traverser ou cinq minutes de taxi si marcher lui demandait trop d'effort. La réceptionniste m'informa que la réunion ne pouvait commencer qu'à l'arrivée de mon frère. J'imagine qu'il avait tellement bu ou fumé la nuit précédente qu'il ne savait pas quel jour on était. Je n'avais pas revu Edward depuis le fiasco des obsèques de notre mère et n'avais aucune envie de le voir aujourd'hui. Sa présence semblait néanmoins indispensable. Je tentai d'appeler la maison mais le répondeur se mit en marche après quelques instants. Entendre sur l'enregistrement, au lieu des salutations courtoises de ma mère, le charabia prétendument hilarant d'Edward, avec un rire rauque en fond sonore, me rendit malade. Je laissai un message demandant qu'il se rende à l'étude sans tarder. (Je ne l'ai peut-être pas formulé aussi poliment.)

Dans les jours suivant ma conversation téléphonique avec Mr Brinkworth et précédant notre rendez-vous, je m'étais intéressée aux formalités prénatales. Je ne demande d'avis médical que lorsque cela s'avère absolument nécessaire, préférant plutôt faire mes propres recherches et traiter moi-même toute affection mineure. Par conséquent, depuis qu'au tournant de la trentaine j'avais choisi mon médecin traitant, je n'avais eu aucune raison de le consulter et ne me rappelais même plus où se trouvait son cabinet. Consciente cependant de la nécessité d'informer un médecin de mon état, je quittai plus tôt mon travail, prétextant un rendez-vous chez le dentiste. Les murs défraîchis de la maison d'avant guerre convertie en centre médical étaient peints en jaune pâle et bordeaux brillant, le sol agrémenté d'une moquette effilochée. Il était évidemment risqué d'avoir de la moquette au sol plutôt qu'un revêtement facile à désinfecter, question qu'il faudrait vraiment aborder avec les associés du cabinet.

Le médecin avait l'air à peine plus âgé qu'un étudiant et était si nerveux que je me demandai s'il avait déjà rencontré un patient en chair et en os. Il passa presque toute la consultation à gratter à vif la peau qui pelait au dos de ses mains et à fixer un point au-dessus de mon épaule gauche. Lorsque je lui expliquai que j'étais enceinte, il haussa les sourcils et scruta sur son ordinateur mon dossier, qui ne contenait probablement rien d'autre que mon nom et ma date de naissance. Il pensait sans doute que j'avais plutôt l'âge de consulter pour la ménopause que pour une grossesse. Après une discussion guindée durant laquelle le médecin tenta en vain d'obtenir des détails sur ma vie privée, il vint à bout des formalités nécessaires. Une fois cette affaire réglée, j'en profitai pour me renseigner sur les droits d'accès au dossier médical d'un parent décédé. Malgré son jeune âge, il se révéla une mine d'informations utiles ; peut-être qu'aujourd'hui en fac de médecine on se concentre davantage sur les tâches administratives que sur le contact avec les patients.

Je quittai le cabinet avec une liasse de prospectus sur la grossesse et l'accouchement, que je parcourus en rentrant chez moi, cet après-midi-là. Invariablement, les photos représentaient des femmes à un stade avancé de leur grossesse, l'air satisfait et les mains posées sur le ventre, ou des jeunes mamans radieuses qui souriaient fièrement au petit ange dans leurs bras. La plupart du temps, un homme possessif se tenait en arrière-plan, la main sur l'épaule de sa partenaire. Les femmes étaient toutes jeunes et rayonnaient de la joie d'avoir procréé en temps et en heure. J'étais incapable de voir ce que ces pondeuses instinctives avaient en commun avec moi ; j'avais l'impression d'infiltrer un groupe de fondamentalistes à la couverture fort peu crédible.

Les prospectus me ramenèrent à la réalité de ce qui allait se passer au cours des prochains mois, non seulement dans mon corps mais aussi dans celui de la créature qui grandissait à l'intérieur de moi. L'avantage était que les nausées devaient cesser complètement d'ici quelques jours. Il y avait cependant de multiples inconvénients. Je n'avais pas imaginé que mon abdomen, que je trouvais plutôt bien conservé pour une femme de mon âge, se distendrait de manière aussi gargantuesque. Je n'imaginais pas non plus mes seins modestes transformés en mamelles géantes productrices de lait. Quant aux circonvolutions corporelles de la naissance en elle-même, je ne pouvais pas y penser. Je grimpai sur le canapé du salon, face au miroir, et fourrai un coussin entre mon chemisier et mes sous-vêtements. Je me mis de profil, croisai les mains sous mon faux ventre et pris un air bovin de future maman. Non, ça n'allait pas. Vraiment pas.

Je jetai le coussin sur le canapé et retournai à la cuisine inspecter les prospectus. Je fus surprise de découvrir que mon « bébé » mesurait déjà sept centimètres environ et pesait vingt-huit grammes. Les répercussions du décès de ma mère et les symptômes désagréables de ma grossesse m'avaient tellement préoccupée que je n'avais pas pris garde au fait que ce qui poussait en moi avait dépassé le stade de la simple masse de cellules. Je n'y pensais pas comme à une véritable personne mais ce que je venais de lire éveilla en moi une sensation viscérale différente de tout ce que j'avais ressenti auparavant. Ce que j'affrontais n'était pas seulement un dilemme abstrait ; à la fin du processus – fin mars prochain, selon le médecin – je sortirais de l'hôpital avec un vrai bébé en chair et en os. C'était si ridiculement surréaliste que mon esprit fuyait cette idée. Je ramassai les prospectus et les plaçai dans le plateau réservé aux affaires en suspens.

Plus tard ce jour-là, tandis que j'écrivais un mail au responsable du cabinet médical pour lui faire bénéficier de mon avis sur ses services, on frappa à ma porte. Craignant de ne pas avoir suffisamment tétanisé Richard, je jetai un œil derrière le rideau du bow-window. Ce n'était que ma voisine du dessus, Kate, qui s'était sans doute enfermée dehors, encore une fois. J'ai accepté à contrecœur de garder un double de ses clés dans cette éventualité. Quand Kate a emménagé avec Alex il y a cinq ans, c'était une jeune femme active et soignée – elle travaillait à la City dans les ressources humaines, la communication ou quelque chose de ce genre. Alex et elle travaillaient beaucoup ; je ne les voyais et ne les entendais quasiment jamais. À présent, Kate est la mère énervée et débraillée d'un bébé et d'une enfant de deux ans constamment dans ses pattes. Alex a conservé les mêmes horaires de travail et doit être aussi inconnu de sa famille que de moi.

« Oh, super, Susan est là, dit Kate, s'adressant à la petite rouquine cramponnée à sa jambe. On ne pensait pas qu'elle serait de retour aussi tôt, pas vrai ? Elle ne devinera jamais ce qui nous arrive, hein ?

— Je vais vous chercher les clés. »

Le bébé, qui n'avait que quelques semaines, dormait profondément, emmitouflé dans un siège auto accroché au bras de Kate. Celle-ci affichait un sourire de pure résignation plutôt que de bonheur et ses boucles préraphaélites autrefois volumineuses pendaient autour de son visage comme des algues molles. Je me dis que ce serait peut-être une bonne occasion de faire un peu de recherche scientifique ; je lui proposai donc de rester prendre le thé avec sa progéniture. Kate hésita, sans doute parce que, depuis le temps que nous étions voisines, jamais l'une n'avait franchi le seuil de l'appartement de l'autre. Un instant après, son sourire était de retour et elle se pencha vers la fillette.

« Ava, tu veux boire un petit verre chez tatie Susan ? Ça te plairait ? »

Étonnamment, la fillette, au lieu de reculer, horrifiée, décocha un grand sourire et hocha la tête. Je conduisis la famille à la cuisine et leur servis du thé et du jus d'orange. Les portes-fenêtres étaient ouvertes sur ma minuscule cour arborée où Winston, étendu sur le muret, absorbait la dernière chaleur de cet agréable après-midi d'automne. La petite fille sortit vadrouiller.

« Tatie Susan a beaucoup de chance d'avoir un jardin, n'est-ce pas, Ava ? » lança Kate en se laissant tomber dans l'une des chaises de la cuisine, le siège auto posé par terre entre ses chaussures plus pratiques qu'élégantes. Elle sourit exagérément au bébé et se mit à proférer des « mama baba dada ». « On aurait dû penser au jardin quand on cherchait un appartement, reprit-elle, s'adressant au bébé, mais à l'époque, on ne savait pas qu'on aurait ces deux petits choux, n'est-ce pas ? De toute façon papa et maman n'auraient pas pu s'offrir un jardin dans le quartier, hein ? » Le bébé se mit à pleurnicher, elle le détacha donc et le fit sauter en rythme dans ses bras. Je supposai qu'il s'agissait d'un garçon, puisqu'il portait l'inévitable barboteuse bleu ciel.

« Comment s'appelle-t-il ? » demandai-je, me rappelant que les parents s'attendent à ce genre de questions.

« Tu t'appelles Noah et tu es un petit ange, pas vrai ? répondit-elle, les yeux plongés dans ceux du bébé, qui commençaient à se refermer. Sauf quand tu te réveilles à trois heures du matin et que tu refuses de te rendormir. »

Je sentis que je pouvais oser quelques questions plus pointues.

« Qu'est-ce que ça fait d'être mère ? Vous êtes contente ou vous pensez avoir fait une terrible erreur ? »

Kate éclata de rire.

« On adore ça, n'est-ce pas ? On est tout le temps fatigués et c'est difficile financièrement, mais on ne pourrait pas vivre sans toi et Ava, jamais de la vie, hein ? »

C'était maintenant ou jamais. Je retins ma respiration, tendis mes muscles et plongeai avant de perdre courage.

« Ça vous ennuierait si je le prenais dans mes bras ? »

Un air de panique passa sur le visage de Kate, comme si j'avais proposé de l'emmener faire du rafting ; elle le serra instinctivement contre sa poitrine. Elle ne trouvait cependant pas de raison de refuser.

« Tu vas faire un câlin à tatie Susan, mon cœur ? » dit-elle au bébé en me le passant à regret. Je le tins comme elle l'avait fait – horizontalement sur mes avant-bras, la tête au creux de mon coude. Il était bien plus lourd que je ne l'aurais cru ; j'avais pensé naïvement qu'il pèserait autant qu'un sac à main mais on aurait plutôt dit une mallette pleine. Il était doux et moite et exhalait un mélange de linge propre et de lait chaud, avec de vagues nuances d'urine. Le bébé sentit probablement ma gêne car son visage se crispa, passant du rose clair à une sorte de mauve. Je tentai de le faire rebondir comme Kate l'avait fait, mais mes mouvements étaient peut-être trop saccadés ou manquaient de coordination. Il se mit à hurler.

« Oh, viens voir maman, mon chéri. Je crois que tu as un peu faim et sommeil, hein ? Tu veux du lolo ? »

Puis une chose déconcertante se produisit. Le haut de Kate possédait apparemment une sorte d'ouverture cachée, comme une porte dans un vieux manoir dissimulée par une bibliothèque pivotante. Un instant, elle était assise à table, l'air parfaitement normal, et soudain, un rabat était soulevé, une fermeture défaite et son sein gauche exposé au grand jour. Je précise que je ne suis pas pudibonde ou facilement choquée ; un corps est un corps. Cependant, n'étant pas du tout préparée à voir le sein de ma voisine dans ma propre cuisine, je prétextai un coup de fil important à passer avant dix-sept heures. Kate fit pivoter sa bibliothèque et tout revint à la normale. Le bébé, lui, ne fut pas impressionné par le retrait de sa source de nourriture.

« Ava, c'est l'heure de rentrer. Tatie Susan a des choses à faire », lança-t-elle par les portes-fenêtres.

Tout en attachant le bébé dans son siège auto, elle roucoula : « On s'est bien amusés, dis ? C'est agréable de parler à des adultes, pour changer, hein ? Il faudra recommencer, d'accord ? »

Ma rencontre avec Kate ne m'avait pas du tout convaincue que j'avais un instinct maternel, ni que la vie de mère était particulièrement désirable. Cela dit, je sais par expérience que je suis capable de retourner la plupart des situations à mon avantage, si peu engageantes qu'elles puissent paraître. Même si Kate croule sous le stress et les contraintes de la maternité, il n'y a aucune raison pour que ce soit mon cas. Déjà, je n'ai pas à m'occuper d'un homme, ce qui, j'ai remarqué, revient à avoir un autre enfant à charge (en témoignent mon père et mon frère). Ensuite, le bébé aura hérité de mes gènes et je m'attends donc à ce qu'il se montre raisonnable et facile à vivre. Enfin, je n'ai absolument aucune intention de quitter mon travail ; il y a de très bonnes crèches qui acceptent les bébés dès leur plus jeune âge. Tout ce qu'il faut, c'est déposer l'enfant à la première heure et le récupérer le soir. La crèche s'occupe du reste. L'inconvénient, naturellement, c'est le coût ; c'est pourquoi je dois absolument obtenir mon héritage dans les mois qui viennent.

Je regardai de nouveau ma montre ; il était trois heures moins le quart. Après avoir répondu à l'interphone, la réceptionniste me fit savoir que si Edward n'arrivait pas dans les cinq minutes, la réunion avec Mr Brinkworth devrait être annulée et reportée. J'allais protester quand la porte s'ouvrit en grand et Edward entra d'un pas nonchalant. Je fus surprise de voir Rob sur ses talons.

« Suze, ma chère sœur, comment ça va ? T'as apporté tes gants de boxe ?

— Tu es en retard. Où tu étais ?

— Je voyais pas l'intérêt de ce rendez-vous, voilà tout – on sait tous ce que dit le testament – mais Rob m'a pas laissé le choix. Ce bon vieux Rob, il aime bien préserver la paix ; toujours à s'occuper du karma du monde. »

Edward s'affala dans un des fauteuils bas en vinyle et entreprit de se rouler une cigarette.

« Ed Green, je suis là pour voir le patron, lança-t-il à la réceptionniste. Vous inquiétez pas, c'est pour plus tard », ajouta-t-il avant de finir son œuvre et de la caler derrière son oreille.

« Salut Susan, dit Rob, s'attardant près de la porte. J'espère que vous réglerez tout ça aujourd'hui. »

Il sourit, comme si nous étions amis. Jamais de la vie, pensai-je. On aurait dit qu'il venait de creuser un tunnel sous une tourbière : bottes boueuses, pantalon de treillis dégoûtant et une sorte de caban. Un travailleur manuel n'est pas obligé de se mettre dans un tel état ; peut-être pensait-il que ça lui donnait l'air solide et fiable. Eh bien, non.

« J'espère que tu ne crois pas que tu vas assister au rendez-vous, lui dis-je. C'est une histoire de famille.

— Tu rigoles ? Regarde un peu de quoi j'ai l'air. En plus, je suis crevé ; j'ai de la boue jusqu'aux genoux depuis sept heures du matin. Je suis sur un projet de foyer d'accueil, plus haut dans la rue. Si tu as besoin que je te dépose à la gare après la réunion, passe-moi un coup de fil. Je peux être là en cinq minutes. » Il s'approcha de moi et sortit une carte de visite d'une de ses nombreuses poches :

Robert Rhys
Licence (mention TB) de l'école d'horticulture Pickard
Conception de jardins et paysagisme
Du projet à la réalisation

Je la lus puis la lui rendis. « Ça ne sera pas nécessaire, merci. J'ai le numéro d'une compagnie de taxis.

— Cherche pas à être sympa avec elle, mon pote, fit Edward. Elle te fera que des coups bas. »

L'interphone de la réceptionniste vrombit.

« Mrs Green, Mr Green ? dit-elle. Mr Brinkworth va vous recevoir. »

7

La réceptionniste nous mena dans un couloir bas de plafond et sans fenêtres. Tout le long, jusqu'à hauteur de genoux, couraient des piles de chemises beiges débordant de papiers et retenues par des élastiques ; des classeurs noirs intitulés « Pièces à conviction », « Dépositions » et « Preuves » ; et des liasses de papiers jaunissants attachées par de la ficelle rose. Pour un établissement prétendument expert en droit, une telle indifférence aux risques de chute était inquiétante.

Par la porte au bout du couloir, je distinguai un homme corpulent et rougeaud assis derrière un bureau en acajou dont la surface était à peine visible sous les monceaux de ces mêmes chemises, dossiers et papiers. Cet homme à l'air pompeux était indubitablement Mr Brinkworth. À notre approche, le notaire leva les yeux du document qu'il consultait avec ostentation et regarda par-dessus ses lunettes en demi-lune. S'il pensait que cette façade d'autorité judiciaire m'impressionnerait, il avait tort. J'ai l'habitude de ce genre de personnes bouffies d'arrogance et je sais combien il est facile de les faire éclater. Quand nous entrâmes dans la pièce, il se leva et nous tendit la main, d'abord à Edward puis à moi.

« Ah, les Green, enfin. Je me demandais si cette réunion aurait bien lieu aujourd'hui. Asseyez-vous, asseyez-vous. » Mr Brinkworth désigna deux fauteuils affaissés, neuf ou dix centimètres plus bas que son propre trône. Il tournait le dos à une grande baie vitrée et je dus plisser les yeux pour mieux le voir. Des stratégies grossières qui ne me déconcertaient nullement. Edward, qui jouait sa comédie habituelle, s'affala dans son fauteuil, les bras croisés sur la poitrine avec un air de défiance.

Aux murs, s'alignaient des bibliothèques pleines à craquer de volumes poussiéreux à tranche brune du *Droit anglais de Halsbury*, à tranche grise des *Lois de Halsbury* et à tranche bleue des *Recueils de jurisprudence de toute l'Angleterre*, probablement achetés au mètre pour impressionner et jamais ouverts. Un jeune homme décharné dont les cicatrices d'acné et les pellicules se voyaient de loin était assis à un petit bureau enfoncé dans un recoin. Mr Brinkworth le présenta d'un geste dédaigneux comme étant Daniel, son clerc, qui prendrait en notes notre entretien. Le malheureux rougit en entendant son nom et entreprit de lisser la couverture de son calepin bleu.

« Bien, Mr Brinkworth, dis-je, commençons par la question des circonstances dans lesquelles ma mère a écrit ce testament, qui ne reflète certainement pas ses volontés.

— Chaque chose en son temps, madame. Laissez-moi d'abord retrouver les papiers et nous verrons ce qu'il en est. »

Mr Brinkworth fouilla parmi les rangées de dossiers amassés sur son bureau, le souffle coupé par une tâche aussi exténuante. Avec l'aide de Daniel, qui avait traversé la pièce au galop, il finit par sortir une fine chemise cartonnée de sous la pile la plus éloignée, manquant provoquer une avalanche.

« Ah, voilà. Feu madame Patricia Green. Maison, compte en banque, livret d'épargne, deux légataires. Tout est clair. Voici une copie du testament pour chacun d'entre vous afin que vous puissiez prendre connaissance des conditions exactes. » Il lança les deux documents par-dessus le champ de bataille de son bureau, ma copie s'envolant et atterrissant à mes pieds. « Jolie petite somme, d'ailleurs. Pour vous donner une idée, il y a certainement assez pour vous acheter chacun une nouvelle voiture – milieu de gamme – sans tout dépenser pour autant. Je devrais pouvoir vous envoyer vos chèques très rapidement, dès que cette petite divergence d'opinions sera résolue. »

Que Mr Brinkworth me fasse miroiter une hypothétique Ford Focus ou une Opel Astra était ridicule. Comme j'habite à Londres, je n'ai jamais ressenti le besoin d'apprendre à conduire. Il faudrait être masochiste pour vouloir affronter les chauffards qui pensent que leur armure métallique leur donne le droit de se comporter comme des croisés. Dans le métro, il est possible d'éviter tout contact avec les autres voyageurs, à condition de ne pas les regarder dans les yeux. Je passai outre à la bêtise de Mr Brinkworth et demandai de nouveau une explication quant aux circonstances de la rédaction d'un testament aussi suspect. Je lui dis qu'il était évident pour moi – comme ça devrait l'être pour lui – que quelqu'un d'autre s'en était mêlé.

« Oui, oui, je suis au courant de vos doutes, mais avant de perdre notre temps à discuter de ça, j'ai une proposition à vous faire. » Mr Brinkworth se tourna vers Edward. « Comme vous le savez, Mr Green, tant que votre sœur bloquera le dossier, je suis coincé. Le fait est que le testament a été établi et exécuté en bonne et due forme et que vous avez le droit de rester dans la maison familiale. Cependant, je suis sûr que nous aimerions tous régler ce problème à l'amiable. Voici ce que je propose : vous, Mr Green – ici, il désigna Edward de son Bic bleu –, vous acceptez de quitter les lieux à une date donnée, disons dans douze mois, et vous, Mrs Green – il agita le Bic dans ma direction –, vous cessez votre obstruction et me laissez m'occuper de la succession. Vous voudrez peut-être consulter un conseiller juridique à ce sujet mais vous constaterez, me semble-t-il, qu'il vous confirmera que c'est la solution idéale. »

Mr Brinkworth jeta son stylo et se renversa dans sa chaise avec la satisfaction ostentatoire d'un homme qui vient de terminer les mots fléchés du *Times* et souhaite que le monde entier le sache. Daniel leva son visage grêlé de ses griffonnages et se retint d'applaudir son brillant mentor.

« Pas la peine de voir un avocat, mon pote, dit Edward. Je suis pas d'accord. Je dois penser à maman. Si elle voulait que je dégage au bout d'un an, elle l'aurait précisé.

— Je ne suis pas d'accord non plus. J'ai l'intention de prouver que le testament de ma mère résulte d'un complot criminel. Si vous ne voulez pas l'admettre, nous verrons ce qu'en dit la justice. »

Alors que je laissais le notaire digérer mes paroles, j'éprouvai une curieuse sensation dans le bas-ventre ; une palpitation délicate, comme si un petit oiseau était pris au piège et tentait de s'échapper. Ses ailes battaient, puis s'arrêtaient, battaient, puis s'arrêtaient. C'était très différent d'un mal de ventre ou de la sensation de faim – cela tenait plus de la taquinerie et des chatouilles. Peut-être, pensai-je, s'agissait-il d'un effet secondaire de l'adrénaline qui me préparait à la bataille. Je changeai de position et croisai les jambes, espérant ainsi que cela cesserait.

« Mrs Green, dit le notaire, saisissant un coupe-papier en cuivre qu'il tapota avec mauvaise humeur sur le dossier posé devant lui, les notes qu'a prises Daniel de mon entretien avec votre mère attestent qu'elle m'a donné des consignes très spécifiques concernant le contenu de son testament. Je peux vous en citer un extrait : "La cliente souhaite laisser ses biens en parts égales à son fils et sa fille, entre parenthèses Edward et Susan. E vit avec elle. La cliente pense qu'E aura besoin de temps pour trouver un autre hébergement. HB a expliqué à la cliente la poss. de donner à E l'usufruit de la maison familiale. La cliente a dit que c'était une excellente idée et a remercié HB pour ce conseil avisé." Vous voyez donc que votre mère a choisi en toute lucidité de laisser votre frère rester là à court terme.

— Tout à fait, mon pote. » Edward leva le pouce d'un air approbateur.

Les palpitations étaient de retour. Des images de colibris, de libellules et de papillons de nuit me traversèrent l'esprit. Il me fallut faire un effort énorme de volonté pour les chasser et me concentrer sur les failles de l'argument de Mr Brinkworth. Je serrai mes abdos et redressai ma colonne vertébrale.

« Mais ce n'est pas juste du court terme, n'est-ce pas ? ripostai-je. Edward peut y rester aussi longtemps qu'il le souhaite. Ma mère vous a peut-être paru lucide, mais elle venait d'avoir deux AVC ; elle était vulnérable aux pressions. Vous le saviez ça ? Avez-vous pris le temps de vous renseigner sur l'état de santé de la vieille femme fragile venue vous consulter ?

— Que j'aie été au courant ou pas des AVC n'a aucune importance. Je me souviens que votre mère était une dame très perspicace et très lucide. Le fait que ses volontés ne concordent pas avec les vôtres ne jette en aucun cas le doute sur ses capacités mentales.

— J'aurais pas pu dire mieux », approuva Edward.

Le vivarium miniature dans mon ventre devenait une source d'agacement et de distraction. Je changeai encore une fois de position, m'avançant au bord de ma chaise et me penchant en avant. Je craignais que, dans ma nervosité, Mr Brinkworth et Edward ne prennent le contrôle de la réunion. Je dois admettre que je commençais à perdre mon sang-froid.

« Écoute, Edward, rétorquai-je, me tournant vers mon frère, à moins que tu n'aies quelque chose d'utile à dire, ferme-la. D'ailleurs, si tu as quelque chose à dire, pourquoi ne pas admettre le rôle que tu as joué dans tout ça ? Il est évident que c'est toi qui as poussé maman à écrire le testament. Tu y as pensé tout seul, ou tu as demandé à Mr Brinkworth de t'aider ?

— Ouais, ricana-t-il. L'avocat et moi, on passe nos soirées ensemble au Bull's Head. Quand il a eu sa dose, il squatte chez moi. Qu'est-ce que tu crois, Suze ? Pour ta gouverne, maman m'a informé il y a quelques semaines qu'elle rédigeait son testament. Voilà tout. Y a rien à ajouter. J'ai jamais rencontré ce type, jamais mis les pieds ici, jamais ordonné à maman d'écrire un testament, jamais dit que je voulais rester dans la maison après sa mort. Tu veux noter tout ça, Suze ? Et toi aussi, Danny Boy ? » Il se tourna brièvement vers le malheureux clerc qui rougit de plus belle. « Maman voulait juste m'aider un peu. Et peut-être qu'elle voulait me remercier d'avoir été là pour elle toutes ces années, et pas planqué à Londres.

— Avoir été là pour elle, quelle blague », dis-je, me levant pour tenter de réprimer les palpitations. Edward dut prendre mon geste pour un acte d'agression car il se leva et me fit face – une réaction instinctive, j'imagine, après toutes ses bagarres de bistrot. Je mesure un mètre cinquante-cinq ; Edward, bien que plutôt petit pour un homme, fait bien quinze centimètres de plus que moi. Je reculai d'un pas.

« Elle n'arrivait pas à se débarrasser de toi, poursuivis-je. À chaque fois qu'elle espérait te voir réussir ta vie, tu revenais chez elle en rampant. Tu ne le faisais pas pour elle, mais pour glander aux frais de la princesse. Tu es un parasite.

— Mrs Green, Mr Green…

— Merde alors, cria Edward en me poussant du doigt. C'est moi qui l'emmenais faire les courses ; moi qui tondais la pelouse ; moi qui retapais la maison. Et c'est moi qui lui tenais compagnie. Qui s'est occupé d'elle quand elle était malade ? T'as fait quoi, toi, exactement ? Tu lui rendais visite tous les deux ou trois mois juste pour te convaincre que tu faisais ton devoir. Pas étonnant qu'elle ait décidé que je méritais un peu plus que toi.

— J'étais plus proche d'elle que tu ne l'as jamais été. Je lui parlais au téléphone chaque semaine, sans faute. Je savais tout ce qui se passait dans sa vie. Mais contrairement à toi, j'ai un travail.

— Ça suffit. » Mr Brinkworth fit claquer ses paumes sur son bureau. « Si vous ne cessez pas immédiatement, je vais devoir demander à Daniel de vous escorter dehors. » Le grouillot se ratatina dans son siège.

Les palpitations étaient désormais insistantes et je compris soudain que je n'avais pas simplement la sensation que quelque chose bougeait en moi ; quelque chose s'agitait effectivement. La pensée n'avait rien de plaisant. Une scène d'*Alien* surgit dans mon esprit – celle où l'on apprend, de manière assez impressionnante, que le personnage de John Hurt est devenu un incubateur humain. Je glissai instinctivement la main sous la ceinture de ma jupe, qui était plus serrée que d'habitude. Rien ne semblait chercher à s'évader.

« T'as besoin du fric pour quoi, au juste, Suze ? reprit Edward, sans prendre garde ni à mon agitation ni aux supplications de Mr Brinkworth. Tu parles toujours de ta grande carrière à Londres et de ton merveilleux appartement. C'est moi qui en ai besoin, pas toi. »

J'hésitai un instant. Je n'avais aucune intention d'informer Edward de ma grossesse. Ça ne le regardait pas, d'autant plus que je comptais rompre tout contact avec lui une fois le problème de succession réglé. Par ailleurs, je n'avais rien à y gagner. La position d'Edward était ferme et l'idée d'avoir une nièce ou un neveu n'y changerait très probablement rien. D'un autre côté, en parler à Richard avait été étonnamment divertissant, comme jouer un atout ou sortir un lapin d'un chapeau.

« Je suis enceinte, Edward, si tu veux tout savoir. »

Edward me regarda des pieds à la tête, sans mot dire. Puis passa ses doigts dans ses cheveux gras, secoua la tête et éclata de rire.

« Bien essayé, Suze, mais je m'étonne que t'aies rien trouvé de mieux. Tu me prends pour un crétin ? »

Le rendez-vous avec Mr Brinkworth et Edward ne s'était pas déroulé tout à fait comme prévu. Attendre du notaire qu'il admette sa négligence ou de mon frère qu'il avoue ses intrigues avait sans doute été un peu trop optimiste. Néanmoins, nous savions tous à quoi nous en tenir et je n'avais laissé aucun doute à Mr Brinkworth quant à ma ferme intention d'obtenir justice.

Dans le train qui me ramenait à Londres cet après-midi-là, je sortis la photocopie du testament de ma mère pour l'examiner. Les conditions étaient exactement celles que Mr Brinkworth avait décrites et je ne voyais rien qui clochait dans la formulation. Je passai à la dernière page, qui comportait les signatures et les noms des témoins. La signature de ma mère me sembla différente de mon souvenir, pas nécessairement par sa forme mais par son caractère : plus faible, plus tremblante, avec moins de fioritures et plus d'hésitation que d'habitude. Je me demandai si c'était parce qu'elle était désorientée ou parce qu'elle avait signé sous pression.

Je m'intéressai ensuite à l'identité des deux témoins, que Mr Brinkworth avait jusque-là négligé de me communiquer. L'un d'eux était tante Sylvia. Cela me surprit, elle et Edward ne sont pas des alliés naturels. Je ne pouvais que supposer que le contenu du testament lui avait été caché, sans quoi je suis certaine qu'elle n'aurait jamais apposé son nom au bas du document. L'autre témoin était Rob, le meilleur ami et l'âme sœur d'Edward. Ha, je te tiens ! pensai-je. Si mon frère avait voulu brouiller les pistes et s'assurer que le testament résisterait à un examen judiciaire approfondi, il aurait vraiment dû faire en sorte que les témoins n'aient aucun lien intime avec lui.

Il me faudrait interroger tante Sylvia et Rob puis prendre leur déposition afin de préparer ma contestation du testament. Ce ne serait pas un problème en ce qui concernait ma tante, mais le cas de Rob pourrait se révéler plus délicat ; je devrais réfléchir soigneusement à la manière dont j'allais lui soutirer des informations. J'avais tout ce qu'il fallait pour mettre un terme au petit jeu d'Edward mais, malgré tout, il ne serait sans doute pas inutile d'aller trouver Brigid, mon ancienne colocataire à l'université (censée posséder un bel esprit juridique, même si le corps qui le renfermait n'en laissait rien deviner) pour obtenir quelques conseils gratuits.

Je rangeai le document dans mon sac et me tournai vers le paquet posé sur le siège voisin. J'avais reçu un appel des pompes funèbres la semaine précédente, m'informant qu'ils avaient tenté plusieurs fois de contacter Edward, sans succès. Ils voulaient savoir quand celui-ci souhaitait récupérer les cendres de ma mère et se demandaient si je pouvais lui faire passer le message ou venir les chercher moi-même. N'étant pas du genre sentimental, et préoccupée comme je l'étais par des affaires plus pressantes, je n'avais pas réfléchi à la question jusque-là. Cependant, suite à cet appel, j'en conclus qu'il vaudrait mieux que ce soit moi qui m'en occupe plutôt qu'Edward. Si je laissais faire mon frère, il finirait par oublier les cendres dans un bus ou chez un bookmaker, ou alors il déciderait de les disperser dans un endroit totalement inapproprié comme la terrasse d'un pub. Après la réunion à l'étude, j'avais donc récupéré aux pompes funèbres une boîte en carton plutôt lourde et encombrante, scellée avec du scotch marron.

C'était étrange de sonner de nouveau à la porte des pompes funèbres, vingt-sept ans après. Je n'avais eu aucune raison de m'y rendre à la mort de ma mère puisque Edward s'était occupé des funérailles et que je ne désirais absolument pas voir son corps. Pourquoi l'aurais-je fait ? Edward avait procédé à l'identification et le médecin avait constaté le décès. Même si mon frère était capable de toutes sortes d'horreurs, il n'avait probablement pas assassiné ou séquestré ma mère puis présenté au médecin le corps d'une autre vieille dame morte de causes naturelles. Alors que j'attendais à l'accueil qu'on m'apporte les cendres, je me rappelai que j'avais ressenti tout autre chose avec mon père.

J'avais dix-sept ans quand il est mort. À cette époque, j'étais moins pragmatique qu'aujourd'hui – je me comparerais, adolescente, à une jeune plante qui doit encore s'endurcir – et il me semblait important de voir le corps de mon père. Peut-être en raison de la complexité de notre relation ; peut-être en raison de la nature de ses dernières années et de son décès. Quoi qu'il en soit, je décidai peu après sa mort de m'arrêter à l'entreprise de pompes funèbres en revenant de l'école.

La dernière fois que je l'avais vu vivant, sa tignasse indisciplinée lui descendait aux épaules et sa barbe était hirsute. À présent, allongé dans son cercueil, il était rasé de près et ses cheveux soigneusement coupés, peignés en arrière. Au lieu des habits miteux dans lesquels j'avais l'habitude de le voir, il était enveloppé dans un tissu blanc soyeux rassemblé autour de son cou comme la collerette d'un enfant de chœur. Dire que les morts ont l'air paisible est un cliché, mais dans son cas, c'était la vérité. Rien ne perturbait l'harmonie de la scène hormis un petit fil de coton, d'un centimètre environ, qui dépassait entre les cils de son œil gauche. Je ne pouvais pas l'y laisser. Je saisis donc le bout entre le pouce et l'index et tirai. Le fil ne céda pas. Il était bloqué entre la paupière inférieure et la paupière supérieure. En tirant plus fort, j'imaginai que son œil allait s'ouvrir brusquement et qu'une boule de rembourrage tomberait dans ma main. Je lâchai le fil, bousculai l'assistant du croque-mort qui rôdait de l'autre côté de la porte et m'enfuis en courant. Ma mère dut appeler les pompes funèbres le lendemain matin pour récupérer mon sac.

Assise dans le train, je fus curieuse de savoir ce que j'avais exactement en ma possession. Je fendis le scotch avec la lime à ongles métallique que je garde dans ma trousse de maquillage et rabattis le couvercle de la boîte. À l'intérieur, se trouvait non pas un bocal en plastique à couvercle dévissable mais un coffret en bois rectangulaire de bon goût. Je le sortis et le plaçai sur ma tablette. La femme à l'air sinistre diagonalement opposée à moi, qui avait passé la dernière demi-heure à chercher sur Internet divers motifs de divorce, fixa le coffret des yeux et me lança un regard étrange. Certaines personnes ne savent pas se mêler de leurs affaires.

Je retournai le coffret pour l'examiner sous toutes les coutures. Le bois était lisse, du chêne poli. Fixée au couvercle, une plaque en argent gravée de lettres simples indiquait le nom de ma mère ainsi que ses dates de naissance et de mort. Si cela n'avait tenu qu'à moi, jamais je n'aurais choisi ce genre d'objet ; j'étais surprise qu'Edward se soit donné la peine de commander ce coffret. Cependant, s'il se préoccupait tant des cendres, il aurait rappelé les pompes funèbres. Je n'avais aucune idée de ce que j'allais faire du récipient et de son contenu. Au moins, ils étaient en ma possession, c'était le plus important.

L'après-midi suivant, j'avais rendez-vous à la maternité. Afin de justifier mon absence, je me résignai à prévenir Trudy, ma supérieure. Tôt ce matin-là, avant l'arrivée de mes collègues, j'allai la voir dans son bureau. J'espérais que la conversation resterait aussi brève et professionnelle que possible, peu enthousiaste que j'étais à l'idée de divulguer des détails intimes sur ma vie. Je frappai à sa porte, entrai et allai droit au but, annonçant ma grossesse et demandant à prendre mon après-midi.

« Oh Susan, je suis ravie pour toi, vraiment », dit Trudy. Elle fit le tour de son bureau et me serra contre elle. Ses bras étaient aussi puissants que ceux d'un ouvrier, probablement à force de s'occuper d'enfants en bas âge. Les secondes s'écoulèrent et la panique me gagnait tandis que je me demandais comment échapper à son étreinte. Enfin, elle lâcha prise et recula d'un pas pour me regarder. « J'ai toujours espéré que ça t'arrive un jour. Dis-moi si je peux t'être utile. Oh, quelle nouvelle fantastique ! »

Je fus étonnée de la réaction de Trudy, si disproportionnée au regard de l'information que je venais de lui donner. Dès que je pus échapper à son tripotage et à ses jacasseries, je retournai à mon bureau encore désert. J'arrangeai mes fournitures, m'assurai que mes piles de paperasse étaient parallèles au bord de la table et vérifiai comme toujours ma collection de cactus. Je notai qu'il y avait tout juste la place pour un autre, si je les resserrais un peu.

Le soir même, assise sur mon canapé, écoutant les cadences apaisantes et mathématiques d'un concerto pour violon de Mozart, j'examinai les trois photos de l'échographie faite à la maternité. Devant l'écran, j'avais été incapable de voir ce que le médecin me désignait. Maintenant, grâce à mes lunettes de lecture, je distinguais un organisme enroulé sur lui-même, une sorte de crevette à grande tête, un point sombre qui suggérait la présence d'un œil, ainsi que des jambes et des bras fins. Cela ressemblait de très loin à un être humain mais tout était à sa place – c'est en tout cas ce que m'avait dit le médecin tout en martelant avec son scanner mon ventre badigeonné de gel.

Après l'échographie, j'avais été palpée, triturée puis interrogée par une sage-femme joyeusement efficace. Contrairement à ce que je craignais, elle n'avait pas cillé lorsque je lui avais révélé avoir quarante-cinq ans.

« Oh, plein de quadragénaires ont des bébés de nos jours, dit-elle, en m'enfonçant une aiguille dans le bras pour me faire une prise de sang. C'est vraiment plus fréquent qu'on ne le pense. D'ailleurs, il y a autant de femmes enceintes à quarante ans qu'à dix-huit. J'ai même reçu une femme de cinquante-deux ans, hier. Manifestement, vous prenez soin de votre santé. Continuez comme ça. »

La sage-femme se devait néanmoins de mentionner une petite chose : j'étais certainement dans la catégorie « haut risque » pour la trisomie, même si je ne devais recevoir le taux de probabilité que deux jours plus tard. Il ne fallait vraiment pas s'inquiéter car il y avait de grandes chances que tout aille bien. Si toutefois avoir un enfant handicapé était problématique pour moi, je pouvais toujours faire une amniocentèse, juste pour être sûre à cent pour cent. L'intervention impliquait un faible risque de fausse couche et je devrais prendre le temps de réfléchir attentivement à la question. Je répondis sans hésiter qu'il était logique de faire le test ; il est important de connaître les tenants et aboutissants avant de prendre une décision. De plus, avoir un bébé serait un nouveau défi pour moi (même si je savais que je serais à la hauteur) et je ne voulais pas que des complications imprévues me prennent par surprise. Je voyais bien que la sage-femme n'était pas habituée à des raisonnements aussi rapides et assurés.

En regardant les photos floues de l'échographie, j'étais persuadée d'avoir pris la bonne décision. Je le suis encore. Si le test entraîne l'interruption de la grossesse, tant pis. Je retournerai tout simplement à la situation dans laquelle je me trouvais il y a quelques semaines, or à l'époque j'étais parfaitement satisfaite de ma vie. Plus que satisfaite.

Il se faisait tard et j'étais épuisée. Je posai soigneusement les photos sur la cheminée, calées à l'aide d'une ammonite fossile que j'avais trouvée enfant lors de vacances à la mer. Je remis en ordre le canapé, éteignis les lumières et poussai du pied mon nouveau butoir en chêne poli pour fermer la porte du salon. Le coffret a exactement la bonne taille, la bonne forme, le bon poids et il est parfaitement assorti à ma table basse. Cela n'aurait pas dérangé ma mère. C'était une femme à l'esprit très pratique et elle aurait été ravie de se rendre utile.

Octobre

8

Octobre est le mois que je préfère et son arrivée stimule mon énergie. Je ne suis pas de ceux qui apprécient l'été ; la chaleur et la disparition de vêtements et d'inhibition qui en résulte ne m'attirent pas du tout. Des collègues tentent souvent de me pousser à prendre de « vraies » vacances d'été, mais je ne comprends pas pourquoi les gens passent autant de temps à lézarder sur la plage ou au bord de la piscine. Lorsque je leur fais part de mon opinion, ceux-ci se contentent de rire et disent : « Oh, Susan ! » Heureusement, au mois d'octobre, la menace d'un été indien s'est déjà dissipée et toute femme peut joyeusement porter des tissus épais ainsi que des gros gilets et se comporter convenablement sans attirer l'attention. Pourtant, cette année, on ne peut pas dire que le début du mois fût particulièrement revigorant.

Il était trois heures passées ce samedi matin et je me laissais enfin gagner par un sommeil difficile. Les adolescents du couple dingue de fitness qui habitait de l'autre côté de la rue avaient organisé une fête et le bruit sourd de leur musique me martelait le crâne depuis onze heures du soir. Je suppose que leurs parents étaient partis faire un Ironman ou pratiquer je ne sais quelle autre activité masochiste.

Au fil des ans, je me suis habituée au bruit constant qui assiège mon appartement : les stridulations des alarmes de voiture et des sirènes de police ; le grondement des bus et des métros ; les cris de rage ou de joie provenant de la rue. J'ai accepté tout cela sans me plaindre, comme une conséquence inévitable de la vie à Londres. Mais là, les adolescents avaient monté le volume de leur musique au point d'atteindre les limites de ma patience. J'avais envisagé d'appeler la police pour signaler la nuisance mais, ayant déjà eu recours à cette solution par le passé, j'ai constaté que les autorités agissent généralement comme si c'était moi le problème et non la personne responsable. Cette nuit-là, même si les policiers intervenaient, ce qui était fort peu probable, les jeunes cesseraient sans doute le vacarme le temps qu'ils s'éloignent, avant de monter le son encore plus fort.

Au début, les coups et sonneries répétés semblaient faire partie de la musique mais, encore dans un demi-sommeil, je m'aperçus que quelqu'un se trouvait à ma porte. Je pensais qu'un fêtard qui s'était débrouillé pour entrer dans le hall me jouait un tour. Cependant, en ouvrant la porte pour lui mettre les points sur les i, je trouvai non pas un jeune éméché mais Kate, le visage blême. Elle étreignait le siège auto dans lequel était allongé son bébé, qui ne portait qu'une couche. Kate elle-même était vêtue d'un étrange assortiment : pyjama à pois rouges, tongs et veste en toile cirée.

« Susan, Dieu merci vous êtes là », dit-elle par-dessus le bruit de la batterie. À sa façon de s'adresser à moi directement pour une fois, je sus que quelque chose n'allait pas, mais je me montrai malheureusement incapable de faire preuve de ma courtoisie habituelle.

« Vous ne vous êtes quand même pas enfermée dehors en plein milieu de la nuit ?

— C'est Noah, expliqua-t-elle, à bout de souffle. Il a une fièvre de cheval. Je n'arrive pas à la faire descendre. J'ai tout essayé – paracétamol, ibuprofène, le déshabiller, des serviettes humides. Je viens d'appeler l'assistance médicale et ils m'ont dit de l'amener aux urgences. Je ne vais pas attendre une ambulance. J'y vais directement en voiture. Mais Ava dort, je ne peux pas la prendre avec moi. Est-ce que vous voulez bien la surveiller pendant mon absence ? Vous pouvez dormir dans mon lit. Au moins, il y aura quelqu'un à la maison si elle se réveille. Dites-lui que je rentre bientôt. Je suis désolée. Je n'ai personne d'autre à qui demander. »

Je regardai le bébé. Il avait les joues cramoisies, ses cheveux épars étaient plaqués sur son crâne minuscule et ses membres semblaient flasques. Il n'avait l'air ni éveillé ni endormi. Je sentis une drôle de boule dans ma gorge.

« Et Alex ? demandai-je, espérant trouver une alternative à mon implication dans cette crise domestique. Il ne peut pas surveiller la petite ?

— Il n'est pas là. C'est une longue histoire. S'il vous plaît, Susan, je vous en prie. Je dois y aller. Tout de suite. Vous avez mes clés. Entrez et faites comme chez vous. Je vous appellerai pour vous tenir au courant. » Elle s'éloigna dans le hall et prit l'allée jusqu'à sa voiture, qu'elle gare toujours juste sous mon bow-window. Je la suivis jusqu'à la porte d'entrée.

« Ça ne me dérange pas de vous dépanner une heure ou deux, lançai-je, mais il faudra trouver quelqu'un pour me remplacer dès que possible. J'ai une grosse journée demain. J'espère que tout ira bien », ajoutai-je tandis qu'elle attachait le siège auto et prenait le volant. Elle fila dans un crissement de pneus.

Ça tombait vraiment mal. Je devais absolument être en forme le lendemain car j'avais méticuleusement planifié une expédition shopping. Les nausées matinales n'étaient plus qu'un lointain souvenir et j'avais depuis longtemps troqué ma silhouette de coureuse de marathon pour celle de lanceuse de poids d'Europe de l'Est. Je ne pouvais désormais plus porter mes vêtements habituels, même en déboutonnant le haut de ma jupe ou de mon pantalon. Il me fallait investir dans des tenues plus adaptées.

J'avais pris le temps de faire des recherches sur les vêtements de grossesse et avais prévu une garde-robe sélective qui me tiendrait d'octobre jusqu'à la naissance au mois de mars, à savoir : deux pantalons noirs (un large et un slim) à taille extensible ; deux jupes noires (une au-dessus du genou et une en dessous), également avec taille extensible ; sept hauts à manches longues en jersey, noirs, gris et blancs ; deux gilets en maille anthracite (un fin et un épais) ; et quelques sous-vêtements dont j'omettrai les détails. Je n'avais plus qu'à essayer les habits en question avant de les acheter. Je prévoyais de quitter mon appartement à huit heures trente du matin pour être de retour à treize heures trente et passer le reste de l'après-midi à faire des recherches juridiques. Cette interruption nocturne affecterait mon emploi du temps soigneusement élaboré.

Je pris le double des clés de Kate. J'emportai également ma couette, mes draps et mon oreiller ; hors de question de dormir dans les draps sales de quelqu'un d'autre. Une fois dans l'appartement de Kate, je jetai mes affaires sur le canapé et examinai les lieux. Le salon, qui se trouvait directement au-dessus du mien et avait donc les mêmes dimensions, semblait nettement plus petit, probablement à cause de l'attirail de puériculture qui jonchait le sol ; un fouillis de pièces de puzzle, une avalanche de blocs de construction, des monceaux de bouts de plastique aux couleurs criardes assemblés en différentes configurations, suffisamment de créatures synthétiques ravagées pour ouvrir une clinique vétérinaire, ainsi qu'un tapis de jeu, un matelas à langer, un transat, un pot, etc. Je ne vois pas en quoi avoir des enfants est une excuse pour se laisser aller. Je serais très surprise si cela m'arrivait.

Je traversai le couloir sur la pointe des pieds et jetai un œil dans la chambre. Une veilleuse en forme de champignon géant luisait doucement. Contre un mur, je pouvais discerner un lit double défait au pied duquel se trouvait un couffin, et contre le mur opposé, un lit d'enfant. Tout cela était horriblement étriqué. Heureusement pour moi, je pourrais m'offrir un trois-pièces dès que j'aurais touché mon héritage. Ma protégée était étalée comme une étoile de mer sur son petit lit, la respiration profonde et régulière malgré le boucan de l'autre côté de la rue. Je ramassai un jouet crasseux (un quelconque personnage de dessin animé) que je posai près de l'enfant endormie avant de la recouvrir de la couette qu'elle avait repoussée.

Ensuite, je me rendis sans bruit à la cuisine, aussi chaotique que le salon ; vaisselle sale dans l'évier, nourriture renversée sur la table et le comptoir, poubelle débordante. Je savais que je serais incapable de dormir dans un environnement aussi étrange après avoir été dérangée de la sorte, je décidai donc de faire un peu de ménage, histoire de me fatiguer. J'enfilai une paire de gants en caoutchouc jaune tout neufs trouvés dans un tiroir et me mis au travail avec de l'eau savonneuse, de la crème à récurer et du produit pour le sol. Une fois la cuisine impeccable, je m'attaquai au salon ; je regroupai les objets éparpillés dans diverses boîtes, organisai le fouillis des étagères et de la cheminée, redressai le tapis et secouai les coussins des fauteuils. Lorsque tout fut propre, il était cinq heures trente, la musique avait cessé et j'étais épuisée. J'éteignis la lampe dans le coin de la pièce et m'allongeai sur le canapé.

J'ai toujours eu du mal à m'endormir le soir, même sans pollution sonore. Au moment où je ferme les yeux, je suis prise du sentiment irrationnel que quelque chose d'horrible risque d'arriver si je n'y prends pas garde. Pendant que je cherchais le sommeil, je pensai aux années où, enfant, j'attendais dans mon lit que mon père revienne du pub. Ma chambre surplombait l'entrée de la maison et je pouvais deviner son état d'après le moindre son qui s'élevait entre les lames du parquet. S'il trouvait la serrure immédiatement, c'était bon signe ; s'il faisait tomber ses clés ou tâtonnait à la recherche de la serrure, c'était mauvais signe. S'il fermait la porte sans faire de bruit, bon signe ; s'il la claquait, mauvais signe. Si ses pas dans le couloir étaient légers et réguliers, bon signe ; s'ils étaient lourds ou inégaux, mauvais signe. Si j'entendais un jet d'eau versé dans un verre, bon signe ; le cliquetis d'une bouteille, mauvais signe. S'il allait directement se coucher, bon signe ; s'il mettait des airs d'opéra italien à plein volume, mauvais signe. Je me demande parfois si Edward était tenu éveillé par les mêmes pensées. Je l'ignore. Je ne lui ai jamais demandé.

Tandis que je chassais ces souvenirs, je sentis une tape sur mon épaule. Là, debout dans le demi-jour qui filtrait depuis la rue, se tenait l'enfant. Elle me dévisageait d'un air curieux, sa peluche à la main.

« Bonjour, dis-je. Je suis Susan, ta voisine du dessous. Tu te souviens de moi ? » L'enfant hocha la tête, comme si la situation n'avait rien d'inhabituel. « Ta mère a dû aller quelque part en urgence alors c'est moi qui te garde pour une heure ou deux. Tu comprends ? » Elle hocha de nouveau la tête puis me grimpa dessus pour venir se blottir dans l'espace étroit entre mon corps étendu et le dossier du canapé.

« Je suis désolée, il n'y a pas assez de place pour deux. Retourne dans ton lit, sois gentille. » Elle secoua la tête et ferma les yeux. « Allez, s'il te plaît. J'ai besoin de dormir et toi aussi », ajoutai-je avec plus de fermeté. Elle secoua de nouveau la tête et serra plus fort les paupières. Je dois admettre que je n'ai pas particulièrement l'habitude de m'occuper de petits enfants ; je préfère de loin les personnes raisonnables et logiques. Après un nouvel effort pour amener l'enfant à obéir à mes ordres, j'abandonnai le canapé et me rendis dans la chambre où je grimpai dans son lit. Il était si minuscule que je dus me rouler en boule. Au bout de quelques minutes, l'enfant réapparut et se hissa à mon côté, comprimée dans l'interstice étroit le long du mur.

« Jeune fille, ce comportement est inacceptable. » Mais elle avait déjà fermé les yeux et faisait semblant de dormir. Après ces vaines remontrances, je retournai sur le canapé, où elle me suivit encore une fois. Son obstination aurait pu passer pour une qualité admirable si elle l'avait employée à des fins plus constructives. Jurant dans ma barbe, je me dirigeai une fois de plus vers la chambre, certaine que ce petit être têtu m'emboîterait le pas. J'envisageai de barricader la porte mais conclus que cela risquait de se terminer par des pleurs. Exténuée, je m'allongeai sur le lit double – les draps sales ne me paraissaient plus aussi répugnants que quelques heures auparavant. Comme prévu, il y eut bientôt un trottinement suivi d'un bond sur le matelas, mais au moins il y avait largement la place pour deux. Juste au moment où je commençais à m'assoupir – et l'enfant aussi –, le téléphone de la table de nuit sonna.

« Susan, c'est Kate. Je ne vous ai pas réveillée, si ? Je voulais simplement m'assurer que tout allait bien.

— Pas d'inquiétude, parvins-je à dire. Vous ne manquez pas à l'enfant.

— Noah a une angine. Ils lui ont donné des antibiotiques. Ils vont le garder quelques heures en observation jusqu'à ce que sa fièvre redescende, alors je vais rester avec lui. Je n'arrive pas à joindre Alex mais je lui ai laissé un message pour lui expliquer la situation et lui dire de m'appeler dès que possible.

— Est-ce qu'il est loin ? Combien de temps lui faudra-t-il pour revenir ? J'ai des choses importantes à faire.

— Je n'ai aucune idée de l'endroit où il se trouve. Il m'a quittée. Il est probablement avec sa petite copine. »

Je déplorai poliment sa situation puis lui demandai de trouver quelqu'un – n'importe qui – pour prendre la relève au plus tôt. D'après Kate, ses parents habitaient dans les Midlands et ne pouvaient donc pas l'aider et ses amis étaient tous occupés par leur propre famille ou loin de Londres. Je lui donnai mon numéro de portable et la chargeai de me contacter dès qu'une équipe de secours serait en route.

À peine avais-je fini de parler à Kate que l'enfant s'était redressée d'un coup, l'œil vif et prête à affronter la journée.

« Ce n'est pas encore le matin, lui expliquai-je en la repoussant gentiment. Dormons encore une heure ou deux. » Elle se tortilla hors de ma portée, sortit en courant de la chambre et revint une minute plus tard avec des livres plein les bras. Je m'efforçai de l'ignorer. Son insistance était néanmoins telle que je finis par capituler et lui lus histoire après histoire dépeignant des créatures, lieux et situations totalement irréalistes. Après ce qui me parut durer une heure, je décidai qu'en attendant l'appel qui sonnerait la fin de cette épreuve, je ferais aussi bien de m'en tenir au programme prévu, encore qu'il me faudrait ajuster mon timing. J'habillai donc l'enfant en fonction de la météo, rassemblai quelques jouets parmi les moins vulgaires et retournai à mon appartement. Comme elle insistait pour m'accompagner, je la collai devant la télévision – chose que je ne ferais bien entendu pas avec mon propre enfant – afin de préparer notre petit déjeuner. Elle toucha à peine à son müesli et à son jus de raisin, ce qu'elle regretterait sans doute plus tard. Je lui expliquai ensuite que nous allions faire un voyage en train et que j'attendais d'elle un comportement exemplaire. Elle hocha la tête en signe d'assentiment.

Une fois dans la station de métro, je demandai à la femme au visage d'oiseau perchée derrière le guichet – je l'ai toujours trouvée renfrognée et grincheuse – un forfait à la journée pour l'enfant.

« Pas la peine de payer pour la petite, ma belle. Quel âge elle a ? » demanda-t-elle en se fendant d'un grand sourire lumineux. Elle agita ses doigts osseux en direction de l'enfant dans sa poussette, qui lui retourna timidement son salut.

« Je n'en ai aucune idée. Quel âge pensez-vous qu'elle ait ?

— Vous savez pas ? » Ses yeux se plissèrent, suspicieux.

Je repensai à la première fois que j'avais rencontré l'enfant.

« Eh bien, j'imagine qu'elle ne doit pas avoir plus de trois ans.

— J'ai deux ans.

— Oh, mais elle parle », dis-je, prise au dépourvu.

S'occuper d'une poussette et d'un petit dans le métro est un plus grand défi que je ne l'aurais cru. Chaque fois que nous arrivions près d'un escalator, je devais m'arrêter, détacher l'enfant, plier la poussette (plus facile à dire qu'à faire) et la hisser à bord tout en tenant et guidant la petite. Chaque fois que nous descendions de l'escalator, je devais répéter la manœuvre à l'envers. Tout ça pendant que les autres passagers se ruaient sur nous comme un troupeau de bisons.

Je n'en revenais pas du nombre d'escalators à négocier pour parcourir une distance aussi courte. Il fallut également faire deux changements et prendre plusieurs escaliers (l'opération délicate impliquait de basculer la poussette sur ses roues arrière) avant d'atteindre notre destination. Je décidai d'envoyer un e-mail aux responsables du métro pour leur signifier mon avis sur leur système de transport. Une fois assise dans le wagon, je m'aperçus qu'il était plus difficile que d'habitude d'éviter les autres passagers ; les gens adressaient sans cesse de grands sourires à l'enfant puis me regardaient pour me sourire aussi. Certains me demandèrent même son nom ou son âge, des informations que je pouvais désormais fournir avec assurance. J'imagine que nous avions l'air d'une mère et d'une fille passant une bonne journée ensemble. Personnellement, je m'intéresse peu aux enfants, mais je suppose qu'elle est plutôt agréable à regarder avec ses boucles blondes, ses joues roses et ses grands yeux bleus. Si vous aimez ce genre de chose.

Nous arrivâmes à la première boutique de ma liste vingt-sept minutes plus tard que prévu dans mon planning. Je pris les habits de grossesse que je souhaitais acheter et me dirigeai vers les cabines d'essayage. La poussette ne passait pas, je dus donc la laisser dans l'allée et déposer l'enfant par terre dans un coin. À peine avais-je commencé à me déshabiller qu'elle commença à pleurnicher de faim. Je lui démontrai que c'était sa faute car elle n'avait pas mangé son müesli ; moi, j'avais fini tout mon petit déjeuner et j'avais encore le ventre plein. Incapable d'accepter la responsabilité de sa situation, elle continua à râler. Je l'ignorai pour poursuivre mon évaluation de la qualité, de la fonctionnalité et de l'apparence des habits, tâche de la plus haute importance. La vendeuse passa la tête par le rideau et me demanda d'une voix inquiète si tout allait bien. J'eus beau lui expliquer que l'enfant était responsable de son propre malheur, la femme s'apitoya tout de même sur son sort.

Armées de deux grands sacs de courses, nous retournâmes vers la station de métro. Afin de mettre un terme aux jérémiades de l'enfant, je m'arrêtai devant un étal de fruits pour acheter des bananes, en pelai une et la lui tendis. Elle l'écrasa entre ses doigts, qu'elle essuya ensuite sur son manteau, sa robe et la poussette. Je lui expliquai calmement en quoi son comportement était inadmissible, mais elle se mit à brailler de façon inintelligible. Les seuls mots que je réussis à comprendre étaient « maman », « maison » et ce qui ressemblait à « bonbon ». Je suis au regret d'admettre que je ne pus finir mes emplettes que grâce à l'emploi judicieux de petits gâteaux au chocolat dont je nourris l'enfant au compte-gouttes, toutes les cinq minutes.

Ce comportement me rappela Edward, qui était lui aussi un enfant très difficile. Je le vois encore assis dans sa poussette, battant des jambes, se tordant et criant à tue-tête jusqu'à ce qu'il obtienne ce qu'il voulait. Ma mère gâtait Edward, contrairement à moi. Peut-être était-ce en raison de sa santé fragile. Je ne suis pas tout à fait sûre de ce qui n'allait pas chez lui ; personne à l'époque n'avait pris la peine de me l'expliquer et je n'ai jamais pensé à demander. Je crois qu'il s'agissait d'une maladie génétique, quelque chose qui avait un rapport avec son estomac et qui nécessita plusieurs opérations.

Ma mère était peu présente cet été qu'Edward passa à l'hôpital ; la plupart du temps, mon père et moi restions seuls. Étonnamment, il sut se montrer à la hauteur et assumer les tâches domestiques en l'absence de ma mère. Il trouva même le temps de jouer avec moi. Dans mes souvenirs, l'été entier fut ensoleillé. Nous déjeunions sur les terrasses de pubs et je mangeais des chips goût poulet rôti et buvais de la citronnade tous les jours. Le dîner était toujours un plat un peu bizarre comme des sandwichs à la marmelade ou des spaghettis au maïs. Quand ma mère ramena Edward à la maison, mon père retrouva ses habitudes et la rigolade prit fin. Je devais traverser sans bruit la maison pour ne pas déranger mon frère quand il dormait et je n'avais pas le droit de jouer avec lui pour éviter de le blesser. Au lieu de recevoir toute l'attention d'un adulte – mon père –, je devais me battre pour profiter des rares moments que ma mère pouvait m'accorder quand elle ne s'occupait pas d'Edward. Même s'il n'avait que deux ans, mon frère était conscient du pouvoir conféré par son statut de convalescent et en profitait largement.

Nous rentrâmes à mon appartement en milieu d'après-midi, toujours sans nouvelles de Kate. Le trajet du retour fut plus compliqué que l'aller en raison du nombre de sacs qu'il fallut hisser à bord des escalators en plus de la poussette et de l'enfant. Après une nuit blanche, j'étais complètement épuisée. J'abandonnai donc mes courses dans la cuisine et me pelotonnai dans le lit avec elle. Nous nous endormîmes toutes deux immédiatement.

Ce soir-là, nous étions en train de manger du poulet rôti agrémenté de purée et de petits pois, repas qui ne déplut pas à la petite, quand la relève arriva enfin. Lorsque je conduisis Kate à la cuisine, l'enfant se jeta sur sa mère. On aurait pu croire qu'elle ne l'avait pas vue depuis des mois. Kate posa le siège auto contenant le bébé, qui avait désormais l'air paisible, et s'assit à côté de sa fille pendant que celle-ci terminait son dîner. La fièvre était tombée et le bébé avait été autorisé à sortir avec une ordonnance d'antibiotiques.

« Merci beaucoup pour votre aide, dit Kate. D'après son patron, Alex est en Sardaigne. Je vous revaudrai ça.

— Ce n'est pas la peine, répondis-je en commençant à débarrasser la table. Je vous suggère en revanche d'établir une liste de personnes à contacter en cas de crise familiale. »

Alors qu'elle se levait pour m'aider, Kate aperçut dans un coin de la cuisine la pile de sacs provenant des boutiques de maternité. Elle regarda mon ventre.

« Oh, vous êtes enceinte. Félicitations ! Est-ce que le père est dans le coin ? ajouta-t-elle, comme si celui-ci se cachait dans le placard.

— Non. Pas de père.

— Eh bien, on pourra veiller l'une sur l'autre. Deux mères célibataires. On s'amusera bien.

— Ça serait formidable », dis-je. Elle parut me prendre au sérieux.

Je travaillai tard le vendredi soir pour préparer une longue proposition pour la réunion mensuelle du département. J'avais trouvé de nouvelles manières d'améliorer l'efficacité des salariés et ainsi d'accroître les objectifs individuels. Mes collègues seraient ravis, j'en étais certaine. Dans mon bureau, il y a bien trop de perte de temps involontaire. J'ai remarqué que le nombre de boissons consommées au cours de la journée de travail excède largement la quantité nécessaire à l'hydratation d'une personne. Les gens préparent du thé ou du café parce qu'ils pensent que c'est à leur tour de le faire et non parce qu'ils ont soif. De plus, j'ai souvent vu deux personnes ou plus debout simultanément près de la bouilloire quand une seule suffit. J'ai conçu un planning strict pour la préparation et l'absorption de boissons dont la légitimité scientifique est indéniable.

J'ai également remarqué que mes collègues perdent beaucoup de temps à porter des documents d'un bureau à l'autre. Ils se sentent ensuite obligés de s'attarder pour parler à l'occupant et je soupçonne que de telles conversations s'écartent de sujets strictement professionnels. Si les gens avaient l'obligation d'envoyer ces documents à leurs collègues par e-mail, leur besoin de papoter serait éliminé. J'avais inventorié d'autres idées similaires qui, selon mes calculs, feraient gagner en moyenne vingt minutes par jour et par employé. Ceci permettrait à Trudy d'accroître les objectifs – y compris le sien – de quatre et demi pour cent.

Quand je quittai le bureau, il faisait déjà nuit et la pluie qui avait menacé toute la journée s'abattait en trombes. Tandis que je m'acharnais sur le mécanisme rétif de mon parapluie, un visage familier surgit de la pénombre près de la porte, où les fumeurs viennent habituellement se blottir. Richard. Nous ne nous étions pas vus ni parlé depuis un certain temps ; il avait téléphoné à plusieurs reprises mais je n'avais pas décroché. Qu'avions-nous à nous dire ? Cela devait faire un moment qu'il rôdait autour du coin fumeurs mais malgré ses cheveux mouillés, son pardessus bleu nuit trempé et les gouttes de pluie accrochées à ses cils, son allure était impeccable. Il me fit penser à une scène d'un vieux film en noir et blanc : un Orson Welles élégant émergeant de l'obscurité dans *Le Troisième Homme*. Quelque chose en moi s'émut, à mon insu. Je réprimai la sensation.

Comme je n'étais pas d'humeur pour une conversation délicate, surtout si je ne l'avais pas préparée, je me dirigeai vers la station de métro. Je suppose qu'il était un peu optimiste d'espérer que Richard disparaisse, en toute simplicité. Avant d'avoir pu m'éclipser, il m'attrapa par la manche.

« Susan », dit-il par-dessus le bourdonnement des bouchons post-heure de pointe, le tambourinement de la pluie et le chuintement des pneus de voiture dans les flaques. « Tu ne crois pas qu'il est grand temps que nous en parlions ? » Il baissa les yeux sur mon ventre. « De notre bébé. »

Je serrai mon manteau contre moi.

« Ne te crois pas obligé de le considérer comme *notre* bébé. Tu as déjà joué ton rôle.

— Pourquoi n'irions-nous pas nous mettre au sec, pour en discuter convenablement ? C'est idiot de faire ça dans la rue.

— Inutile d'en discuter ailleurs. Rassure-toi, je n'ai pas besoin de ton aide.

— Susan, je veux juste que tu saches ceci. J'ai bien compris que tu essayais de me faire peur, la dernière fois que nous nous sommes vus, parce que tu voulais prouver ton indépendance. C'est admirable. Mais si je pouvais être impliqué de manière régulière, ce serait bien plus simple pour toi, à la fois sur le plan financier et pratique. J'ai réfléchi à tout et fait quelques calculs. Je suis prêt et désireux d'assumer la responsabilité commune du bébé, avec tout ce qui en découle. »

Je dus me rappeler que j'avais déjà pris ma décision et que je n'étais pas une femme indécise. Néanmoins, la journée avait été longue et j'étais épuisée. Il fallait me débarrasser de Richard avant que mon armure ne se fissure.

« Tu te trompes. Je ne cherche pas à prouver quoi que ce soit. Je tiens juste à affirmer le plus clairement possible que tu es libre de partir. Nos interactions n'étaient basées que sur un accord pragmatique, désormais caduc. Tu n'as plus aucune obligation.

— Mais il n'y a aucune raison pour que les conditions de notre accord ne soient pas renégociées si les deux parties le souhaitent, déclara-t-il sur le ton d'un diplomate chevronné. Le but initial de notre accord était le divertissement et le plaisir mutuels. À présent, il devrait être d'élever un enfant bien équilibré et en bonne santé. Je suis sûr que si nous travaillons ensemble dans ce sens, ce sera une entreprise des plus réussies et mutuellement bénéfique.

— Écoute, Richard, dis-je en repoussant mes cheveux dégoulinants de mes yeux, je sais que tu n'as aucune envie de devenir père et je sais aussi que l'enfant se portera très bien sans toi. Si tu y réfléchis, tu te rendras compte qu'il serait absurde que nous continuions à nous voir pendant dix-huit ans simplement en raison d'un accident biologique. Je doute fort que ce soit vraiment ce que tu souhaites, si tu y réfléchis.

— Mais toi, qu'est-ce que *tu* souhaites ?

— Je veux me mettre à l'abri. Je veux rentrer dîner.

— Ce bébé a mes gènes, fit-il, agitant son index en direction de mon ventre. Il n'appartient pas qu'à toi. La moitié m'appartient. Il se peut qu'il me ressemble, qu'il pense comme moi, marche et parle comme moi. Je n'ai aucune intention de renoncer à ma part de contrôle sur son avenir. Mon devoir envers ma mère est d'assurer le bien-être de son petit-enfant.

— Ce n'est pas à toi de décider », répondis-je. Irritée, je repoussai sa main. « Je comprends que tu veuilles faire ce qui te semble juste, mais crois-moi, cela vaut mieux pour nous tous. Maintenant, si ça ne te dérange pas… »

Je jetai le parapluie inutile dans une poubelle pleine et hélai le taxi noir qui avait fortuitement surgi de la nuit.

« Si tu ne retrouves pas bientôt la raison, je regrette de t'informer que tu auras des nouvelles de mon avocat », lança-t-il.

C'est impressionnant comme les gens se rabattent sur les clichés quand ils sont à court d'arguments.

9

Cela faisait plusieurs jours que je tentais de joindre tante Sylvia, mais à chaque fois que j'appelais, j'étais accueillie soit par le râle nicotinique d'oncle Frank, soit par les trilles hilares de Wendy ou de Christine. À deux reprises, j'entendis tante Sylvia dans le fond demander à son larbin de me répondre qu'elle était vraiment, vraiment désolée, mais qu'elle était complètement débordée et qu'elle me rappellerait sans faute, des protestations aussi fausses que ses ongles, ses cils et le bleu étincelant de ses yeux. Un matin où tante Sylvia ne pouvait soi-disant pas me parler parce qu'elle allait se faire blanchir les dents au laser, je parvins à apprendre de Wendy que Christine, ma tante et elle se rendraient à Londres le week-end suivant pour voir un spectacle dans le West End. Pourquoi n'emmènerais-je pas ma tante faire un peu de tourisme pendant qu'elles s'offriraient une « journée dorlotage » au spa ?

« Mais moi aussi, j'aimerais bien me faire dorloter. Je n'ai aucune envie d'aller m'ennuyer dans des tas de vieux musées lugubres », parvint à gémir tante Sylvia malgré sa détresse dentaire.

Finalement, il devint évident que la seule manière de coincer mon insaisissable tante était d'accepter, à contrecœur, de les rejoindre, elle et mes cousines, au spa. Je n'avais jamais fréquenté un tel endroit ; j'ai toujours considéré que c'était une perte de temps et d'argent réservée à ceux qui pensent que leur valeur est directement proportionnelle au nombre d'heures passées à prendre soin de leur personne. Comme ma tante et mes cousines. Wendy me rassura toutefois en me disant que je ne devrais acheter qu'un forfait pour la demi-journée et que je n'aurais pas à me faire tripoter par qui que ce soit.

J'arrivai au spa – situé dans un hôtel londonien sophistiqué où j'avais autrefois passé une nuit avec Richard – à neuf heures trente du matin. Ma famille n'était pas encore arrivée ; il était apparemment trop tôt pour affronter la tâche ardue du dorlotage. Tout l'accueil étincelait, du sol en marbre aux miroirs sur les murs, en passant par la peau impeccable de la réceptionniste. Rien ne venait briser le silence ecclésiastique, si ce n'est le gargouillis de l'eau qui jaillissait d'un bassin de pierre en forme de bénitier à l'entrée. L'air était lourd des parfums d'huiles et d'onguents entrecoupés de chlore.

« Souhaitez-vous réserver des soins aujourd'hui, madame ? Vous pouvez choisir à la carte ou peut-être seriez-vous intéressée par nos packs Sérénité ou Vitalité ? » entonna la jeune femme étincelante. Je l'informai que sérénité et vitalité ne pouvant être obtenues en une seule matinée passée dans son établissement, je ne désirais avoir accès qu'au saint des saints. Le coût de cette simple prestation était astronomique.

On me donna une serviette et un peignoir à monogramme et je fus dirigée vers le vestiaire collectif, où un certain nombre de femmes se tortillaient pour enfiler les maillots de bain les moins pratiques que j'aie jamais vus. Je n'avais pas porté mon Speedo noir depuis que j'étais tombée enceinte et m'aperçus que sa façon de s'étirer sur mon ventre et d'écraser ma poitrine nouvellement plantureuse n'était pas particulièrement flatteuse. Cela ne m'inquiéta pas plus que ça ; j'avais des questions bien plus importantes en tête.

Je serrai le peignoir autour de moi et l'attachai fermement par un double nœud. Après avoir ramassé ma mallette, qui contenait le lourd volume des *Pratiques d'homologation de Tristram & Coote's* trouvé la veille à la bibliothèque, je me dirigeai vers la « zone de tranquillité » au bord de la piscine. Le décor était identique à celui de l'accueil, avec en sus des palmiers, d'épaisses plantes retombantes ainsi que des chaises longues, et l'atmosphère était étouffante. L'endroit paraissait déjà à moitié plein ; le nombre de personnes n'ayant rien de plus constructif à faire le samedi matin me surprendra toujours. En traversant la pièce, je remarquai que les hommes allongés sur les transats étaient aussi corpulents et hirsutes que les femmes étaient minces et glabres. Tous avaient l'air idiot. Je trouvai un coin isolé, chaussai mes lunettes et ouvris mon livre de droit.

Environ une heure plus tard, tante Sylvia émergea du vestiaire avec Wendy et Christine sur les talons. Je dus tolérer les embrassades d'usage et les entendre affirmer combien elles étaient ravies de me revoir si peu de temps après les funérailles. Des transats furent accolés au mien – tante Sylvia à ma gauche et les cousines à ma droite – et les peignoirs retirés. Les cousines portaient un maillot couleur jade, des bracelets en or à la cheville et avaient coiffé leur chevelure blonde impétueuse au-dessus de leur tête dans le même style recherché. Pour des jumelles, s'habiller de manière identique à trente-neuf ans et passer autant de temps ensemble alors qu'elles avaient leur propre famille révélait des problèmes d'identité profondément enracinés, sans nul doute causés par leur égocentrique de mère. Ma tante, vêtue d'un maillot à motifs tropicaux assorti au thème de la piscine, avait dû revenir récemment de sa maison de vacances en Espagne : son corps dodu était tanné comme un vieux gant de boxe. Si différent de ma défunte mère, pâle et menue.

Les cousines et moi avions passé beaucoup trop d'après-midi d'enfance ensemble, à mon goût. Avant que ma tante et sa famille ne quittent Birmingham pour leur pavillon tape-à-l'œil près de Worcester, ma mère et elle se voyaient au moins une fois par semaine. Nous n'avions d'autre choix que de les accompagner. Étrangement, même si ma mère et ma tante avaient peu de choses en commun, elles parvenaient à passer un temps fou à papoter et à échanger des ragots. Afin de ne pas être gênées par la présence de leur progéniture, elles nous envoyaient jouer dans le jardin ou dans la rue. Quand sonnait l'heure du départ, ma mère avait souvent les yeux rouges et boursouflés. Je savais alors qu'elles avaient évoqué l'éternel sujet du comportement de mon père.

Ayant six ans de plus que mes cousines, je faisais en théorie figure d'autorité lorsque ma mère et ma tante étaient occupées ailleurs. Je dis « en théorie » parce que contrôler ces petites pestes sournoises était impossible. Mon âge n'exerçait aucune emprise sur elle, pas plus que ma grande taille, ma force ou mon intelligence. Les cousines étaient bien plus gâtées par leur mère qu'Edward par la nôtre. Du moment qu'elles la traitaient avec une révérence servile, elles obtenaient tout ce qu'elles voulaient – bonbons, jouets, animaux de compagnie. Elles ne cachaient pas leur antipathie pour moi, probablement parce que je n'étais pas sensible à leurs cajoleries et pleurnicheries. À l'inverse, elles adulaient Edward ; son comportement subversif lui donnait un air excitant de rebelle. S'il y avait une dispute ou un désaccord lorsque nous étions tous les quatre, ce qui se produisait invariablement, Edward et les cousines s'opposaient toujours à moi.

Voici un exemple : je devais avoir dans les treize ans, Edward en avait donc dix ou onze et les cousines sept. C'était la fin de l'été et j'attendais impatiemment la rentrée scolaire mais la redoutais aussi. Je la redoutais parce que, dès cet âge-là, je préférais rester seule ; et je l'attendais impatiemment parce que ma réussite scolaire était l'un des aspects de ma vie que je contrôlais absolument. Les cousines, Edward et moi étions censés jouer dehors comme d'habitude, afin que les adultes puissent bavarder. Bien trop âgée pour « jouer », j'aurais préféré m'asseoir avec un livre, mais je savais que ma mère avait besoin que je surveille les petits. On construisait une nouvelle terrasse dans notre jardin et une nuée de fourmis volantes avait envahi le trottoir devant notre maison ; nous filâmes donc vers le parc. En arrivant, Edward commença à faire l'idiot : il pourchassait les bernaches du Canada et leurs oisons, jetait des cailloux dans l'étang où les vieillards avaient installé leur canne à pêche, grimpait aux arbres bien plus haut que de raison. Les cousines piaillaient de bonheur face à ses singeries. Je m'efforçai de le faire obéir, en vain. Autant essayer de convaincre un babouin.

Sur le terrain de jeux, Edward s'amusa à grimper à l'envers sur le toboggan alors qu'une file d'enfants attendaient pour descendre, puis fit tourner le manège si vite que des bambins faillirent être expulsés par la force centrifuge. Chassé par des parents en colère, il décida ensuite de jouer une variante de la « dégonfle ». Cela impliquait de se tenir devant une balançoire en mouvement et de s'écarter à la toute dernière seconde. Je lui criai d'arrêter, qu'il allait se faire mal, mais il se contenta de m'adresser un signe de la main qui ne mérite pas d'être décrit ici. C'est alors que le coin de la balançoire heurta sa tempe.

Le sang coulait de manière inquiétante. Les cousines étaient en larmes, pâles et tremblantes, et Edward s'évanouit sous le choc. Heureusement, une voisine se trouvait là avec ses petites filles. Elle étancha le sang avec l'un de leurs gilets, nous fourra tous dans son break – les cousines assises dans le coffre – et nous ramena à la maison. Après qu'Edward se fut fait recoudre à l'hôpital, l'enquête commença. Je donnai ma version des événements, y compris une description du comportement méchant, stupide et dangereux d'Edward, et il donna la sienne. D'après Edward, un garçon plus âgé avait poussé l'une des cousines devant la balançoire. Alors que mon frère volait courageusement à son secours, sa tête avait été percutée. Les cousines confirmèrent son histoire. Apparemment, j'étais restée assise sur un banc, le nez dans un livre, pendant toute la scène. Ma mère me dit, les yeux humides et la voix rauque, que je l'avais beaucoup, beaucoup déçue. C'était moi la responsable. J'aurais dû faire plus attention à mon frère et à mes cousines. J'étais d'habitude si raisonnable et fiable. Sur qui d'autre pouvait-elle compter, à part moi ? Edward et les cousines étouffèrent à peine leurs ricanements.

« Alors, on n'est pas bien ici ? demanda ma tante en serrant mon bras par-dessus l'épaisseur de mon peignoir.

— Si si, c'est charmant, approuvèrent en chœur les cousines.

— Ton oncle Frank nous offre un week-end entre filles pour fêter mon anniversaire. J'ai soixante-trois ans, tu sais. » Elle ouvrit grand les yeux, comme si elle-même s'en étonnait. « Personne ne me croit. Ils pensent tous que j'ai à peine cinquante ans. C'est parce que j'ai toujours pris soin de moi. Il faut rester "jeune et jolie", comme on dit.

— Tu t'en sors super bien, maman, dit l'une des cousines.

— J'espère qu'on sera aussi belles à ton âge », enchaîna l'autre, se tournant pour examiner son reflet dans le miroir derrière elle. Tante Sylvia sourit, satisfaite de savoir qu'on avait remarqué son incroyable jeunesse.

« Est-ce que tu t'es bien remise de ton malaise aux obsèques ? me demanda-t-elle. C'était probablement trop pour toi, ma pauvre petite. Pour moi aussi. J'ai failli tomber à la renverse mais c'est vrai que j'ai toujours été quelqu'un de très émotif. "Tu as le cœur sur la main, Sylvia", me dit toujours oncle Frank. »

Je lui expliquai que je n'ai jamais eu de mal à maîtriser mes émotions et que j'étais tout simplement indisposée.

« Il n'y a aucune honte à se sentir mal aux obsèques de sa mère, tu sais. Tout le monde est indulgent. Comme pour le comportement choquant d'Edward lors de la réception. On ne lui en tient pas rigueur, pas vrai les filles ? »

Les cousines secouèrent la tête à l'unisson. « Non, maman, pas du tout.

— Il savait pas ce qu'il disait, affirma Wendy.

— Il noyait son chagrin », enchaîna Christine.

Je dus endurer plusieurs longues minutes de babillage inepte sur les funérailles et la réception, y compris une analyse de la personnalité, du comportement et des goûts vestimentaires de chacun des invités présents. Enfin, ma tante et mes cousines s'arrêtèrent assez longtemps pour me laisser expliquer que la seule raison pour laquelle je les avais rejointes au spa était que je voulais discuter des circonstances de la signature du testament de ma mère.

« Ta mère a écrit un testament, ma chérie ? demanda ma tante.

— Tu devrais le savoir. Tu es l'un des témoins.

— Ah bon ? Je ne m'en souviens plus. C'était quand ? »

Je lui rappelai que cela s'était passé quelques semaines avant sa mort. Tante Sylvia mima de son mieux un air pensif, pas facile quand on a le front paralysé par le bacille botulique.

« Rob, l'ami d'Edward, était l'autre témoin, poursuivis-je. Il a vraisemblablement signé le testament en même temps que toi.

— Oh oui, Rob, ça me revient, maintenant. Un homme charmant, un bon gros géant. J'ai bien vu qu'il en pinçait pour moi. Il m'a donné sa carte de visite avec son numéro de téléphone personnel au dos. Je crois que je vais lui demander de passer chez nous pour jeter un œil. Notre jardinier sait tondre et désherber, mais on ne peut pas dire qu'il ait un grand sens artistique. Je n'arrête pas de réclamer un belvédère et un parterre de fleurs à oncle Frank et il répond toujours : “Tout ce que tu veux, bébé”, mais ensuite j'ai tellement de choses à faire que je n'ai pas le temps de m'en occuper. Maintenant, je viens d'y repenser. Dès que je rentre, je passe un coup de fil à ce Rob. »

De toute évidence, il me faudrait faire un effort surhumain pour que ma tante reste concentrée.

« Donc qui t'a demandé d'être témoin ? » Là encore, une esquisse de froncement de sourcils.

« Laisse-moi réfléchir. Oui, ça y est, je me rappelle. Ed m'a appelée la veille. Je m'en souviens parce que c'était la toute première fois qu'il m'appelait. Il n'est pas très famille, hein ? Je m'attendais à de mauvaises nouvelles, parce que ta mère venait d'avoir deux AVC, mais non, il se demandait juste si je voulais passer tailler la bavette. Il disait que ta maman avait le cafard et qu'elle aurait besoin qu'on lui remonte un peu le moral. Ça, c'est mon truc. Tout le monde le sait. "Sylvia", qu'ils font, "partout où tu vas, tu amènes le soleil". Quel intérêt d'être pessimiste, je te le demande ? Tu te souviens de ta grand-tante Gladys ? Celle qui avait toujours l'air revêche ? Rien n'était jamais assez bien pour elle. Je me souviens qu'une fois...

— Est-ce qu'il a dit autre chose au téléphone ? Est-ce qu'il a mentionné le testament ? »

Alors qu'elle s'apprêtait à répondre, une sorte d'infirmière psychiatrique très séduisante – sa blouse blanche amidonnée et son air d'efficacité clinique contrastant avec son maquillage clownesque – surgit du feuillage et se pencha sur tante Sylvia.

« Mrs Mason ? Désolée de vous déranger. C'est l'heure de votre manucure, si vous voulez bien me suivre.

— Ohh, mais ça n'arrête jamais, ici, hein ? » gloussa ma tante.

Le temps pressait. Comme je ne voulais pas gaspiller l'argent dépensé pour le forfait, je rangeai le *Tristram & Coote's* dans ma mallette et suivis ma tante jusqu'à la salle de soins. Elle était déjà perchée sur un tabouret devant une petite table, sur laquelle elle avait écarté ses doigts potelés.

« Tu vas te faire les ongles aussi, Susan ? Moi, je le fais toutes les deux semaines, sans faute. Oncle Frank aime que je sois toujours belle.

— Non. Je suis tout à fait capable de me couper les ongles moi-même. Revenons-en au coup de fil d'Edward et au testament… » Je m'assis sur un tabouret à côté de ma tante.

« Eh bien, je suis pratiquement sûre qu'Ed n'a pas parlé du testament au téléphone. Mais je me souviens qu'il a beaucoup insisté pour que je vienne le plus vite possible. Il ne voulait pas que ta maman sombre encore plus. Alors j'ai répondu que je viendrais le lendemain, parce que j'avais prévu de faire un peu de shopping à Birmingham. Je cherchais un bibi qui irait avec ma tenue pour le mariage de mon amie Jacquie. Les boutiques de Worcester ne sont pas terribles. C'est la seule chose qui me manque, de Birmingham, les boutiques. De toute façon, je devais lui rendre visite. On aimait bien se voir régulièrement.

— Et que s'est-il passé quand tu es allée la voir ?

— Rien de spécial, vraiment. Elle ne semblait pas particulièrement déprimée, autant que je m'en souvienne. Un peu dans le vague, peut-être, mais c'était normal, après des AVC, pas vrai ? On a déjeuné et pris le thé, ensuite je suis allée en ville. Tu te rends compte que j'ai fait toutes les boutiques de Birmingham sans trouver de bibi couleur chartreuse ? Pas pour tout l'or ou l'amour du monde.

— Oui, mais et le testament alors ?

— Eh bien, Rob est arrivé après le déjeuner. Il est vraiment grand, tu ne trouves pas ? J'ai toujours aimé les hommes grands. Alors Ed a dit à ta mère que Rob était là et elle a eu l'air un peu confus. Et puis il a fait, “Tu te souviens qu'il te faut deux personnes” et elle a répondu “Ah oui, c'est vrai. Où est-il ?”, après quoi Ed est sorti de la pièce et est revenu une minute plus tard avec une grande enveloppe en papier kraft. Ensuite il a dit qu'il devait partir. C'est la dernière fois que je l'ai vu avant les obsèques. Ta mère m'a dit qu'elle voulait que Rob et moi soyons témoins de sa signature, alors elle a pris le document, elle a signé, j'ai signé, Rob a signé, ensuite on a tous bu une tasse de thé et j'ai parlé à Rob du belvédère et du parterre de fleurs et puis c'est là qu'il m'a donné sa carte. Quel charmeur, celui-là.

— Maman a-t-elle mentionné les conditions du testament ?

— Quelle couleur souhaitez-vous aujourd'hui, Mrs Mason ? interrompit l'infirmière psychiatrique. Nous avons des nouveaux vernis ravissants tout juste arrivés hier. Je crois que vous allez les adorer. » Elle apporta à ma tante un éventail multicolore de flacons minuscules sur un présentoir.

« Oh là là, mais c'est comme un magasin de bonbons, hein ? Je ne sais pas quoi choisir. Autant me demander si je préfère les loukoums, les dragées ou les chocolats à la violette. Je les aime tous. Je penche pour Flamant rose ou peut-être Pastèque. Qu'est-ce que tu en penses, Susan ? Je n'ai jamais su décider. Mes filles disent toujours : "Maman, c'est parce que tu es tellement optimiste." Optimiste à l'excès, c'est bien moi.

— Je ne sais pas. Je n'ai pas d'avis sur la question. Ferme les yeux et choisis-en un au hasard.

— Quelle bonne idée. Comme un jeu. Laissons le destin choisir. »

Elle ferma les yeux et pointa du doigt le présentoir. En voyant la teinte naturelle que le destin avait choisie pour elle, tante Sylvia se renfrogna.

« Non, je crois que je vais plutôt prendre Flamant rose. Je dis toujours qu'il faut suivre son instinct. » Elle s'empara du flacon criard.

« C'est une teinte extraordinaire. Vous avez l'œil pour les couleurs, Mrs Mason, dit l'infirmière psychiatrique, comme si ma tante avait conçu le vernis.

— Le testament, insistai-je. Maman a-t-elle dit quoi que ce soit au sujet des conditions ?

— Voyons, qu'est-ce qu'elle m'a dit ? Qu'elle réfléchissait à ce qui allait se passer après sa mort, voilà tout. Qu'elle voulait que tout soit équitable, tu sais, entre toi et Ed. Pour qu'il n'y ait pas de dispute. Elle savait que vous deux, c'est le jour et la nuit. Je crois qu'elle a dit qu'elle en avait parlé à quelqu'un pour que tout soit clair dans sa tête. Je ne sais plus qui. Peut-être le pasteur. Il était toujours fourré chez elle. Je l'ai rencontré plusieurs fois quand je rendais visite à ta mère. Gentil, mais un peu chochotte, si tu vois ce que je veux dire. C'est évident, non ? Il m'a à peine regardée.

— A-t-elle dit qu'elle allait donner à Edward l'usufruit de la maison ?

— L'usu-quoi, ma chérie ?

— L'usufruit. Ça veut dire qu'il peut y habiter aussi longtemps qu'il le souhaite.

— Je ne suis pas au courant. Elle n'a pas mentionné d'*usure-fruit*. Ou peut-être que si, mais j'avais la tête ailleurs. Toute cette histoire te chiffonne un peu ? C'est pour ça que tu me poses toutes ces questions ?

— Je ne suis pas chiffonnée, je suis furieuse. Maman n'avait aucune raison de faire ça. Il est évident qu'Edward l'a dupée ou intimidée. Je vais me procurer son dossier médical et interroger tous ceux qui la connaissaient. Je vais prouver que maman était désorientée et vulnérable. Et qu'elle n'était pas le genre de personne à faire quelque chose d'aussi manifestement injuste. »

Tante Sylvia détourna son attention de ses ongles tapageurs et me regarda dans les yeux. Pour une fois, elle avait un air sérieux.

« Susan, peut-être qu'il faut simplement que tu acceptes le testament. Ta mère devait avoir ses raisons. Qui sait ce qui se passe dans la tête des gens ? Pourquoi perdre ton temps à fouiller dans sa vie privée ? Parfois, il vaut mieux accepter ce que la vie te donne et faire contre mauvaise fortune bon cœur. Je le sais d'expérience. Sinon, tu risques de te contrarier. Et de contrarier les autres.

— Ça y est, Mrs Mason, fit l'infirmière psychiatrique en rangeant son équipement. Ça vous plaît ?

— Ohh, j'adore. J'ai les mains d'une star de cinéma maintenant, qu'est-ce que tu en dis ? » Tante Sylvia agita les doigts avec un grand sourire.

Quand nous rejoignîmes la piscine, les cousines annoncèrent qu'elles s'ennuyaient. Il leur restait une demi-heure avant leur premier soin (enveloppement minceur – apparemment il ne leur était pas venu à l'esprit de faire du sport ou de manger moins) et ni l'une ni l'autre n'avait pensé à apporter un livre. En supposant qu'elles sachent lire. Elles proposèrent d'aller au jacuzzi pour changer un peu de décor.

« Je crois que je vais m'en passer, les filles, dit ma tante, s'étirant et fermant les yeux. Je viens juste de me faire les ongles et j'ai besoin de repos.

— Allez viens, Susan, ça va te détendre, lança Wendy. T'as pas le choix. »

Je n'ai jamais eu envie de partager mon bain avec qui que soit, encore moins avec deux femmes aussi affreuses. Alors que je déclinais l'invitation, Wendy défit adroitement la ceinture de mon peignoir pendant que Christine l'arrachait de mes épaules. L'efficacité de leur travail d'équipe résultait sans doute d'années passées à baisser le pantalon des enfants les moins populaires de l'école. Quand mon peignoir toucha le sol, elles fixèrent mon ventre, puis mon visage, puis de nouveau mon ventre. Je ne savais pas jusque-là que c'était si évident.

« Maman, Susan est enceinte, fit Wendy avec une expression horrifiée.

— Mais c'est impossible. Elle a quarante-cinq ans, renchérit Christine.

— Ohh, mais c'est génial. Je suis vachement contente. Alors, je vais être grand-tante, dit leur mère, trouvant encore une fois le moyen de se mettre au centre de la situation. Ça fait très vieux, quand même, *grand-tante*. »

Les cousines avaient la ferme intention de connaître le fin mot de l'histoire. Elles collèrent leur petit visage au mien.

« Comment ça s'est passé ?

— C'était un accident ?

— T'en es où, exactement ?

— C'est pas dangereux, à ton âge ?

— Asseyez-vous, les filles, et laissez Susan nous raconter tout ça », dit ma tante.

Avant que j'aie pu leur dire de s'occuper de leurs affaires, la femme étincelante de l'accueil s'approcha furtivement de nous.

« Mrs Green, entonna-t-elle, je voulais juste vous rappeler que le forfait demi-journée expire à midi, mais vous pouvez tout à fait passer au forfait journée si vous le souhaitez. »

J'avais bien d'autres sujets à évoquer avec tante Sylvia, principalement son avis sur les facultés mentales de ma mère avant la signature du testament, même si, compte tenu des limites de ses propres facultés, un tel avis ne tiendrait pas forcément la route dans un tribunal. Je devrais néanmoins attendre encore un peu avant de poursuivre mon enquête auprès de ma tante. Je n'étais prête ni à me soumettre aux interrogations indiscrètes des cousines ni à gaspiller davantage d'argent.

« Quel dommage, je dois partir. Ça attendra la prochaine fois », déclarai-je à mes parentes impatientes. J'attrapai mon peignoir et ma mallette et me précipitai vers la porte avant qu'elles aient le temps de me retenir.

« On reste en contact, Susan, lança tante Sylvia. Tu devras passer Noël chez nous, maintenant que ta mère n'est plus là. On va te prendre sous notre aile, pas vrai, les filles ?

— Ne pars pas. C'est pas juste. Je veux tout savoir sur cette grossesse, protesta Wendy.

— Vieille coincée », marmonna Christine.

10

Ce soir-là, je pris des notes détaillées de ma discussion avec tante Sylvia. Il me faudrait établir une déposition en son nom et je voulais un rapport d'une précision à toute épreuve. J'utiliserais ses propres mots là où c'était possible mais corrigerais ses fautes de grammaire et ses étranges expressions familières pour rendre les preuves plus crédibles. Je ne voudrais pas que le juge croie lire le témoignage d'une imbécile.

À partir du peu d'informations pertinentes que j'avais pu tirer des divagations de tante Sylvia, j'avais désormais la certitude qu'Edward n'avait pas simplement été informé par ma mère de l'existence du testament, mais avait été impliqué dans sa rédaction. Il savait où se trouvait le document avant qu'il soit signé et y avait eu libre accès. Sans compter qu'il avait personnellement organisé la signature de ma mère et celle des témoins – son meilleur ami, Rob, et notre tante facilement manipulable. Son désir de faire venir tante Sylvia à la maison en prétextant une urgence en disait long. Dans ces circonstances, il connaissait forcément le contenu du testament. J'imagine son agitation pantelante et ses paumes moites quand il tendit l'enveloppe en papier kraft à ma mère, sachant qu'il était à deux doigts de s'assurer la propriété exclusive de la maison familiale. Qu'il les ait laissés seuls ne m'étonne pas. Il s'inquiétait probablement que sa fébrilité ne se lise sur son visage, ce qui aurait pu faire hésiter ma mère et l'amener à s'interroger sur ce qu'elle s'apprêtait à faire.

Je me demandais pourquoi Edward avait autant insisté pour obtenir l'usufruit. Je ne suis pas du genre vindicatif. Si l'héritage avait simplement été divisé entre nous deux, comme il aurait dû l'être, je ne l'aurais pas jeté à la rue le lendemain de la mort de ma mère (même si ça m'aurait fait grand plaisir). Non, je lui aurais donné deux mois pour trouver un autre hébergement pendant que je vidais et préparais la maison pour la vente. En attendant, il aurait facilement trouvé une location temporaire, après quoi il aurait touché une somme suffisante pour acheter un appartement dans une banlieue tout à fait acceptable de Birmingham, ou même une maison modeste dans l'un des secteurs les moins cotés. Apparemment, ça n'était pas assez bien pour le petit chouchou. Il était installé dans une maison mitoyenne très confortable, soigneusement entretenue, avec quatre chambres, dans une rue tranquille d'un quartier recherché, proche de toutes les commodités – y compris un pub, un caviste et un bookmaker. Il préférait faire ses petites combines plutôt que de descendre d'un échelon ou deux sur l'échelle de la propriété. Cela alors même que, vu le peu de travail rémunérateur qu'il a effectué depuis la fac, il devrait en principe vivre dans une boîte en carton sous un viaduc.

Heureusement, mon dossier contre Edward commençait à prendre forme. C'était comme si j'avais gratté la première couche de crasse sur un tableau ancien. Une image floue se formait devant mes yeux. J'y travaillerais jusqu'à ce que l'ensemble de la peinture se révèle, si monstrueuse soit-elle.

Au moment où je terminais mes notes et refermais mon carnet, j'entendis frapper à la porte et un « Salut, Susan, c'est moi », penaud, par la fente de la boîte aux lettres. C'était Kate, encore une fois en pyjama (tout comme moi), mais cette fois-ci également en pantoufles et robe de chambre, une bouteille à la main.

« Regardez, ça marche ! J'ai du réseau », dit-elle en agitant un babyphone comme un billet gagnant de tombola. Il y eut un grésillement, un léger bruissement et des lumières rouges et vertes clignotèrent un instant à l'écran. « Je peux les écouter là-haut pendant qu'on se partage une bouteille en bas.

— Je suis désolée, mon état m'empêche de boire avec vous.

— Oh non, s'exclama Kate en rougissant. Ce n'est pas du vin. Je connais la musique, depuis le temps. C'est du pétillant de fleur de sureau. J'en buvais tous les jours quand j'étais enceinte. J'essayais de me convaincre que je me saoulais au champagne. Allez, buvez avec moi. Pour une fois que j'ai une soirée de libre. »

D'après ce que j'avais constaté jusque-là, Kate ne semblait pas du genre à se lier facilement avec des personnes âgées de plus de deux ans. À l'évidence, elle faisait un gros effort. Je la pris en pitié, l'invitai à entrer et la menai au salon.

Comme vous le savez, laisser entrer des gens dans ma sphère privée n'est pas mon fort, et je n'apprécie vraiment pas les invités surprise. Enfant, j'étais exactement pareil. Dès mon plus jeune âge, je m'aperçus qu'il était dans mon intérêt de tenir secret l'alcoolisme de mon père, surtout devant mes camarades de classe. Je devins rapidement experte en la matière. Ma stratégie de défense principale était de ne pas me faire d'amis pour que personne ne soit tenté de venir chez moi et de rencontrer mon père. Je ne participais donc pas aux jeux dans la cour de récréation, refusais les invitations aux fêtes et aux goûters, et passais généralement mon temps toute seule. Ma deuxième stratégie de défense était d'éviter de sortir en public avec mon père. Malheureusement, ce n'était pas toujours possible.

Quand j'avais quatorze ans, un incident se produisit qui eut exactement les conséquences auxquelles je cherchais à me soustraire. Nous rentrions chez nous après une réunion exceptionnelle et particulièrement tendue de toute la famille dans la villa de tante Sylvia. Mon père demanda à ma mère de se garer devant le caviste du coin et elle savait qu'il ne servirait à rien de protester. Il tituba de la voiture au magasin puis, peu de temps après, sortit avec un sac plastique plein à craquer dans chaque main. À cette époque, le volume de sa bedaine le contraignait à remonter sans cesse la ceinture de son pantalon, qui retombait aussitôt sous ses hanches.

Tandis que mon père s'approchait de la voiture, sa ceinture glissait de plus en plus bas. Je savais ce qui allait se passer. J'ouvris la porte et courus vers lui, mais trop tard ; son pantalon était déjà sur ses chevilles et ses jambes pâles et maigres exposées aux yeux de tous. Plutôt que de poser sa précieuse cargaison, il resta planté là, paniqué. Je m'emparai des sacs et il se pencha pour remonter son pantalon, manquant tomber à la renverse. Cette scène peut paraître comique, mais elle ne l'était pas. Pas pour moi, pas à l'époque. Je regardai autour de moi, espérant que personne n'avait remarqué, et aperçus un groupe de filles de ma classe qui se tordaient de rire : Carol et trois de ses amies, toutes des filles qui prenaient grand plaisir à découvrir les points faibles d'autrui - un peu comme mes charmantes cousines. Je me précipitai dans la voiture.

Je sais que ça semble lâche, mais le lundi matin je dis à ma mère que j'étais trop malade pour aller à l'école. J'utilisai la même excuse le mardi. Le mercredi matin, elle menaça d'appeler le médecin et je me résignai à affronter les conséquences de l'incident. Quand j'entrai dans la salle de classe pour l'appel du matin, j'eus l'impression que tous les élèves sans exception riaient sous cape.

« Hé, Sue, j'ai vu ton père au magasin, samedi, cria Carol. D'ailleurs j'en ai vu un peu trop.

— Heureusement que la police l'a pas chopé en train de s'exhiber, ajouta l'une des filles de sa bande.

— Il avait l'air complètement bourré.

— Ma mère dit que ton père est un poivrot. »

Je fixai mon pupitre et tentai d'ignorer les voix. C'était impossible. Carol, la meneuse, n'arrêtait pas de parler, encore et encore. Alors, je fis quelque chose qui ne me ressemblait pas du tout, quelque chose que je n'avais jamais fait auparavant et que je n'ai jamais refait depuis. Je me levai, m'approchai du pupitre de Carol et la giflai de toutes mes forces. Elle trébucha et se cogna le coude contre le conduit du radiateur juste au moment où notre professeur principal, Mr Briggs, entrait, le cahier d'appel à la main. Je l'aimais bien ; il avait une vingtaine d'années, mince, blond, gentil. C'était le prof d'anglais d'une autre classe.

« Mais qu'est-ce qui se passe ici ? » s'écria-t-il, jetant le cahier sur son bureau.

Carol renifla : « Monsieur, c'est Susan. Elle m'a giflée sans raison et je me suis cogné le coude. Je crois qu'elle l'a cassé. »

Mr Briggs eut l'air abasourdi.

« Susan, tu as frappé Carol ?

— Oui monsieur. » Je baissai les yeux sur mes chaussures d'écolière.

Il me demanda ce qui m'avait pris ; je marmonnai que je n'en savais rien. Il se tourna vers Carol, dont la joue rougeoyait.

« Jetons un œil à ce coude. Tu arrives à le bouger ? »

Après un court examen, il lui assura qu'il n'y avait pas de gros dégâts. Qu'elle aille aux toilettes appliquer une serviette en papier mouillée sur son coude pendant quelques minutes. De retour dans la salle de classe, elle me fixa avec un rictus, comme si elle imaginait le tourment qu'elle prévoyait de m'infliger.

À la fin de l'appel, quand il fut l'heure de sortir de la classe, Mr Briggs nous demanda, à Carol et moi, de rester. Il voulut de nouveau que je lui explique pourquoi j'avais giflé Carol et je répétai que je ne savais pas.

« Carol, tu peux me le dire, toi ?

— C'est juste parce que j'ai parlé de son père. On l'a vu qui se baladait complètement ivre ce week-end et je voulais m'assurer qu'elle allait bien.

— Est-ce que c'est vrai, Susan ?

— Elle ne m'a pas demandé si j'allais bien. Elle a dit des choses affreuses et l'a traité de tous les noms. »

Mr Briggs m'enjoignit de ne jamais recourir à la violence physique, quelle que soit la provocation. Mais comme il savait que ça ne me ressemblait pas du tout, il me laissa m'en tirer avec un simple avertissement, pour cette fois. Toutefois, si jamais je recommençais, j'irais directement chez la principale. À Carol, il dit qu'il ne voulait plus entendre qu'elle avait dénigré mon père. Quand il nous demanda si nous avions compris, nous acquiesçâmes.

« Bien, vous deux, allez en cours. »

Les railleries continuèrent, bien sûr. Quel enfant abandonne un tel divertissement simplement parce qu'un enseignant le lui a demandé ? Carol et ses amies profitèrent pleinement de ce qu'elles avaient appris à mon sujet. J'envisageai de feindre une maladie chronique mais je savais que je ne pourrais pas éviter l'école indéfiniment. Et de toute façon, me disais-je, j'étais coriace et déjà experte dans l'art de me détacher de ce qui se passait autour de moi et d'étouffer toute réaction émotionnelle.

La semaine suivante, Mr Briggs me demanda de rester après l'appel matinal. Il connaissait un de mes voisins, qui lui avait parlé un peu de mon père.

« Comment ça va, à la maison ? demanda-t-il.

— Très bien.

— Vraiment ? »

Je ne répondis pas.

« Susan, je voulais juste que tu saches que mon père aussi avait un problème avec l'alcool. Je comprends ce que tu ressens. »

Je continuai de me taire. Il me demanda si mes camarades avaient arrêté de m'embêter et je secouai instinctivement la tête.

« Qui fait ça ? C'est toujours Carol ? Je vais lui parler.

— Ne faites pas ça. Ça sera pire encore.

— D'accord, comme tu veux. Mais si tu as besoin de t'éloigner un peu de Carol et sa bande, tu peux venir dans ma classe pendant la pause. Et si tu as besoin d'aide, dis-le-moi. »

À la pause suivante, je me rendis dans la classe de Mr Briggs – non pas parce que je ne supportais pas les moqueries, bien sûr, mais parce que je préférais la paix et la tranquillité. Pendant qu'il corrigeait les copies, je m'assis à un pupitre dans un coin et sortis un roman. Au bout d'un moment, il leva la tête et me demanda ce que je lisais. Je me souviens qu'il s'agissait de *Trois Hommes dans un bateau*, de Jerome K. Jerome ; il me dit que c'était l'un de ses préférés. Le lendemain, il apporta un roman de P.G. Wodehouse qui, pensait-il, me plairait. Je pouvais le garder, ajouta-t-il ; il avait tellement de livres qu'il était ravi de libérer un peu de place sur ses étagères.

Ainsi se mit en place ma nouvelle routine. À chaque pause, après la sonnerie, je m'installais dans la classe de Mr Briggs pour lire un roman pendant qu'il corrigeait ses copies et préparait ses cours. Parfois, il m'apportait des livres dont nous discutions ensemble. En de rares occasions, il tenta de me faire parler de ce qui se passait chez moi mais j'éludais toujours ses questions.

Il pensait qu'il valait mieux ne parler à personne de mes visites, sans quoi les autres élèves pourraient se montrer jaloux, et j'acceptai volontiers. La classe de Mr Briggs était mon oasis d'ordre et de calme et en aucun cas je ne l'aurais partagée avec qui que ce soit.

Bien entendu, Edward se sentit obligé de mettre son grain de sel. Il avait remarqué quelques livres dans ma chambre qui portaient le nom de Mr Briggs sur la couverture. Puis, ayant constaté que je n'étais pas dans la cour à la récréation, il parvint je ne sais comment à me retrouver.

« Qu'est-ce que tu fabriques toute seule avec Briggsy, pendant tout ce temps ? » demanda-t-il après l'école, sur le chemin du retour. Il courait devant moi et me coupait la route. J'en vins à regretter de n'avoir pas été plus évasive.

« Il corrige ses copies, je lis, il me donne des livres, on en parle.

— Ça me paraît louche. Les profs ont pas le droit de rester seuls, comme ça, avec leurs élèves, ni de leur donner des trucs. J'en ai entendu parler, des types comme lui.

— Ne sois pas ridicule. Il est gentil, tout simplement. »

L'attention d'Edward fut détournée par son meilleur ami, Steve (le frère de Carol), qui faisait du skateboard sur le trottoir d'en face, et j'en profitai pour m'esquiver. Je ne repensai plus à cette histoire, quand quelques jours plus tard, dans le vestiaire, Yasmin – une fille discrète qui, en d'autres circonstances, aurait pu être mon amie – me tapota l'épaule au moment où j'enfilais mon imperméable.

« Je voulais te dire qu'il y a une rumeur à l'école sur toi et Mr Briggs.

— Quelle rumeur ?

— Que vous avez une liaison.

— C'est des bêtises. Qui dit ça ?

— Tout le monde. Ils disent qu'il te donne des cadeaux, des livres et tout, pour parvenir à ses fins. »

Elle s'excusa de jouer l'oiseau de malheur, sourit avec compassion et s'éclipsa. Je restai debout, un bras dans la manche de mon imperméable et un bras ballant. J'étais atterrée de voir que de vils soupçons pouvaient souiller une situation aussi innocente. Les livres, pensai-je, qui était au courant pour les livres ? Une seule personne, hormis Mr Briggs et moi-même. Les gens croient n'importe quoi si on le leur murmure, et Edward avait toujours été un sale petit mouchard. J'avais l'intention de lui demander des comptes dès que j'arriverais à la maison mais, comme par hasard, il passait la nuit chez Steve.

La rumeur avait apparemment circulé très vite : avant que j'aie pu sortir mes devoirs de mon sac, ma mère reçut un appel : elle devait m'accompagner chez la principale le lendemain matin. Elle me demanda ce qu'il se passait, mais je répondis que je l'ignorais. Je ne voulais pas penser aux bruits qui couraient. J'espérais que toute cette histoire finirait par se dissiper.

Une fois ma mère et moi assises, la principale alla droit au but. On lui avait signalé qu'une relation déplacée s'était nouée entre moi et un nouveau professeur, Mr Briggs. Il y avait de nombreux témoins. Elle me demanda de lui expliquer, avec mes propres mots, ce qu'il se passait. Je lui expliquai que je me rendais dans la classe de Mr Briggs pendant la pause pour échapper aux moqueries des filles de ma classe. Elle me demanda s'il m'avait donné des cadeaux. Oui, mais seulement des livres d'occasion. M'avait-il dit de n'en parler à personne ? Oui, mais uniquement pour que les autres élèves ne cherchent pas eux aussi à rester à l'intérieur pendant la pause. Elle se pencha en avant, s'excusa de devoir me poser la question, mais Mr Briggs m'avait-il déjà touchée ou demandé de le toucher ? Je pouvais dire toute la vérité, personne ne m'en tiendrait responsable, ce n'était pas moi qui aurais des ennuis.

« Absolument pas, répondis-je. Rien de tout ça. Pas du tout, jamais. »

Elle me jeta un regard sceptique, comme si elle s'attendait à ce que je nie, quelle que soit la vérité. Après avoir assuré à ma mère qu'elle tirerait toute cette histoire au clair, la principale m'invita à retourner en classe. Ma mère resta muette quand je lui dis au revoir.

Le lendemain, un suppléant se trouvait au bureau de Mr Briggs. On nous informa que ce dernier était en congé maladie et ne serait probablement pas de retour avant les grandes vacances, qui commençaient deux semaines plus tard. Il ne revint pas le trimestre suivant et je ne le revis jamais. J'ignore s'il fut renvoyé par la principale ou s'il démissionna après avoir été interrogé, ou encore s'il avait toujours eu l'intention de partir à la fin de l'année scolaire. Pour moi, c'était le retour à la cour de récréation pendant la pause et aux moqueries, qui ne tournaient plus seulement autour de mon père. Enfin, au bout de quelques mois, les rumeurs se tassèrent et l'attention de Carol se porta sur une fille qui, venait-elle de découvrir, avait été adoptée, et sur un garçon qu'elle soupçonnait d'être gay. Elle me tourmentait encore au sujet de l'alcoolisme de mon père, mais avec moins d'enthousiasme. Je n'ai jamais pardonné à Edward d'avoir détruit mon havre de paix et brisé ce que je considère encore aujourd'hui comme une relation tout à fait innocente entre une élève et son professeur. Le jour de la réunion avec la principale, je m'étais ruée sur mon frère dès que j'avais franchi la porte d'entrée.

« Bah, je savais que c'était un pervers, riposta-t-il. J'en ai parlé à Carol quand j'étais chez elle et Steve, parce que c'est ta copine. Et c'est pour ça que j'en ai parlé à la principale. »

Curieusement, ma mère était furieuse contre moi, même si elle semblait croire ma version des faits. Qu'un homme adulte recherche la compagnie d'une adolescente et lui offre des cadeaux avait quelque chose de malsain, disait-elle. Je n'aurais jamais dû les accepter. Cela m'avait peut-être paru inoffensif, mais j'étais naïve ; il fallait toujours se méfier des hommes. Mr Briggs attendait probablement son heure, il gagnait ma confiance et qui sait où ça aurait pu mener ? Elle passa son bras autour des épaules décharnées d'Edward.

« Heureusement qu'Edward veille sur toi. »

J'étais donc là, avec une invitée surprise dans les jambes. Il ne me restait qu'à faire contre mauvaise fortune bon cœur. Ne voyant rien à redire au fantasme vineux de Kate, je grimpai sur le robuste coffret en chêne pour récupérer une boîte de flûtes à champagne inutilisées sur l'étagère haute du placard de la cuisine. Elle emplit les verres de jus de fleur de sureau et nous nous assîmes chacune à une extrémité du canapé, des coussins sur les genoux comme une barricade. Un silence gêné régnait tandis que nous nous demandions ce que nous pourrions bien avoir à nous dire. À chaque fois que je rends visite à quelqu'un, je prépare mentalement une liste de sujets de conversation afin d'éviter de telles situations. Kate de toute évidence n'anticipait pas beaucoup.

« Vous avez fait quelque chose de sympa, aujourd'hui ? essaya-t-elle.

— Je ne dirais pas vraiment que c'était sympa. »

J'entrepris de lui décrire ma matinée au spa, sans oublier ma tante et mes cousines superficielles. Elle écouta attentivement.

« Elles ont l'air affreuses, dit-elle quand j'eus terminé. Je parie qu'elles étaient furieuses quand vous vous êtes sauvée en les laissant sur leur faim. »

Kate me raconta qu'après plusieurs années à travailler à la City, elle en avait plus qu'assez des gens superficiels. Apparemment, elle avait étudié la psychologie à l'université et était tombée dans les ressources humaines par pur désespoir de trouver un revenu stable pour rembourser ses dettes. Étant plutôt introvertie, ça ne lui convenait pas ; elle détestait chaque seconde de son travail. Elle s'apprêtait à commencer un master pour faire carrière dans l'université.

« C'est ce qui se passe à l'intérieur des gens qui m'intéresse, conclut-elle. Pas les voitures qu'ils conduisent ni les étiquettes de leurs vêtements, ni s'ils sont populaires, beaux ou branchés. »

Je n'aime pas divulguer des informations personnelles, cela va sans dire. Ça arrive trop souvent de nos jours. Les gens ressentent de plus en plus le besoin de se prouver la justesse de leurs pensées, émotions et expériences en les partageant avec des amis ou même avec de parfaits inconnus. En l'occurrence, pourtant, rassurée par le point de vue raisonnable de Kate, je décidai de lui expliquer les raisons de ma rencontre avec ma tante. Je me débarrassai de mon coussin, et remplis nos verres de l'ersatz de champagne. Je lui racontai la mort de ma mère, les clauses scandaleuses de son testament, mes forts soupçons de coercition de la part de mon frère, les enquêtes que je menais et mon intention d'engager une procédure judiciaire pour faire invalider le testament.

« Quel sac de nœuds, dit Kate, lâchant elle aussi son coussin. Et vous pensez vraiment que votre frère a incité votre mère à lui laisser la maison ?

— C'est très probable. Il l'a incitée, poussée, embobinée – ça reste à prouver. Mais je suis sur la bonne voie.

— C'est terrible. Dites-moi si vous avez besoin d'aide. Ça fait beaucoup de choses à gérer, dans votre état, et j'ai besoin de me changer les idées en ce moment. Je suis un peu isolée, depuis qu'il n'y a que les enfants et moi à la maison. En plus, je passe souvent par Birmingham. Ma famille vit à Lichfield. Si vous décidez d'y aller un de ces jours, prévenez-moi. »

Tout compte fait, la soirée fut étonnamment réussie. Je pourrai peut-être même envisager de recommencer si je n'ai rien de mieux à faire.

Comme je ne passe pas mon temps à vérifier mon portable, je m'aperçus en rentrant du bureau lundi que j'avais trois appels en absence. Ma popularité était en hausse, semblait-il. Sur mon répondeur, j'écoutai le premier message tout en faisant pivoter les cactus alignés sur le rebord de fenêtre de ma cuisine.

« Allô ? Allô ? Allô, Susan, ma chérie. Tu es là ? C'est tatie. Ohh là là, quelle idiote, tu es probablement au travail. Des fois, j'oublie. Oncle Frank et moi prenons l'avion pour notre villa d'Estepona cet après-midi et j'espérais te dire un mot avant de partir. C'est juste que, tu sais, ce dont tu as parlé samedi, à propos du testament et de l'usure-fruit ou je ne sais quoi que ta mère a donné à Ed. Tu disais que tu ne savais pas pourquoi elle avait fait ça. Eh bien, j'y réfléchissais ; j'ai eu du mal à dormir, ce qui ne me ressemble pas. J'ai toujours dormi comme un loir. "Tu dors du sommeil du juste", c'est ce qu'oncle Frank dit souvent. Bref, je crois que ta mère a fait ça parce qu'elle s'inquiétait toujours pour Ed. Enfin, tu sais, avec toutes ces opérations qu'il a eues quand il était petit et avec ton père qui buvait. Elle avait lu quelque part que ça avait à voir avec les gènes. Elle en parlait beaucoup. D'après elle, Ed avait hérité du gène de l'alcool et son hérédité ou je ne sais quoi l'aurait fait suivre les traces de votre père. "Les chiens ne font pas des chats", qu'elle me disait. Elle pensait qu'elle devait l'empêcher de s'écarter du droit chemin. Bon, je t'appelais pour ça. Enfin, je ne dis pas que c'est forcément la bonne explication. C'est que je n'ai pas envie que tu perdes ton temps à fouiner partout, ni à aller en justice et tout le tintouin, alors que ta maman voulait probablement juste s'assurer qu'Ed ne manquerait de rien après sa mort. Voilà, j'ai fini. À moi le soleil pour quelques semaines. Viva España ! »

Quel ramassis de foutaises. Ma mère n'était pas stupide ; elle n'aurait pas autorisé Edward à rester dans la maison familiale simplement en raison d'une prétendue faiblesse héréditaire. J'admets qu'elle traitait souvent Edward comme un génie artistique torturé qu'il fallait protéger des dures réalités de l'existence, mais elle savait, au fond, qu'il n'était qu'un arnaqueur qui cherchait à se la couler douce. Nous avons tous la possibilité de contrôler notre propre destin. N'importe qui pouvait voir qu'Edward était un bon à rien, non pas à cause d'une prédisposition génétique, mais parce qu'il avait décidé de s'apitoyer sur lui-même et de ne rien se refuser plutôt que de s'en sortir et de s'efforcer de devenir un citoyen travailleur et responsable. Sans compter que – et ma mère en aurait eu tout à fait conscience –, si Edward était biologiquement prédisposé à une faiblesse psychologique, j'aurais dû l'être aussi. Après tout, nous avons les mêmes parents. Mon frère ne ressemble en rien à mon père, de toute façon. Sobre, mon père était intelligent, cultivé et plein d'esprit. Edward, pas du tout. De plus, et ce point est crucial, ma mère nous aimait autant l'un que l'autre.

La théorie de tante Sylvia était manifestement fausse et j'avais bien l'intention de le lui dire. Sans écouter les autres messages, je la rappelai immédiatement dans l'espoir de la joindre avant qu'elle ne parte pour l'Espagne. En vain.

Le deuxième message était tout aussi exaspérant.

« Salut, Susan, c'est Rob. Ed m'a demandé de t'appeler ; il pense qu'il vaut mieux que vous communiquiez par l'intermédiaire d'un tiers neutre. Moi. Désolé d'avoir à te dire ça, parce que je sais que ça ne va pas trop te plaire, mais Ed veut modifier un peu l'agencement de la maison. Il veut convertir la chambre de votre mère en atelier d'artiste et ta chambre en salle de musique. Il veut aussi installer une table de billard dans le salon. Du coup, il dit qu'il est temps de se débarrasser des trucs de ta mère – tu sais, ses habits, ses affaires de toilette, ses bibelots et tout le reste. Il veut que tu t'en occupes. Il dit que c'est trop pour lui, qu'il ne saurait pas par où commencer, mais que c'est tout à fait dans tes cordes. Quand est-ce que tu peux passer ? Il aimerait savoir, pour éviter d'être là. Moi, par contre, je serai dans le coin si tu as besoin d'un coup de main. Il m'a dit quels trucs il voulait garder. Je sais que tu ne conduis pas mais j'ai ma camionnette, alors si tu as besoin que je déménage quoi que ce soit, je suis là. » Il me laissa son numéro de portable et me demanda de le rappeler.

Même si j'avais prévu qu'Edward profanerait notre maison et que je m'y étais préparée, je fus blessée d'entendre exposer ses projets aussi crûment. Blessée et révoltée. Toutefois la vengeance, dit-on, est un plat qui se mange froid. Après quelques grandes respirations, j'écoutai de nouveau le message. C'était bien sûr un coup de chance, de passer du temps avec Rob, le prochain sur ma liste de personnes à interroger pour préparer mon action en justice. Je devais découvrir l'étendue de son implication dans la combine d'Edward et soutirer autant d'informations que possible sur les agissements et les motivations de mon frère. Il me faudrait manipuler Rob avec soin, sachant qu'il était son complice. Trier la maison de ma mère serait donc la couverture et la distraction parfaites – je pourrais poser mes questions l'air de rien, sans éveiller ses soupçons ni le mettre sur ses gardes. Avec un peu d'astuce, j'étais sûre qu'il me mangerait dans la main. J'appelai Rob sur son portable et lui laissai un message annonçant que je me rendrais à Birmingham le week-end de la semaine suivante. Je passerais une dernière nuit dans mon ancienne chambre avant qu'elle ne soit vandalisée par mon frère.

Le troisième message était de Wendy, qui à ma grande surprise possédait mon numéro.

« Salut Susan, chantonna-t-elle. Je t'appelais juste pour prendre des nouvelles. N'oublie pas, Chrissie et moi on veut tout savoir sur le bébé. Passe-moi un coup de fil dès que tu auras ce message. Ciaaoo. »

Je ne la rappelai pas.

Je me trouvais dans une salle de consultation semblable à une cellule, coincée sur le dos, sur une sorte d'immense feuille de papier toilette bleu qui recouvrait un lit roulant surélevé. Mon ventre, qui ressemblait depuis peu au dôme de la cathédrale St. Paul, était badigeonné du gel glauque désormais familier. C'était le jour de mon amniocentèse et le corps médical avait décidé de me traiter avec mépris. On m'avait laissée seule depuis des heures, me semblait-il ; j'étais tendue par l'ennui et la frustration.

Avant de disparaître, le docteur Da Silva, dont les yeux marron et les traits doux et arrondis lui donnaient l'air d'un petit labrador, avait commencé par m'expliquer l'intervention. D'abord, il examinerait mon ventre avec une échographie afin de déterminer la position exacte du bébé, puis il nettoierait une petite zone de peau, introduirait une aiguille dans mon bas-ventre jusqu'à l'utérus pour extraire une petite quantité de liquide amniotique. Celui-ci serait testé et, après quelques jours, on me dirait si le bébé était porteur de trisomie ou de toute autre anomalie chromosomique. Le médecin me répéta ce qu'on m'avait déjà dit – il y avait un risque de fausse couche, certes faible, mais il fallait que j'en sois consciente. Que je me rassure, l'intervention était indolore. Je l'informai que la douleur ne m'inquiétait pas, je voulais juste en finir avec cette histoire. Tandis qu'il terminait d'étaler le gel sur mon ventre, on frappa à la porte et une infirmière à l'air nerveux entra. Elle chuchota d'un ton pressant au docteur Da Silva de passer dans la salle à côté pour donner son avis au sujet d'un petit problème qu'elle avait décelé.

« Je suis navré, Mrs Green, dit-il. Je n'en ai pas pour longtemps. Détendez-vous et mettez-vous à l'aise. » Il essuya le gel sur ses mains et suivit l'infirmière.

J'entendis des voix au loin : empressées, bavardes, fâchées, apaisantes. Quelque chose bourdonnait en fond ; je n'aurais su dire si cela venait des conduites d'eau qui couraient le long des plinthes ou de la masse d'équipement électronique à mon côté. Par-dessus ce bourdonnement, un tic-tac régulier. Je tendis le cou pour voir l'horloge sur le mur, derrière moi. Les mots « Bonne journée » étaient inscrits sur le cadran. Pas pour moi. En dessous, on avait collé diverses affiches aux slogans édifiants : « La grippe, on s'en lave les mains », « Tousse pour un, rhume pour tous », « Votre avis nous intéresse : donnez-le-nous ». Je serais plus qu'heureuse de leur donner mon avis. Il était tout à fait inacceptable de demander à une patiente de s'allonger sur un lit surélevé, de lui faire remonter son haut et baisser sa jupe, de la badigeonner d'une substance mucoïde pour ensuite la laisser en plan pendant des heures.

J'avais failli manquer mon rendez-vous pour l'amniocentèse. Je m'étais réveillée ce matin-là avec une migraine atroce. Après avoir envisagé de passer exceptionnellement la journée au lit, je rassemblai toutes mes forces, me traînai jusqu'à la salle de bains, m'aspergeai le visage d'eau froide et avalai un cachet contre la migraine. Lorsque j'arrivai dans le métro, je m'aperçus que la Northern Line subissait de graves retards en raison d'un « incident ». Il me serait difficile d'arriver à l'heure à mon rendez-vous, moi qui m'enorgueillis de ne jamais arriver en retard nulle part. Inutile de prendre le métro. Je m'apprêtais à rentrer chez moi quand je changeai d'avis et me dirigeai vers l'arrêt de bus. Une fois dans le bus, je me demandai si j'avais bien verrouillé mes portes-fenêtres. Je les avais ouvertes pendant mon petit déjeuner et ne savais plus si j'avais tourné la clé en les refermant. J'appuyai sur le bouton et me frayai un chemin vers l'avant du bus. Alors que les portes s'ouvraient, je m'excusai auprès du conducteur et repris ma place au fond. Il y avait peu de chance que quelqu'un s'introduise chez moi pendant ma courte absence.

Sur le trajet entre l'arrêt de bus et l'hôpital, je me souvins soudain d'un document important resté sur mon bureau au travail. J'aurais vraiment dû en discuter avec Trudy la veille, avant de le soumettre à mon chef de service. Il l'attendait peut-être et je ne voulais pas paraître manquer de professionnalisme. Je sortis mon téléphone de mon sac et composai le numéro de l'hôpital pour annuler le rendez-vous. Mais celui-ci n'était que dans cinq minutes et je me trouvais déjà tout près de ma destination. Il était irrationnel de reprendre rendez-vous alors que j'avais parcouru tout ce chemin. Je raccrochai, rangeai mon téléphone et franchis les portes de l'hôpital.

« Désolé pour cette interruption, Mrs Green, dit le docteur Da Silva, revenant dans la pièce. Une petite urgence. Où en étions-nous ?

— Nous en étions au moment où je dis que j'ai mieux à faire que de poireauter toute la journée sur un lit d'hôpital », répondis-je en me redressant. Je déchirai un morceau du rouleau de papier toilette bleu qui recouvrait le lit et essuyai le gel sur mon ventre. C'était visqueux et difficile à retirer, semblable à d'autres substances douteuses, et je dus utiliser plusieurs bouts de papier avant d'être enfin propre.

« Mais nous allions tout juste commencer. L'intervention ne prend vraiment pas longtemps. Je suis désolé pour le retard mais je ne suis sorti que quelques instants. Ce genre de choses arrive, à l'hôpital. » Ses yeux de chiot étaient humides de regret. « Ou est-ce parce que vous avez changé d'avis au sujet de l'amnio ?

— Non, pas du tout. Je ne change jamais d'avis. » C'est vrai. Une fois que je décide de quelque chose, je ne reviens pas en arrière. J'hésitai, repensant aux événements de la matinée. Aux yeux de quelqu'un qui ne me connaissait pas, il pourrait sembler que je cherchais désespérément une excuse pour ne pas me rendre à mon rendez-vous ou pour ne pas faire le test. Cette personne aurait tort, bien sûr. J'avais fait de mon mieux mais les circonstances avaient joué contre moi dès mon réveil. Je n'aime cependant pas être victime des circonstances. Il était important, pensai-je, de ne pas me montrer velléitaire ou capricieuse ; je devais rester fidèle à moi-même.

« D'accord, dis-je en me rallongeant sur le lit. Allons-y.

— Vous êtes sûre, Mrs Green ? Vous pouvez prendre quelques minutes…

— Je n'ai pas envie de discuter, allons-y. »

Je tournai la tête vers le mur et serrai les dents. Ce ne fut pas douloureux, une sorte de brusque sensation cuisante. En revanche, à partir du moment où je pris ma décision, le temps devint étrange : les dix minutes d'intervention me parurent durer une heure ; les soixante-douze heures où le risque de fausse couche était le plus élevé me parurent en durer sept cent vingt ; et les deux semaines suivantes, quand ce risque demeurait élevé, deux mois. Une fois ce temps écoulé, je me sentis étrangement exaltée. Les résultats, quand je les reçus, n'étaient que la cerise sur le gâteau.

Novembre

11

Ce mois-ci, je commençai enfin à trier les affaires de ma mère. Cette tâche m'inspirait des sentiments mitigés. Je souhaitais conserver les objets de valeur personnelle ou monétaire au cas où Edward se mettrait en tête de les jeter, mais la perspective des innombrables petites décisions à prendre pour chacun des biens de ma mère ne m'enchantait pas. Je redoutais également l'effort physique qui m'attendait. C'est pourquoi je n'avais pas pressé Edward et j'aurais probablement renoncé si les projets impardonnables de mon frère n'avaient exigé que je débarrasse certaines pièces.

J'arrivai à la maison familiale avec les nerfs en pelote. Kate, ravie d'avoir la compagnie d'un adulte pour faire la route jusque chez ses parents, était venue me chercher après le travail dans sa Fiat asthmatique. Les rejetons se trouvaient à l'arrière, déjà en pyjama. Kate m'assura qu'ils avaient été nourris et abreuvés et qu'ils s'assoupiraient en chemin. Ils s'endormirent effectivement, mais pas avant d'avoir passé les deux heures à gémir, sangloter et hurler pendant que nous étions coincés sur la M25. Le CD de berceuses, qui passait en boucle – Kate ayant rejeté l'enthousiasmante *Ouverture solennelle 1812* que j'aurais crue bénéfique à un voyage aussi fatigant –, en était à ce moment-là au quatrième ou cinquième tour. Après une trop brève accalmie, le bébé se réveilla juste avant la station-service d'Oxford, nécessitant un arrêt pour changer sa couche et l'allaiter. Une heure fut encore gâchée ainsi. L'expérience s'avéra aussi épouvantable que les transports en commun.

J'étais certaine de trouver Rob à mon arrivée, mais un mot sur la table de la cuisine indiquait qu'il était sorti et serait de retour vers minuit. « À toute », concluait le message. S'imaginait-il vraiment que j'allais attendre qu'il revienne ? Le lendemain, en ouvrant les rideaux de ma chambre (dont les motifs tournoyants avaient semble-t-il pour seul but d'intensifier les fièvres infantiles), je contemplai la vue qui s'était présentée à moi tous les matins de mon enfance. Rien n'avait changé au fil des décennies : des rangées de buis divisant les modestes jardins qui disparaissaient au loin ; des pelouses rectilignes tondues une dernière fois avant l'hiver ; des remises bien entretenues nichées dans les coins, généreusement recouvertes de créosote pour les protéger de l'humidité croissante ; parfois même un bassin à poissons ou un jardin de rocaille orné d'une faune en béton. Les feuilles des arbres, que le vent faisait tourbillonner, seraient sans aucun doute soigneusement ratissées d'ici la fin de la journée. Si j'étais moins disciplinée, j'aurais pu me laisser aller à la mélancolie à l'idée de ne plus jamais contempler cette vue à mon réveil. Une telle émotion serait absurde. J'avais rarement été heureuse ici.

Quand j'entrai dans la cuisine, il n'y avait pas de trace de Rob, mais la bouteille de bière vide et une assiette couverte de miettes de toast prouvaient qu'il était effectivement rentré à la maison. J'ouvris le placard où ma mère rangeait ses céréales. L'éventail habituel de müesli était toujours là, chaque paquet bien aligné, la date d'expiration largement dépassée. Qu'est-ce qu'ils peuvent bien manger au petit déjeuner, ces deux-là ? me demandai-je, quand Rob fit irruption, vêtu d'un bas de pyjama et d'une robe de chambre.

« 'jour, Susan, marmonna-t-il, l'air hébété. J'ai entendu du bruit. Quelle heure il est ? Putain, six heures et demie ? ajouta-t-il en jetant un œil à l'horloge au-dessus du four.

— J'ai une longue journée devant moi.

— Mais c'est le week-end. » Il se passa les mains sur le visage et bâilla. « Bon, maintenant que je suis debout… Alors voilà le topo : tu nous fais du thé et je m'occupe du reste. Je pourrai toujours aller me recoucher après. »

Devant les montagnes huileuses de saucisses végétariennes, d'œufs, de haricots à la sauce tomate et de champignons, auxquelles je m'attaquai noblement mais sans grand succès, il se mit à parler à tort et à travers de son entreprise, comme si je m'intéressais à la manière dont il gagnait sa croûte. Je fis toutefois attention à rester aussi aimable – et même amicale – que possible ce week-end-là, afin que Rob ne se doute de rien quand je l'interrogerais. Il me raconta qu'après ses études d'art, il avait passé quelques années de petit boulot en petit boulot, essentiellement à des postes d'ouvrier horticole non qualifié. Vers trente ans, il avait décidé de se reprendre en main, avait passé un diplôme de paysagiste et lancé sa propre entreprise.

« Et ton voyage ? » demandai-je avec un intérêt entièrement feint, bien sûr.

C'était après son divorce, m'expliqua-t-il. Chose incroyable, l'une de ses clientes avait pris tant de plaisir à voir son terrain aménagé par Rob qu'elle avait quitté son compagnon pour vivre avec lui dans la misère. Ils se marièrent très vite, s'apercevant immédiatement après qu'ils ne s'aimaient pas beaucoup, en réalité. Cette relation mal assortie continua toutefois clopin-clopant pendant deux ans. Sa femme finit par le larguer pour le prêteur sur gages qu'elle avait consulté pour engager la bague de fiançailles de feu la mère de Rob. La maison commune fut vendue et les fonds divisés à parts égales entre l'ex-femme de nouveau très aisée et Rob, bien moins riche. Quel crétin. Il décida de sillonner l'Inde pour « faire le point ». Au cours de son voyage, il s'aperçut que la personne avec qui il aurait dû passer sa vie était une ancienne petite amie de fac appelée Alison. Il comptait la retrouver et regagner ses faveurs dès que les choses se calmeraient un peu au travail.

« Les affaires marchent bien en ce moment. Je dois jongler entre deux ou trois projets, du coup j'ai embauché un assistant. En plus, j'ai signé le compromis pour une maison la semaine dernière ; c'est un peu un taudis, elle a besoin d'être entièrement rénovée, mais elle a du potentiel.

— Je suis ravie d'entendre que tout se passe bien pour toi », dis-je en m'essuyant la bouche avec une serviette de table.

Je demandai à Rob de faire la vaisselle et de ranger la cuisine pendant que je me mettais au travail.

« Ouais, pas de problème, je ferai ça un peu plus tard. Je retourne me coucher une heure ou deux », répondit-il en disparaissant dans l'escalier.

Équipée des récipients nécessaires, je pris une profonde inspiration et entrai dans la chambre de ma mère. Rien n'avait bougé depuis le week-end des obsèques, si ce n'est que les voilages des fenêtres avaient été retirés et reposaient sur le sol en un tas incolore. Tout était noyé dans l'obscurité ; le ciel était couvert et le bow-window crasseux laissait difficilement passer le peu de lumière disponible. Après avoir allumé le plafonnier et les deux lampes de chevet à franges, je m'assis sur un tabouret devant la coiffeuse. Je regardai mes multiples reflets : le premier, direct, de face, dans le grand miroir central ; et deux versions obliques plus énigmatiques dans les miroirs étroits de part et d'autre. L'image directe me mettait à l'aise : c'était celle que je voyais quand je me maquillais le matin ou que j'apercevais dans la vitrine des boutiques. Les vues de côté, en revanche, m'étaient méconnues. Elles auraient presque pu appartenir à quelqu'un d'autre. Mes cheveux n'étaient pas aussi soignés que je l'imaginais ; mon profil pas aussi ferme ; je ne me souvenais pas de cet affaissement sous le menton. Que d'autres remarquent des aspects de moi que je ne voyais pas facilement me déconcertait.

J'imaginai ma mère assise devant le même miroir. Ses multiples reflets la dérangeaient-ils, sentait-elle que les différentes facettes composaient un tout cohérent, harmonieux ? Et mon père – s'était-il déjà assis là, à contempler son apparence, comme moi ? Probablement pas. Il n'aurait pas eu envie de voir la personne dans la glace.

Tout cela ne me menait nulle part. J'avais un travail à accomplir et peu de temps pour le faire. En ouvrant le tiroir principal de la coiffeuse, je fus frappée par l'odeur écœurante de vieux maquillage. J'ouvris un poudrier et portai la substance rose à mes narines. Le parfum me rappelait les fois où ma mère se penchait pour m'embrasser, le soir dans mon lit. Je voulais toujours qu'elle reste plus longtemps, qu'elle me tienne la main ou me caresse les cheveux, mais elle allait systématiquement voir Edward, qui ne se calmait qu'après d'innombrables histoires et berceuses, une tasse de chocolat chaud et des inspections antimonstres de l'armoire et du dessous du lit. (C'est probablement toujours le cas aujourd'hui. Est-ce là le rôle de Rob ?) Bien entendu, une fois que ma mère avait répondu à toutes les exigences d'Edward, elle devait s'occuper de mon père.

Je jetai le poudrier, ainsi que du blush, des palettes de fard à paupières et des tubes de rouge à lèvres nacré, dans le sac-poubelle à mes pieds. J'y ajoutai des pots de crème pour le visage, de la crème pour les mains et du baume à lèvres, des épingles et filets à cheveux et des bigoudis. Il ne restait plus que la photo de famille encadrée, deux bougeoirs en porcelaine et un ensemble composé d'une brosse, d'un peigne et d'un miroir plaqués argent, que je plaçai soigneusement dans une boîte en carton. Après un instant d'hésitation, je repêchai le poudrier et l'ajoutai à la collection.

Ensuite, j'ouvris l'armoire imprégnée de naphtaline, bourrée de tailleurs jaune pâle, bleu layette et lavande. Je me souviens qu'elle m'avait expliqué, enfant, qu'elle aimait s'en tenir à des tons qui convenaient à son teint pâle et qui allaient bien ensemble. J'avais répondu que je trouvais ça ennuyeux, mais elle avait ses habitudes. Je vidai entièrement l'armoire et remplis trois cabas destinés à des magasins caritatifs. Puis je fis de même avec le contenu de la commode, hormis les collants et les sous-vêtements, que je ramassai entre le pouce et l'index et jetai à la poubelle. J'avais l'impression terrible de violer l'intimité de ma mère. Au fond d'un tiroir, je trouvai un cardigan déformé couleur chamois qui avait appartenu à mon père ; c'était l'un de ses préférés. Je décidai de le garder. Il pourrait protéger le contenu de la boîte, raisonnai-je.

À l'intérieur de la table de chevet, je découvris une boîte en faux croco. C'était là qu'elle conservait ses bijoux en toc, qu'elle préférait à ses bijoux de meilleure qualité. Petite, je m'amusais à essayer ces babioles devant le miroir de l'armoire et je me prenais pour la reine ou encore Grace de Monaco. Pour une raison inconnue, j'eus envie de recréer la scène. J'entourai mon cou d'une demi-douzaine de sautoirs, fixai le clip de boucles en strass à mes oreilles, épinglai plusieurs broches émaillées à mon haut noir et posai un collier de fausses perles sur ma tête, comme un diadème. Je me postai devant le miroir et admirai mon reflet majestueux. J'avais de nouveau sept ans – un âge auquel j'avais aussi peu de chance de diriger le pays ou d'épouser un prince que de devenir enseignante, agent de police ou pilote de ligne.

Bien évidemment, Rob choisit ce moment précis pour frapper à la porte et entrer, deux tasses de café à la main. Je le croyais encore au lit ; le temps avait dû passer plus vite que je ne le pensais.

« C'est Noël avant l'heure, cette année, dit-il avec un sourire. Sérieusement, tu fais très décoratif, très Bollywood. »

Malgré mes efforts pour me maîtriser, je me sentis rougir. Je cherchai en vain une explication rationnelle à mon comportement ridicule. Je retirai donc les bijoux et les remis lentement dans la boîte, prenant garde de ne pas montrer mon embarras. Après avoir refermé le couvercle, je m'assis sur une chaise dans un coin de la pièce et pris ma tasse comme si de rien n'était. Rob s'installa sur l'ottomane assortie au pied du lit. C'était du café en poudre.

« On dirait que tu as fait des progrès, remarqua-t-il sans prêter attention au côté gênant de la situation. J'imagine que ça doit être dur de trier tous ces trucs et de décider quoi garder et quoi balancer. C'est comme tirer un trait sur une énorme partie de ton passé. C'est sûrement pour ça qu'Ed n'a pas pu s'y résoudre.

— Il n'a surtout pas pu se résoudre à se mettre au boulot, tu veux dire.

— Je crois qu'il essaie juste de rester fort. D'avancer. »

Je me contentai de rire. J'étais décidée à éviter toute dispute, malgré mon envie irrépressible de réfuter de telles balivernes. Rob me demanda ce que je comptais faire des meubles. Je dois admettre que je n'y avais pas encore songé.

« Je n'ai pas la place chez moi, mais ils me seront utiles quand je recevrai mon héritage et que j'achèterai plus grand. En attendant, il faudra les laisser dans un garde-meuble. »

Une fois notre café fini, je suggérai à Rob d'aller faire ce qu'il faisait le mieux – s'occuper du jardin – pendant que je continuais, loin de toute distraction.

— Tu es toujours aussi autoritaire ? demanda-t-il en partant.

— Pas autoritaire, lançai-je à sa suite. Organisée, c'est tout. »

Au bout d'une heure, la chambre de ma mère avait été entièrement débarrassée. Il ne restait que les meubles nus et poussiéreux, ainsi qu'une pile de boîtes en carton et de sacs-poubelle pleins. Le bébé se tortillait, réveillé par la caféine ou par l'activité vigoureuse de la matinée. Allongée sur le lit double, je caressai mon ventre pour tenter de le calmer. Les premiers accords de *Perfect Day* résonnèrent, quelque part au rez-de-chaussée. Quand Lou Reed se mit à chanter, Rob fit de même. Sa voix était plutôt mélodieuse, plutôt maîtrisée pour une personne aussi nonchalante. Peut-être avait-il été enfant de chœur. Je me souvins que mon frère avait lui aussi une voix étonnamment supportable, dans sa jeunesse. Il avait eu l'ambition de chanter dans un groupe (bien sûr) mais trouvait beaucoup trop contraignant de répéter deux heures par semaine. Je fermai les yeux et laissai mon esprit dériver avec la musique. Je me remémorai une journée parfaite de mon enfance.

C'est le premier matin que notre famille passe dans un cottage loué pour les vacances en Cornouailles, l'été avant mon entrée au collège. Mon sommeil n'a pas été perturbé et je ne me suis pas réveillée pleine d'angoisse. Quand ma mère m'entend bouger, elle m'apporte une tasse de thé. Elle ne se contente pas de la poser sur la table et de partir : elle ouvre les rideaux et s'assoit au bord du lit. La lumière vive me donne l'impression d'être dans un dessin animé. Ma mère porte une robe en coton sans manches ornée de roses roses et rouges, que je n'ai jamais vue avant, et ses cheveux sont entortillés en un chignon lâche.

« Que voudrais-tu faire aujourd'hui, ma chérie ? me demande-t-elle avec un sourire. C'est toi qui décides. »

Pendant que je réfléchis, je regarde la poussière s'élever dans les rayons de lumière. Je demande si nous pouvons chercher des crabes sur la plage du coin. Sans vérifier si Edward est d'accord, elle acquiesce. Mon père entre à son tour pour me dire bonjour. Il est en tenue de vacances, short et manches courtes, ses lunettes de soleil déjà rangées dans la poche de sa chemise. Je ne l'ai jamais vu en si bonne forme. Quand il me serre dans ses bras et m'appelle sa petite princesse, je ne sens pas d'alcool dans son haleine.

Nous prenons le petit déjeuner tous ensemble sur la table en bois du jardin, qui donne sur la mer, au bas d'une colline abrupte. Le ciel et la mer sont tous deux d'un bleu si doux qu'il est impossible de voir où l'un commence et où l'autre finit. Personne ne se dispute, ne pleure, ne part furieux. Edward n'a pas été grondé par mon père ce matin, il ne boude donc pas ni ne donne de coups dans les meubles, et ma mère n'a pas besoin de prendre sa défense.

Une fois que nous avons fini de manger, Edward demande à ma mère si nous pouvons aller à la salle d'arcade.

« Pas aujourd'hui, Teddy. Je vais à la plage avec ma fille chérie. » Il ne fait pas la tête.

Ma mère me brosse et me tresse tranquillement les cheveux pendant que mon père prépare les sandwichs pour le pique-nique. Comme nous ne voulons pas rater une seule minute de ce précieux et si rare soleil britannique, ma mère et moi décidons de marcher jusqu'à la plage. Elle demande à mon père s'il veut bien nous rejoindre en voiture sur le front de mer. Parce qu'il n'a pas bu, il accepte.

Tandis que ma mère et moi nous promenons, admirant les papillons aux couleurs vives, presque tropicales, et les fleurs sauvages, elle n'est ni silencieuse ni détachée ; elle m'interroge sur le livre que je suis en train de lire, sur mes amis, me demande si j'appréhende la rentrée et la nouvelle école. Nous sommes toujours en train de parler lorsque nous arrivons à la plage. Même si le reste de la famille n'est pas encore là, ma mère ne panique pas à l'idée que mon père ait pu commencer à boire et avoir un accident de voiture. Nous nous asseyons sur un banc au soleil pour attendre. Ma mère me prend la main et la serre dans la sienne.

Ayant aperçu notre voiture qui se gare sur le parking, nous approchons pour sortir les seaux, les pelles et les chaises pliantes du coffre. Nous nous partageons l'équipement et l'emportons sur la plage. Une fois installés, mon frère demande à mon père de jouer avec lui au Frisbee. « Bonne idée », répond celui-ci. Ma mère et moi ramassons nos épuisettes et nous dirigeons vers les rochers. Elle n'est pas pressée, elle n'a pas hâte de revenir sur ses pas pour surveiller mon père et mon frère et le temps file à toute vitesse tandis qu'à quatre pattes nous repoussons des rideaux d'algues et tâtonnons sous les rochers. Nous attrapons quinze crabes et douze minuscules poissons. Je n'ai jamais vu autant de vie dans une petite flaque.

Quand nous retournons sur la plage, mon père n'a toujours pas commencé à boire. Nous déballons nos sandwichs, que nous mangeons, assis sur nos chaises de plage pliantes. Mon père ne bredouille pas et ne fait rien tomber ; ma mère n'est pas trop préoccupée pour écouter ce que j'ai à dire et y répondre ; Edward n'est pas hostile et ne cherche pas la bagarre. Plus tard, nous décidons de jouer au minigolf sur un petit parcours délabré sur le front de mer. Mon père n'emporte pas son cabas en plastique tressé qui contient ses provisions d'urgence de xérès anglais bon marché. Il ne disparaît pas non plus pendant une demi-heure avant de reparaître, tout rouge et chancelant. Nous perdons le fil des scores mais tout le monde se fiche de savoir qui a gagné ou perdu. Mon frère ne pique pas de crise quand ma mère lui dit que nous ne ferons qu'une partie de golf aujourd'hui et mon père n'a aucune raison de lui crier dessus.

Quand le soleil commence à se coucher, ma mère prend la voiture jusqu'à notre cottage en haut de la colline. Mon père, Edward et moi marchons, faisant un détour par la boutique du camping tout proche pour acheter des glaces. Nous passons devant le pub sans que mon père annonce qu'il va juste prendre un petit demi. Edward et moi n'avons pas à nous asseoir dehors sur le trottoir, à attendre et attendre encore qu'il sorte, et n'avons pas à supporter de regards pleins de pitié. Mon père ne rentre pas en titubant.

Ce soir-là, il ne va toujours pas au pub, il n'ouvre pas non plus de bouteille. Personne ne me dit que je suis bête et laide. Personne ne dit à Edward qu'il est pourri gâté et qu'il finira en prison. Mon père ne sermonne pas ma mère et ils ne se disputent pas. Nous jouons au Monopoly, et la partie s'éternise tant que nous décidons finalement qu'il y a match nul. Quand je vais me coucher, mon père m'embrasse ; il ne sent toujours pas l'alcool. Ma mère vient me border et s'assoit encore une fois sur mon lit.

« Tu t'es amusée, aujourd'hui, ma chérie ? demande-t-elle.

— C'était le plus beau jour de ma vie. »

Son visage est radieux. Elle éteint ma lampe et referme doucement la porte de ma chambre ; je me rends compte que je n'ai ressenti ni anxiété, ni humiliation, ni impuissance de toute la journée. Alors que la lumière faiblit à travers les rideaux, aucun cri ne monte du rez-de-chaussée. Aucune porte n'est claquée. Je n'ai pas besoin de me cacher dans la pénombre en haut de l'escalier au cas où je devrais séparer mes parents. Je n'ai aucune raison de ne pas m'endormir, et c'est ce que je fais.

Voilà ma journée parfaite. J'ai peut-être légèrement embelli la réalité.

Après le déjeuner, un énorme sandwich préparé comme un cochon par Rob, je m'attelai à la salle à manger. Dans le coin près de la fenêtre se trouvait le secrétaire de ma mère, où elle écrivait ses lettres et tenait son journal. Les tiroirs étaient bourrés de chemises en carton cornées ; certains contenaient de vieux documents officiels qui n'avaient probablement aucune importance à l'heure actuelle, et d'autres, sa correspondance personnelle avec ses amis et sa famille. Je fus tentée de jeter le tout dans la poubelle de recyclage pour gagner du temps. En fin de compte, j'empilai les dossiers personnels. Je les rapporterais à Londres et j'y jetterais un coup d'œil avant de m'en débarrasser. Le buffet et le vaisselier étaient pleins d'objets pas du tout à mon goût : des saladiers en cristal, des collections de vases et de flacons ; des figurines de porcelaine à long cou ; des bibelots en cuivre. Je me trouvais face à un dilemme : rechignant curieusement à m'en défaire, peut-être parce qu'ils formaient la toile de fond tangible de mon enfance, je n'imaginais toutefois pas les utiliser ni les exposer.

Rob passa la tête par l'entrebâillement de la porte pour voir, encore une fois, comment je me débrouillais. On l'avait de toute évidence chargé de me surveiller.

« Je me disais… Si ça peut t'aider, tu n'as qu'à entreposer les meubles dans ma nouvelle maison. Je n'ai presque plus rien à moi, alors ça me dépannerait. On se rendrait mutuellement service. Et pendant que tu y es, tu peux aussi laisser les choses dont tu ne sais pas encore quoi faire dans mon grenier. Tu les reprendras quand tu veux. »

Un nouveau dilemme. D'un côté, je ne souhaitais pas être redevable envers un quasi-inconnu, de mèche avec Edward qui plus est. Et cela voulait dire qu'il faudrait encore avoir affaire à Rob, ce qui ne me plaisait pas du tout. D'un autre côté, sa solution était tentante car peu chère et pratique, ce qui, au vu de ma situation financière actuelle, était difficile à refuser. Les choses que j'aurais à entreposer n'avaient pas particulièrement de valeur et n'intéressaient pas Edward, il était donc peu probable que Rob tente de les prendre en otage. De plus, même si l'offre avait certainement pour but de m'adoucir pour que je révèle des informations tactiques, je ne me laisserais jamais faire. Je conclus donc qu'il n'y avait pas de mal à accepter.

« Il vaudrait mieux éviter d'en parler à Ed, à moins qu'il ne pose la question, dit Rob. Enfin, vu que vous n'êtes pas vraiment en très bons termes. Je ne sais pas ce qu'il en penserait. »

Bravo, Rob, bien joué, pensai-je. Très malin de prétendre que tu n'es pas le fidèle acolyte et homme de main de mon frère. Voilà un excellent moyen de gagner ma confiance. Eh bien, à bon chat, bon rat, et tu t'apercevras vite que tu ne fais pas le poids.

Rob alla chercher une pile de vieux journaux ainsi que plusieurs autres cartons et je le laissai m'aider dans mon rangement. Nous étions tous deux assis par terre, occupés à une tâche banale et répétitive – l'occasion idéale pour l'interroger sans en avoir l'air sur les circonstances entourant le testament de ma mère.

« Je venais juste de rentrer d'Inde, expliqua-t-il. Je dormais chez un pote, à l'époque. Il a une femme et des enfants et comme je ne voulais pas traîner dans leurs pattes, je passais beaucoup de temps avec Ed chez ta mère. Elle était vraiment gentille, elle m'a toujours bien accueilli. D'ailleurs, elle m'a tout de suite proposé de dormir dans la chambre d'amis, mais je n'avais pas envie de profiter d'une vieille dame. Le jour où j'ai assisté à la signature du testament, Ed a suggéré que je fasse un saut pendant ma pause déjeuner pour prendre un CD qu'il avait promis de me prêter. Quand je suis arrivé, ta tante était assise avec ta mère à la table de la salle à manger. Elle m'a parlé comme à un vieil ami alors que je ne me rappelais pas l'avoir jamais rencontrée. Pendant qu'on bavardait, Ed est parti chercher une enveloppe et puis il a dit qu'il devait sortir. Ta mère m'a dit qu'elle avait rédigé son testament et qu'elle voulait qu'on soit tous les deux témoins de sa signature. Elle est allée chercher un stylo dans le tiroir du buffet, a signé et ensuite, ta tante et moi avons signé aussi. Après, ta tante a essayé de me convaincre de faire des travaux de jardinage pour elle. Je lui ai expliqué que ça ne serait pas pratique pour moi parce qu'elle habite trop loin, mais elle était vraiment tenace. »

Tout ça semble si innocent, si spontané, n'est-ce pas ? Je lui demandai ce qu'Edward savait du contenu du testament avant sa signature.

« Aucune idée. Il ne m'en a jamais parlé. Mais, comme je disais, je venais juste de revenir de l'étranger. La première fois que j'ai entendu parler du contenu, c'était juste avant que tu viennes pour les obsèques. Ed avait reçu une lettre du notaire après le petit déjeuner. Apparemment, ça disait qu'il avait le droit de rester dans la maison aussi longtemps qu'il le voudrait et qu'elle serait vendue uniquement quand il déciderait de déménager. Il était aux anges mais il savait que tu le serais beaucoup moins. Il a parlé de jeter un pavé dans la mare.

— Qu'est-ce qu'il t'a dit depuis, au sujet du testament ?

— Désolé, Susan, mais tu me mets dans une position délicate, là. Je veux être franc avec toi mais pas question de trahir Ed. Tout ce que je peux te dire, c'est qu'il sait que tu empêches le notaire de s'occuper de la succession. Il dit que tu n'as pas d'argument valable, que tu gaspilles ton énergie. Il attend que tu t'essouffles. Je ne pense pas en avoir trop dit. Je suis complètement neutre. Comment tu comptes t'y prendre pour contester le testament, au juste ? »

Encore un discours extraordinaire : feindre d'ignorer tout de la conspiration et en révéler juste assez sur le raisonnement d'Edward pour faire croire que Rob lui-même était honnête et franc. Je ne suis pas naïve ; j'ignorai sa question.

Les bibelots et décorations étaient désormais emballés dans du papier journal et rangés dans des cartons. Je me sentais frustrée du peu d'informations utiles que j'avais réussi à lui soutirer jusque-là. Je me concentrai alors sur ma mère. Tout en fermant la dernière boîte et en rassemblant les journaux inutilisés, je demandai l'air de rien à Rob comment elle lui avait paru au cours des dernières semaines précédant son décès. Il caressa sa barbe de trois jours et resta un moment silencieux, le temps de concocter une histoire, sans aucun doute.

« Je pense qu'elle n'était pas cent pour cent elle-même, finit-il par dire. Elle m'a paru un peu distraite. Son esprit était ailleurs. Elle s'arrêtait en plein milieu d'une phrase, comme si elle avait oublié ce qu'elle allait dire. Mais tous les vieux font ça. Il n'y avait rien d'inhabituel, rien d'inquiétant. Tu lui parlais au téléphone toutes les semaines ; qu'est-ce que tu en pensais ?

— Je me disais bien qu'elle était de plus en plus désorientée. J'aurais dû suivre mon instinct et venir la voir plus tôt. J'aurais pu la protéger des magouilles d'Edward. »

Dès que j'eus prononcé ces mots, je me rendis compte que je n'aurais pas dû le faire devant l'allié de mon frère. Quelle idiote.

« Ed ne magouillait pas. Il ne profitait pas de ta mère. Il s'inquiétait pour elle. Toujours à la surveiller, à s'assurer qu'elle allait bien avant de sortir et qu'elle ne manquait de rien. Il faisait les courses. Il était super avec elle. Quand on le voyait au pub avec ses potes et ensuite à la maison avec ta mère, c'était deux personnes complètement différentes. Il était très doux et attentionné. Elle faisait ressortir ses bons côtés. »

Je dois dire que c'est un aspect de sa personnalité qu'Edward a réussi à me cacher depuis plus de quatre décennies. Franchement, je ne crois pas que cet Edward-là existe. Les affirmations de Rob n'étaient pas du tout crédibles.

« Mais si elle n'avait pas les idées claires et qu'Edward lui a mis en tête, même en toute innocence, qu'il avait besoin de rester ici…

— Je n'ai aucune raison de croire que les choses se sont passées ainsi. Écoute, je n'ai rien à voir là-dedans. Je n'en sais pas plus que toi. Désolé, mais cette conversation me met un peu mal à l'aise. Parlons d'autre chose. »

Nous n'avions rien d'autre à nous dire, qu'est-ce qu'il s'imaginait ?

Plus tard ce soir-là, seule devant un épisode d'une série policière scandinave déprimante (Rob était à l'enterrement de vie de garçon d'un ami), je me demandai si mon interrogatoire n'avait pas été trop brutal. Si je m'étais montrée plus subtile, j'aurais encore pu inciter Rob à me révéler des informations sur les faits et gestes de mon frère ainsi que sur ses intentions, ou sur l'état mental de ma mère. Je ne voulais pas le faire fuir. Je décidai de déployer toute ma chaleur et mon charme innés dès le lendemain.

12

J'étais coincée entre deux terrassiers dégoûtants sur la banquette avant d'une camionnette blanche ; une situation dans laquelle je n'aurais jamais imaginé me trouver. Rob était assis à ma droite, une main sur le volant, l'autre battant le rythme de la chanson qu'il fredonnait. Il portait son bleu de travail, sur lequel chaque tranchée creusée et chaque sac d'engrais déversé avaient laissé des traces, comme d'habitude. Le gobelin tout aussi malodorant à ma gauche s'appelait Billy, l'assistant de Rob et son homme à tout faire. Billy faisait une bonne tête de moins que moi, il avait la peau sur les os et les joues quadrillées de rides profondes. Il avait trois clous à chaque oreille et des tatouages faits maison sur les doigts. Quand il ne baragouinait pas, il était secoué de tics, se grattait ou roulait une cigarette. Parfois tout en même temps. Je n'aurais pas été surprise de découvrir qu'il était en liberté conditionnelle.

Pour grimper dans la camionnette de Rob, j'avais dû me faufiler entre les journaux jaunis et les gobelets en carton sales qui s'amoncelaient sur le plancher. Les sièges de vinyle noir étaient balafrés par endroits, révélant le rembourrage, et une épaisse pellicule de crasse recouvrait tout. Je pris la précaution de placer l'un des journaux sur le siège avant de m'asseoir, pour éviter que mon pantalon en laine noir, nettoyage à sec uniquement, ne soit irrémédiablement contaminé. La suspension de la camionnette était de toute évidence fichue ; chaque bosse était amplifiée au centuple et j'étais régulièrement propulsée dans les airs puis redescendais en sursaut, mes os vibrant de manière inquiétante. Pour être honnête, Rob avait eu l'air un peu déconcerté quand il m'avait ouvert la portière.

« Je n'ai pas l'habitude de transporter des passagers, à part Billy. J'espère que tu as la peau dure. » Je n'avais pas le choix. Je devais m'assurer que mes meubles et mes cartons seraient soigneusement entreposés.

Nous étions en route pour la nouvelle maison de Rob ; « à deux pas d'ici », m'avait-on assuré. Alors que nous survolions à toute vitesse un nid-de-poule particulièrement profond, Billy sortit l'une de ses cigarettes préalablement roulées. Avant qu'il n'appuie sur son briquet en plastique, je ne pensais pas qu'il allait vraiment l'allumer. Je ne prends aucun plaisir à donner des ordres, mais je n'avais d'autre solution que de lui demander, le plus fermement possible, de cesser immédiatement ce qu'il s'apprêtait à faire. Il ne sembla pas contrarié outre mesure et je ne pus m'empêcher de penser qu'il avait probablement l'habitude de se faire commander par des policiers, des gardiens de prison et autres. Rob, en revanche, secoua la tête.

« Je ne crois pas qu'elle voulait être grossière, mon pote, dit-il en se penchant par-dessus moi. C'est juste sa façon de faire.

— T'inquiète. Désolé, m'dame, j'oubliais que vous étiez en cloque, fit Billy en me serrant la cuisse un tout petit peu trop haut à mon goût. Vous avez pas l'air. Ma bonne femme était grosse comme une baleine à quatre mois. Remarquez, elle est grosse comme une baleine en temps normal. » Il gloussa tout seul et remit sa cigarette dans son étui. « Vous avez arrêté le temps de la grossesse ?

— Je ne fume pas. Je n'ai jamais fumé.

— Il me semblait pourtant que si, claironna Rob. Il y a des années, quand on était tous étudiants. Tout le monde fumait, à l'époque.

— Tu te trompes. Peut-être me confonds-tu avec une autre. Je ne me souviens même plus de t'avoir rencontré. » Si j'avais effectivement jamais fait quelque chose d'aussi contraire à la logique et au bon sens, ce qui n'était pas le cas, je n'allais certainement pas l'avouer à Rob.

« De toute façon, c'est une mauvaise habitude, reprit Billy. Moi, j'arrête au nouvel an. Alors, c'est quoi ? » demanda-t-il en indiquant mon ventre.

Je lui expliquai que je n'en avais aucune idée. J'avais rendez-vous la semaine suivante pour une nouvelle échographie, où je pourrais le découvrir. Je ne m'étais pas encore demandé si connaître le sexe était convenable ou souhaitable.

« Ma bonne femme était refaite quand on lui a dit que ce serait une fille. Elle avait hâte de l'habiller comme une petite poupée et de lui acheter des Mon Petit Poney. Résultat, tout ce qu'elle veut, la gamine, c'est mettre sa tenue de foot et taper dans un ballon. Comme quoi, on sait jamais. Et vous, vous voulez quoi ? Un fils ou une fille ? »

Ces deux mots percèrent ma conscience comme un claquement de doigts réveille une personne en transe. Je me les répétai : « fils », « fille ». J'allais avoir un fils. Ou une fille. Non seulement cela, mais le sort avait déjà choisi pour moi. Je n'avais pas une once de contrôle là-dessus. Puis un autre mot s'insinua dans mon esprit. Si le bébé était un fils ou une fille, ça ferait de moi une « mère ». Cet enfant me regarderait sans penser « sœur avec qui je suis brouillé », « collègue de travail » ou « femme que je vois parfois dans le métro », mais « mère ». C'était important. Plus important que la logique seule ne pouvait l'expliquer. Il importait que je ne sois pas une source de déception, d'insatisfaction, de frustration ou de regret. J'étais sûre que mon enfant trouverait que je remplissais mon rôle parental de manière exemplaire. L'échec ne fait pas partie de mon vocabulaire. Mais si jamais… ? Billy continuait à déblatérer, m'assurant que je me débrouillerais très bien sans le père du bébé, que la plupart des pères qu'il connaissait ne restaient jamais longtemps dans les parages, mais je l'écoutais à peine. « Mère. »

« Susan, tu es toujours là ? fit Rob. Tu as l'air dans la lune.

— Je vais parfaitement bien, merci. Tu disais ?

— Je demandais juste si tu voulais quelque chose à la cafétéria. Je vais chercher du café pour Billy et moi.

— Ah, une tasse d'Earl Grey, merci », répondis-je automatiquement.

Ce matin-là, j'avais réglé mon alarme pour sept heures et terminé de vider mon ancienne chambre avant que Rob ne m'appelle pour un autre de ses petits déjeuners de routier végétarien (si « routier végétarien » n'est pas un oxymore). Il m'avait fallu très peu de temps pour faire le tri, ma mère ayant dépersonnalisé ma chambre dès que j'étais partie à la fac. Les seules choses que je choisis de garder étaient un exemplaire des *Quatre Filles du docteur March* qui avait appartenu à ma mère et celui des *Histoires comme ça* de mon père.

Rob parla peu pendant le petit déjeuner, il soignait probablement une gueule de bois. Il était plus d'une heure du matin quand j'avais entendu sa clé dans la serrure. Je n'avais pas pu trouver le sommeil avant son retour, ce qui expliquait pourquoi je me sentais aussi anormalement morose. Billy sonna à la porte pendant que Rob vidait les déchets alimentaires sur le tas de compost du jardin et que je feuilletais le journal de la veille. Sans la moindre retenue, il lança sa veste sur la rampe de l'escalier puis se vautra sur une chaise dans la cuisine. J'eus la nette impression que c'était loin d'être la première fois qu'il venait ici.

« Alors, comme ça on vide la maison de son frère ? » demanda-t-il en se mouchant dans un mouchoir crasseux qu'il avait sorti de la poche de son jean. « Je connais un peu Ed, on se croise, des fois, au Bull's Head. Un type extra.

— Ce n'est pas la maison de mon frère. Elle nous appartient à tous les deux et elle sera bientôt vendue.

— Oh, désolé, je croyais que votre mère avait laissé la maison à Ed. On aurait dit qu'il avait des projets.

— Il a du mal à admettre qu'il devra bientôt déménager. »

Rob revint du jardin et Billy se leva.

« Okay, chef, par où on commence ? » demanda-t-il en se frottant les mains, pensant probablement aux heures supplémentaires qu'il allait toucher.

Je n'avais rien d'autre à faire que de superviser les opérations tandis que Rob et Billy grognaient et peinaient sous le poids des cartons et des meubles. Pendant qu'ils amarraient le tout dans la camionnette, j'errai de pièce vide en pièce vide. On y voyait les empreintes fantomatiques des objets qu'elles avaient contenus. Là où se dressaient autrefois les meubles, la moquette était plus foncée et plus fournie, protégée du soleil et de l'usure, et les pieds avaient laissé de profonds renfoncements. Sur le papier peint décoloré se dessinaient les formes sombres des tableaux et des miroirs qui y avaient été accrochés. Il y avait même la silhouette à peine visible du crucifix en bois que ma mère avait accroché au-dessus de son lit quelques années auparavant. Malgré ces échos de la vie antérieure des pièces de la maison, les souvenirs se dissipaient déjà, comme la fumée après qu'on a éteint une bougie. Dans mon ancienne chambre, je bouclai mon sac de voyage, abandonné au beau milieu du sol nu, et jetai un dernier regard par la fenêtre. Puis je ramassai mes affaires et fermai la porte derrière moi. Profite de ta salle de musique, Edward, pensai-je, parce que tu ne vas pas la garder bien longtemps.

Je m'assis sur une caisse en bois pour siroter mon thé corsé pendant que les deux hommes déchargeaient la camionnette et entreposaient les tables, armoires et commodes dans le salon du rez-de-chaussée et deux des chambres de la maison de Rob. Ensuite apparurent des escabeaux et mes cartons furent hissés jusqu'au grenier. Rob avait eu raison de dire que sa maison était « un peu un taudis ». Il s'agissait d'une maison mitoyenne potentiellement passable dans un quartier pas tout à fait sans charme, mais la cuisine, la salle de bains et la décoration avaient de toute évidence été choisies par un daltonien fou dans les années soixante-dix. La maison n'avait depuis pas vu l'ombre d'un pinceau ni celle d'un aspirateur ou d'un chiffon, semblait-il. Un endroit déplorable où poser les biens que chérissait ma mère. Faute de grives, on mange des merles.

Une fois le travail terminé, Rob tendit à Billy deux billets pliés.

« Prends-toi une bière, c'est ma tournée », dit-il en rangeant son portefeuille dans la poche arrière de son pantalon.

« Merci, chef. Et bonne chance pour la suite de votre grossesse. Vous allez faire une super maman, ça se voit. Vous et le petit devriez revenir habiter à Birmingham. On y est bien mieux qu'à Londres. Il y a des tas de parcs et plein de choses à faire pour les mômes. Ça a beaucoup changé depuis votre époque.

— Je garderai votre conseil à l'esprit », l'assurai-je.

J'acceptai que Rob me dépose à la gare de New Street, Kate ayant malencontreusement décidé de passer quelques jours supplémentaires chez ses parents. Alors que nous attachions nos ceintures, il m'interrogea au sujet du père de mon bébé. La franchise de sa question me déconcerta. J'allais lui dire de s'occuper de ses oignons mais je devais encore faire semblant d'être amicale et serviable.

« Je ne suis pas en couple avec le père, expliquai-je. Je lui ai dit que je n'avais pas besoin de son aide.

— Et ça lui convient ?

— Pas encore, mais il y viendra. Il s'imagine encore qu'il veut être impliqué.

— Alors pourquoi tu as refusé ? Il te maltraitait ?

— Non, plutôt le contraire. Si tu veux tout savoir, j'avais trois raisons de refuser : d'une, je ne veux pas lui être redevable, ni moralement ni financièrement ; de deux, je veux être libre de prendre les décisions concernant l'enfant ; et de trois, de toute façon il ne veut pas vraiment de cette responsabilité.

— C'est tout de même lui qui sait ce qu'il veut et ce qu'il ne veut pas. Tu ne peux pas décider à sa place. S'il t'aide financièrement ou autre, ça ne veut pas dire que tu lui dois quoi que ce soit. Ce bébé, vous l'avez fait ensemble, donc vous êtes tous les deux responsables à parts égales. Et ce truc de prendre toutes les décisions seule, eh bien, c'est vraiment dégueulasse. J'ai l'impression que tu as besoin de tout contrôler. »

Je n'étais pas sûre de pouvoir faire semblant encore longtemps. Je sentais mon masque tomber.

« Où veux-tu en venir, Rob ? Tu es porte-parole pour les droits des pères ou quoi ? Parce que sinon, je ne vois pas en quoi ça te regarde.

— Je ne sais pas de quoi tu parles. Je ne cherche pas à polémiquer. C'est juste que j'ai vécu une expérience personnelle qui me fait voir les choses sous un angle différent du tien.

— Quel genre d'expérience personnelle pourrais-tu comparer à la mienne ? »

Il y eut un long silence. J'espérais que ma question, posée pour la forme, avait clos le sujet.

« Quand j'étais à la fac, j'avoue que j'étais un petit con », commença-t-il. Je me retins de dire que ça ne m'étonnait pas. « J'avais plein de copines avec qui ça ne durait jamais bien longtemps. Pourtant, il y avait une fille que j'aimais beaucoup – Alison – et qui m'aimait aussi. Le seul problème, c'est qu'elle n'arrêtait pas de me tanner pour que je mûrisse un peu. Je faisais tous les trucs que font les étudiants, mais un peu trop, si tu vois ce que je veux dire.

— Pas vraiment.

— Rien de grave, mais je buvais trop, je fumais trop, je me défonçais presque tous les jours ; un peu plus encore le week-end. Ensuite, juste avant les exams de dernière année, elle a découvert qu'elle était enceinte. Elle était censée prendre la pilule. On en a longuement parlé pour réfléchir à toutes les solutions. Au final, je lui ai dit qu'elle devrait avorter, qu'on était trop jeunes pour devenir parents. Elle a dit d'accord, mais le jour de son rendez-vous à la clinique, elle a attrapé un rhume à la con. Ils lui ont dit qu'elle devait rentrer chez elle et attendre d'aller mieux avant de reprendre rendez-vous. Elle ne l'a jamais fait. Je n'arrêtais pas de la tanner et elle me répétait qu'elle allait s'en occuper, mais le temps passait. Au bout de quelques semaines, elle a dit qu'il était trop tard, qu'elle allait garder le bébé. J'avais vraiment les jetons. Je ne voulais pas de cette responsabilité, je préférais continuer à sortir avec mes potes, me bourrer la gueule le week-end, dépenser mon argent pour m'amuser. »

Cela faisait un moment que nous étions arrêtés à un carrefour animé. Le feu était passé au vert et le conducteur derrière nous klaxonnait. Rob passa la première.

« Je ne sais vraiment pas pourquoi j'entre dans tous ces détails. Mais je vais te dire où je veux en venir. » Il resta un moment silencieux, le temps de doubler un cycliste, puis poursuivit son récit. « Alison a fini par me dire de me prendre en main ou de foutre le camp. J'ai choisi la fuite. Je lui ai dit qu'en fin de compte, ce n'était pas mon problème. C'était elle qui avait merdé avec sa contraception et elle qui avait décidé de garder le bébé, donc qu'elle ne s'attende pas à ce que je lui obéisse au doigt et à l'œil. Je t'avais prévenue que j'étais un petit con. » Il ralentit de plus en plus et le conducteur derrière nous se remit à klaxonner. Rob appuya sur l'accélérateur et leva un doigt en l'air, un geste inutile, sachant que nous nous trouvions dans une camionnette.

« Alison a quitté Birmingham pour retourner vivre chez ses parents à Édimbourg. Au début, je ne pensais pas trop au bébé parce que j'étais trop occupé à faire la fête, mais avec le temps, j'ai commencé à me poser des questions. Je ne savais même pas si j'avais eu un fils ou une fille. Autour de son cinquième anniversaire, j'ai décidé de contacter Alison. J'espérais qu'il ne serait pas trop tard pour faire la connaissance de mon enfant. J'ai réussi à trouver le numéro de ses parents et je les ai appelés. Ils n'étaient pas vraiment ravis. J'imagine qu'Alison leur avait raconté toutes sortes d'histoires horribles, dont la plupart étaient probablement vraies. Ils m'ont quand même dit que j'avais un fils, qu'il s'appelait James et qu'Alison vivait heureuse avec un autre homme. »

Rob se tut. Je pensais qu'il avait fini, mais il reprit avec un soupir.

« Les parents d'Alison m'ont prévenu de ne pas chercher à la contacter, qu'elle ne voulait rien avoir à faire avec moi. Mais je ne pouvais pas en rester là. J'ai appelé encore et encore pour les supplier de me donner son numéro. J'ai expliqué que je voulais juste être un père pour mon fils. Ils ont dû lui en parler, parce qu'une nuit, elle m'a appelé. Elle était très calme, très ferme. Elle a dit qu'en la quittant, j'avais renoncé à mon droit de voir James. C'était un petit garçon heureux et sûr de lui ; il appelait le nouveau compagnon de sa mère « papa ». Elle a affirmé que je n'étais rien pour lui, que mon nom n'apparaissait même pas sur l'acte de naissance. J'aurais pu me battre pour voir James. Qui sait, j'aurais même pu gagner. Mais je savais que j'avais pris la mauvaise décision quand j'étais parti. Je ne voulais pas recommencer en mettant la pagaille dans leur vie. J'ai décidé de les laisser tranquilles. Mais je pense à mon fils tous les jours, je me demande ce qu'il devient, à quoi il ressemble, quelle voix il a. Il a plus de vingt ans, maintenant. Je ne sais pas du tout s'il lui arrive de penser à moi. Si ça se trouve, il ne sait même pas que j'existe. J'ai loupé ma chance de voir mon fils grandir. C'est ma faute. Je ne peux pas en vouloir aux autres. Tout ce que j'essaie de te dire, Susan, c'est de ne pas faire ça au père de ton bébé. Sauf si tu as une bonne raison, sauf s'il t'a maltraitée ou s'il le mérite. »

Nous étions arrivés au parking de la gare. Rob posa quelques secondes sa tête sur le volant, avant de se tourner vers moi. Je m'apprêtais à lui parler sèchement, mais il avait l'air au bord des larmes. S'il te plaît, ne pleure pas, pensai-je. Je ne sais pas m'y prendre avec un homme qui pleure. Ni avec qui que ce soit d'autre, d'ailleurs.

« Merde alors, je voulais juste te faire part de mon expérience, dit-il en reniflant et en riant. Allons chercher tes sacs. »

J'acceptai que Rob porte mes bagages jusque dans le train, étant donné que je rentrais à Londres bien plus chargée qu'à l'aller. Sur le chemin, un peu calmé, Rob poursuivit sur le même thème.

« Bref, comme je te le disais, je suis revenu à la raison pendant mon voyage en Inde. Alison est la seule femme qu'il me faut ; c'est avec elle que j'aurais dû passer ma vie. J'ai déjà perdu trop de temps. Je vais aller les trouver, elle et mon fils, pour voir s'il pourra me pardonner un jour. Et si Alison n'est avec personne en ce moment, je ferai tout ce que je peux pour la récupérer. Pour rattraper toutes les saloperies que j'ai faites, plus jeune. »

Dans le train qui me ramenait à Londres, je repensai aux révélations de Rob. Je me demandais s'il avait simplement eu l'intention de plaider sincèrement en faveur des pères exclus ou s'il espérait m'amadouer et me rendre mieux disposée à son égard. Dans les deux cas, ça avait failli marcher ; j'avais presque eu pitié de lui, l'espace d'un instant. Cependant, il était entièrement responsable de ses problèmes. Il s'était comporté de manière épouvantable et sa petite amie avait sans aucun doute souffert bien plus que lui, du moins au début. Je me dis aussi que, Rob étant le complice d'Edward, il y avait peu de chance que son histoire soit vraie.

Entre la présence constante de Billy au cours de la journée et les « révélations » de Rob au sujet de son fils, je n'avais pas eu l'occasion de soutirer d'autres informations sur Edward ni sur le testament de ma mère. Heureusement, j'allais revoir Rob deux semaines plus tard. Il avait prévu de se rendre à Londres pour un concert avec Edward et pouvait donc me déposer les cartons que je voulais récupérer. Il devait sans doute penser qu'il serait facile de me faire baisser la garde. Étrangement, quand je fermai les yeux dans l'intention de faire une courte sieste avant d'arriver à Euston, je ne pus m'empêcher de repenser au regard de Rob, d'un bleu particulièrement sombre, quand il s'était tourné vers moi dans la camionnette. Une illusion d'optique, certainement.

Dans mon lit cette nuit-là, adossée à mes oreillers, je parcourus les chemises cartonnées récupérées dans le secrétaire de ma mère. J'avais espéré trouver quelque indice sur son état d'esprit ou sur ses projets pour sa succession, mais la correspondance était en grande partie trop ancienne pour être pertinente. Il y avait des mots de remerciement de la part d'oncle Harold, tante Julia et leurs fils pour des cadeaux que ma mère leur avait envoyés au fil des ans ; des lettres envoyées par deux anciens camarades d'école partis vivre en Nouvelle-Zélande et au Canada, dans lesquelles ils racontaient les souvenirs de leur enfance commune ; des cartes d'anniversaire de mon père, qui s'arrêtaient l'année de mes dix ans ; des cartes de vœux pour Noël et Pâques faites quand nous étions à l'école, la plupart fabriquées par Edward mais quelques-unes venant de moi ; des lettres de tante Sylvia, à peine lisibles, y compris une qui avait été déchirée en plusieurs morceaux puis recollée au ruban adhésif, dans laquelle elle exprimait sa profonde gratitude pour quelque chose qu'elle ne précisait pas ; une lettre de recommandation dactylographiée provenant du patron de ma mère au bureau des enseignants de l'université, disant qu'elle était une employée fiable et assidue ; des lettres et cartes de condoléances pour la mort de mon père ; et d'autres dans la même veine. J'hésitai à garder certaines de ces lettres, mais décidai finalement de jeter le tout dans la poubelle de recyclage. Je n'avais rien appris de nouveau et, de toute façon, je n'avais pas la place.

Ensuite, j'ouvris le lourd album photo que j'avais aussi rapporté de Birmingham. Il commençait par le mariage de mes parents et se terminait juste après ma première rentrée scolaire. Le premier cliché, en noir et blanc, représentait toute la famille devant l'église après la cérémonie. Ma mère paraissait timide, gênée, elle n'était pas habituée à être le centre de l'attention. Mon père avait le regard vide, supportant ce qu'il fallait supporter pour devenir un homme marié. J'imagine qu'il avait dû prendre un petit remontant afin de l'aider à traverser cette épreuve. En revanche, tante Sylvia, debout près de ma mère et vêtue d'une longue robe de demoiselle d'honneur bordée de dentelle, avait l'air de s'amuser comme une folle. Ma mère avait vingt-sept ans au moment de son mariage, ce qui veut dire que tante Sylvia en avait environ douze. À un si jeune âge, cette dernière avait déjà appris, grâce aux stars du cinéma qu'elle voyait dans les magazines, comment poser avec la certitude infinie (mais indécente) de son charme.

Les autres membres de la famille de ma mère arboraient les tenues les plus snobs possible, pour marquer l'élévation sociale d'une des leurs. Malgré leurs efforts, ils paraissaient gauches et mal fagotés. La famille de mon père en revanche semblait tout à fait à l'aise dans cette situation solennelle ; porter des costumes trois-pièces sur mesure et des robes et vestes haute couture n'avait rien d'inhabituel pour eux. Des moues, petits sourires suffisants et froncements de sourcils réprimés trahissaient leur point de vue à l'égard de l'union de mes parents. Seul oncle Harold, le frère de mon père et son témoin, affichait une expression aussi impénétrable que celui-ci ; dans le cas de mon oncle, cela venait de son entraînement militaire plutôt que d'une anesthésie autoadministrée. Il était étrange de voir mes grands-parents paternels sur la photo. Je n'ai aucun souvenir de les avoir rencontrés. Je me demande même si je les ai jamais vus.

Je passai à un cliché au milieu de l'album, probablement pris quelques années plus tard. C'était le jour de mon baptême, dans la même église, avec beaucoup moins de monde. Je n'avais que deux mois. Contrairement à la photo de mariage, prise de toute évidence par un photographe professionnel, celle-ci était un instantané Kodak légèrement déformé. Le seul membre de la famille de mon père à assister à l'événement était oncle Harold, qui avait l'air aussi résolument consciencieux que d'habitude. La famille de ma mère s'était elle aussi quelque peu réduite ; ma grand-mère maternelle était présente mais mon grand-père semblait avoir mieux à faire ce jour-là. Sur la photo, ma mère me portait, visiblement mal à l'aise avec ce paquet dans les bras. Mon père, sérieux et les sourcils froncés, avait le bras passé autour de ses épaules de manière rassurante. Tante Sylvia, qui avait désormais dix-sept ou dix-huit ans, ne regardait pas l'objectif, comme si quelque chose par terre à sa droite avait attiré son attention. Elle portait une minirobe couleur pêche avec des bottes blanches qui lui arrivaient aux genoux, un contraste flagrant avec la tenue de soirée gris foncé et la toque assortie de ma mère. C'est la seule photo de ma tante que j'aie jamais vue où elle ne sourit pas.

« Eh bien, vous auriez pu avoir l'air un peu plus heureux de mon arrivée », dis-je tout haut avant de refermer sèchement l'album, de le poser sur ma table de chevet et d'éteindre la lumière.

Quelques jours plus tard, je me rendis à la maternité sur ma pause déjeuner pour un nouveau rendez-vous prénatal et mon échographie de la vingtième semaine. Je dois dire que j'ai toujours du mal à accepter qu'après quarante-cinq ans passés tranquillement dans leur coin, mon corps et mon esprit soient désormais devenus propriété publique. Le nombre de personnes qui doivent vous palper, tripoter, tester et interroger quand vous êtes enceinte est proprement incroyable. Se présenter aux différents rendez-vous semble en soi un travail à temps plein et mon ventre fait l'objet d'un examen plus minutieux que celui de la plus populaire des danseuses orientales. C'est comme si j'avais cessé d'être une personne à part entière et que j'étais devenue un simple réceptacle pour un autre être humain.

« Alors, Mrs Green, on va connaître le sexe de votre p'tit bout ? » demanda le médecin du jour, une quadragénaire écossaise maigrichonne, aux boucles rousses coupées court. Depuis ma discussion avec Billy, j'avais passé beaucoup de temps à réfléchir à cette question. Apprendre le sexe de l'enfant était à mes yeux comme ouvrir ses cadeaux la veille de Noël ou lire la fin d'un roman avant d'avoir terminé la première moitié. Ça sentait la triche, l'incapacité puérile de patienter et de se retenir. Je suis néanmoins une personne très pragmatique. J'aime savoir exactement ce qui va se passer et quand. Je peux ainsi me prémunir des mauvaises surprises et m'assurer que tout se passe bien. Si je connaissais le sexe du bébé, je pourrais acheter les bons habits et le bon équipement. Ce n'est pas, comprenez bien, que je sois du genre à acheter des frous-frous roses pour les filles et du bleu pour les garçons, mais j'imagine qu'il y aura de légères différences entre les vêtements que je choisirai. Tout bien considéré, je décidai de laisser le médecin m'informer du sexe. Ce qu'elle fit.

De retour au travail, Trudy me fit signe de venir dans son bureau, comme un espion en mission secrète. Elle ferma la porte derrière moi en réprimant un gloussement.

« Alors, Susan, garçon ou fille ? demanda-t-elle, tout excitée.

— Oh, ils n'ont pas su dire. Le bébé était mal positionné. Je vais juste devoir attendre qu'il veuille bien se montrer. »

Trudy n'aurait pas eu l'air plus consterné si je lui avais appris que tout cela était une erreur et que, finalement, je n'étais pas enceinte. Elle retourna à son bureau et s'avachit dans son fauteuil.

« Oh mais quel dommage, quel dommage. C'est tellement décevant.

— N'est-ce pas ? »

Eh bien, c'est une chose de jeter un coup d'œil rapide à la dernière page d'un livre. C'en est une autre de la lire à voix haute à qui veut l'entendre.

13

Depuis mon retour de Birmingham, j'avais revu ma décision d'exclure Richard de la vie du bébé. J'en étais venue à la conclusion, à contrecœur, que Rob avait peut-être raison. Je n'avais aucune raison de croire que Richard ferait du mal à l'enfant, que ce soit émotionnellement ou physiquement. Au contraire, d'après son empressement à participer à son éducation, il pourrait tout à fait se révéler un père aimant et attentif ainsi qu'une influence positive dans sa vie. Étant donné ma propre jeunesse, comment pouvais-je refuser une chose pareille à mon enfant ? Si je décidais d'écarter Richard de sa vie, l'enfant ne m'en voudrait-il pas, même si je lui expliquais que je souhaitais préserver mon indépendance ? En outre, avais-je le droit d'ignorer l'effet que mon refus aurait sur Richard ? À écouter Rob, qui regrettait (sincèrement ou non) de n'avoir jamais connu son fils, je m'aperçus qu'imposer cela à Richard pourrait ternir sa vie. Je n'aime pas revenir sur une décision mais il faut être fort et sûr de soi pour admettre qu'on a pris une décision un peu trop hâtivement.

Le spectacle automnal de St. James Park avait atteint son apogée ; les arbres avaient encore presque tout leur feuillage mais celui-ci avait viré au cuivre, roux et ocre. Le soleil de la mi-novembre brillait et il n'y avait pas trace de l'épais brouillard matinal. Je ne connaissais pas ce parc ; c'était Richard qui avait suggéré ce lieu relativement tranquille et plaisant pour déjeuner sans être dérangés. Alors que j'empruntais le sentier depuis le Mall, je l'aperçus, assis sur un banc près du lac, à l'endroit convenu. Fidèle à ses habitudes, il était impeccablement habillé, comme s'il s'était arrêté pour rassembler ses esprits avant de rencontrer la reine. Ce n'est pourtant pas sa tenue que je remarquai en premier. Debout à côté de lui sur le banc en bois, la tête penchée avec une suffisance hautaine, se trouvait un grand pélican d'Amérique. Ni l'oiseau ni l'homme ne faisaient attention à l'autre. Richard était plongé dans un livre de poche – *Madame Bovary*, constatai-je en m'approchant. Contrairement à ce que son tempérament plutôt réservé pouvait laisser croire, il avait toujours été attiré par les héroïnes tragiques dont les passions conquièrent la raison. J'ai certainement dû lui paraître surprenante.

J'avais presque atteint le banc quand il leva les yeux de son livre et m'adressa l'un de ses sourires les plus frais et charmants. Je sentis qu'il espérait encore me convaincre.

« La ravissante Susan », dit-il en cornant soigneusement sa page, un geste inhabituel qui me fit grimacer. Après avoir rangé le livre dans la poche de son pardessus, il se leva. Je le laissai m'embrasser rapidement sur chaque joue.

« Tu as l'air épanoui, aujourd'hui. »

J'en avais déjà assez, de cet adjectif.

« Pourquoi y a-t-il un pélican sur ton banc ? demandai-je.

— Ah, lui ! Il est très gentil. Je viens ici pour échapper au tohu-bohu et je le trouve souvent assis à côté de moi quand je lève le nez de mon livre. Il semble s'être pris d'amitié pour moi.

— Mais que fait donc un pélican dans un parc du centre de Londres ?

— Tu ne sais pas ? Il y en a toute une volée. Ou est-ce un troupeau ? Non, on dit peut-être même un banc. Ça fait plus de quatre cents ans qu'ils sont là ; il s'agissait à l'origine du cadeau d'un ambassadeur russe. Des créatures étranges. Je me sens une drôle d'affinité avec eux. »

Le pélican me regarda avec mépris puis déploya ses ailes, sauta sur le chemin et partit en direction du lac en roulant des mécaniques. Il était difficile de croire qu'un être pût avoir l'air à la fois si impérieux et si absurde.

« Veux-tu t'asseoir à côté de moi ? » demanda Richard. Il sortit de sa poche intérieure un mouchoir en tissu soigneusement repassé, le secoua et essuya le banc d'un mouvement délicat. Puis il le posa à côté de lui et le tapota. Nous restâmes assis en silence quelques instants à regarder le pélican se gratter la poitrine d'un long bec orange peu pratique. Richard toussa.

« Je souhaite te demander pardon pour mon comportement inexcusable, la dernière fois que nous nous sommes vus. Je n'avais pas bien dormi et mon esprit s'est échauffé. Je n'aurais pas dû t'accoster comme ça devant ton bureau et je n'aurais vraiment pas dû te menacer. J'aimerais que nous oubliions tout ce qu'il s'est passé entre nous ces dernières semaines et que nous recommencions sur des bases de respect mutuel et d'harmonie. »

Un groupe de quatre adolescentes, qui ressemblaient à des étudiantes japonaises (chaussettes au-dessus du genou, vêtements excentriques, sacs à main à l'effigie de personnages de dessins animés), s'était arrêté à hauteur de notre banc pour admirer le pélican, à présent occupé à secouer ses ailes. L'une d'elles commença à prendre en photo les autres qui faisaient le « V » de la victoire derrière l'oiseau.

« Je n'ai aucune objection, dis-je à Richard. Comme je te l'ai dit au téléphone, j'ai mieux réfléchi à ton désir de t'impliquer dans la vie de l'enfant. Je t'ai peut-être congédié trop vite, sans avoir étudié la question de près. J'avais cependant besoin de te signifier très clairement que je n'ai aucune intention de jouer le rôle de la femme pitoyable et en manque d'affection.

— Susan, personne ne pourrait croire que tu es pitoyable et en manque d'affection.

— Tant mieux. Bien, ce que je voulais te dire, c'est qu'après avoir pesé le pour et le contre, j'en ai conclu que je n'avais pas le droit de t'exclure entièrement de la vie du bébé. J'ai donc décidé… »

Je fus interrompue en plein élan par l'une des étudiantes japonaises – une fille souriante aux couettes enrubannées – qui s'approcha de notre banc. Elle s'excusa humblement de m'avoir coupé la parole et nous demanda si nous pouvions prendre leur groupe en photo avec le pélican. Richard y consentit.

« Tu disais ? reprit-il, me rejoignant sur le banc.

— Je disais que ta participation dans la vie du bébé me paraît acceptable. Nous devrons définir clairement ton implication et nous mettre d'accord avant la naissance, mais je ne vois pas pourquoi cela ne pourrait pas se faire à l'amiable.

— C'est merveilleux. Tu ne sais pas à quel point je suis soulagé. Je sais que toutes les parties concernées y trouveront leur compte. Je passerai chez Foyles cet après-midi pour chercher des livres sur la paternité.

— J'allais te le suggérer. Il vaut toujours mieux se renseigner très en avance. »

Une famille écossaise qui discutait avec animation de la proximité d'un Pokémon rare s'arrêta pour regarder le pélican lisser ses plumes. Pendant que la mère empêchait ses deux jeunes fils de toucher l'animal en chair et en os, le père s'approcha de nous pour solliciter à son tour une photo de groupe. Richard accepta, cette fois-ci de mauvaise grâce. En me rejoignant pour la seconde fois sur le banc, il s'éclaircit la gorge :

« L'une des questions est donc en voie d'être résolue – l'étendue de mon implication postnatale. Il y a, bien sûr, une autre question. Des choses ont été dites sur le moment que ni toi ni moi ne pensions réellement. Nous devions chacun accepter notre nouvelle situation avant de pouvoir penser à notre relation. Le fait que nous sommes désormais sur la même longueur d'onde concernant l'enfant indique que c'est le cas.

— Oui, effectivement.

— Tu sais que je n'ai jamais eu envie d'une relation conventionnelle. Mais les circonstances ont changé.

— Richard, je ne crois vraiment pas…

— Laisse-moi terminer, s'il te plaît. »

Un autre groupe de touristes – australiens, cette fois-ci, à en juger par leur accent – s'était attroupé autour du pélican. Une femme aux cheveux blond peroxydé se tourna vers nous.

« Non, madame. Pas de photo », fit Richard d'une voix un peu trop forte. L'oiseau, habitué aux murmures admiratifs, fut effrayé par ce bruit inattendu et se jeta à l'eau. Les Australiens s'éloignèrent en nous lançant des regards amers pardessus leur épaule.

« Susan, nous aimons tous deux faire les choses dans les règles. Je suppose que la tradition est de se mettre à genoux, mais les pélicans se sont laissés aller et tu es assise sur mon mouchoir. Susan, les soirées que nous avons passées ensemble ont représenté beaucoup pour moi. Je crois que tu pourrais tout à fait être mon âme sœur ; tu es moi, en femme. Me ferais-tu l'honneur de m'épouser ?

— T'épouser ? demandai-je, abasourdie. Tu parles d'établir un contrat de mariage ou d'habiter ensemble ?

— L'un mène généralement à l'autre. »

Je n'aime pas être prise au dépourvu. J'avais choisi de voir Richard uniquement pour faire preuve de munificence ; pour lui conférer magnanimement ce qu'il était juste de lui conférer d'un point de vue moral. Pas du tout pour négocier une autre forme d'arrangement personnel. Mon premier réflexe fut de lui dire de laisser tomber. Néanmoins, je pris un moment pour réfléchir avant de parler. Était-ce vraiment si inenvisageable ? Je ne pouvais nier que les aspects pratiques de l'éducation d'un enfant seraient grandement facilités si deux adultes partageaient le même toit ; et ne valait-il pas mieux, en termes de sécurité émotionnelle, qu'un enfant vive avec ses deux parents, pourvu que ceux-ci s'entendent bien ? Jusqu'à présent, Richard et moi avions été d'accord sur à peu près tout.

Je notai mentalement tout ce qui jouait en sa faveur. Il avait certes été de bonne compagnie au fil des ans ; il ne m'avait jamais déçue, menti ou blessée. C'était un homme intelligent, exceptionnellement bien élevé, agréable à regarder, qui avait bon goût et un revenu stable. Lui et moi avions beaucoup de loisirs communs. Il y avait toujours eu une attirance entre nous et nos contacts plus intimes avaient été plaisants. Nous n'avions jamais rien fait de « domestique », bien sûr, mais rien n'indiquait que les bons moments passés ensemble dans les limites que nous avions strictement définies ne s'appliqueraient pas à la vie quotidienne. À presque tous égards, il était pour moi le partenaire idéal. En revanche, je n'avais jamais eu le moindre désir de partager ma vie. Je n'avais pas non plus de « sentiments amoureux » pour Richard ; à ma connaissance, lui non plus. Cela avait-il tant d'importance ? Je le regardai fixement, cherchant à déterminer si je pourrais un jour éprouver de tels sentiments. Après tout, ceux-ci ne se seraient-ils pas déjà développés entre nous ? Ça pouvait toujours arriver, mais j'étais loin d'y croire.

« Je partage ton besoin de faire les choses dans les règles, Richard, mais je ne crois pas que ce soit une bonne idée. Nous nous entendrons bien mieux en tant que coparents qu'en tant que mari et femme. »

Le pélican était ressorti de l'eau et me dévisageait d'un air qui ressemblait à du mépris. Richard soupira et s'avachit sur le banc.

« Il est sans doute trop tôt pour évoquer le mariage. Je t'ai prise au dépourvu ; tu as besoin de temps. Nous pourrons reparler de ce sujet à une date ultérieure.

— Je crains que ce ne soit pas nécessaire, dis-je avec plus de conviction que je n'en ressentais. Je dois retourner au bureau. Les gens vont se demander où je suis passée ; je n'ai pas l'habitude de prendre une vraie pause déjeuner.

— Maman sera ravie quand je lui annoncerai que je vais faire partie de la vie de notre enfant. Je suis en déplacement à New York le mois prochain, mais je te contacterai pour discuter des détails après le nouvel an. En ce qui concerne l'autre sujet, nous le laisserons en suspens d'ici là.

— Il n'est pas en suspens. Il flotte doucement jusqu'au sol, où il va rester.

— Humm. Nous verrons. Je te sens prête à te laisser convaincre. »

Je lui permis encore une fois de me faire la bise puis rebroussai chemin en direction du Mall. En jetant un coup d'œil en arrière, je vis que le pélican avait de nouveau sauté sur le banc à côté de Richard, qui tentait de récupérer son mouchoir de sous ses pieds palmés.

14

« Une dame bien charpentée », voilà comment ma mère l'avait décrite. Edward la surnommait « Brigid la Balèze », devant elle d'ailleurs, les rares fois où ils s'étaient croisés. Personnellement, je trouvais qu'elle ressemblait à une championne olympique d'haltérophilie. Je n'aurais jamais osé le lui dire, bien évidemment. Néanmoins, je lui avais suggéré à plusieurs reprises de réduire son apport en calories pour sa santé, son apparence et son amour-propre. Brigid se contentait de me donner des tapes chaleureuses dans le dos et de dire qu'heureusement elle ne se vexait pas facilement, sans quoi je n'aurais plus d'amis du tout.

Brigid et moi nous étions rencontrées au premier trimestre à l'université de Nottingham. Comme nous aimions toutes deux nous asseoir au milieu du premier rang lors des cours magistraux, nous nous retrouvions souvent l'une à côté de l'autre. J'étais plutôt réservée en ce temps-là et sa bonhomie expansive me paraissait à la fois horripilante (j'avais l'impression d'être frappée par un tsunami d'affabilité) et étrangement apaisante (je n'avais pas besoin de faire attention à ce que je disais ni même, d'ailleurs, de dire quoi que ce soit). À la fin de notre première année, passée en résidence universitaire, ce fut Brigid qui proposa de partager un appartement, Brigid qui trouva un endroit convenable et Brigid qui s'occupa de tous les aspects pratiques. La laisser faire ne me posait aucun problème. Elle était le genre de personne directe et pleine d'assurance qui n'accepterait jamais un logement de mauvaise qualité ou un contrat de location douteux. Notre relation domestique fonctionnait bien, même quand Brigid se mit à fréquenter Dermot, un joueur de rugby encore plus baraqué qu'elle et quand je... Eh bien, nous y viendrons bientôt.

Une vingtaine d'années plus tard donc, j'étais assise en face de mon ancienne colocataire dans un restaurant italien bruyant de Chancery Lane. Après l'université, Brigid avait épousé Dermot, était devenue avocate, avait « pondu un marmot », comme elle le disait, et passé ses premières années de maternité dans un cabinet spécialisé dans les dommages corporels, à traiter de glissades et trébuchements sans intérêt. Depuis, elle s'était recyclée et travaillait pour un cabinet passionnant de Lincoln's Inn. Ses dossiers attiraient souvent l'attention des médias. En effet, j'avais récemment vu une interview de cette chère Brigid au journal de vingt-deux heures (heureusement qu'ils ont inventé les écrans larges). Même si nous habitions toutes les deux à Londres, j'avais réussi à limiter nos rendez-vous à une fois tous les deux ou trois ans, avec la complicité de sa vie bien remplie.

« Qui l'aurait cru, dit-elle en frappant la table de sa grosse paluche, ce qui fit tressauter les couverts. Cette vieille Susan Green en cloque ; "pas du genre à procréer", mon œil. Je me souviens de t'avoir entendue comparer les familles à des prisons, mais sans espoir de remise de peine. Eh ben t'as pris ton temps pour changer d'avis. Encore un peu et t'aurais loupé le coche. » Elle but une énorme gorgée de vin rouge. « Moi, je suis presque au bout du tunnel. Rachel a dix-sept ans – encore un an et je serai débarrassée d'elle. J'ai déjà commencé à faire ses bagages. » Elle avala une autre lampée. « Mais sans rire, la maternité, c'est du gâteau. Je ne sais pas pourquoi on en fait tout un plat. Y a qu'à choper la nounou la plus proche et voilà le travail. Enfin, *son* travail. »

Vous comprenez peut-être pourquoi je me suis liée d'amitié avec Brigid il y a tant d'années de cela et pourquoi j'ai laissé notre amitié tourner au ralenti. Malgré son pénible pseudo-sens de l'humour, c'est une femme qui va droit au but. C'est pour cette raison et plus particulièrement pour ses compétences juridiques que je lui proposai de déjeuner ensemble. Quelques jours plus tôt, mon hypothèse – probablement naïve – selon laquelle j'avais tout mon temps pour enquêter et préparer mon dossier en vue d'invalider le testament avait été ébranlée. On m'avait envoyé par la poste un document intitulé « De la Haute Cour de justice, division des affaires familiales ». Il affirmait que je disposais de huit jours pour « comparaître en justice » et exposer mes arguments. Si je ne respectais pas ce délai, Mr Brinkworth obtiendrait l'homologation, ce qui lui permettrait de s'occuper de la succession. De toute évidence, le notaire refusait de se laisser intimider : si je sautais le pas, le problème ne pourrait alors être résolu que par le tribunal, avec toutes les dépenses que cela impliquerait. Il espérait sans doute que je me décourage.

« Alors t'as fini par renoncer à ta vie de célibataire ou bien tu t'y colles en solo ? Insémination artificielle, je suppose. T'as trouvé comment mettre à profit ton vieil entonnoir ?

— Non, Brigid, dis-je avec un soupir. C'était une insémination tout ce qu'il y a de plus naturelle, et non, je n'ai pas renoncé à mon indépendance. Je n'ai rien d'autre à ajouter à ce sujet.

— Pas de problème, ma vieille. Ton utérus ne regarde que toi. Tout comme tes soirées pyjama. Alors qu'est-ce qui me vaut l'honneur ? Ça fait un bail que je ne t'ai pas vue. »

Je restai silencieuse pendant qu'on plaçait les plats devant nous : une salade de mozzarella pour moi et, pour Brigid, une montagne de linguine inondée de sauce à la crème qu'elle s'empressa d'enfourner comme si son assiette allait disparaître.

« J'ai besoin de conseils juridiques, expliquai-je.

— Aha, t'avais une idée derrière la tête. Qu'est-ce qu'il se passe ? Les flics ont enfin découvert que tu dirigeais un cartel de drogue depuis ton appart à Clapham ? »

Ah, quel humour incomparable. Comme ça m'avait manqué.

« Non, Brigid. » Je soupirai une fois encore. « C'est en rapport avec le testament de ma mère. Elle a laissé l'usufruit de sa maison à Edward, ce qui signifie que je n'aurai ma part que lorsqu'il décidera de déménager. Ce qu'il ne fera probablement jamais.

— Quoi ? Ton camé de frère ? s'exclama-t-elle entre deux énormes bouchées. Il va falloir y remédier, ma vieille. Tu ne veux pas que ton fric reste immobilisé indéfiniment. Si ça se trouve, tu n'en verras pas la couleur avant des lustres, voire jamais. À quoi elle pensait, la daronne ? Elle a oublié toutes les conneries qu'il a faites ? Comme ce qui s'est passé avec Phil, bordel. Quoique, maintenant que j'y pense, c'était la seule personne qui croyait qu'Ed n'avait rien à se reprocher. »

La référence à Phil nécessite sans doute une petite explication. Vous serez peut-être surpris d'apprendre que Richard n'était pas mon premier compagnon, ni le premier à me demander en mariage. Quand j'étais plus jeune, je ne m'intéressais pas du tout aux garçons, contrairement aux autres filles de ma classe. Je sais que les gens aiment chercher les causes psychologiques de chaque aspect de notre personnalité. Si vous voulez suivre cette voie, il n'y a qu'à regarder les figures masculines de mon entourage, à savoir mon père (alcoolique et peu fiable) et mon frère (paresseux et rancunier). Peut-être que je me rendis tout simplement compte dès mon plus jeune âge qu'une relation étroite avec un garçon ou un homme – ou avec qui que ce soit, d'ailleurs – saperait ma liberté, diluerait mon individualité, me ferait perdre un temps précieux et provoquerait des dépenses inutiles d'énergie émotionnelle. Vu de façon aussi logique, il est stupéfiant d'imaginer qu'une personne rationnelle ait envie de créer des liens intimes.

Puis il y eut Phil, qui habitait au bout de la rue. Il allait à la même école maternelle que moi, bien que je n'eusse pas particulièrement de souvenir de lui à l'époque. Il fréquenta aussi la même école primaire et je me souviens vaguement d'un petit garçon avec une coupe au bol qui était constamment en marge, sur la touche ; discret et aisément oublié. Nous nous retrouvâmes dans le même collège et empruntions le même chemin pour rentrer chaque jour. La première fois qu'il m'adressa la parole après l'école, nous avions dans les treize ou quatorze ans. Au début, nous discutions de devoirs, de contrôles et de notes ; plus tard, de ce que nous lisions, écoutions et regardions à la télévision. Je ne l'aurais pas décrit comme un ami à cette époque. Je n'avais pas besoin ni envie d'avoir des amis. C'était juste quelqu'un qui allait dans la même direction que moi et qui partageait certains de mes centres d'intérêt. Je le tolérais mais ne le laissais pas devenir trop proche et lui fis comprendre clairement qu'il n'était pas le bienvenu chez moi.

Au lycée, Phil ayant choisi les mêmes options que moi, nos sujets de conversation tournaient autour des cours. Les gens pensaient que nous étions en couple, mais ce n'était pas le cas. Quand il devenait trop familier et que ses conversations se faisaient trop personnelles ou intimes, je me montrais délibérément désobligeante pour le repousser. Il commit l'erreur, en début de première, de me proposer d'aller avec lui au cinéma. Je lui expliquai qu'il n'y avait absolument aucune chance que ça arrive. Après cet incident, je ne lui adressai pas la parole pendant au moins deux semaines.

Edward m'en voulait beaucoup d'avoir un compagnon. Quand Phil et moi revenions de l'école, lui et sa petite clique de marginaux, de rebelles et de cancres nous suivaient en faisant des bruits de baisers, chantaient « Suze est amoureuse » ou, si cela ne suffisait pas à m'agacer, tentaient de nous faire trébucher, de nous pousser du trottoir ou nous lançaient des boulettes de papier. Phil – et c'est tout à son honneur – se contentait d'ignorer Edward et consorts, comme des insectes un peu gênants mais en fin de compte sans importance.

J'ai essayé de me rappeler exactement quand et pourquoi Phil et moi nous étions rapprochés l'un de l'autre. Je crois que cela dut se produire après la mort de mon père. Vous imaginiez peut-être, d'après mes descriptions des nombreux défauts et faiblesses de mon père, que je ne l'aimais pas. Si c'est le cas, c'est involontairement que je vous ai induits en erreur. Vraiment. Quand mon père est mort, je me suis retrouvée plus fragile que d'habitude. Pour la première fois de ma vie, j'avais besoin qu'une autre personne me soutienne. Ma mère se focalisait trop sur ce pauvre Edward – « les garçons ont besoin de leur père » était devenu son mantra. Phil semblait comprendre ce que je ressentais ; il savait quand je voulais parler, quand je préférais rester silencieuse. Il m'invita de nouveau au cinéma pour voir un film en v.o. (*L'Été meurtrier*, je crois), et cette fois-ci j'acceptai. D'autres sorties s'ensuivirent jusqu'à ce qu'enfin, peu avant nos examens de fin d'année, je l'autorise à passer la porte d'entrée de notre maison. Il devint ainsi mon petit ami au sens traditionnel du terme. Difficile à croire aujourd'hui, mais c'est vrai. J'avais un petit ami.

Phil avait décidé d'aller à l'université de Birmingham et de rester habiter chez lui afin d'aider (d'un point de vue pratique et émotionnel) sa mère, en fauteuil roulant. Il me demanda si j'envisagerais de renoncer à l'université de Nottingham pour Birmingham, mais je refusai. Si notre relation était solide, elle survivrait à notre séparation géographique. Dans le cas contraire, elle ne tiendrait pas. Afin de vérifier mon hypothèse, j'insistai pour que nous n'ayons aucun contact en dehors des vacances, une règle que j'appliquai jusqu'au milieu de notre deuxième année. Il s'avéra que notre relation était effectivement solide.

À la fin de l'année universitaire, tandis que nous descendions les marches de la bibliothèque de Birmingham Central, Phil laissa tomber son sac à ses pieds, se tourna vers moi et me demanda si je voulais l'épouser une fois nos diplômes obtenus. Je répondis que je réfléchirais sérieusement à sa demande et que je lui donnerais ma réponse le lendemain. Je passai la soirée à dresser une liste des avantages et des inconvénients d'un mariage avec Phil. D'un côté, Phil était sérieux, studieux, calme et serviable. De plus, j'étais habituée à lui et je n'avais aucune envie de m'infliger la corvée et l'effort de rencontrer et d'apprendre à connaître de nouveaux petits amis éventuels. D'un autre côté, comment être sûre qu'il ne tenterait pas d'entraver mon indépendance ou qu'il ne trahirait pas ma confiance ? Par ailleurs, si les choses tournaient mal, je devrais faire face à tous les ennuis liés à une procédure de divorce. Je décidai de refuser sa demande. Le lendemain, je retrouvai Phil devant le cinéma Odéon.

« Alors, quelle est ta décision ? » Il suivait les fissures des pavés de la pointe de sa chaussure. Ses mains étaient enfoncées dans les poches de son pantalon en velours et il évitait soigneusement tout contact visuel.

C'est alors qu'il se passa une chose étrange. Au lieu de dire « Je suis désolée, mais c'est non », je m'entendis prononcer le mot « Oui ». Je fus aussi abasourdie que lui. Nous restâmes tous deux plantés là pendant quelques secondes, à nous regarder dans les yeux, avant que la sirène d'une voiture de police ne rompe le charme. Nous nous étreignîmes maladroitement, aucun des deux ne sachant vraiment quoi faire en cet instant si important. Finalement, nous marquâmes le coup avec deux Coca et un grand pop-corn. C'est ainsi que je me fiançai, à vingt ans à peine. Ma mère sembla modérément contente pour moi quand je lui appris la nouvelle. Je me souviens qu'elle avait insisté pour que j'appelle tante Sylvia immédiatement. Ma tante, toujours aussi mélodramatique et émotive, fondit en larmes – de joie, pensai-je –, ce qui la rendit encore moins cohérente que d'habitude. Quant à Edward, sa réaction fut tout à fait différente.

« Que Dieu vienne en aide à ce pauvre couillon, dit-il, le visage tordu en une expression à la fois jalouse, méchante et moqueuse. Il sait qu'il s'expose à une vie d'éternels reproches et critiques ? Je pense que je vais lui en toucher un mot. »

Il fit pire. Bien pire.

« Bon, parle-moi de ta stratégie. Quel est ton angle d'attaque ? Quelles sont tes armes et combien tu alignes de soldats ? » demanda Brigid en s'essuyant la bouche d'un revers de main.

« Je prévois une attaque sur deux fronts, répondis-je, me laissant aller à sa métaphore éculée. Intimidation de la part de mon frère et capacités mentales réduites chez ma mère. J'amasse des troupes sur les deux fronts en ce moment même. » J'expliquai à Brigid que je soupçonnais Edward d'avoir poussé ma mère à faire une chose qui ne lui serait jamais venue à l'idée si elle avait eu toute sa tête.

« Hum. L'intimidation est un terrain glissant. Il faudra que tu trouves des preuves en béton que ton frère préparait un mauvais coup. Qu'est-ce que tu as sur lui pour l'instant ? »

En y réfléchissant, il fallait admettre que je n'avais pas grand-chose. Je lui parlai de ce que j'avais réussi à glaner auprès de tante Sylvia et de Rob. « Mais je sais de façon claire et sans équivoque qu'Ed a orchestré tout ça, même si personne d'autre n'ose le dire. Les témoignages montrent qu'il savait où se trouvait le testament et qu'il avait organisé sa signature.

— Ça ne suffit pas, ma vieille. » Brigid croisa les bras sur son ample poitrine et me dévisagea de l'air imposant qu'elle utilisait sans aucun doute avec ses clients les moins dociles. « Inutile de te dire que les travers pseudo-criminels d'Edward en eux-mêmes ne suffiront pas à persuader un juge. À moins que tu ne prouves qu'il l'a amenée de force chez le notaire, le bras tordu derrière le dos, ou qu'il l'a menacée de défaire son tricot, l'intimidation sera vouée à l'échec. En fait, ça pourrait même te mettre le juge à dos. Il se dira peut-être que tu n'es rien d'autre qu'une sœur jalouse et contrariée incapable d'accepter le fait que sa mère ait fait passer les besoins de son frère avant les siens. Je ne dis pas que c'est le cas, d'ailleurs. Mais il vaut bien mieux se concentrer sur ce que tu peux prouver plutôt que de brouiller les pistes avec ce que tu ne peux pas prouver.

— Mais si je laisse tomber les accusations d'intimidation, ça focalisera l'attention sur ma mère plutôt que sur Edward. Ce serait comme l'exonérer de toute faute et affirmer qu'elle est l'unique responsable. Je n'ai pas l'intention de le laisser s'en tirer à si bon compte.

— Oui, mais écoute-moi, ma vieille. Je vais te dire ce que je dis à tous mes clients et que tu sais certainement déjà : il ne s'agit pas de se poser en défenseur de la morale ou d'obtenir la légitimation de tes convictions mais de remporter un débat. C'est aussi simple que ça. Mets de côté tous tes sentiments pour Edward et réfléchis, froidement et cliniquement, à ce que tu dois faire pour mettre la main sur la moitié du prix de la maison. Ne cherche pas à prouver au monde entier qu'Edward est un salopard et toi une sainte. Si tu t'en tiens à démontrer que ta mère n'avait pas toutes ses facultés, tu peux encore dire que son état mental la laissait vulnérable aux suggestions intéressées d'Edward. Tu ne prétendras pas qu'il avait l'intention malveillante de la forcer à faire quelque chose contre son gré, voilà tout.

— Je ne suis pas d'accord, Brigid. Les faits doivent être révélés devant le tribunal. Je veux obtenir un jugement clair et distinct, indiquant qu'Edward est corrompu et immoral. J'attends ça depuis longtemps et je ne vais pas y renoncer maintenant. »

Brigid se renversa sur sa chaise, qui parvint tout juste à résister au choc, et secoua la tête. « Tu commences à être aussi obsessionnelle qu'un de mes clients. Prends un peu de recul et réfléchis à la manière dont tu vas convaincre le juge. Ce ne sera pas en soulevant toutes sortes d'allégations hyperboliques et indéfendables contre un membre de ta famille, si fondées soient-elles. Ce sera en produisant des preuves irréfutables et ultrasolides.

— J'en suis tout à fait consciente, mais...

— Okay, okay, ma vieille. L'heure tourne et je vois que je ne t'ai pas convaincue. Passons à la question des facultés mentales. Qu'est-ce que tu as trouvé là-dessus ? »

Je parlai à Brigid des deux AVC que ma mère avait eus avant de rédiger le testament. « Pour être parfaitement honnête, je ne l'ai pas vue très souvent au cours des derniers mois de sa vie, mais quand je la voyais, je ne la trouvais pas complètement saine d'esprit. Et même Rob, le copain d'Edward, a admis qu'elle était confuse. J'ai réclamé son dossier médical, mais les rouages administratifs tournent au ralenti. On m'a dit que je les aurais bientôt.

— Eh bien, croisons les doigts pour que tu obtiennes les preuves nécessaires. Idéalement, il y aura un diagnostic utile dans le dossier ou des témoignages d'inquiétude au sujet de la santé mentale de ta mère. Mais tu ne peux pas compter que sur ça. Il te faut des témoins pour corroborer les répercussions de son état. De qui était-elle proche ? Qui voyait-elle tous les jours ? »

J'avais déjà réfléchi à la question. « Le pasteur de son église – St. Stephen –, c'est la seule personne à qui elle aurait pu se confier. Je peux lui rendre visite et prendre sa déposition. Et ses vieux voisins d'en face. La dernière fois qu'ils l'ont vue, ils m'ont dit qu'ils étaient inquiets pour elle mais je ne les ai pas pris au sérieux.

— Ça marche, ma vieille. Rassemble toutes les preuves et viens me voir au cabinet. J'y jetterai un œil et je te dirai ce que j'en pense. Officieusement. Je ne m'exposerai pas à une plainte pour faute professionnelle si tout s'écroule autour de toi. N'oublie pas que tu peux t'attendre à des frais de justice importants si tu ne gagnes pas. À tout hasard, tu es sûre que tu ne préférerais pas la solution de facilité ? Tu pourrais laisser tomber, te concentrer sur le futur marmot et attendre que ton héritage vienne à toi en temps voulu. » Elle me fixa d'un air narquois. « Non, je me disais bien. »

DÉCEMBRE

15

J'ai du mal à croire que cela fait maintenant six mois qu'un spermatozoïde a rencontré un ovule par inadvertance, déclenchant l'inexorable processus de division cellulaire ; il me semble que quelques jours seulement se sont écoulés depuis que le bâtonnet en plastique a rendu son verdict fracassant. Pourtant, j'ai également l'impression que des décennies ont passé. Quand j'ai fait le test, ma mère était en vie et en (plus ou moins) bonne santé. J'avais une maison de famille où je pouvais retourner chaque fois que j'en avais envie. Je n'ai désormais ni parents ni racines ; je suis à la dérive, sans ancrage. Non, je retire ce que j'ai dit. J'ignore pourquoi des pensées aussi pessimistes se sont formées dans mon esprit. Comme vous avez pu le constater, j'ai toujours été l'auteure de mon propre destin. Nous pouvons choisir de nous définir, et je me définis comme une femme autonome et pleine de ressources. Ce qui me manque en termes de famille et de relations intimes est largement compensé par la richesse de ma vie intérieure, infiniment plus constante et fiable.

Néanmoins, je ne peux pas m'empêcher de regretter que ma mère n'ait jamais su que j'étais enceinte. Qu'en aurait-elle pensé ? Aurait-elle été choquée, inquiète, heureuse ? Il m'est difficile de l'imaginer ayant l'une ou l'autre de ces réactions. Elle réagissait toujours à mes réussites avec une admiration ténue et dénuée d'intérêt, et à mes échecs avec un regret tout aussi ténu et distant. Il était évident qu'elle souhaitait le meilleur pour moi, mais elle souhaitait aussi le meilleur pour le garçon qui livrait les journaux et la fille qui travaillait pour le primeur. En revanche, chaque petite réussite d'Edward était une source de joie intense et un motif de célébration, alors que ses échecs (réguliers et prévisibles) suscitaient la compassion ou le chagrin. Mon père aurait probablement été heureux d'apprendre ma grossesse, du moment qu'on n'attende pas qu'il s'occupe du bébé. Lorsqu'il était sobre, il semblait à la fois satisfait d'avoir engendré des enfants et agacé d'avoir à interagir avec nous. Lorsqu'il était ivre, la satisfaction se métamorphosait en euphorie et l'agacement en ressentiment cinglant, assurément destiné davantage à Edward qu'à moi.

Alors que je rédigeais ma courte liste de cadeaux de Noël et de cartes de vœux, Kate vint encore une fois troubler ma paix. Elle avait pris l'habitude de frapper à ma porte à chaque fois qu'elle en avait envie, plus particulièrement quand elle voulait partager sa frustration au sujet de son conflit conjugal qui s'éternisait. Apparemment, Alex réclame parfois de voir les enfants aux moments les plus inopportuns et prétexte d'autres fois des rendez-vous d'affaires inévitables quand elle a besoin de lui ; parfois, il traite Kate comme s'ils étaient de vieux amis et d'autres fois comme son ennemie jurée. Je lui ai conseillé à de nombreuses reprises de changer de numéro de téléphone, refaire la serrure et oublier qu'elle a jamais été mariée. Sa réponse est toujours la même : « Oh Susan, la vie n'est pas si simple. » Je m'estime alors heureuse que le rôle de Richard vis-à-vis du bébé soit précisé bien avant sa naissance. Au moins, je n'aurai pas besoin de me livrer à des manœuvres aussi irritantes et chronophages.

Alors que les lumières du babyphone clignotaient à travers la poche de son gilet, Kate se laissa tomber sur mon canapé, me tendit une boîte de Quality Street qu'elle avait apportée et me raconta son dernier dilemme : Noël, moins de trois semaines plus tard. Kate voulait rendre visite à sa famille de Lichfield pendant les vacances, mais Alex ne voulait pas en entendre parler ; il n'avait aucune envie de passer le jour de Noël à faire l'aller-retour en voiture simplement pour passer quelques heures avec les enfants. Si Kate préférait trouver un compromis plutôt que de mettre Alex au pied du mur, je lui suggérai qu'ils prennent un enfant chacun. Une fois encore, elle se montra réticente à suivre mes conseils judicieux.

Kate me demanda quels étaient mes propres projets pour Noël, que j'avais jusqu'à présent toujours passé avec ma mère. Par coïncidence, j'avais reçu un appel de tante Sylvia à peine une heure ou deux auparavant.

« Ah, bonjour ma petite Susan, avait-elle roucoulé. C'est tatie. On rentre tout juste de la villa et on voulait prendre de tes nouvelles. Pendant tout le séjour, on n'a pas arrêté de penser à toi et de se demander comment se passait ta grossesse. Tu dois être bien ronde maintenant, hein ? N'oublie pas de mettre tes pieds en l'air. Tu n'as pas envie d'avoir des varices ou les chevilles qui enflent ? Depuis que j'ai vingt ans, je lève les miens pendant une heure ou deux tous les après-midi, et j'ai des jambes de jeune fille. »

Assise sur le canapé, les pieds sur le coffret en chêne, je l'assurai que je me sentais en grande forme. Pour être honnête, ce n'était pas tout à fait vrai. Si je goûtais une énergie sans bornes depuis la fin des nausées matinales, ces derniers jours une immense fatigue m'avait envahie sans crier gare ; j'avais même eu du mal à garder les yeux ouverts pendant ce qui aurait dû être une journée productive de formation. Tante Sylvia n'arrêtait pas de jacasser. Elle m'expliqua comment avoir l'air plus mince grâce à un « petit bronzage », où se trouvent les meilleurs restaurants d'Estepona, pourquoi elle serait une éternelle expat sans ses filles et ses petits-enfants. « Je ne supporte pas d'être loin de ceux que j'aime, tu comprends. Je suis comme ça, voilà. La famille avant tout, même avant ma santé et mon bonheur. En parlant de famille, c'est pour ça que je t'appelle. Je parie que tu n'as rien de prévu pour Noël, hein, ma chérie ? Avec la perte toute récente de ta maman, paix à son âme.

— Eh bien…

— Alors, c'est décidé. Tu viendras chez nous. Wendy et Chrissie seront là avec les enfants, donc la maison sera pleine. Il faut dire qu'on ne manque pas de place ; ton oncle Frank avait prévu des chambres d'amis quand il l'a fait construire. Les filles meurent d'envie de te voir, tu ne te sentiras pas de trop. Il y a une petite chambre confortable, parfaite pour une personne seule. On va tellement s'amuser, tous ensemble ! Je disais tout le temps à ta mère de venir passer Noël chez nous, mais elle aimait rester avec vous deux et je suppose que quand ton père était en vie, elle ne voulait pas qu'il fasse un scandale et gâche la fête. Viens pour le réveillon et reste jusqu'au 26. Oh là là, que j'ai hâte. »

Voilà donc une chose de réglée. Après tout, avais-je le choix ? Je n'ai pas vraiment été inondée d'invitations pour les fêtes et, bien que je préfère naturellement ma propre compagnie, Noël est un moment où l'on hésite à se retrouver seul. Ce qui ne sera plus mon cas l'année prochaine, bien sûr.

« Si tu veux, je peux encore te déposer dans les Midlands », proposa Kate quand je l'informai de mes projets. « Qu'Alex aille se faire foutre. S'il voulait passer Noël avec les enfants, il n'aurait pas dû les abandonner, hein ? Qu'il aille pourrir dans son appart de rêve avec sa copine de rêve et qu'il réfléchisse à ce qu'il loupe. Tu sais, c'est gentil à toi de m'écouter. Je me sens plus forte depuis qu'on est devenues amies. »

Elle me tendit encore une fois les Quality Street. Je choisis un caramel puis posai la boîte entre nous, sur le canapé.

« Je suis ravie de l'entendre. Pense plus comme une féministe et tu finiras par prendre le dessus.

— Mais qu'est-ce que tu veux dire ? Je suis féministe.

— Je suis sûre que tu essaies de l'être mais tu dois te montrer plus indépendante. Ce que fait Alex te touche trop facilement. Ta confiance en toi s'est brisée quand il est parti et tu le laisses encore t'atteindre lorsqu'il s'agit des enfants.

— Homme, femme, féministe ou pas, n'importe qui serait anéanti d'être quitté pour quelqu'un d'autre et de se retrouver seul avec un nouveau-né et un enfant en bas âge.

— Pas moi. J'ai organisé ma vie très soigneusement pour ne permettre à personne de m'anéantir de la sorte. Comme je ne dépends de personne émotionnellement ou financièrement, on ne peut pas me blesser. C'est ça, une féministe : une femme à la volonté de fer, invulnérable, qui contrôle chaque aspect de sa vie. »

Kate déballa une dragée au chocolat.

« Ce n'est pas ma définition à moi, répliqua-t-elle, la bouche pleine. En ce qui me concerne, il n'y a pas besoin d'être tout ça pour se prétendre féministe. Ce qui compte, c'est de savoir que les femmes sont les égales des hommes et de vivre en conséquence. Il s'agit de s'assurer que cette égalité soit reconnue à la maison, au travail, en public. Il s'agit aussi de reconnaître que nous sommes tous – les hommes comme les femmes – parfois forts et parfois faibles ; parfois calmes et parfois sensibles ; que nous avons parfois raison et parfois tort. Mettre sous clé ses sentiments et ses faiblesses n'a rien à voir avec ça. C'est quelque chose de complètement différent. »

Elle saisit la boîte qu'elle agita sous mon nez pour me tenter. Résister aurait été à la fois futile et inhabituel de ma part.

« Tu n'as pas tout à fait tort, dis-je en lissant la cellophane violette de mon bonbon avant de l'ajouter à la pile grandissante, et je n'ai rien contre les hommes en général, mais je n'aime pas qu'on me traite comme un citoyen de seconde classe. Tu dois quand même te rendre compte qu'une féministe ne se mettrait jamais dans une situation où un homme pourrait la blesser.

— Ça revient à dire qu'une féministe ne pourrait jamais aimer personne, ce qui est faux, évidemment. À chaque fois que tu t'ouvres à quelqu'un d'autre, du même sexe ou pas, tu prends le risque d'être blessée. C'est une réalité de la vie, tout simplement.

— Tu oublies les siècles d'oppression subis par les femmes à cause des hommes, oppression à laquelle certaines participaient même parfois. Nous avons la chance de pouvoir sortir de ce cercle vicieux. Pourquoi ne reste-t-il toujours que les chocolats à l'orange et à la fraise ? ajoutai-je en jetant un œil à la boîte.

— Pas chez moi ; lance-m'en un. Je n'oublie pas les leçons de l'Histoire. Mais les femmes ont fait d'énormes progrès, ces dernières décennies. Il y a encore beaucoup de chemin à parcourir, mais peut-être avons-nous plus de facilités à reconnaître nos faiblesses et nos forces.

— Je n'ai aucune faiblesse.

— On en a tous. Tu ne fais que cacher les tiennes, à toi-même aussi, probablement. Essaye de baisser ta garde de temps en temps. Tu seras peut-être agréablement surprise.

— Il faut que tu lises *La Femme eunuque*.

— D'accord, mais toi, tu devrais lire quelque chose de plus contemporain. Le discours a changé, tu sais. Comme les contes de fées. À l'époque, la princesse devait systématiquement trouver son prince, sans quoi il n'y avait pas de *happy end*. Et puis est arrivée la première vague de féminisme et ça a paru soudain une solution de facilité ; aucune princesse qui se respecte ne vendrait son âme en épousant un prince. (Lance-moi un autre chocolat à l'orange, tu veux bien ?) Ça a dû faire comme une immense bouffée d'air frais. Aujourd'hui, des fins de contes de fées, il y en a pour tous les goûts. La princesse peut finir dans les bras du prince, du valet de pied ou encore toute seule. Elle peut finir avec une autre princesse, ou six chats, ou décider qu'elle veut devenir prince. Rien de tout ça ne la rend plus ou moins féministe. Il s'agit de découvrir qui tu es et ce que tu veux, et d'y rester fidèle.

— Peut-être. Tu sais, nous ne sommes pas toujours d'accord, mais j'aime que tu aies ton avis sur les choses. Au moins, tu te sens concernée. »

Avant son départ, Kate ramassa les emballages des bonbons et les remit dans la boîte vide, invoquant la fabrication de décorations de Noël avec Ava.

Le lendemain, après avoir déposé Edward chez un ami, Rob devait m'apporter les objets de ma mère que je pouvais stocker dans mon appartement. Selon lui, Edward ignorait tout de notre arrangement ; mon frère pensait qu'il rendait visite à un parent âgé et Rob n'avait pas cherché à le contredire. L'histoire était plausible, mais pourquoi diable Rob me rendrait-il ainsi service s'il ne s'agissait pas d'un plan plus vaste concocté par ces deux-là ? S'opposait-il aux souhaits d'Edward parce qu'il lui en voulait inconsciemment ? Ce serait compréhensible, mais je n'avais remarqué aucun indice étayant cette théorie. Souffrait-il d'un dédoublement de la personnalité ? Si c'était le cas, il le dissimulait bien. Était-il suffisamment perspicace pour voir que j'avais raison et Edward tort ? J'en doutais. Avait-il des raisons plus personnelles pour vouloir m'aider ? Manifestement, non ; il me connaît à peine, nous n'avons rien en commun et il a la ferme intention de reconquérir Alison. La seule explication était qu'Edward gardait ses ennemis à l'œil par son intermédiaire.

« Ed est particulièrement en colère contre toi en ce moment, avait dit Rob quand il m'avait appelée pour confirmer notre rendez-vous. S'il savait où tu habites, il viendrait probablement défoncer ta porte.

— Et pour quelle raison mon cher frère ressent-il plus d'antipathie à mon égard que d'habitude ?

— Avant-hier, il a appelé les pompes funèbres pour récupérer les cendres de votre mère et on lui a répondu qu'on te les avait déjà données. Il est furieux. Il allait t'appeler tout de suite pour te dire ce qu'il en pensait et te traiter de pilleuse de tombes, mais je l'ai persuadé de se calmer et de prendre son temps.

— Il se soucie donc tellement des cendres de notre mère qu'il lui a fallu plus de trois mois pour penser à les récupérer ? Il n'a pas plus que moi de prétention légale ou morale sur elles. Et tu sais ce que dit la loi au sujet de la possession. Qu'il fasse ce qu'il veut, je n'ai aucune intention de les rendre.

— Cela dit, tu n'aurais pas dû les prendre sans prévenir Ed. C'est un peu sournois, si tu veux mon avis. Mais bon, ça ne me regarde pas. Je voulais juste te prévenir qu'il est sur les sentiers de la guerre. Il affirme avoir été trop indulgent dans toute cette histoire parce qu'il avait d'autres choses en tête, mais qu'il va commencer à se défendre. Il veut récupérer les objets de valeur que tu as pris après l'enterrement. »

Je suis sûre que tout ce qui précède me fut communiqué selon les instructions d'Edward. Mon frère pensait sans doute que sa colère m'intimiderait tant que j'irais me coucher comme un toutou. Depuis le temps, il devrait déjà s'en être rendu compte : j'appartiens à une tout autre espèce.

Comme vous le savez, je suis très fière de mes bonnes manières et de ma courtoisie. Bien que Rob soit le complice de mon frère, je décidai qu'il serait poli de l'inviter à déjeuner pour le remercier de m'avoir livré les cartons. Cependant, ce n'est pas par simple politesse que j'entretenais notre relation. Il faisait encore nuit quand je me levai. Je sortis des livres de cuisine, me demandant quel genre de plats plairait à Rob. Comme tout jardinier qui se respecte, je présumai qu'il apprécierait le pâté en croûte ou les friands. Je pourrais peut-être préparer un bœuf Wellington ou un ragoût avec des boulettes. C'est alors que je me souvins qu'il était végétarien. Je décidai finalement de concocter un déjeuner espagnol. Je dressai une liste et partis faire les courses dès l'ouverture des magasins. Je passai la matinée à assembler différents plats de tapas puis nettoyai, rangeai, me maquillai, me coiffai et choisis une tenue alliant style classique et décontraction du week-end. Enfin, le repas, l'appartement et moi-même, tout fut prêt avec un minimum d'effort, et aussi présentable que possible en l'espace d'une demi-journée.

À treize heures pile, je m'assis sur le canapé pour attendre mon invité. Dès que j'entendais un véhicule s'approcher, je me levais pour regarder par la fenêtre. Treize heures cinq : pas de Rob. Treize heures dix : pas de Rob. Treize heures quinze et je commençai à penser qu'il avait dû avoir un accident ; assurément, personne n'arrivait avec autant de retard sans appeler pour expliquer et s'excuser.

Je m'apprêtai à lui téléphoner quand je vis sa camionnette blanche s'arrêter derrière la voiture de Kate, qui venait tout juste de se garer devant la maison. Je les regardai se saluer et échanger quelques mots. Un instant plus tard, il transporta une pile de tracts du coffre de Kate jusqu'à la porte d'entrée (elle avait récemment lancé une campagne contre le retrait des fonds d'une association locale pour les mères et leurs bébés). Elle tenait Noah dans les bras et Ava marchait à son côté. Je ne pus m'empêcher de remarquer que Rob se comportait de manière particulièrement amicale, faisant exploser de rire la mère comme l'enfant. M'ayant aperçue à la fenêtre, il me décocha un grand sourire, et Kate aussi. J'ouvris la porte alors qu'elle cherchait encore ses clés dans son sac à main.

« Je constate que vous avez fait connaissance.

— Oui, Rob vient de se présenter. Il m'a gentiment aidée à porter tous ces trucs. Quand on a un bébé, on a besoin d'au moins quatre bras.

— Je vais vous les monter, dit Rob. Au fait, salut Susan.

— Je ne veux pas vous embêter. Vous êtes là pour voir Susan.

— Oh, ça ne me dérange pas du tout », répliqua Rob en frôlant mon ventre arrondi.

Tout le monde disparut à l'étage et je restai seule dans le couloir. Quand Rob finit par descendre, l'air content de lui, j'étais plus qu'énervée.

« Bon alors, je vais chercher les cartons ? » demanda-t-il. Il les traîna un par un et les empila dans un coin du couloir. Puis il se tint là, se frottant les mains, attendant que je lui adresse la parole.

« Avant que tu partes, dis-je, je voudrais souligner que je suis une personne très occupée et que si je prévois de rencontrer quelqu'un à treize heures, je ne m'attends pas à ce qu'il arrive à treize heures quinze.

— Détends-toi, Susan, c'était juste quelques minutes. Il y a eu un accident sur la M6, donc j'ai mis plus de temps à déposer Ed. Je suis désolé, j'aurais dû t'appeler. Je peux t'inviter à déjeuner pour me faire pardonner ?

— J'ai un autre rendez-vous.

— Ah, dommage. Bon. Je ferais mieux de te laisser, alors. Une autre fois, peut-être. »

Je ne pouvais tout de même pas le laisser croire que je n'avais rien de mieux à faire de ma journée que d'attendre son arrivée. Ç'aurait été faire preuve de faiblesse et qui sait où une telle chose pourrait mener ? Une fois qu'il se fut éclipsé, je m'assis à la table de la cuisine et contemplai les tapas. Il y avait bien trop de nourriture pour une seule personne ; elle finirait probablement à la poubelle. Quel lamentable gâchis. Je n'étais pas certaine, à ce moment-là, d'avoir envie d'en manger moi-même. Lorsque je retournai au salon, je remarquai la camionnette de Rob toujours garée dehors ; il écrivait un sms sur son portable. J'hésitai. Serait-ce vraiment une faiblesse ? Ou simplement une manière raisonnable de consommer l'excédent de nourriture ? De plus, il me fallait poursuivre mon travail de détective. Une fois à l'extérieur, je frappai à la vitre de la camionnette. Il la baissa et se pencha au-dehors.

« Il y a eu un changement de dernière minute, dis-je. Si tu veux déjeuner avec moi, tu es le bienvenu.

— Ça serait super. J'envoie juste un message à Ed. » Probablement pour informer le cerveau de l'opération de la tournure des événements.

Une fois dans la cuisine, Rob s'étonna de voir tous ces plats.

« Waouh. Tu manges comme ça tous les jours ?

— Il est important d'avoir un régime varié quand on est enceinte », expliquai-je.

Après un passage éclair aux toilettes, je constatai que Rob s'était levé de table et se tenait près du comptoir, étudiant – pas tout à fait innocemment – les notes que j'avais prises au sujet des facultés mentales et de la contrainte exercée lors de la rédaction d'un testament. Lorsqu'il m'aperçut, il m'expliqua qu'il cherchait un essuie-tout pour nettoyer de l'huile d'olive qui s'était renversée. Je retournai mes documents afin qu'il ne puisse pas les lire puis lui lançai un torchon. La tache d'huile était presque inexistante. J'étais sur le point de l'interroger sur ses manigances mais me ravisai. Il valait mieux pour mes propres projets de contre-espionnage ne pas révéler à ce stade que je savais ce qu'il tramait.

À ma grande déception, je ne parvins pas à soutirer à Rob le moindre renseignement utile à mon dossier, malgré une investigation subtile et répétitive. J'en conclus qu'il était plus rusé qu'il ne le paraissait ou qu'il avait l'habitude de répondre évasivement aux interrogations. Ses propres tentatives pour me faire divulguer des informations concernant ma procédure judiciaire échouèrent aussi, cela va sans dire. Après avoir contourné les questions de succession, nous finîmes par parler de choses sans importance (parmi lesquelles : son enfance dans une petite ville à la frontière galloise, ses parents hippies qui retapaient actuellement un grenier à foin en Italie, ses deux sœurs cadettes et leur famille toujours plus nombreuse ; mon avis sur la vie londonienne, les raisons pour lesquelles je n'étais pas devenue avocate ou notaire après mon diplôme de droit, la froideur de ma famille paternelle).

Rob me tint également au courant de sa quête, m'expliquant qu'il s'était inscrit sur Facebook mais sans y trouver Alison. Il se demandait si elle avait changé de nom. Il avait envoyé des demandes d'amis à deux des anciens colocataires d'Alison, espérant qu'ils sauraient où la trouver. Je lui souhaitai bonne chance. On aurait pu penser que nous étions deux amis partageant un déjeuner bon enfant plutôt que les membres de tribus rivales évaluant leurs forces et leurs faiblesses respectives.

Avant qu'il ne parte, je montrai à Rob les cactus sur le rebord de ma fenêtre, pensant que l'horticulteur qu'il était saurait les apprécier. Je lui dis qu'il ne s'agissait là que d'une partie de ma collection ; l'autre moitié se trouvait sur mon bureau, au travail. Il fut impressionné par le nombre et la diversité des spécimens. Le doigt tendu vers un grand Oreilles de Mickey, il expliqua que les cactus avaient développé des épines plutôt que des feuilles afin de réduire la perte d'eau tout en offrant de l'ombre au corps même de la plante. De nombreuses personnes, poursuivit-il, supposaient à tort que les épines ne servaient qu'à écarter les prédateurs. Il souligna également la peau épaisse et cireuse du cactus, son système racinaire bien développé et son large tronc de plante grasse, lesquels facilitaient le stockage de l'humidité ou en minimisaient la déperdition.

Enfonçant le doigt dans la terre, Rob me demanda à quelle fréquence j'arrosais mes cactus et si certains avaient déjà fleuri. Apparemment, afin de stimuler la production de fleurs, il me faudrait les arroser avec modération pendant leur période de dormance (j'arrose toujours avec modération) avant de les asperger copieusement pour imiter une brève saison des pluies. Il souleva chaque plante tour à tour, remarquant que certaines devraient être rempotées, sans quoi elles cesseraient de pousser. Elles avaient aussi besoin de lumière, dit-il, et d'une exposition directe au soleil d'au moins six heures par jour. Je dois dire que, bien qu'impressionnée par son expertise botanique, j'étais vraiment vexée. J'ai tout de même réussi à faire pousser des spécimens très impressionnants sans l'intervention de qui que ce soit. Aucun n'a jamais fleuri, certes, mais c'est un détail.

Plus tard ce soir-là, tandis que je faisais le tri dans les cartons que m'avait déposés Rob, Kate frappa à ma porte. Elle venait me rendre *Les Belles Années de Miss Brodie* que je lui avais prêté deux semaines plus tôt.

« Ça m'a bien plu, dit-elle, mais je n'ai pas compris Miss Brodie. Elle n'est pas très sympathique. Je n'arrive pas vraiment à apprécier un livre si je ne m'attache pas au personnage principal.

— Je ne suis pas d'accord. Je préfère les personnages intéressants aux personnages gentils.

— À propos de gentillesse, ce Rob est charmant. Très serviable. Très drôle. On a beaucoup parlé quand il est monté chez moi.

— Vraiment ? Je dois te prévenir : si tu t'intéresses à Rob, rappelle-toi qu'il est l'ami et l'allié de mon frère, qui en l'occurrence a énormément de défauts et n'est absolument pas digne de confiance. »

Kate se mit à rire. « Je ne m'intéresse pas à lui. J'ai autre chose en tête en ce moment. Et d'ailleurs, c'est plutôt toi qui as l'air de lui plaire.

— Ne sois pas ridicule. Pour commencer, il essaie de se rabibocher avec son ex.

— Eh bien, quoi qu'il en soit, il m'a dit qu'il n'avait jamais rencontré quelqu'un comme toi. Il parlait de ton humour caustique et de ton point de vue excentrique.

— Kate, il joue un rôle pour obtenir des informations sur ma procédure judiciaire. Il est plus fourbe que sa décontraction ne le laisse croire. J'en déduis que tu t'es remise aux romans d'amour ; quelque chose doit te pourrir le cerveau et troubler ton jugement. Je vais devoir te trouver des grands classiques. Tu as déjà lu Virginia Woolf ? »

16

« Est-il possible de connaître réellement quelqu'un ? Toutes ses pensées et sentiments, ses espoirs, ses rêves, chagrins et regrets, les facettes qu'il dissimule aux autres ? Seul Dieu peut vraiment nous connaître ainsi. » Le pasteur se fendit du sourire béat d'un homme certain de posséder la sagesse et la vertu.

« Oui, je comprends que vous ne pouvez pas me donner d'aperçu divin du psychisme de ma mère ou de l'état de son âme. Cependant, je me souviens qu'elle vous considérait comme un ami et que vous lui rendiez souvent visite. Vous pouvez certainement me dire, en tant que simple mortel, si elle vous semblait rationnelle et lucide au cours des derniers mois de sa vie. »

Le pasteur – il m'a demandé de l'appeler Jeremy mais je ne peux pas m'empêcher de le nommer ainsi – posa les coudes rapiécés de sa veste en tweed sur son bureau et caressa sa barbe grisonnante d'homme du peuple.

« J'aimerais vous aider à dissiper vos inquiétudes. Je vois bien que le testament de Patricia vous a blessée. Je dois néanmoins faire attention à ce que je dis. Elle m'a parlé de certaines choses en toute confidence. Révéler ce dont elle m'a fait part me gênerait. Je ferai malgré tout mon possible pour répondre aux questions sans rapport avec ce qu'elle aurait sans doute préféré emporter dans la tombe. »

Je n'avais pas la moindre idée de ce dont parlait le pasteur. Ma mère n'était pas du genre à avoir des secrets et certainement pas à me cacher des choses. C'était une femme simple et directe. Certains pourraient même la qualifier d'ennuyeuse, l'archétype de la mère et de la femme au foyer de sa génération. Le pasteur cherchait sans doute à se faire passer pour son confident. Cela ne me surprit pas. Leur congrégation les traite comme des célébrités, des puits de science ou des gardiens de l'au-delà, les pasteurs possèdent donc souvent un sens aigu de leur propre importance. Sur moi, son col romain ne faisait pas l'effet escompté.

C'était le jour de Noël. Kate et moi avions quitté Londres dans la pénombre du petit matin afin d'éviter le gros de l'exode généralisé qui ne ferait qu'empirer au fil de la journée. Elle devait me déposer à l'église St. Stephen pour que j'interroge le pasteur, après quoi je me rendrais chez tante Sylvia en train puis en taxi. Comme d'habitude, la marmaille était serrée à l'arrière de la voiture encombrée de bagages, d'équipement infantile et de sacs-poubelle noirs pleins à craquer. « Papa Noël va venir nous voir chez mes parents, cette année », expliqua Kate avec un clin d'œil. Ava et Noah arboraient tous deux un pull avec un bonhomme de neige et Kate portait un chapeau de Père Noël. Au moins, elle n'avait pas des bois de renne.

Le voyage dans la minuscule voiture fut plus inconfortable que jamais. Mon siège avait été avancé pour caler une valise derrière et je devais plier les jambes sur le côté parce qu'un gros paquet pointu occupait l'essentiel de l'espace à mes pieds. Mon ventre m'empêchait d'attacher ma ceinture normalement. Je dus glisser la sangle transversale sous mon ventre et la diagonale au-dessus. Le bébé appuyait depuis peu sur ma vessie ; nous étions à peine sortis de Londres que je dus aller aux toilettes. Je sentis que le voyage serait long.

Lorsque je m'extirpai enfin de la voiture de Kate devant St. Stephen, le ciel était aussi sombre qu'en pleine nuit et il tombait de la neige fondue. Kate courut vers le coffre pour sortir ma petite valise et mon grand sac en papier plein de cadeaux. Même si j'étais peu encline à gaspiller mon temps et mon argent pour des gens dont le plaisir ne m'intéressait absolument pas, il aurait bien sûr été de mauvais goût de me présenter les mains vides chez tante Sylvia.

« Ça va aller ? » demanda Kate tandis que j'arrangeai mes sacs de façon à pouvoir les porter au mieux. La pluie glacée me lacérait les joues et les mains. « Tu veux de l'aide pour monter tes affaires jusqu'à l'église ?

— Non, non, ce n'est pas très loin. Inutile que nous soyons toutes les deux trempées. »

Après un échange hâtif d'au revoir et de joyeux Noël, j'empruntai tant bien que mal le sentier de pierre glissant, traînant derrière moi ma valise à roulettes et le sac de cadeaux en équilibre dessus.

Le parapluie n'empêcha pas la neige de tremper mon manteau, mes cheveux et mes bagages. Alors que je montais les marches usées menant aux portes de l'église, les poignées en papier du sac lâchèrent et mes paquets soigneusement emballés se déversèrent comme les bonbons d'une *piñata* pour atterrir dans une flaque boueuse à mes pieds. Je l'avoue, j'invoquai le nom du Seigneur en vain. Je tirai l'une des lourdes portes de chêne, que je maintins ouverte avec ma valise, puis me penchai maladroitement pour récupérer un à un mes paquets ; c'est plus difficile qu'on ne le pense quand on a la même bedaine que le Père Noël. J'empilai les cadeaux dans le petit vestibule et repoussai la porte dans un bruit sourd.

Je comprends pourquoi les gens considèrent les églises comme des sanctuaires. Depuis le vestibule, je pouvais sentir les odeurs familières et rassurantes de vieux bois, d'encaustique et de cire à bougie. S'y mêlait le parfum de pomme de pin d'un sapin dressé dans un coin de l'église, parsemé de fleurs rouges et blanches et entouré de rubans et de lierre. Les seules lumières provenaient de l'entrée, où une vieille femme en blouse astiquait avec amour un lutrin de cuivre en forme d'aigle. Elle leva les yeux et je la reconnus tout de suite : Margaret, la voisine de ma mère.

« Bonjour, ma chère Susan. Quel plaisir de te voir. Voyons, voyons, tu es trempée. Viens avec moi, je vais chercher des serviettes en papier dans les toilettes pour te sécher. Jeremy m'a dit que tu allais le voir aujourd'hui. Tu as l'air en forme. La grossesse te va très bien. Le bébé est pour quand ? »

Elle se dirigea vers une porte dissimulée dans la pénombre juste avant le chœur et je la suivis.

« Dans trois mois. Je suis contente de te voir, Margaret. Je voulais justement te parler, à toi aussi. Je ne sais pas si tu es au courant du testament de ma mère.

— Oui, ma chérie. Edward m'a dit qu'il avait le droit d'habiter dans la maison. Il a mentionné une sorte de différend. Non pas que je le voie très souvent. Il semble dormir toute la journée et recevoir des invités toute la nuit. On voyait davantage ce Rob qui restait avec lui ; il s'arrêtait toujours pour papoter, avant qu'il déménage. Les testaments sont toujours un problème. Les gens n'obtiennent pas toujours ce qui devrait leur revenir de droit. »

Nous avions atteint les toilettes. Margaret s'empara d'une poignée de serviettes en papier dont elle tamponna mes cheveux et mon visage. D'ordinaire, je l'aurais repoussée, mais je me sentais trop lasse. Je restai immobile, la laissant s'occuper de moi. J'allais ajouter « comme une mère », mais je ne me souviens pas que ma mère se soit jamais comportée ainsi. Du moins, pas avec moi.

« Et voilà. Je vais prévenir Jeremy que tu es là. J'ai fini de nettoyer et d'astiquer pour aujourd'hui, alors je vais rentrer chez moi, mais pourquoi ne passerais-tu pas à la maison quand tu auras terminé ? Tu sais où nous trouver. »

Le pasteur entreprit de me décrire, avec les pieux ornements habituels, ses relations avec ma mère et ce qui s'était passé à l'époque de son second AVC. Je connaissais déjà presque tous les détails. Il y a environ trois ans, ma mère avait commencé à se rendre à l'église, juste après son premier mini-accident. Selon le pasteur, il avait immédiatement senti qu'elle était « une femme très spirituelle » ; elle lui avait dit que passer les portes de St. Stephen lui donnait « l'impression de rentrer chez elle ». Elle s'était rapidement impliquée dans la vie de l'église : elle avait suivi des cours de lecture de la Bible, préparé des gâteaux pour des collectes de fonds, aidé à disposer les fleurs. Le pasteur n'avait en aucun cas eu l'impression que son état mental s'était détérioré ; elle lui avait paru une femme intelligente, sensée et compétente qui avait « trouvé dans sa foi une grande source de soutien et de réconfort ».

Le second accident vasculaire cérébral était arrivé deux ans plus tard, alors qu'elle servait le thé après l'office (un AVC total cette fois, mais pas catastrophique). Le pasteur avait su que quelque chose clochait quand la grande théière en aluminium s'était écrasée sur le sol. Ma mère était debout, une étrange expression lui tordant le visage. Margaret et lui l'avaient assise sur une chaise, mais elle était incapable de parler et ne réagissait pas à ce qu'on lui disait. Pendant que quelqu'un appelait une ambulance, ils lui avaient assuré que tout irait bien. Le pasteur avait trouvé le carnet d'adresses de ma mère et appelé Edward, tante Sylvia et moi. Comme c'était un dimanche, j'avais pu me rendre directement à l'hôpital de Birmingham, où mon frère et ma tante se trouvaient déjà.

Vous imaginez ma détresse en voyant ma mère reliée à des sondes et des moniteurs, sans qu'elle sache où elle était ni pourquoi. Pourtant c'est sans importance ; mes propres sentiments n'ont rien à voir ici. Le fait est que sa guérison fut spectaculaire. Moins d'une semaine plus tard, elle avait quitté l'hôpital et au bout de deux mois, grâce aux médicaments, à la rééducation orthophonique et aux séances de kiné, elle était *a priori* redevenue elle-même. Au début, expliqua le pasteur, il allait voir ma mère presque tous les jours, la maison familiale n'étant qu'à quelques minutes à pied de l'église. Au fur et à mesure qu'elle se rétablissait, ses visites s'étaient un peu espacées, jusqu'à ce qu'elle fût capable de retourner à l'église. Même alors, il avait continué à passer prendre le thé chez elle une fois par semaine.

« Pourquoi avez-vous fait ça ? Vous rendez toujours visite à vos paroissiens ? demandai-je.

— J'aimerais bien, si j'avais plus de temps. Malheureusement, c'est impossible. Je dois limiter mes visites à domicile à ceux qui sont confinés chez eux ou qui selon moi bénéficieraient de voir un conseiller spirituel en tête à tête. J'ai continué à voir votre mère parce qu'elle me semblait anxieuse et déprimée après son accident. Elle avait conscience de sa propre mortalité et certaines pensées ne laissaient pas tout à fait son esprit en paix.

— Quel genre de pensées ?

— Je regrette, mais il me faudrait évoquer des sujets que votre mère m'a révélés en toute confidence et que je ne souhaite pas divulguer. »

L'information mystère, encore une fois. Je décidai de laisser couler pour le moment.

« Pensez-vous que l'anxiété et la dépression ont affecté sa capacité à penser logiquement ? Cela a-t-il influencé son jugement ? Vous a-t-elle paru désorientée ?

— Ce sont des questions difficiles. » Il y eut un long silence, au cours duquel le pasteur joignit ses mains comme pour prier, les porta à ses lèvres et ferma les yeux. Je me demandai s'il s'était endormi. Avec le radiateur qui pompait de la chaleur dans le petit bureau et l'atmosphère sereine, j'aurais pu en faire autant. Enfin, il ouvrit les yeux.

« Je dirai qu'après son deuxième AVC, Patricia pouvait être désorientée par des petites choses. Comme les horaires des offices et des réunions, l'endroit où poser les bouquets de fleurs, si les gens voulaient du thé ou du café. Elle oubliait parfois les noms des paroissiens. Il lui est arrivé de se rendre à l'église en sandales l'hiver ou en gros manteau l'été. Cependant, pour les choses importantes, je dirai qu'elle se montrait tout à fait rationnelle et lucide. Ses souvenirs lointains étaient limpides. Elle avait parfaitement conscience de qui elle était, d'où elle venait, de qui étaient ses amis. Et je dois dire qu'elle avait une vision très claire de ses relations familiales.

— Mais si le quotidien la déroutait, était-elle capable de prendre une décision éclairée au sujet de sa succession ? Pouvait-elle donner les instructions adéquates à un notaire ou comprendre le contenu d'un testament ?

— Je suis désolé, Susan, je ne peux que rapporter les faits tels que je les ai observés à l'époque. Je ne possède pas l'expertise médicale nécessaire pour vous donner les réponses que vous cherchez. Je ne peux affirmer avec certitude que votre mère savait ce qu'elle faisait en rédigeant son testament. Tout ce que je peux dire, c'est que les faits qu'elle m'a confiés ont pu influencer sa décision quant à sa succession. »

À ce stade, j'avais hâte de déjeuner et j'étais épuisée par le voyage et l'entretien. J'en avais également assez d'entendre le pasteur me faire miroiter ces informations soi-disant confidentielles révélées par ma mère ; c'était comme s'il voulait que je les lui soutire de force.

« Écoutez, révérend, jouons cartes sur table. Si vous savez quelque chose de pertinent au sujet du testament de ma mère et que vous me le dissimulez, j'obtiendrai une injonction de la cour pour vous forcer à témoigner. Il est donc dans votre intérêt soit de révéler ces informations, soit d'arrêter de sous-entendre que ma mère vous a confié des secrets. »

Le pasteur joignit de nouveau les mains et referma les paupières ; le silence envahit encore une fois la pièce. Après un grand soupir, il ouvrit les yeux et me dévisagea.

« J'éprouve beaucoup de compassion pour votre situation. Mais je me retrouve pris entre le marteau et l'enclume. Les *Directives pour la conduite professionnelle du clergé* affirment qu'une personne a le droit d'attendre du pasteur qu'il ne transmette pas à un tiers des informations confidentielles sans leur consentement ou l'intervention d'une autorité légale. Je crois que je vais devoir prier pour obtenir des conseils à ce sujet. Comme vous le savez, Noël est la période la plus chargée de l'année pour notre église et je ne pourrai pas me pencher sur la question avant plusieurs jours. Contactez-moi après le nouvel an et j'aurai pris une décision. En attendant, je vous souhaite un joyeux et paisible

Noël dans votre famille. Aimeriez-vous que je prie avec vous avant votre départ ?

— Non merci », répondis-je.

De retour dans le hall, je trouvai un message écrit à la main à l'endroit où j'avais laissé la valise et les cadeaux détrempés.

Stan est passé me chercher en voiture, donc nous avons emporté tes affaires. Viens nous rejoindre pour manger un sandwich et prendre le thé. Bises, Margaret.

J'aurais pu l'embrasser. Enfin, presque.

Lorsque je quittai l'église, la neige fondue ne tombait plus et le ciel s'était un peu éclairci. Je serrai mon manteau autour de moi pour me protéger du vent glacial et me dirigeai vers Blackthorn Road, contournant les flaques verglacées. C'était étrange d'emprunter l'allée qui menait à la porte de Margaret et Stan plutôt que celle de notre propre maison, de l'autre côté de la rue. J'y jetai un coup d'œil. Edward, semblait-il, passait Noël ailleurs ; aucune voiture n'était garée devant et les rideaux étaient tirés. Je me demandai où il se trouvait. Non pas que ça m'intéressait.

Ma discussion avec Margaret et Stan se passa mieux qu'avec le pasteur. Après avoir mangé des sandwichs aux œufs durs mayonnaise puis des tartelettes aux fruits secs accompagnées de crème de brandy et d'un petit verre de xérès (ça ne peut pas faire de mal, à ce stade), nous nous installâmes au salon dans des fauteuils confortables. Stan chaussa une paire de lunettes de lecture et se mit à lire attentivement le *Radio Times*. Je posai à Margaret les mêmes questions que j'avais posées au pasteur un peu plus tôt. Elle n'eut pas besoin d'encouragements.

« Je dirai qu'elle avait l'esprit très confus, n'est-ce pas, Stan ?

— Oh oui, elle était confuse. Absolument, répondit Stan sans lever le nez de son magazine.

— Je n'arrêtais pas de dire qu'elle n'était plus elle-même.

— Plus elle-même du tout, renchérit Stan.

— J'avais l'impression qu'elle ne m'écoutait pas vraiment quand on papotait. Tu sais, elle se contentait de hocher la tête. Ça se voit, ce genre de chose.

— Non, elle n'écoutait pas. Elle acquiesçait à tout ce que tu disais.

— Et ensuite elle oubliait ce qu'on avait prévu de faire. Je passais la chercher pour aller visiter un manoir et je la trouvais en train de faire la poussière en gilet et en chaussons. Je devais l'aider à se préparer.

— C'est vrai. Tu l'aidais à se préparer. » Stan lut quelque chose qui le fit glousser.

« Sans Edward, elle n'aurait sans doute pas pu rester vivre chez elle. Lui non plus n'est pas particulièrement bien organisé, mais je crois qu'il faisait les courses et les choses comme ça.

— Il faisait toujours les courses, reprit Stan en tournant une page.

— Et il l'emmenait chez le docteur. Mais entre nous – et je ne dis pas ça parce que tu ne t'entends pas avec lui –, je ne lui ai jamais fait confiance. J'ai toujours pensé qu'il profitait de ta mère. Tu sais, qu'il se laissait entretenir au lieu de travailler comme n'importe quel homme normal.

— Pas normal, cet homme-là, ajouta Stan.

— Et le plus drôle, c'est que souvent, quand je passais voir ta mère, il disait qu'elle était occupée. Or, je savais pertinemment que non parce que je la voyais flâner dans la cuisine. Il devait tramer quelque chose.

— C'était louche, sans aucun doute. » Stan enleva ses lunettes, les essuya puis les remit.

« Je ne serais pas surprise d'apprendre qu'il a profité de sa confusion pour récupérer la maison. C'est toi qui aurais dû la récupérer.

— Mmm, elle devrait être à toi, cette maison.

— Donc si tu veux qu'on signe un papier disant que ta mère n'était pas en état de rédiger un testament, ma chérie, on sera ravis de le faire, n'est-ce pas, Stan ?

— Oh oui. Ravis. Est-ce que tu as vu la télécommande, Peggy ? »

Dans le train entre Birmingham et Worcester, je me sentais satisfaite de la tournure des événements de l'après-midi. J'avais enfin trouvé en Margaret une personne prête à reconnaître ce qui s'était passé. Le pasteur, en revanche, m'avait déçue. Il semblait toutefois posséder des informations utiles que Dieu ou le tribunal le contraindrait à révéler. Pourtant, cahotée par le taxi que j'avais pris à la gare de Worcester, ma bonne humeur commença à se dissiper. Avais-je vraiment accepté de passer deux jours chez tante Sylvia ? J'aurais peut-être mieux fait de fêter Noël seule. « Non, me dis-je. Pense positif. » Pendant les deux prochains jours, je tenterais de suspendre mes facultés critiques pour m'abandonner à cette réunion familiale et à tout ce qu'elle impliquait.

Tandis que mon taxi repartait et que je m'approchais de la vaste villa façon ranch festonnée d'illuminations plus extravagantes que le festival des lumières de Blackpool, la porte d'entrée de « Wendine » – en hommage aux jumelles – s'ouvrit en grand. Là, dans le vestibule éclairé par un lustre, se tenaient tante Sylvia, oncle Frank, Wendy et Christine, portant tous des bois de renne sur la tête. Tante Sylvia m'en tendit une paire.

17

« Viens, on va te faire visiter la villa. Les filles vont porter tes bagages dans ta chambre », dit tante Sylvia, debout sur la pointe des pieds pour ajuster mon serre-tête festif. Je serrai les dents et m'efforçai de ne pas penser à mon allure. Je me doutais que les prochains jours seraient une épreuve, mais je ne m'attendais pas à être mortifiée avant même d'avoir retiré mon manteau.

« Ça doit faire plus de vingt ans que tu n'es pas venue, tout a changé. On a dû agrandir et redécorer au moins dix fois depuis. C'est ça, quand ton mari est dans le bâtiment. Si seulement j'avais épousé un chirurgien plastique, hein ? »

Mes cousines, après avoir joué leur rôle d'hôtesses, s'étaient éclipsées dans l'un des couloirs qui partaient du vestibule. Dans la « salle de jeux », tante Sylvia et moi tombâmes sur leurs maris bedonnants, Dean et Gary. Oncle Frank les avait rejoints, délesté de ses ramures. Il y avait une cible de fléchettes avec marquage au sol, une table de ping-pong et une grande table de billard. Mais l'attraction principale pour les trois hommes était le bar bien approvisionné, avec pompes à bière et doseurs. Ils levèrent leur verre de whisky à mon arrivée puis retournèrent à leur conversation. Tante Sylvia et moi poursuivîmes notre chemin jusqu'à « l'arrière-salle », meublée d'un écran géant face à un canapé en cuir bouffi. Y étaient affalés les quatre petits-enfants, absorbés qui par un téléphone, qui par une console de jeux, qui par un ordinateur portable. Ils me montrèrent autant d'intérêt et d'enthousiasme que leurs pères.

Le grand tour se poursuivit par une visite du salon, du bureau et du petit salon. Le décor obéissait à un thème manifeste : les tapis et tissus d'ameublement étaient couleur crème ; les cheminées en marbre clair ; les luminaires en cristal ; les lampes à pied en plaqué or et les cadres et miroirs dorés. Même les guirlandes et les boules de Noël étaient blanches et or, tout comme les moulures. Ici et là se trouvaient des grappes de feuillage à baies blanches dans des vases en verre et des poinsettias blancs dans des pots dorés.

« Qu'est-ce que tu en penses, ma chérie ? J'ai choisi un look chic, cette fois-ci, expliqua tante Sylvia. Si ça ne tenait qu'à moi, j'aurais mis plus de couleurs et de motifs, mais ma décoratrice d'intérieur, Faye, a dit que j'avais des goûts dignes d'un bordel du Texas. Tu te rends compte ? » Elle gloussa. « Je ne me suis pas vexée. Ça fait des années que je la connais. Elle s'occupait des maisons témoin pour oncle Frank. On s'est mises d'accord sur le style glamour hollywoodien. Genre Jackie Collins, tu vois.

— C'est très... coordonné », dis-je, cherchant à me montrer diplomate. J'allais jouer le rôle de l'invitée courtoise et affable, coûte que coûte. Deux jours. Seulement deux jours. « Ça contraste avec l'extérieur de la maison, ajoutai-je.

— Pour être honnête, ma chérie, c'est un peu plus moi. Allez, je t'emmène voir les chambres. »

Au bout d'un large corridor, nous atteignîmes ce que tante Sylvia appelait la « petite chambre ». Tout ce que je peux dire, c'est qu'elle n'a pas vraiment le compas dans l'œil.

« J'espère que ça ne te dérange pas de dormir ici. J'ai demandé à Wendy et Chrissie d'échanger avec toi, parce que tu es notre invitée d'honneur, mais elles n'ont pas voulu bouger. J'ai bien peur que tu ne doives utiliser la salle de bains familiale, celle-ci n'en a pas d'attenante. Je déteste ça, pas toi ? On s'y habitue. Je vais dire à oncle Frank de prévoir une extension pour que tu puisses avoir ta propre salle de bains, la prochaine fois. » Après avoir étudié son reflet dans la fenêtre et tapoté ses cheveux lourdement laqués, elle baissa les stores et se tourna vers moi. « Tu ne peux pas savoir à quel point je suis heureuse que tu sois là, ma chérie. Ça va être le meilleur Noël de tous les temps. Repose-toi un peu et je t'appellerai quand le dîner sera prêt. Tu ne lèveras pas le petit doigt tant que tu seras chez nous. »

Quelques minutes après le départ de tante Sylvia, j'entendis murmurer et tousser devant ma porte. Mes cousines entrèrent – sans frapper –, mes bagages à la main. Wendy referma la porte derrière elle avec un bruit sec de mauvais augure et resta plantée là ; Christine se laissa tomber à côté de moi sur le lit. J'étais faite comme un rat.

« On veut tout savoir sur ta grossesse, fit Christine.

— Tu réponds pas à nos coups de fil, enchaîna Wendy.

— On s'inquiète pour toi. On aimerait savoir ce qu'il se passe.

— Tu sais qui est le père ?

— Est-ce qu'il t'a quittée ?

— Comment tu vas te débrouiller, toute seule ?

— Tu devras continuer à travailler ?

— Comment tu vas faire, financièrement ?

— Tu es au courant des risques de trisomie ?

— Tu pourras toujours le faire adopter.

— J'imagine pas comme tu dois te sentir nulle, dit Christine en m'attrapant la main. Le premier Noël sans ta maman, seule et en cloque par-dessus le marché. Difficile de faire pire, non ? »

Comment réagir ? Dans toute autre situation, je leur aurais dit de se mêler de leurs affaires avant de quitter la pièce. J'avais souvent agi ainsi lorsque nous étions plus jeunes. Effectivement, je sentais qu'elles anticipaient une riposte féroce à leur provocation et attendaient le match avec impatience. Mais je me trouvais sur leur territoire, prise au piège pendant deux jours, et je comptais donner une chance à ce Noël en famille. Je décidai donc d'une nouvelle tactique.

« Oh, Wendy, Christine, je me suis mise dans un pétrin épouvantable et je ne sais pas du tout quoi faire. Le père ne veut rien savoir, ma chef dit qu'il faut que je pense à ma situation professionnelle et je suis terrifiée à l'idée de m'occuper d'un bébé. J'aurai vraiment besoin d'aide quand il sera là.

Dieu merci, vous êtes là, à mes côtés. Je sais que vous ne me ferez pas faux bond. »

Je trouvais ma performance plutôt convaincante, mais apparemment elle ne l'était pas assez. Christine lâcha ma main et se leva.

« Pas la peine d'être sarcastique. Tu nous prends pour des idiotes ? On essaie juste de t'aider.

— Ouais. Maman nous a dit d'être super gentilles, et tout. Y a des gens qui savent pas quand il faut être reconnaissants.

— Oh, mais je suis reconnaissante, dis-je. Votre sollicitude me touche beaucoup. C'est agréable de voir à quel point vous vous souciez de moi. »

Elles me dévisagèrent, les ramures inclinées au même angle sur leur tête, ne sachant pas sur quel pied danser.

« Eh bah, c'est vrai qu'on se soucie de toi, souffla Christine. On nous a dit de le faire. »

Le dîner se composait d'un banquet chinois livré dans plusieurs grandes caisses par le restaurant du coin. L'absence de plats faits maison aurait horrifié ma mère.

« Qui a envie de passer le réveillon à trimer aux fourneaux ? demanda tante Sylvia en retirant du bout de ses longs ongles laqués rouge les couvercles cartonnés des barquettes en aluminium qui jonchaient l'îlot de cuisine. On en fait assez le jour de Noël. Ç'aurait pas été charmant, de vivre à l'époque victorienne et d'avoir une cuisinière et des serviteurs ? Moi je suis née à la mauvaise époque, eh oui. Bon, Wendy, tu prends les plats, Chrissie les couverts et les cuillères pour servir. Susan, tu restes assise sur ce tabouret. On va se faire un dîner façon buffet à volonté. Remplissez vos assiettes et attrapez une fourchette et un couteau. Je vais te servir, Susan. Un peu de tout ? »

Ce fut une mêlée générale, chacun – même les petits-enfants, arrachés à leurs appareils – empilant un maximum de nourriture sur son assiette en quatrième vitesse. Au bout de quelques minutes, la cuisine était vide ; les hommes avaient emporté leur dîner à la salle de jeux, les enfants dans l'arrière-salle et tante Sylvia, Wendy et Christine au salon.

« Viens, Susan, on mange sur nos genoux, appela tante Sylvia. On ne veut pas louper les émissions des fêtes. C'est ça, un Noël en famille. Tu veux qu'une des filles te porte ton assiette ? »

C'était très différent de mes réveillons habituels. Quand mon père était en vie, la journée tournait autour de sa présence ou de son absence de la maison. Il partait avant onze heures du matin afin d'être le premier à passer les portes du pub dès l'ouverture. Il revenait, titubant, querelleur, en début d'après-midi. Je faisais tout mon possible pour l'éviter : cuisiner avec ma mère, préparer le glaçage du gâteau de Noël ainsi que les tartelettes aux fruits secs, la sauce à la mie de pain et la farce. Nous écoutions les chants de King's College et tentions d'affronter le flot d'injures. Les pubs rouvrant à dix-sept heures, nous savions que si nous pouvions supporter l'assaut jusqu'à moins le quart, tout irait bien. Je faisais en sorte d'aller au lit avant l'heure de fermeture. Edward est à peine dans mes souvenirs de cette période avant Noël. Il était sûrement occupé à jeter des cailloux aux chats du quartier ou à couvrir de graffitis les murs des voisins. Je supporte à peine de repenser aux 25 décembre. Les pubs étaient fermés, par conséquent mon père buvait à la maison. Vaille que vaille, nous arrivions à surmonter la journée.

Après la mort de mon père, Noël devint une tout autre histoire ; nous n'avions plus besoin de guetter le bruit de sa clé dans la serrure, d'évaluer son humeur ou de nous cacher. Edward, quant à lui, était toujours aussi introuvable. Peut-être avait-il pris l'habitude de vivre sa vie. Ça me convenait bien. S'il restait à la maison, nous nous disputions. Le seul inconvénient était que ma mère se faisait du souci pour lui, obsédée à l'idée de savoir où il se trouvait et ce qu'il mijotait. Après avoir déménagé, je prenais délibérément le dernier train pour Birmingham la veille de Noël et le premier pour Londres le 26 décembre. Passer plus de temps chez ma mère – et qui plus est, endurer le supplice de la compagnie de mon frère – m'aurait rendue folle.

« J'adore boire un Buck's Fizz le matin de Noël, pas toi ? » demanda tante Sylvia en débouchant une bouteille au moment où j'entrai dans la cuisine. Elle portait une tenue de soirée – robe moulante, talons hauts et maquillage complet. « Joyeux, joyeux Noël, ma puce. »

Je m'attendais à ce que la cuisine grouille d'activité pour les préparatifs du déjeuner, mais ma tante était seule. Les enfants, réveillés à six heures pour ouvrir leurs cadeaux, jouaient avec leurs nouveaux jeux vidéo et leurs consoles dans l'arrière-salle. Tous les autres dormaient. Je proposai de couper les légumes, mais tante Sylvia expliqua que c'était déjà fait. « Marks et Spencer les ont coupés pour nous. Ils ont aussi farci la dinde et préparé le pudding de Noël et la sauce au brandy. Dieu bénisse les plats préparés. Tu te souviens du temps où il fallait tout faire soi-même ? »

Une demi-heure plus tard, Wendy et Christine entrèrent ensemble d'un pas nonchalant, vêtues de la même robe de chambre rose molletonnée et des mêmes pantoufles. Je me demandai ce que pensaient leurs maris respectifs de cette absence de différenciation dans leur apparence et leur personnalité. Christine était un peu plus méchante mais il s'agissait là à mes yeux de la seule différence apparente. Suite à l'inévitable échange de vœux de Noël, Wendy attrapa deux flûtes à champagne qu'elle remplit de Buck's Fizz ; les sœurs les descendirent remarquablement vite.

« Les enfants adorent les cadeaux du Père Noël, dit tante Sylvia à ses filles.

— Ah, tant mieux, répondit Wendy. J'irai les voir quand je serai un peu plus réveillée.

— J'espère bien qu'ils leur ont plu, ajouta Christine. Pour ce qu'ils ont coûté. »

Après le petit déjeuner, un autre repas-buffet, il n'y avait absolument rien à préparer. Rien du tout. Tante Sylvia enfourna la volaille toute prête puis ouvrit quelques paquets dont elle vida le contenu dans les récipients adéquats. Tout ce qu'il restait à faire, c'était dresser la table, tâche que ma tante confia à Wendy et Christine. On eût dit qu'elle leur avait demandé de fabriquer la table elle-même. Avant qu'elles finissent par capituler, nous eûmes droit à dix bonnes minutes de « Pourquoi tu le ferais pas, toi ? » et « C'est pas juste ». Je proposai de m'en occuper mais tante Sylvia insista pour que je ne fasse rien. Je m'ennuyais ferme. J'aurais probablement pu papoter avec les maris, mais je n'étais pas si désespérée.

Je décidai donc d'enfiler mon manteau et d'aller faire un tour. J'empruntai la longue allée et rejoignis un chemin de campagne, sans but mais savourant la fraîcheur de l'air. C'était une journée lumineuse et dégagée. J'allai jusqu'au village, où la congrégation était attroupée devant la petite église médiévale. Plusieurs vieilles dames me souhaitèrent « Joyeux Noël » et nous échangeâmes des politesses au sujet de ma grossesse et de ma maternité imminente. Je trouvai un banc sur l'herbe et m'assis au soleil, fermant les yeux quelques secondes. Je me sentais très calme et heureuse. Habituellement, le matin de Noël, j'étais prise d'une frénésie sans fin : arroser, hacher, mélanger. Peut-être ce Noël-ci serait-il le bon, en fin de compte. Peut-être était-ce ainsi que je passerais les fêtes désormais ; à ne rien faire, me contentant de me reposer. Quand j'ouvris les yeux, j'aperçus une camionnette blanche crasseuse qui s'approchait. Elle ressemblait beaucoup à celle de Rob. Mais c'était impossible. Que ferait-il, Rob, dans le village de tante Sylvia ? La camionnette mit son clignotant à gauche et prit le chemin de la maison de ma tante. J'eus un mauvais pressentiment.

« Joyeux Noël, Suze », dit Edward en m'envoyant un baiser. Les pieds déchaussés reposant sur un pouf capitonné, il était confortablement installé dans un fauteuil du salon, où tous les adultes s'étaient réunis. Il avait l'air parfaitement à l'aise. Je me tournai vers tante Sylvia, qui haussa les épaules, toute penaude.

« C'était l'idée de Wendy et Chrissie, déclara-t-elle. Elles pensaient qu'il serait agréable de réunir toute la famille et d'oublier tous les vieux malentendus. Je ne t'ai rien dit, ma chérie, parce qu'elles voulaient te faire la surprise.

— Sans compter qu'on pouvait pas en inviter un et pas l'autre, ajouta Christine d'un air innocent. Ça serait du favoritisme.

— Il s'est excusé pour ce qu'il a dit aux obsèques, pas vrai, mon cœur ? fit tante Sylvia. Tout ça c'était du stress, hein ?

— Oui, tatie, répondit Edward avec son plus beau sourire de garnement. J'étais un peu fatigué et à fleur de peau. Ah, voilà mon chauffeur.

— Joyeux Noël, Susan, dit Rob en entrant dans la pièce par la porte du jardin d'hiver. Ta tante nous a invités, Ed et moi. Ça avait l'air sympa. On vient juste pour déjeuner.

— Tout à fait, ça va être très sympa, affirma Sylvia d'un ton un peu désespéré. Tout le monde dit toujours : "Si tu ne t'amuses pas pendant les fêtes de Sylvia, tu ne t'amuseras jamais." Le problème, c'est qu'on est treize maintenant. Tant pis, il faudra compter le bébé. Ça fait quatorze. »

J'étais livide. Mes cousines avaient parfaitement conscience du conflit qui m'opposait à Edward et de notre vieille inimitié. Encore une provocation de leur part, sans aucun doute. Tante Sylvia, qui semblait pressée que je mette fin à la procédure judiciaire, pensait probablement que ma détermination s'atténuerait si je voyais mon frère face à face. Je me demandais pourquoi Edward avait joué le jeu. Je suis sûre qu'il avait autant envie de passer du temps avec moi que moi avec lui. Là aussi, il ne pouvait s'agir que d'une provocation. À moins qu'Edward ne se sentît seul en cette période de fêtes, tout simplement. Pauvre petit orphelin. Et qu'est-ce que Rob faisait ici ? Était-il venu pour soutenir mon frère ? Je sentais que tout le monde attendait ma réaction.

« Vous voulez bien m'excuser ? » dis-je.

Consternée, je rejoignis les enfants dans l'arrière-salle. Je feignis de m'intéresser aux jeux vidéo qu'ils avaient reçus à Noël, espérant qu'ils ne remarqueraient pas mes mains tremblantes et ma voix chevrotante. Ils furent ravis de me faire une démonstration. La petite de dix ans (Leila) m'encouragea même à essayer sa vieille console. C'était bête, simple et répétitif, mais curieusement, cela déroula mes nerfs en pelote. Quelques instants plus tard, Rob vint s'asseoir sur le canapé et regarda par-dessus mon épaule. Absorbée par le jeu puéril, j'oubliai sa présence. Je comprends tout à fait qu'on devienne accro quand on n'a pas ma volonté d'acier. Je passai ainsi une heure abrutissante jusqu'à ce que Wendy vienne nous prévenir que le déjeuner était prêt. J'aurais largement préféré rester sur le canapé.

« Oh là là, n'est-ce pas formidable de voir Susan ? demanda tante Sylvia en parcourant la tablée des yeux. Et Edward aussi, bien sûr. Toute ma famille réunie pour Noël. J'ai beaucoup, beaucoup de chance. Un toast. À Susan. Merci de t'être jointe à nous pour cette petite fête, tous nos vœux pour la nouvelle année. Elle va être fantastique. Je sais que ça fait peur. Je sais exactement ce que tu ressens. Mais tout ira au mieux, tu verras. » Elle leva sa flûte puis avala une grande gorgée.

« À Susan, murmurèrent les adultes sans grand enthousiasme.

— Oh, et à Edward aussi. » Tante Sylvia leva de nouveau son verre et but une autre lampée. Je ne participai pas à ce dernier toast.

J'avais été placée en tête de table (« J'insiste, tu es notre invitée d'honneur », avait dit tante Sylvia). Elle était assise à ma gauche et Rob à ma droite. Edward était assis à côté de tante Sylvia, et faisait face à Wendy et Christine, près de Rob. Les maris et les enfants occupaient l'autre bout de la table. Heureusement, nous n'avions pas à porter nos bois de renne. De toute façon, j'avais glissé ma ramure dans la poubelle la veille au soir. Malheureusement, tante Sylvia avait sorti du buffet treize chapeaux de lutins du Père Noël. Edward examina le sien, hésitant. Christine s'en empara et l'enfonça sur ses cheveux gras. Il me jeta un petit sourire narquois, certain que je ferais toute une histoire de mon propre chapeau. Ce ne fut pas le cas. Je le plaçai tout simplement sur ma tête.

« Ça, c'est pour l'album de famille », lança Edward en sortant son téléphone de sa poche. Il me prit en photo ; je décochai mon plus beau sourire.

« Alors, dit Christine à la fin du plat principal. Où en est la succession de tante Pat ? Vous vous disputez encore, tous les deux ?

— Chut, Chrissie, intervint tante Sylvia. Inutile de parler de ça aujourd'hui. On veut juste passer un bon moment en famille. » Je remarquai qu'elle avait du mal à articuler.

« Mais tu as dit que tu espérais qu'ils enterrent la hache de guerre. Il faut bien en parler s'ils veulent arranger les choses.

— J'ai rien à voir là-dedans, objecta Edward. Je fais que suivre les instructions du notaire. Il dit que je peux rester dans la maison, donc c'est ce que je fais. C'est avec l'exécuteur testamentaire que Suze est en conflit, mais il y a bien un ou deux problèmes dont je voudrais discuter avec ma chère sœur avant de partir.

— Laissons tomber pour l'instant, d'accord ? dit tante Sylvia. Quelqu'un veut se resservir ou je mets le pudding au micro-ondes ?

— Pourquoi tu te mets toujours dans des états pareils au sujet du testament, Susan ? demanda Wendy innocemment. Ed était le préféré de tatie Pat, c'est logique qu'elle lui en ait laissé plus.

— Ce n'est pas vrai, rétorquai-je.

— Wendy, arrête, fit tante Sylvia.

— Mais maman, tu as toujours dit que tatie Pat ne s'intéressait qu'à Edward. Tu disais que Susan le savait forcément. »

Tante Sylvia se pencha vers moi et m'attrapa le bras.

« Je suis désolée, ma chérie. Vraiment. » Des larmes lui montèrent aux yeux. Elle retira son chapeau de lutin et les fit disparaître d'un battement de paupières.

« Désolée pour quoi ? demandai-je, sidérée par le tour que prenait la conversation.

— Désolée qu'elle ne t'ait pas aimée autant qu'elle l'aurait dû. Désolée que tu sois toujours passée au second plan. J'aurais aimé faire quelque chose pour arranger ta situation, mais ce n'était pas de mon ressort. Oh, Susan.

— Allons, allons, Sylve, fit oncle Frank, habituellement silencieux, à l'autre bout de la table. Attention à ce que tu dis. Tu sais que tu ne tiens pas l'alcool. Laisse les autres régler leurs problèmes et tais-toi.

— Si seulement je pouvais revenir en arrière, dit tante Sylvia en reniflant. Je... »

Oncle Frank s'approcha de tante Sylvia et la saisit par la taille.

« Allez, viens. C'est l'heure d'une petite sieste. Les filles peuvent finir de servir le déjeuner. » Sur ce, il la conduisit hors de la pièce, ma tante chancelant sur ses hauts talons.

« De quoi elle parlait ? demanda Christine à Wendy, qui haussa les épaules.

— Comme c'est intéressant, railla Edward avec un grand sourire. T'espérais que tante Sylvia témoigne pour toi, Suze ? J'aimerais bien voir comment tu vas réussir à tourner ça à ton avantage.

— J'ai assez mangé, annonçai-je en me levant et en retirant mon chapeau de lutin. Je vais dans ma chambre. Quelqu'un pourra-t-il me prévenir quand Edward sera parti ?

— Avant que tu disparaisses, dit Edward en se levant à son tour, je voudrais te parler des cendres de maman et de sa boîte à bijoux. Je veux les récupérer. Tu as deux semaines, après quoi j'irai voir la police. C'est du vol. »

Du coin de l'œil, je pouvais voir le visage radieux des jumelles. C'était exactement ce qu'elles avaient espéré.

« Va te faire voir, Edward », répondis-je.

Une heure plus tard, j'étais allongée sur mon lit, essayant en vain de lire une page des *Homologations litigieuses* (j'aurais sans doute dû apporter des lectures plus légères pour les vacances), quand j'entendis des voix dans le jardin. Tapie dans l'ombre, près de la fenêtre, je regardai dehors. En tendant le cou, je pouvais apercevoir Edward adossé contre un mur de la villa, non loin de ma chambre. Il tirait sur une cigarette roulée pincée entre le pouce et l'index. Rob se tenait à côté de lui, un verre de bière à la main. J'entrouvris prudemment ma fenêtre dans l'intention d'épier leur conversation. Je ne suis pas fouineuse de nature, mais je trouvais que la situation le justifiait ; autant découvrir ce qui pourrait m'être utile. En amour comme à la guerre, et cetera. Je dus tendre l'oreille pour comprendre ce qu'ils disaient.

« Tu deviens mou, mon pote, fit la voix d'Edward.

— Je ne suis pas mou. Je crois juste que tu as fait exprès de la provoquer. Sans raison. Pourquoi tu ne la lâches pas un peu ?

— Parce que c'est une sale petite pimbêche. T'as bien vu comment elle est. Elle me fait exactement la même chose, et plus encore. Je sais pas pourquoi tu te fais autant de soucis pour elle, tout d'un coup.

— Parce qu'elle est enceinte de six mois et toute seule, entre autres. Et tu sais, je ne crois pas qu'elle soit méchante. Je crois que la plupart du temps elle essaie de faire ce qu'elle pense juste.

Elle se trompe un peu parfois, c'est tout. Elle est comme ça.

— J'arrive pas à y croire. On parle de la même personne ? J'hallucine, ou t'as craqué pour ma frangine ? Je sais que t'as toujours eu un faible pour les dominatrices. Elle te mangerait tout cru, Rob. T'es bien trop zen pour la supporter. T'approche pas d'elle si tu tiens à ta santé mentale.

— Ne sois pas stupide ; tu sais que j'essaie de me remettre avec Alison. Tout ce que je te dis, c'est de lui lâcher un peu la grappe. Tu as déjà la maison de ta mère. Pourquoi tu remues le couteau dans la plaie ?

— Ouais, j'ai la maison, mais elle cherche à me la prendre, au cas où t'aurais pas remarqué.

— Seulement parce qu'elle te soupçonne d'avoir poussé ta mère à écrire le testament.

— Et toi, tu la crois ?

— Ça ne me regarde pas.

— Exactement, mec. »

Mon frère prit une dernière longue bouffée de sa cigarette, la jeta sur l'allée de gravier et l'écrasa sous le talon de sa botte de cow-boy. Puis il se détourna et disparut par la porte de derrière, suivi de près par Rob.

Je fermai la fenêtre de ma chambre. La nuit commençait à tomber ; j'allumai la lampe, baissai les stores et m'assis sur le lit. Ma première réaction à la conversation fut de me demander si elle avait été mise en scène par mon frère et son ami. Je décidai que non. S'ils avaient voulu que je les entende, ils se seraient tenus plus près de ma fenêtre et auraient parlé plus fort ; j'avais à peine réussi à discerner leurs paroles. Par ailleurs, ils auraient cherché à me faire croire en l'innocence d'Edward. Que fallait-il en conclure ? Rob semblait ignorer totalement si Edward avait ou non manipulé ma mère. Non seulement cela, mais il avait tenu tête à son ami. Je ne pouvais en déduire qu'une seule chose : il n'était tout compte fait pas de mèche avec mon frère. Je l'avais vraiment mal jugé. Qu'il dise que je me trompais parfois ne m'avait bien entendu pas ravie, mais malgré tout, j'étais fort satisfaite de la tournure des événements. Enchantée, même.

Il y avait aussi ce moment où Edward avait accusé Rob d'en pincer pour moi, ce que ce dernier avait bien sûr nié catégoriquement. Seul un imbécile pourrait croire une chose pareille. Rob était résolument focalisé sur son ex, sans compter qu'il était plus jeune que moi ; il avait des amis ; il avait eu de véritables relations amoureuses. L'idée a dû lui paraître odieuse. Inutile de vous dire que, de mon côté, je ne m'intéressais pas du tout à lui. Il n'était de toute évidence pas mon égal sur le plan intellectuel. Et il était débraillé. Et trop grand. Quoi d'autre ? J'avais du mal à me souvenir de tous ses défauts. Sa camionnette aurait assurément mérité un bon nettoyage.

Quelqu'un frappa à la porte de ma chambre ; c'était Rob.

« On décolle, dit-il. C'était une idée à la con. J'aurais dû refuser quand Ed m'a demandé de l'amener ici. Je pensais que ça lui ferait du bien et que vous pourriez peut-être… je ne sais pas. Il n'est pas rationnel, quand il s'agit de toi. C'est un mec très bien, en général. Je déteste voir deux personnes que j'apprécie se disputer comme ça.

— Dis-lui de garder ses distances à l'avenir.

— Je suis désolé qu'il ait tout gâché pour toi. Tous mes vœux, en tout cas.

— À toi aussi. »

Sans que je m'y attende, il s'approcha de moi, les bras grands ouverts, et je le laissai se livrer à cette étreinte gênante si difficile à éviter en cette période de l'année. Je ne prétendrai pas que c'était confortable. Mon ventre faisait obstacle.

Janvier

18

Qui dit nouvelle année dit détermination renouvelée. Après l'échauffement juridique, l'heure du spectacle avait enfin sonné : les procédures à la Haute Cour de justice. J'aurais pu attendre que Mr Brinkworth intente une action pour prouver l'authenticité du testament de ma mère. Cela l'aurait cependant placé aux manettes, là où j'avais l'intention de me trouver (ironiquement, je ne conduis pas). Je passai les premiers jours de janvier à étudier des ouvrages spécialisés afin de rédiger une version préliminaire de l'exposé des faits. La cour s'attendrait à ce que je fasse preuve de retenue. Ce ne serait nullement le cas. J'exposai mes arguments en termes bien précis, accusant Edward et Mr Brinkworth. J'étais satisfaite de mon travail ; digne d'un avocat successoral, pensai-je après avoir imprimé et vérifié la version définitive.

Pendant ma pause déjeuner, une semaine après le nouvel an, je parcourus le kilomètre qui séparait mon bureau du Rolls Buildings sur Fetter Lane – un édifice flambant neuf avec une façade en verre qui servait d'annexe à la Cour royale de justice.

Je repérai le greffe au rez-de-chaussée, m'acquittai des honoraires et tendis mes documents. L'employé m'informa d'un air las que le tribunal les remettrait à mon frère et au notaire, qui disposeraient à leur tour de vingt-huit jours pour présenter leur défense. J'aurais adoré voir leur tête quand ils ouvriraient l'enveloppe.

Alors que je passais sous le plafond voûté de l'atrium central, je me sentis plus anxieuse que triomphante. Je savais mes arguments légitimes et solides, mais j'aurais préféré rassembler davantage de preuves avant de remettre l'affaire entre les mains de la justice. Le dossier médical n'était pas encore arrivé, malgré mes nombreux appels et les nombreuses promesses de fonctionnaires insignifiants. Mes témoins étaient excentriques, surtout tante Sylvia dont la sortie irrationnelle à Noël m'avait troublée ; et il me restait à trouver une preuve concluante de corruption chez Edward. Le temps pressait : je devais accoucher deux mois plus tard et voulais résoudre cette histoire avant cette date. Les dés étaient jetés.

Je me hâtais vers mon bureau lorsque je tombai – presque littéralement – sur Brigid, qui fonçait à toute allure dans l'autre sens, tirant un porte-documents à roulettes plein à craquer.

« Deux fois en deux mois, c'est un record. Qu'est-ce que tu fais dans mon quartier, ma vieille ?

— Je sors tout juste du greffe. La procédure contre Edward et le notaire est lancée.

— Tant mieux. Qui te représente ?

— Moi-même.

— Mauvaise idée, ma vieille, très mauvaise idée. Assurer sa propre défense, c'est de la folie. N'oublie pas que je t'ai promis de jeter un œil à ton dossier. Appelle mon clerc. Je dois filer, j'ai une demande d'*ex parte* prévue à quatorze heures. Ciao ciao. »

Sur ce, elle poursuivit son chemin, fendant la foule de l'heure du déjeuner, traînant dans son sillage son porte-documents.

Le début d'année avait été étonnant. Le matin du réveillon, je reçus un appel de Rob. Je ne m'attendais pas à le revoir avant de récupérer les affaires entreposées dans sa maison. Il avait été invité à une fête à Brixton, à quelques pas de chez moi, et voulait savoir si j'aimerais l'accompagner. Il m'assura qu'Edward n'y serait pas ; mon frère faisait la bringue à Birmingham avec un groupe d'amis dont Rob ne faisait pas partie. Je refusai. Pourquoi diable voudrais-je, enceinte jusqu'aux yeux, sortir pour le réveillon, la nuit la plus folle de l'année, avec un homme que je connaissais à peine, chez des gens que je n'avais jamais vus ? Je lui répondis que je préférais fêter ça tranquillement, à la maison. Il tenta de me vanter les mérites d'une soirée conviviale, mais j'affirmai qu'il gaspillait sa salive.

En raccrochant, j'eus le cœur serré sans pouvoir toutefois en définir la cause. Ce n'était pas vraiment de la déception ; cela n'aurait eu aucun sens, sachant que c'était moi qui avais choisi de décliner l'invitation. Plutôt de la résignation morose, sans doute face à l'inévitabilité de la décision que j'avais prise. Vous aurez peut-être du mal à le croire, mais je n'ai jamais fêté la Saint-Sylvestre. Je n'ai pas d'amis proches et mes connaissances n'ont jamais songé à m'inviter. Pendant toutes les années de notre accord, Richard avait toujours d'autres projets, cette nuit-là.

Lorsque je montai raconter à Kate l'invitation absurde de Rob, elle réagit avec un enthousiasme inattendu.

« Susan, il faut absolument que tu y ailles », dit-elle en collant les rabats de la couche d'un Noah peu coopératif, dont les jambes battaient comme les pistons d'une locomotive. Dans l'appartement, le désordre régnait plus que jamais. Kate s'apprêtait à commencer son master et livres, stylos et carnets de notes se mêlaient désormais aux décombres domestiques habituels. « C'est un type adorable. Tu vas bien t'amuser. Qu'est-ce que tu as d'autre de prévu ?

— Je ne peux vraiment pas y aller. Il faudra raconter des banalités à des gens qui ne m'intéressent pas. Et je suis sûre qu'ils vont danser. Qui plus est, je ne veux pas qu'on se fasse des idées. Quand un homme et une femme assistent ensemble à un événement, ça donne l'impression qu'ils sont en couple.

— Et qu'est-ce qu'il y a de mal à ça ? demanda Kate tout en fermant le dernier bouton-pression de la salopette de Noah.

— Ce serait humiliant, expliquai-je. Il est obsédé par cette Alison et moi, je dois accoucher dans quelques semaines. Il serait mortifié si les gens s'imaginaient qu'il était le futur père et sa mortification me mortifierait aussi. Et puis, surtout, je ne veux pas qu'on pense que je choisirais un compagnon tel que Rob.

— Pourquoi ?

— Parce qu'il n'est pas comme moi.

— Mais encore ?

— Il n'est pas cultivé.

— Tu es sûre ? Il me semble plutôt instruit. De toute façon, pas besoin d'avoir les mêmes goûts pour qu'une relation amoureuse fonctionne. Regarde Alex et moi. On aimait les mêmes choses.

— Mais Rob est un travailleur manuel.

— Il crée et aménage des jardins. Et alors, s'il était effectivement un travailleur manuel, ça changerait quoi ?

— Il est ami avec Edward.

— Ça prouve juste son indépendance d'esprit ; il est prêt à se lier d'amitié avec l'adversaire de son meilleur pote.

— Kate, écoute-moi bien. Je ne veux pas de relation amoureuse, si c'est ce qu'il a en tête, ce qui n'est absolument pas le cas.

— Très bien. Alors va à la fête en tant qu'amie et amuse-toi. Fais autre chose, pour une fois. Tu es une femme formidable, Susan, mais tu as trop de manies. Ça fait des années que tu as le même boulot, que tu habites dans le même appartement. Tu ne sors jamais pour rencontrer de nouvelles personnes. Ces derniers temps, tu mets à peine le nez dehors. Je sais que je ne suis peut-être pas la mieux placée pour donner des conseils parce que j'ai des problèmes de confiance en moi en ce moment, mais je me jette encore à l'eau. Tu ne te sens pas un peu claustrophobe, des fois ? L'envie ne te prend pas d'abattre les murs et de faire quelque chose de vraiment dingue, de différent, qui ne te ressemble pas ?

— Je vais avoir un bébé, au cas où tu ne l'aurais pas remarqué, Kate. C'est pas assez dingue et différent pour toi ?

— Je sais bien, et je sais aussi à quel point tu as déjà changé. Je veux juste te voir heureuse ; tu es mon amie. Apparemment, Rob veut lui aussi être ton ami. Arrête de dire “non” à tout et dis “oui”, de temps à autre. Au pire, qu'est-ce qui peut t'arriver ? Un peu de honte, un peu de gêne. Et qu'est-ce qui peut t'arriver de mieux ? Tu pourrais rencontrer des gens intéressants, vivre de nouvelles expériences, t'amuser. Dis à Rob que tu iras. Si tu passes un mauvais moment, tu auras le droit de me le reprocher et de ne plus jamais m'adresser la parole. Allez, Susan, prends ton téléphone. »

Kate se comporte parfois comme un rottweiler. Nous regardions en silence Noah tenter de ramper sur le ventre pour atteindre quelque chose hors de sa portée. Il marcherait bientôt à quatre pattes.

« Alors ? fit Kate.

— Et toi, qu'est-ce que tu fais pour le nouvel an ?

— Je n'ai pas encore décidé. Alex garde les enfants deux jours parce qu'il a loupé Noël. Pourquoi ?

— J'irai à la fête si tu viens avec moi. Comme ça, personne ne croira que Rob et moi sommes en couple.

— Okay, ça marche. » Elle eut l'air satisfaite.

Je redescendis appeler Rob. Mon changement d'avis l'enchanta et il n'émit aucune objection au fait que Kate m'accompagne. J'allais à une fête. Pour le réveillon. Avec deux autres personnes. Si vous m'aviez dit ça l'année dernière, je n'y aurais pas cru.

Cette nuit-là, allongée sur le dos tandis qu'une nouvelle vie s'agitait en moi, je repensai à ce que tante Sylvia avait dit le jour de Noël. Comme tous les autres membres de ma famille, apparemment, j'avais chassé l'événement de mon esprit ; on eût dit que rien de fâcheux ne s'était produit. Le lendemain de Noël, ma tante s'était montrée aussi gaie que d'habitude : elle avait poussé les invités à jouer aux mimes, distribué des chapeaux pointus à vous faire grimacer de honte, planifié une grande réunion familiale à Estepona après l'arrivée du bébé. Elle s'était comportée ainsi jusqu'à mon départ. Alors que je montais dans le taxi, elle avait retenu la porte et s'était penchée à l'intérieur.

« Tu sais que je suis toujours là pour toi, pas vrai, ma chérie ? J'aimerais que tu oublies cette dispute idiote avec Edward, mais si tu y tiens tellement, je te soutiendrai. Écris ce que tu veux que je dise et je signerai.

— Il faut que ce soit la vérité. Je ne te demande pas de mentir. Je veux que tu me donnes ton avis sincère.

— Je sais, ma puce, mais je ne suis qu'une grosse bêtasse. Tu connais mieux la vérité que moi. Je n'avais peut-être pas vraiment remarqué dans quel état se trouvait ta mère. Des fois, je me laisse prendre par ma petite vie. Écris-moi tout ça, d'accord ? »

Malgré son comportement fantasque et son égocentrisme aigu, tante Sylvia semblait véritablement avoir mes intérêts à cœur. J'étais heureuse qu'elle veuille me soutenir mais j'aurais préféré que ses souvenirs soient plus fiables. Bien qu'infondée, son affirmation de la préférence de ma mère pour Edward m'avait troublée. Et si le dossier passait devant le tribunal et qu'elle en parlait dans son témoignage ? Non, ça n'arriverait pas. Le jour de

Noël, tante Sylvia était éméchée et déboussolée. Si audience il y avait, je m'assurerais qu'elle soit bien briefée.

Je n'avais d'autre choix que de porter une robe trapèze noire à la fête. C'était le seul vêtement de ma garde-robe de maternité qui ressemblait de près ou de loin à une tenue de soirée. Cela faisait environ une semaine que j'avais les pieds et les chevilles gonflés ; j'enfilai donc, sous l'ample tente de la robe, des bas de contention et des chaussures confortables à talons plats. Bien entendu, il est toujours possible d'agrémenter ses habits avec des bijoux fantaisie (j'en ai beaucoup en réserve, du temps de mes sorties avec Richard) ainsi qu'une coiffure et un maquillage ingénieux.

Lorsque j'eus fini de me préparer, je me regardai dans le miroir en pied : le résultat global ne me déplut pas. Enfin, jusqu'à ce que Kate frappe à ma porte. Je n'avais jamais vu ses jambes auparavant ; elles étaient habituellement recouvertes d'un jean ou d'un bas de jogging. Ce soir-là, elle ne craignait certes pas de les montrer. Elle portait une robe courte sans manches en velours bleu nuit avec des sandales à talons hauts. Ses longs cheveux, généralement tirés en queue-de-cheval, étaient détachés et souples. *Jeune, pleine de vie* et *avenante* furent les mots qui me vinrent à l'esprit. Je sentis monter en moi le regret minable de l'avoir invitée à la fête. Je refoulai cette idée absurde.

Rob, qui séjournait dans un hôtel bas de gamme non loin de là, arriva avec dix minutes de retard. Sa dernière visite ne lui avait de toute évidence pas servi de leçon. J'attirai son attention sur son manque de ponctualité mais il se contenta de lever les yeux au ciel. La fréquentation des membres du sexe opposé n'est pas si éloignée du dressage de chiens : il faut se montrer ferme et tenace.

« Je vais faire des envieux en arrivant à la fête avec deux femmes aussi charmantes », dit-il tandis que Kate et moi enfilions nos manteaux. Hum. Rob avait lui aussi fait un certain effort vestimentaire. Adieu le pantalon de treillis kaki, le sweat-shirt trop large et le caban, il portait un jean brut, un pull gris anthracite et un pardessus élégant. Il sentait le savon et l'après-rasage au lieu de la terre et du fumier. Mais il était évidemment toujours dégingandé et ses cheveux indisciplinés auraient mérité une bonne coupe.

Nous fîmes la route à pied, Kate maudissant ses talons qu'elle affirma avoir trouvés au fond de son armoire.

« Je rentrerai chez moi pieds nus, dit-elle.

— Je te porterai sur mon dos », répondit Rob en riant. Quel plaisir de les voir s'entendre aussi bien.

La fête avait lieu dans une maison victorienne d'Acre Lane – un palais selon les critères londoniens puisqu'elle n'avait pas été subdivisée. L'une des hôtes, Lizzie, était une camarade d'université de Rob et Edward au début des années quatre-vingt-dix. Elle travaillait désormais dans un centre culturel municipal. Sa compagne, Liz (mauvaise idée de choisir une compagne qui porte le même nom que soi), dirigeait une petite galerie d'art. Rob les serra toutes les deux dans ses bras puis se tourna pour faire les présentations.

« Voici la sœur d'Ed, Susan, dont je vous parlais hier. Et son amie Kate. »

Il y avait foule dans la cuisine, surtout près du bar, mais un petit homme en pull de Noël, ayant remarqué mon ventre, s'écria : « Laissez passer la femme enceinte ! » À ces mots magiques, le chemin fut dégagé. Kate repéra de l'autre côté de la pièce deux femmes qui appartenaient à son association mère-bébé. Celles-ci lui firent signe. Après s'être versé du prosecco dans une chope de bière, elle nous abandonna pour les rejoindre en dansant. Et moi qui souhaitais avoir un chaperon afin d'écarter toute présomption quant à ma relation avec Rob. De toute manière, je m'étais inquiétée pour rien. Lorsqu'il me présenta, Rob m'appela son « amie » ; si quelqu'un sous-entendait qu'il était mon compagnon ou le père de mon bébé, il répondait en souriant : « P'têt' bien que non. » Et dès que la conversation s'orientait vers ma situation familiale, il la détournait habilement.

Étonnamment, les amis de Rob n'avaient pour la plupart rien à voir avec la populace barbare que j'avais imaginée. Je commençai à me détendre un peu et même à m'amuser. Rob trouva deux chaises libres à la table de la salle à manger et nous engageâmes la conversation avec une femme dodue et un homme maigrichon – une potière et un maître verrier – que Rob n'avait pas revus depuis la fac. À un moment donné, Kate, rouge et essoufflée, tenta de nous convaincre de venir danser avec elle. J'étais heureuse de pouvoir prétexter de mes chevilles enflées ; Rob répondit qu'il était parfaitement bien là où il se trouvait. Au bout de ce qui me parut à peine une heure, Lizzie – où était-ce Liz ? – annonça qu'il était minuit moins cinq et qu'il fallait remplir nos verres.

« Tu veux fêter ça avec un peu de champagne ? demanda Rob.

— Oui, pourquoi pas. » Rob se glissa parmi la foule jusqu'au bar.

Je ne suis peut-être jamais allée à un réveillon mais j'ai vu suffisamment de films pour savoir exactement comment les choses se déroulent : sur le coup de minuit, il y a un déluge de baisers, d'étreintes et de contact physique général, dont la pensée même m'est insupportable. Profitant du fait que tout le monde était occupé à déboucher des bouteilles et à se servir à boire, je m'enfermai dans la salle de bains. Quand les carillons de Big Ben retentirent, suivis de cris de joie et du *Auld Lang Syne*, je m'assis sur le bord de la baignoire. Je restai là quelques minutes, savourant la tranquillité. Je pensai aux événements de l'année précédente et à l'année à venir, comme il est d'usage à ce moment-là. Ma vie, que j'avais si soigneusement organisée, changeait, s'adaptait. Sans doute pas tout à fait pour le pire.

Lorsque je rejoignis enfin la fête, Rob balayait la pièce d'un regard inquiet. Son visage se détendit en m'apercevant.

« Susan, t'étais où ? Tu as loupé les carillons. Je croyais que tu étais rentrée chez toi.

— Non. L'appel de la nature. Bonne année », dis-je en acceptant le verre que Rob me tendait. Je m'étais résignée à marquer le coup avec une embrassade. Afin de prévenir tout geste plus démonstratif de sa part, je déposai un baiser rapide sur sa joue. Cela sembla lui plaire.

Rob me tint distraitement la main en quittant la maison de Liz et Lizzie. C'était inutile ; je ne suis ni une enfant ni une invalide. Néanmoins, comme la nuit était glaciale et que je ne portais pas de gants, je ne protestai pas. Au bout d'une minute ou deux, il sembla se rendre compte de ce qu'il faisait et me lâcha la main. Kate avait décidé de rester avec ses deux amies. Elles passaient la soirée sans mari ni enfants et souhaitaient la prolonger aussi longtemps que possible. En chemin, Rob me décrivit les joies de son hôtel bon marché qu'il regrettait d'avoir réservé : les tapis tachés, les moutons dans les coins de la salle de bains et la chambre si froide qu'il pouvait voir son souffle en buée. Sur un coup de tête, pressentant la tournure que prenait la conversation et m'estimant redevable envers Rob pour son aide avec les affaires de ma mère (maintenant que je savais qu'il ne faisait pas partie du complot d'Edward), je lui proposai de passer la nuit sur mon canapé s'il le souhaitait. Il accepta.

Une fois rentrés, je m'aperçus que je me sentais plus en forme que je ne l'aurais cru à près d'une heure du matin ; je n'avais aucune envie d'aller me coucher et Rob non plus, apparemment.

« Tu as quelque chose à boire ? demanda-t-il en jetant son manteau sur l'accoudoir d'un fauteuil. La nuit ne fait que commencer et on a toute la vie devant nous. Enfin presque toute la vie… »

Après avoir déniché une bouteille de cognac de cuisine au fond d'un placard, je lui servis un verre. Je lui demandai ce qu'il voulait faire.

« J'en sais rien. Tu as Netflix ? Ou pourquoi pas un jeu de société ? Je suis très fort au Risk.

— J'ai peut-être un Scrabble qui date de mon enfance.

— Alors il va falloir le dépoussiérer un peu. »

À ma demande, Rob se glissa sous mon lit – un exploit dont j'étais désormais incapable – et parvint à retrouver le Scrabble dans une boîte contenant d'autres jeux de mon enfance. Il le posa sur la table de la cuisine pendant que je préparais des toasts au houmous et m'informa de ses recherches : une ancienne colocataire d'Alison lui avait dit que celle-ci s'était mariée puis avait divorcé. Il connaissait à présent le nom de famille qu'elle utilisait sur Facebook. Il lui avait envoyé une demande d'ami et attendait une réponse. Je lui souhaitai d'avoir bientôt de ses nouvelles.

Nous fîmes deux parties de Scrabble. Je gagnai les deux mais il faut admettre qu'il se défendit plutôt bien. Je n'aurais jamais cru que son vocabulaire était aussi vaste.

« Je prendrai ma revanche la prochaine fois, dit-il en repliant le plateau et transvasant les lettres dans leur sachet. Tu avais l'avantage parce que tu n'es pas ivre du tout. Attends un peu que le bébé soit né, que je te fasse boire. Oups, ça fait un peu pervers. »

Nous fîmes ensuite quelques parties de rami avec un jeu de cartes miteux qui avait appartenu à mon père. Rob me battit à plate couture. Ça ne me dérangeait pas trop ; j'avais oublié à quel point jouer était amusant.

Il était près de trois heures quand nous décidâmes d'aller nous coucher. Je ne pense pas avoir jamais volontairement veillé aussi tard. Je donnai à Rob un drap, des couvertures et l'un de mes oreillers, puis plaçai le coffret en chêne contenant les cendres de ma mère près du canapé pour servir de table de chevet. Il sembla un peu déconcerté quand il comprit de quoi il s'agissait, avant de secouer la tête en riant.

« C'est bien toi », dit-il. J'ignore ce qu'il voulait dire.

19

Ce fut la nuit la plus reposante depuis bien longtemps ; je ne m'étais pas levée aux aurores, inquiète au sujet du litige ou de ma maternité imminente. Peut-être était-ce à cause de l'heure tardive à laquelle je m'étais couchée ou du petit verre de champagne que j'avais bu juste avant de quitter la fête. Peu après onze heures, une voix m'appela par la porte de ma chambre.

« Je me demandais juste si tu étais réveillée.

— Maintenant, oui. »

Rob entra et s'assit au bord du lit. Un membre du sexe opposé dans ma chambre et moi en chemise de nuit – voilà qui était pour le moins déplacé. Je dois cependant dire que la présence de Rob n'avait rien de contre nature ni de menaçant. Il est un peu comme un enfant qui doit encore apprendre les subtilités des conventions sociales. À quarante-trois ans. Je tirai toutefois ma couette sous mon menton.

« J'ai l'estomac dans les talons, dit-il. Mais tu n'as pas grand-chose à manger. Tu veux aller prendre un brunch ? Je connais un endroit à Battersea qui fait un super petit déj végétarien. »

C'était le 1er janvier ; je n'avais rien à faire, nulle part où aller et personne à voir. Je ne voyais aucun mal à suivre Rob. Ça peut paraître étrange, mais je commençais à m'habituer à sa compagnie. Il avait beau être brut de décoffrage, il était étonnamment facile à vivre. Pendant qu'il récupérait son sac à l'hôtel et que je me préparais, Kate descendit, ébouriffée et l'œil trouble, en quête de paracétamol. Elle me demanda quels étaient mes projets pour la journée et je lui parlai du brunch à Battersea.

« Oh, j'adore cet endroit. Je peux m'incruster ?

— Il ne vaut mieux pas, cette fois-ci. Tout est déjà organisé. »

Elle leva les sourcils et lâcha un « Ooh » un peu idiot.

Le café était bondé et nous dûmes patienter au comptoir en attendant une table. Rob commanda un Bloody Mary et moi la version sans alcool. Il faisait chaud et une odeur de renfermé se mêlait à celle de la friture et du café frais, sur fond de Miles Davis, conférant au lieu une atmosphère de lendemain de beuverie. À midi, nous pûmes enfin nous asseoir et nos plats furent servis (un petit déjeuner anglais complet pour moi afin de satisfaire mon appétit quasi illimité et un ersatz à la « protéine végétale texturée » pour Rob).

« Tu ne te souviens pas de moi à l'époque de la fac, si ? » fit Rob en posant les coudes sur la petite table. Je secouai la tête. « J'étais en première année quand on s'est rencontrés, donc tu devais être en troisième. Toi et Phil étiez venus à quelques soirées auxquelles on était, Ed et moi. Tu m'avais paru tellement adulte et raffinée comparée à nous autres, un peu au-dessus de tout. Je voulais te parler mais, pour être honnête, tu m'intimidais. Tu n'aurais rien voulu avoir à faire avec moi, de toute façon, d'autant que j'avais deux ans de moins et que tu étais fiancée. Phil avait dû te forcer à venir parce que lui et Ed étaient devenus amis pendant ton absence. »

Oui, c'est difficile à croire. Phil, mon fiancé discret, studieux et asocial, étudiant en lettres classiques à l'université de Birmingham, s'était lié d'amitié avec mon rebelle, anarchique et fêtard de frère, qui peignait en dilettante à l'École d'art de la ville. Edward, après avoir enquiquiné Phil sur le chemin du lycée, avait décidé que celui-ci ferait un bon ami. Que le timing corresponde à nos fiançailles ne pouvait relever de la simple coïncidence.

Tout au long de mes études à Nottingham, Phil et moi nous écrivions une fois par semaine. Dans une lettre qu'il m'avait envoyée au début de ma dernière année, il avait mentionné qu'Edward était passé le voir et l'avait convaincu de l'accompagner au pub. Cette nouvelle me mit mal à l'aise. Je lui demandai quelle raison avait invoquée Edward pour l'inviter et l'avertis de se montrer prudent. Selon Phil, Edward voulait simplement sympathiser avec son futur beau-frère. Il trouvait cela admirable et me dit de ne pas m'inquiéter. Ce trimestre-là, les lettres qui suivirent décrivirent d'autres sorties avec Edward, au pub et dans des soirées étudiantes. Phil avait même décidé de partir avec Edward et ses amis au Lake District. Ils prévoyaient de camper dans une vallée, près d'une auberge, de randonner dans les montagnes la journée et d'étancher leur soif la nuit. Edward et sa bande de soi-disant artistes se prenaient pour des poètes vagabonds qui prétendaient communier avec la nature suivant les nobles traces de John Ruskin. Le voyage fut apparemment très amusant.

Pendant les vacances de Noël, j'accompagnai Phil à une fête donnée par l'un des amis d'Edward. Elle avait lieu dans une maison dix-huitième à trois étages appartenant à un mécène local qui la louait à bas prix aux étudiants en art. Phil me parut manifestement admiratif d'Edward et de ses amis sciemment excentriques. Il était également évident que ceux-ci le considéraient comme un animal exotique (ils n'avaient pas l'habitude de côtoyer des jeunes gens discrets et studieux). Je n'appréciai pas la fête. L'idiotie provoquée par la consommation d'alcool et de cannabis me dépassait complètement. Par ailleurs, je trouvais dégradantes les moqueries adressées à Phil. Sur le chemin du retour, nous nous disputâmes. Quelques jours plus tard, Phil me proposa de fêter le réveillon chez un autre ami d'Edward. Je refusai. Nous passâmes la soirée devant la télévision avec ma mère.

Au cours du trimestre suivant, les lettres de Phil, bien que toujours amicales et affectueuses, se firent plus irrégulières. Il y eut même une semaine où il ne m'écrivit pas du tout. Il ne mentionna plus ses soirées avec Edward, non pas parce que celles-ci avaient cessé mais parce qu'il savait que ça me déplaisait. Aux vacances suivantes, j'acceptai à contrecœur de venir à une autre soirée au foyer d'étudiants où nous étions allés à Noël. Phil m'expliqua que c'était une fête costumée sur le thème de Pâques et que ce serait un grand événement. Il décida de porter un déguisement de poussin qu'Edward lui avait trouvé. Je refusai de me déguiser. Bien m'en prit, d'ailleurs, parce que Phil était la seule personne costumée. Mon frère et ses amis lui avaient joué un tour. À la fête, Phil se prêta au jeu, battant des ailes et pépiant par intermittence ; j'eus honte pour lui.

Au troisième trimestre, les lettres irrégulières de Phil se firent de plus en plus brèves – un paragraphe ou deux espérant que mes révisions se passaient bien et que je trouvais le temps de profiter du soleil. Je mettais sa correspondance laconique sur le compte de révisions intensives ; après tout, nous étions encore fiancés et comptions emménager à Londres dès que nous aurions trouvé du travail. En juillet de cette année-là, j'invitai Phil à accompagner ma mère à la cérémonie de remise des diplômes à Nottingham. Je n'invitai pas mon frère. Phil s'excusa, disant qu'il avait déjà prévu de retourner au Lake District avec Edward et sa bande. Ils camperaient au même endroit près de l'auberge et escaladeraient l'arête de Striding Edge jusqu'à Helvellyn. C'était d'après lui une manière de faire ses adieux à l'année universitaire passée et à son groupe d'amis ; une fois à Londres, il doutait de jamais les revoir. J'étais furieuse contre lui, mais il semblait fermement décidé. Je soupçonnai Edward de l'avoir manipulé. Je n'avais cependant pas d'autre choix que d'accepter. De toute façon, il avait raison : quand nous aurions quitté Birmingham, il n'aurait plus aucun lien avec ces gens.

La mère de Phil n'ayant pas mon numéro de téléphone à Nottingham, je ne reçus la nouvelle qu'une fois rentrée chez moi, le lendemain de la cérémonie. Personne ne put vraiment expliquer ce qu'il s'était passé : la journée était ensoleillée et calme, la visibilité était bonne. « Mort accidentelle », conclut le médecin légiste. D'après les preuves apportées lors de l'enquête et les bribes d'informations glanées auprès des amis d'Edward, je reconstituai la séquence des événements. Le groupe – six jeunes hommes en tout, dont mon frère et mon fiancé – avait quitté le camping à neuf heures du matin avec une bonne gueule de bois. Ils s'étaient fréquemment arrêtés pendant l'ascension de l'arête pour prendre des photos, faire des croquis du paysage et reprendre leur souffle après certains passages abrupts. À l'exception de Phil, ils trouvèrent tous l'ascension difficile. Ce n'était pas les étudiants les plus sportifs au monde.

Lorsque le soleil monta plus haut dans le ciel, ils retirèrent leur veste et chaussèrent leurs lunettes de soleil. Aucun d'entre eux n'était équipé pour l'ascension ; ils portaient des jeans, des baskets et des sacoches en toile, plutôt que des pantalons, des chaussures de randonnée et des sacs à dos. Ils avaient de la chance que la journée soit si belle. Phil les devança à plusieurs reprises, déclarant du haut de pics mineurs qu'ils avaient presque atteint le sommet. Quand ils arrivaient à sa hauteur, ils apercevaient un autre pic qui se profilait au loin, plus élevé encore. La chaleur augmentait et ses blagues incessantes commencèrent à les énerver.

Vers midi, n'ayant pas encore conquis Helvellyn, ils décidèrent de s'arrêter pour manger le repas qu'ils avaient eu le bon sens de commander à l'auberge la veille au soir (le petit déjeuner s'était composé de Mars et de chips rassies goût oignon-fromage, le tout arrosé de Coca éventé).

Après le déjeuner, Phil partit en vadrouille, son appareil photo et ses jumelles autour du cou. Les cinq hommes restants, la tête posée sur leur veste et leur sac, s'allongèrent en plein soleil. Vers treize heures, bien reposés, ils décidèrent de reprendre la route. Phil n'était pas revenu. Ils supposèrent qu'il était occupé à prendre des photos ou à contempler le paysage et attendirent quelques minutes. Ne le voyant toujours pas reparaître, ils se mirent à l'appeler. L'un des membres du groupe, Ian, avança jusqu'à une saillie de granit pour mieux voir en contrebas. Il jeta un œil prudent par-dessus bord et aperçut Phil, inerte, sur un talus d'éboulis, plusieurs dizaines de mètres plus bas. C'était avant les téléphones portables, ils ne purent donc pas appeler à l'aide immédiatement. La panique montant, le groupe se divisa. Edward et Ian comptaient descendre jusqu'à Phil pendant que les trois autres rebroussaient chemin pour alerter les secours. Mon incompétent de frère et son ami n'atteignirent jamais Phil ; ils se perdirent, complètement désorientés. Après avoir récupéré le corps, l'équipe héliportée dut revenir chercher les deux crétins.

Lorsqu'elle apprit la nouvelle, ma mère s'essuya les yeux, déplorant la tragédie qui avait frappé Phil et sa famille, avant de s'inquiéter des conséquences de cette expérience traumatique sur Edward. Mes réserves naturelles de volonté et d'autodiscipline me permirent d'affronter la situation, même si je n'eus aucune envie de quitter ma chambre les jours qui suivirent. Je devais sans doute avoir besoin de repos après toutes ces révisions.

L'enterrement se fit en tout petit comité, il n'y avait que la mère de Phil dans son fauteuil roulant, son père qu'il n'avait pas vu depuis plus de dix ans, quelques étudiants et le groupe de la randonnée en montagne. Edward fit une brève apparition à l'église juste après le début de l'office, s'éclipsant à peine celui-ci terminé. La réception se tint dans le salon exigu de la mère de Phil. Dans un murmure indistinct, Ian m'avoua qu'après le déjeuner sur l'arête de Striding Edge, Edward avait roulé des joints que le groupe avait fait tourner. Phil n'y était pas habitué. Pauvre Phil, si innocent et naïf. Je ne dis pas qu'Edward l'a tué délibérément. Mais il l'avait attiré dans sa bande pour m'embêter, l'avait initié à un mode de vie auquel il n'était pas habitué et pour lequel il n'était pas fait, et lui avait fourni des drogues qui avaient affecté son jugement. Vous voyez un peu le genre ?

Immédiatement après les funérailles, je fis mes bagages et partis pour Londres. Quand je revins pour l'enquête, je débusquai Edward dans son pub préféré. Bien sûr, nous finîmes par nous disputer. Il refusait d'assumer la responsabilité des circonstances qui avaient mené à la mort de Phil. Il me traita de paranoïaque et de mégère, prétendant que je cherchais à détourner l'attention de ma propre culpabilité. Je répondis qu'il aurait tout aussi bien pu avoir poussé Phil. Edward rétorqua qu'il s'était probablement jeté dans le vide pour éviter de m'épouser.

Plus tard, ma mère me confia, inquiète : « J'ai appris ce qu'il s'est passé au pub. Je ne veux pas que tu dises des choses blessantes à ton frère, Susan. Tu sais qu'il est de nature sensible, comme son père. Je ne veux pas qu'il s'écarte du droit chemin. Il n'est pas aussi solide que toi. »

Je ne remis pas les pieds chez ma mère avant six mois.

« Non, comme je te l'ai dit, je ne me souviens pas du tout de toi, répétai-je en perçant le jaune de mon œuf au plat de la pointe de ma fourchette.

— Eh bien, moi je ne t'ai pas oubliée. Edward me tenait au courant de ce que tu devenais mais je ne pensais pas qu'on se reverrait un jour. Le hasard fait bien les choses.

— En effet. Heureusement que nous nous sommes revus, sans quoi j'aurais dépensé une fortune en frais de stockage.

— C'est une façon de voir les choses, j'imagine.

— Alors, tu arrives à rénover ta maison malgré les meubles de ma mère ?

— Ouais, tout se passe bien. J'ai installé une nouvelle cuisine et une nouvelle salle de bains ; la décoration avance aussi. En rentrant, je vais poncer le parquet. C'est gentil à Ed de m'avoir hébergé mais il faut avoir un endroit à soi. Je le vois moins depuis que je suis parti de chez lui ; je suis pris par les travaux.

— Ça doit être un soulagement pour toi. »

Rob posa ses couverts et avala une gorgée de Bloody Mary.

« Il ne sait toujours pas qu'on est amis. Enfin, il sait que j'étais là quand tu as vidé la maison de ta mère, mais c'est tout. Par contre, il y avait une ou deux personnes à la soirée d'hier qui pourraient être en contact avec Ed, donc je devrais probablement lui en parler avant que quelqu'un d'autre ne le fasse. Ça va le rendre dingue mais il faudra bien qu'il l'accepte. Je suis neutre dans toute cette histoire.

— Il croira sans doute que je me suis liée d'amitié avec toi uniquement pour me venger de lui, dis-je en trempant un champignon dans le jaune baveux.

— Et c'est vrai ?

— Bien sûr. »

Il rit, sans savoir vraiment si je disais la vérité. Je n'étais pas sûre non plus.

« Tu sais, Ed me parlait souvent de son enfance, fit Rob en mâchant son toast froid. Et des problèmes d'alcool de ton père. Si tu veux mon avis, l'animosité entre toi et ton frère remonte à ça. »

Voilà ce qui arrive quand on baisse sa garde ; les gens s'imaginent qu'ils peuvent mettre leur nez dans vos affaires. Mon territoire se faisait envahir.

« Je ne te demande pas ton avis.

— J'ai l'impression que vous y avez fait face de manière complètement différente ; Ed en sortant tout le temps et toi en t'enfermant chez toi. Il m'a dit qu'il aurait voulu que tu sois de son côté mais que tu étais toujours si froide et si distante qu'il n'arrivait pas à deviner ce qu'il se passait dans ta tête.

— Je suis désolée, Rob, mais je n'ai pas envie de discuter de ça avec toi. Tu ne sais rien de notre famille.

— Tu as raison. Je sais seulement ce qu'Ed m'en a raconté et ce que j'ai compris en lisant entre les lignes. C'est juste que ça serait super si vous pouviez régler vos différends. Si vous pouviez vous mettre à la place l'un de l'autre, ça vous aiderait peut-être. Ed n'est vraiment pas méchant.

— Ha.

— Vous avez juste des personnalités très différentes. Il a du mal à gérer sa vie. Ta mère avait l'air de le surprotéger, peut-être à cause de ton père. Je ne dis pas qu'il n'en profitait pas, mais comme elle faisait tout pour lui, il s'attend à ce que tout le monde l'aide. Je crois qu'avec toi, c'est le contraire. On dirait que tu as appris à te débrouiller seule.

— Rob, ça suffit. Je n'apprécie pas ce genre de psychanalyse de comptoir. Ce qu'Edward a pu te raconter ne m'intéresse pas du tout, pas plus que tes conjectures. Ça ne te regarde pas. »

Je n'avais pas tout à fait terminé mon petit déjeuner mais il me pesait déjà sur l'estomac. Tout cela avait été une erreur de jugement. J'appelai le serveur et lui demandai l'addition.

« Qu'est-ce que tu veux qu'on fasse maintenant ? demanda Rob tandis que j'enfilais mon manteau, nouais mon écharpe autour du cou et ramassais mon sac à main.

— Je ne sais pas ce que toi, tu veux faire, mais moi je vais préparer mon procès contre Edward. Voilà vingt livres. Ça devrait suffire à payer mon repas. Rentre bien. »

Je posai le billet sur la table.

« Sérieusement, Susan, tu montes encore sur tes grands chevaux ? me lança-t-il tandis que je me frayais un chemin au milieu de la foule du café. Attends deux secondes, que je paie. »

Je ne me retournai pas.

Cinq minutes plus tard, comme je remontais la rue, essoufflée, en direction de Clapham, fouillant mon sac à la recherche de mon téléphone pour appeler un taxi, la camionnette de Rob s'arrêta au bord du trottoir juste devant moi. Lorsque j'arrivai à sa hauteur, il avait déjà baissé la vitre côté passager.

« Hé, ma p'tite dame, je vous dépose ? » fit-il.

Je l'ignorai et continuai ma route. Il redémarra puis s'arrêta de nouveau un peu plus loin. « Allez, Susan, sois raisonnable. D'accord, j'ai peut-être un peu manqué de tact, mais pas la peine de prendre la mouche. »

Je me tournai vers lui.

« Je n'ai pas "pris la mouche". Je ne me suis jamais comportée de la sorte. Je te signale simplement que tes propos sont inacceptables.

— J'ai compris : je ne dois pas parler de ton enfance ni de celle d'Edward. Très bien. Mais tu n'es pas obligée de partir en trombe.

— Je ne pars pas en trombe. Encore une fois, je n'ai jamais...

— Ouais, ouais. Alors pourquoi tu ne monterais pas dans la camionnette, qu'on ne gâche pas le reste de la journée ? Laisse-moi te divertir un peu ; je t'emmène à Kew Gardens.

— Et pourquoi j'accepterais ?

— Parce que, comme tu le sais certainement, ils ont une collection très impressionnante de cactus. Allez, tu sais que tu en meurs d'envie. »

Il ouvrit la portière. Après une brève hésitation, je grimpai à bord. Je ne pouvais nier que la proposition de Rob était plus qu'alléchante ; des spécimens rares seraient exposés et je ne m'étais pas rendue à Kew Gardens depuis mes premiers temps à Londres.

Rob et moi passâmes la plus grande partie de l'après-midi dans la serre de la Princesse de Galles, qui abrite les cactus et les plantes grasses. L'air était lourd de parfums exotiques et après le froid mordant du dehors, le chauffage tombait à pic. Je me sentis dégivrer lentement tandis que nous nous promenions dans les allées, manteau et écharpe sur le bras. Rob expliqua que la serre comportait dix secteurs, les principaux étant les « tropiques sèches » et les « tropiques humides ». Parmi les huit autres microclimats, il y avait une zone aride saisonnière avec des plantes du désert et de la savane ainsi que des espaces pour les plantes carnivores, les fougères et les orchidées. On aurait dit qu'il régurgitait le guide. Une prouesse plutôt impressionnante, lui dis-je. Il me répondit que Kew Gardens était un lieu de pèlerinage fréquent ; la culture florale représentait pour lui une sorte de religion. J'admirai sa passion.

Lorsque le ciel à l'extérieur de la serre s'assombrit et que les visiteurs se firent plus rares, il me sembla que l'endroit nous appartenait. Debout dans la zone aride, près d'un « coussin de belle-mère » particulièrement magnifique et épineux, ma curiosité prit le dessus ; je ne pus m'empêcher de lui demander pourquoi il préférait passer son temps avec moi alors qu'il aurait pu se trouver dans un pub de Birmingham avec Edward. Ou admirer la vue et les parfums de Kew Gardens avec d'autres amis londoniens. Il haussa les épaules.

« Eh bien, je suppose que c'est parce qu'on est amis. Ça me fatigue, de traîner tout le temps avec des mecs. J'aime bien avoir une relation platonique avec une femme. Et puis, je ne connais personne qui soit si calé sur les cactus. C'est un hobby un peu particulier. » Il éclata de rire. Rob est quelqu'un qui rit beaucoup.

20

C'était la journée la plus maussade du mois le plus morne de l'année et je ne travaillais pas. M'ayant rappelé que je n'avais pris presque aucun de mes congés annuels, Trudy avait suggéré que je m'en serve pour prolonger mes week-ends. Elle avait ajouté que le repos me ferait du bien, maintenant que j'arrivais en fin de grossesse. Je n'étais pas convaincue ; sans ma routine, je me sentais comme un canot à la dérive. Sa proposition tomba cependant à pic. Le dossier médical de ma mère était enfin arrivé le matin précédent et je me doutais qu'il me faudrait du temps pour étudier la lourde liasse.

Kate était descendue en vitesse à la première heure m'informer qu'elle déposait les enfants chez Alex pour la nuit et me demander si je voulais aller voir un film au Brixton Ritzy le soir même. Je la soupçonnais d'avoir des goûts cinématographiques différents des miens mais pour une fois, cela ne me découragea pas. Peut-être mes hormones de grossesse affectaient-elles mes facultés critiques ; ou peut-être étais-je incapable de me souvenir de la dernière fois où j'étais allée au cinéma avec une autre personne. J'acceptai l'invitation. Après le départ de Kate, je vérifiai mes messages sur mon téléphone et trouvai un e-mail de Mr Brinkworth. Je me préparai une tasse de thé et m'assis à la table de la cuisine pour le lire.

J'ai reçu votre formulaire de plainte, dont j'ai ce jour accusé réception auprès du tribunal. Comme vous le savez, je réfute vos affirmations et suis actuellement en train de rédiger ma défense et ma demande de convention.

Votre frère est venu dans nos bureaux hier. Je lui ai recommandé de mandater ses propres avocats, le conflit d'intérêts m'empêchant de représenter à la fois votre frère – en tant que bénéficiaire légataire dans le litige qui vous oppose – et moi-même, en tant qu'exécuteur testamentaire. Au cours de notre brève réunion, Mr Green a déclaré que vous aviez volé les cendres de votre mère ainsi que sa boîte à bijoux. La police, qui ne souhaite pas être mêlée à un conflit familial à ce stade, lui a conseillé d'aborder la question avec moi. Je suggère donc de nous mettre d'accord sur un tiers neutre à qui confier les objets en question en attendant la résolution de l'affaire.

Je souhaite également souligner que, maintenant que la procédure est engagée, les frais de justice iront croissant. Dans le souci d'éviter l'éventuelle diminution de votre héritage, je vous suggère de faire un effort pour régler ce problème par la médiation. Je vous remercie de bien vouloir me confirmer votre accord. Je soumettrai la même proposition à votre frère par l'intermédiaire de ses avocats.

Tiens donc, Mr Brinkworth, une médiation officielle ? Le notaire ne proposerait pas une telle mesure s'il était sûr de lui. Néanmoins, de quelle marge de négociation disposions-nous ? Soit le testament était en béton et Edward avait le droit de rester dans la maison, soit il ne l'était pas et celle-ci devrait être vendue. Peut-être Mr Brinkworth pensait-il convaincre mon frère de libérer les lieux à une date précise maintenant que la procédure était lancée. Même si c'était le cas (ce dont je doutais), je ne voudrais pas renoncer au plaisir de traîner Edward en justice. Quant à la boîte à bijoux et aux cendres, je ne voyais pas ce que j'aurais à gagner à les remettre à un tiers. Du reste, le coffret était précieux à mes yeux. Je ne me donnerais pas la peine de répondre.

Mon téléphone bipa. Un texto de Rob : *Je viens juste prendre des nouvelles de la belle oisive.* Depuis le nouvel an, il avait pris l'habitude de m'écrire ou de m'appeler, surtout tard le soir. Je le contacte parfois, moi aussi. C'est parce qu'au cours de mes dernières semaines de grossesse, le mal de dos, les brûlures d'estomac, les crampes musculaires et les excursions urgentes au petit coin m'empêchent de dormir et que Rob est un couche-tard. Il va donc de soi que nous nous aidions à repousser l'ennui du petit matin. Nous avions tendance à vagabonder d'un sujet à l'autre jusqu'à ce que j'oublie où nous avions commencé. Je dois avouer que je commençais à apprécier et même à attendre impatiemment nos conversations. Quand il n'appelait pas, j'avais l'impression qu'il manquait quelque chose. C'est étrange, je sais.

Pendant que je répondais à Rob, je sentis une douleur sourde au bas du dos. Mais j'avais des choses à faire et personne n'allait les faire à ma place. J'envoyai donc mon message, empoignai quelques sacs plastique et sortis avec ma liste. Une fois rentrée chez moi, je me sentis patraque. Rien de sérieux, juste une migraine et d'étranges élancements dans le bas-ventre. Je décidai qu'il serait plus raisonnable de me reposer après avoir rangé mes courses ; je me mettrais au lit avec un livre. En me déshabillant, je remarquai une tache rouge sombre dans mes sous-vêtements, un peu comme en début de règles. Je me précipitai aux toilettes. Encore du sang, frais et rouge cette fois-ci. J'étais sur le point d'accoucher. Mais le bébé ne devait pas arriver avant plusieurs semaines et le travail n'était pas censé commencer de cette façon. J'attrapai mon dossier de maternité et trouvai le numéro de l'hôpital. L'infirmière se montra méthodique, me demandant à quel stade en était ma grossesse et quels étaient mes symptômes ; je répondis d'une voix haletante.

« Je crois qu'il vaut mieux vérifier le bébé, dit-elle. Il n'y a pas de quoi s'inquiéter. Nous allons juste nous assurer que tout va bien. Quelqu'un peut vous accompagner ?

— Non. Attendez, si, je crois que si. »

Que se passait-il ? Quelle sombre idiote, de croire que tout irait bien. Depuis le jour où j'avais appris que j'étais enceinte, j'avais mené ma vie comme d'habitude, prenant ma situation pour acquise, m'imaginant que la grossesse suivrait son cours pendant quarante semaines avant la naissance du bébé. À présent, je n'en revenais pas de m'être montrée aussi naïve. J'avais quarante-cinq ans ; j'étais une « vieille primigeste », une antiquité en termes de maternité. Un nombre incalculable de choses pouvaient mal tourner, que ce soit pour le bébé, la grossesse ou moi.

Ça devait être ma faute. M'étais-je surmenée, ce matin-là ? Le caddie était plein et l'une de ses roues bloquée, il m'avait donc fallu le pousser énergiquement pour le faire avancer. Et puis mes sacs étaient si lourds que j'avais été obligée de m'arrêter plusieurs fois sur le chemin du retour. J'aurais dû commander mes courses en ligne. Avais-je avalé un aliment qu'il ne fallait pas ? Les ananas peuvent apparemment déclencher le travail, or j'avais mangé une salade de fruits la veille. Avais-je dépassé une date limite de consommation ? L'intoxication alimentaire peut s'avérer dangereuse chez les femmes enceintes. Ou était-ce le résultat d'un virus ou d'une infection ? Certains de mes collègues avaient été malades récemment. Je tentai de me calmer, de remettre mes idées en place, en vain. Je montai à l'étage en titubant et frappai à la porte de Kate. Dieu merci, elle était revenue après avoir déposé les enfants chez Alex.

« Qu'est-ce qu'il se passe ? Il y a le feu ?

— Je saigne. Il faut que j'aille à l'hôpital. Je crois que je fais une fausse couche. » Voilà. Je l'avais dit.

« Attends une seconde, je vais chercher mes clés de voiture. »

Sur le chemin de l'hôpital, je partageai mes craintes avec Kate. Et s'il était arrivé quelque chose au bébé ? Et si je sortais de l'hôpital seule, sans être enceinte ? Et si j'avais fait tout ça pour rien ? D'un autre côté, et si j'étais sur le point de donner naissance à un enfant bien vivant ? Je n'étais pas prête. Je n'avais pas encore vraiment réfléchi au côté pratique ; je n'avais acheté ni vêtements ni équipement ; je n'avais pas lu de manuels pour apprendre comment l'élever. Je prévoyais de m'occuper de tout ça le mois suivant.

Kate me rassura. « Si ton travail a commencé, je suis sûre que tout va bien se passer ; tu es à plus de trente semaines de grossesse. Le bébé resterait un peu à l'hôpital. J'ai tout ce qu'il faut pour un nouveau-né dans le grenier. Mais c'est probablement une fausse alerte, alors reste calme. »

« Nous allons simplement écouter le cœur du bébé, chérie », me dit la corpulente sage-femme antillaise. J'étais allongée sur un lit dans une petite pièce, mon propre cœur battant la chamade. Elle appuya le moniteur glacé sur mon ventre et le déplaça en haut, en bas, à gauche et à droite. « Ah, voilà Vous voulez écouter ? » Je hochai la tête. Elle monta le son de l'appareil et j'entendis un battement sourd et régulier. Quel son ravissant.

« Je vais vous examiner rapidement, si vous êtes d'accord. Enlevez votre culotte et couvrez vos jambes avec ce drap. »

Je n'aurais jamais imaginé me trouver à moitié nue, les jambes écartées, devant ma voisine. Je suppose que j'aurais pu demander à Kate de partir, mais je m'aperçus que ça m'était égal. C'est ça, être enceinte.

« Eh bien, je ne vois rien qui indique que le travail a commencé, fit la sage-femme en retirant ses gants en latex une fois l'examen terminé. Mais on va vous garder un peu en observation, vous et le bébé. »

Elle fixa un capteur de rythme cardiaque fœtal à l'aide d'une sangle puis le brancha à une machine près du lit. En écoutant le battement hypnotique, je posai les mains sur mon ventre et sentis une petite bosse apparaître et disparaître. Un poing, peut-être, ou un pied. S'il vous plaît, pensai-je. Faites que mon bébé aille bien. Kate partit à la recherche de la cafétéria et revint peu de temps après avec deux gobelets au couvercle en plastique. Je ne suis pas du genre à manger ou boire dans des récipients jetables. Enfin, je ne l'étais pas. De tels principes ne figurent plus vraiment parmi mes priorités. Je me redressai et acceptai le gobelet que me tendait Kate.

« Est-ce que tu as déjà choisi quelqu'un pour t'accompagner pendant l'accouchement ? demanda-t-elle en retirant le couvercle de sa boisson pour souffler dessus.

— Je n'en ai pas besoin.

— Ne fais pas l'idiote ; aucune femme ne devrait traverser cette épreuve seule. J'ai accouché deux fois, je connais la chanson. Je pose ma candidature. »

En guise de références, elle me décrivit en détails horribles et complexes la naissance de ses deux enfants. J'avais l'impression d'écouter un ancien combattant me raconter une bataille durement gagnée. J'ai toujours su que je serais parfaitement capable de supporter le travail et l'accouchement sans qu'on me tienne la main, métaphoriquement ou autre, mais, à ma grande surprise, savoir que Kate serait présente me rassura.

« D'accord, dis-je. Ton expérience personnelle m'a impressionnée ; je t'embauche. »

La sage-femme finit par revenir avec une interne fatiguée qui, après avoir vérifié les notes et les diagrammes, me posa quelques brèves questions.

« Bon, conclut-elle, le bébé va bien pour l'instant. Il n'y a pas de cause évidente des saignements mais je ne veux prendre aucun risque, surtout compte tenu de votre âge. Nous allons vous garder en observation pour la nuit et voir comment les choses évoluent. »

J'ai du mal à l'admettre, mais quand le médecin se retourna, je me mis à pleurer. De vraies larmes, qui coulèrent sur mes joues avant d'atterrir sur les oreillers blancs amidonnés du lit d'hôpital. Kate se pencha et me prit dans ses bras. J'enfouis mon visage dans sa longue chevelure. Elle sentait le lait chaud et la lessive. Je ne me souviens pas de la dernière fois que j'ai pleuré. D'ailleurs, quand j'y pense, je n'ai aucun souvenir d'avoir jamais pleuré, même si ça a dû m'arriver, enfant. Qu'il est étrange qu'une chose que vous n'avez pas prévue ni désirée vous affecte tant. Comme vous le savez, je n'ai jamais voulu devenir mère. Pire encore : l'idée me rebutait totalement. Si vous m'aviez dit il y a un an que je me trouverais en fin de grossesse douze mois plus tard, ça m'aurait horrifiée ; j'aurais tout fait pour éviter ça. Ce que je ressens à présent ? J'ai l'impression que mon monde a changé.

S'il n'avait été question que de ma propre santé, je serais partie, estimant que les médecins faisaient des histoires pour rien. Mais je devais prendre en compte d'autres facteurs, qui pesaient plus lourd que mon désir de fuir. Un séjour à l'hôpital s'avérait nécessaire. Je laissai à Kate la clé de mon appartement ainsi qu'une liste des choses dont j'aurais besoin pour la nuit : pyjama, articles de toilette, livres, etc. Je me demande comment je me serais débrouillée sans son aide.

On me transféra dans une petite salle de six lits. Jen, qui se trouvait dans le lit à ma gauche, était une enseignante de trente-huit ou trente-neuf ans vive et bavarde. Elle me changea les idées en me racontant son histoire. Comme moi, elle avait pris la décision de ne jamais avoir d'enfants. Quelques mois plus tôt, elle s'était fait poser un stérilet mais était déjà enceinte sans le savoir. Elle continua à avoir ses règles et ce n'est que lorsqu'elle se plaignit de ballonnements auprès de son médecin qu'elle fut testée. Elle en était à plus de six mois de grossesse. Comme le stérilet ne pouvait être retiré et qu'elle risquait fort de faire une fausse couche, elle devait rester hospitalisée jusqu'à l'accouchement. Pour quelqu'un qui avait appris sa grossesse moins d'une semaine auparavant, elle prenait les choses avec un sang-froid remarquable.

Jen me présenta aux autres patientes. La jeune fille à ma droite avait quinze ans. Elle était obèse, pâle et bouffie – on venait de lui diagnostiquer une pré-éclampsie. Le médecin lui avait dit qu'elle devait accoucher de ses jumeaux par césarienne dès que possible. Sa minuscule grand-mère toute ridée se tenait en permanence à son chevet, sauf quand elle sortait fumer. Ni l'une ni l'autre n'avaient l'air très heureuses. Deux des trois femmes de l'autre côté de la pièce connaissaient des complications en fin de grossesse et étaient surveillées de près. Cela faisait plusieurs jours qu'elles étaient là et semblaient déjà les meilleures amies du monde. La troisième femme – et le cas le plus triste – avait appris que le cœur de son bébé s'était arrêté. Elle attendait qu'on déclenche son accouchement, sachant que son bébé serait mort-né. La plupart du temps, elle gardait les rideaux tirés autour de son lit et refusait de parler avec les futures mères.

Fatalement, Jen m'interrogea sur ma situation. L'ambiance sororale de la pièce – différentes femmes traversant différentes épreuves, mais toutes tributaires des changements de leur corps – me donna l'impression que je n'avais rien à cacher. Je lui racontai tout. Elle m'appela « dure à cuire ». Une drôle de manière de voir les choses.

« N'hésite pas à me dire de me mêler de mes oignons si je suis trop indiscrète, mais pourquoi tu ne voulais pas que ce Richard soit impliqué dans la vie du bébé, au début ? Ça te permettra de souffler de temps en temps. Et pourquoi tu hésites à accepter de l'argent, s'il t'en propose ? La plupart des mères célibataires doivent courir après les pères pour qu'ils paient.

— Parce que je n'ai jamais voulu dépendre de personne, expliquai-je. Si tu es seule responsable de ton destin, on ne peut pas te laisser tomber.

— Ouais mais on est sur le point de devenir mère – touchons du bois. On s'embarque sur un grand huit émotionnel. On ne contrôlera plus jamais nos propres vies. Parfois, c'est un mal pour un bien. »

Kate revint pendant les heures de visite avec les articles de ma liste. Je pus enfin quitter l'affreuse blouse que j'avais dû enfiler quand on m'avait transférée. Jen nous présenta à son mari, légèrement groggy, qui semblait affronter la nouvelle de sa paternité imminente et imprévue avec une bonne humeur égale à celle de sa femme. Je passai deux heures plutôt agréables en compagnie de ces trois personnes.

Après le départ des visiteurs, certaines patientes sortirent leur livre ou leurs écouteurs, d'autres s'endormirent. Les questions qui m'avaient taraudée plus tôt me revinrent à l'esprit : et si mon corps n'était pas à la hauteur ? Si j'étais trop vieille pour arriver jusqu'au terme ? Même s'il me restait quelques semaines à tenir, peut-être valait-il mieux que le bébé naisse maintenant. Une couveuse le protégerait mieux que moi. Je demandai à l'infirmière venue faire les dernières vérifications avant l'extinction des feux si une telle chose était possible.

« Ne pensez pas à ça. Tout indique que ça va bien se passer. Votre corps sait quoi faire. »

Le lendemain matin, je me sentais bien mieux. Le bébé avait gigoté toute la nuit, ce qui m'avait plus rassurée que gênée. Quand je me rendis aux toilettes, je vis que la serviette qu'on m'avait donnée était impeccable ; les saignements avaient cessé. Peut-être que tout irait bien, après tout. En revanche, Jen s'était réveillée avec des douleurs au bas-ventre. On lui avait donné des analgésiques et le rideau avait été tiré afin qu'elle puisse se reposer. En son absence, la journée me parut longue. La femme dont le bébé était mort quitta la salle pour être déclenchée. Une infirmière rangea ses affaires dans un sac et ses draps furent rapidement changés. Juste avant le déjeuner, la jeune fille avec la pré-éclampsie fut emmenée en salle d'opération.

Après la césarienne, elle irait en salle de réveil avec ses jumeaux. Il était étrange de penser que dans une heure, elle serait mère, à seulement quinze ans. Je lui souhaitai bonne chance pour la suite.

Alors que je me disais qu'il me faudrait passer encore une nuit à l'hôpital sans savoir quel était le problème, le médecin apparut au pied de mon lit. Il était grand, mince et autoritaire. Après avoir examiné mon dossier, il marmonna quelque chose à l'infirmière puis se tourna enfin vers moi.

« Bien, Mrs Green, vous voulez rentrer chez vous ?

— Le bébé ne risque rien ?

— Rien du tout. Il semblerait qu'un petit vaisseau se soit rompu, ce qui a causé le saignement, mais ça ne m'inquiète pas. Le bébé va bien et vous êtes en parfaite santé, je ne vois donc aucune raison de ne pas vous laisser partir. Rentrez chez vous, reposez-vous et profitez de la fin de votre grossesse. »

Je dois avouer que je sentis les larmes me monter aux yeux encore une fois quand le médecin s'éloigna. Je les essuyai avec un coin de drap.

Kate arriva tandis que je finissais de m'habiller. Elle m'aida à ranger mes affaires. Jen, qui se sentait un peu mieux et avait ouvert ses rideaux, se dit jalouse de mon départ ; elle resterait probablement à l'hôpital pendant des semaines encore. Elle me demanda où j'habitais exactement. Il s'avéra qu'elle vivait à quelques rues de chez moi.

« On pourra promener les poussettes à Clapham Common quand les bébés seront là », dit-elle en griffonnant son numéro de téléphone sur un bout de papier. Je l'aimais bien. L'idée n'était pas aussi terrible que je l'aurais cru quelques mois auparavant. « Au fait, ajouta-t-elle alors que je m'apprêtais à partir, je ne t'ai pas demandé. Garçon ou fille ? »

J'hésitai. Pourquoi pas ? « Une fille, répondis-je. Je vais avoir une fille. »

21

Il était plus de minuit quand Rob m'appela sur mon portable, surexcité. Il m'apprit que, à sa stupéfaction et grande joie, Alison avait accepté sa demande d'ami sur Facebook et qu'ils avaient échangé plusieurs messages. Elle avait effectivement divorcé récemment et avait trois grands enfants, tous ayant quitté la maison pour l'université ou pour travailler. Sa propre carrière dans la gestion hôtelière était florissante. Rob me confia que, lorsqu'ils s'étaient parlé au téléphone par la suite, c'était comme si les années écoulées et la dispute n'avaient jamais eu lieu. James avait apparemment interrogé Alison à son sujet et celle-ci pensait que l'heure était venue de rapprocher le père et le fils. Elle avait invité Rob à Édimbourg afin qu'ils se revoient en tête à tête, sans en parler à James, et qu'ils décident de la marche à suivre. Rob était fou de joie. Il devait se rendre en Écosse ce week-end-là.

Depuis ce coup de fil il y a quelques jours, je n'ai reçu aucune nouvelle de Rob. C'est tout à fait compréhensible. Alison était son premier et son seul amour ; il tient absolument à se remettre avec elle. Il a désormais d'autres priorités. Je suis ravie pour lui, naturellement, et j'espère qu'il sera très heureux avec sa famille recomposée. Bien que j'aie pris l'habitude de nos conversations téléphoniques et messages quotidiens, le fait est que Rob n'a jamais été que le gardien de mes meubles, rien de plus et rien de moins. Il n'y a aucune raison pour que sa flamme ravivée y change quoi que ce soit. À moins, j'imagine, qu'il ne décide de déménager à Édimbourg, auquel cas il me faudra me débrouiller autrement pour mes meubles. Ce n'est qu'un petit désagrément. Je n'ai pas à ressentir de regret ou de déception.

De toute façon, j'avais à ce moment-là d'autres chats à fouetter : je devais retrouver Richard dans un pub de High Holborn. C'était un compromis : je souhaitais que notre rencontre reste professionnelle et avais donc refusé d'aller au restaurant ou dans l'un de nos lieux de prédilection. Ainsi, au moins, je pourrais passer après le travail, boire un petit verre, régler ce qu'il y avait à régler et être rentrée pour le dîner. J'arrivai la première. La foule s'écarta devant moi et les gens qui se trouvaient au bar me laissèrent une place. Je commençais à m'y habituer ; je n'avais plus à rester debout dans les wagons bondés, à faire la queue à la poste ou attendre mon tour à la sandwicherie. Après avoir commandé une eau gazeuse au citron vert pour moi et un gin tonic pour Richard, je me glissai sur un siège à une table d'angle près de la porte qui s'ouvrait et se fermait sans cesse. J'observai les gens se déverser sur le trottoir devant le pub, avaler leur verre, fumer et se comporter en jeunes professionnels tapageurs un vendredi soir après le travail.

Richard et moi étions convenus de nous voir quelques jours plus tôt, lorsque nous nous étions croisés par hasard au Marks and Spencer d'Oxford Street – quoi de plus banal. Le magasin était en pleine effervescence autour des soldes de janvier, mais le rayon lingerie restait relativement calme. J'avais pris des proportions inattendues qui nécessitaient des achats en urgence. Tandis que je comparais les articles en promotion afin de décider lesquels étaient les moins déplaisants d'un point de vue esthétique, j'aperçus, au rayon pyjamas, un homme qui de profil ressemblait comme deux gouttes d'eau à Richard : traits incroyablement réguliers, cheveux coupés et coiffés avec précision, posture militaire, tenue impeccable. Il était accompagné d'une minuscule vieille dame légèrement bossue qui portait un bonnet à pompon. Elle tenait contre sa poitrine une chemise de nuit rose à fleurs. L'homme qui ressemblait à Richard acquiesça. Comme il était étrange que Richard ait un sosie à Londres ; on dit pourtant que nous en avons tous un, quelque part dans le monde. Je n'aimerais pas rencontrer le mien. Je préfère croire que je suis unique.

L'homme qui ressemblait à Richard suivit la vieille dame tandis que celle-ci s'éloignait des chemises de nuit. Nos regards se croisèrent. C'était Richard. Nous détournâmes tous deux les yeux, moi parce que je n'avais pas envie de discuter avec un lot de deux soutiens-gorge de maternité à la main, lui sans doute parce qu'être vu dans une situation aussi banale le mettait mal à l'aise. Ma marchandise sous le bras, je me dirigeai vers la caisse par un chemin détourné. Richard avait apparemment raisonné comme moi : nous arrivâmes simultanément au même endroit.

« Susan, quelle merveilleuse coïncidence, dit-il, son expression démentant ses paroles. J'avais l'intention de t'appeler pour que nous nous mettions d'accord sur tout à l'avance, vois-tu.

— Tu ne comptes pas me présenter à ton amie ? » demanda la petite dame au fort accent du Nord-Est. Newcastle ? Sunderland ? J'admets que je n'ai jamais pu faire la différence.

« Mam, voici Susan. Susan, voici ma mam – euh, ma mère –, Norma.

— Oh, fit Norma, je mourais d'envie de vous rencontrer, mon chou. Je n'arrête pas de demander à Richie mais il m'a dit pas avant que tout soit réglé entre vous. Il doit s'imaginer que je vous mettrais des bâtons dans les roues mais je ne me mêlerai de rien. Vos histoires ne me regardent pas.

— Ravie de vous rencontrer », répondis-je en tendant la main. Elle la serra entre les siennes.

« Regardez-moi ça ! Vous êtes magnifique. Je vois que vous portez le bébé bien haut. Alors c'est une fille.

— Bien vu. »

Richard sourit. « Ça par exemple.

— Ah, attendez un peu que j'en parle à tout le monde. Ils vont être aux anges. » Elle s'empara des sous-vêtements que j'avais tenté de dissimuler et les fourra entre les mains de Richard, qui tenait déjà la chemise de nuit rose. « Va payer tout ça pendant que Susan et moi on se balade un peu. Je te retrouve aux cardigans. » Elle glissa son bras sous le mien et nous nous éloignâmes. Je n'étais pas pressée et ne voyais aucune objection à passer quelques minutes en compagnie de cette vieille dame qui serait bientôt la grand-mère de mon bébé et qui me rappelait un peu ma propre mère. Qui plus est, j'avoue que j'étais curieuse d'en apprendre davantage.

« Alors, vous habitez près de chez Richard ? demandai-je.

— Moi ? Oh non, j'habite à Gateshead avec une des sœurs de Richie. J'adore lui rendre visite mais je ne pourrais pas vivre à Londres, mon chou.

— Mais je croyais que Richard était né dans le Sussex. »

Norma gloussa. « Non, il n'a pas quitté Gateshead avant l'âge de dix-huit ans. Il a eu de très bons résultats au lycée et est entré à Cambridge. On est tous si fiers de lui. Après ses études, il a emménagé ici. Je le comprends. Il n'aurait jamais trouvé de travail, là d'où il vient.

— Il a perdu son accent en chemin.

— Vous avez raison. Il a commencé à parler comme un snob à la fac, pour s'intégrer, j'imagine, mais ça fait tellement longtemps maintenant que c'est devenu sa manière de parler. Des fois, je crois qu'il a un peu honte de mon accent, mais il m'invite encore à venir le voir, alors je ne me plains pas. »

Cela montrait vraiment Richard sous un jour nouveau. Je n'aurais jamais deviné qu'il était un *self-made-man*, mais à vrai dire peut-être le sommes-nous tous, d'une manière ou d'une autre. Nous avions atteint le rayon lainages et Norma parcourut un portant de gilets couleur porridge.

Elle me demanda de lui trouver sa taille et j'obtempérai. Puis elle se tourna vers moi.

« Vous savez Susan, je ne suis pas vieux jeu. Les choses ont changé depuis mon époque et je comprends que vous n'ayez pas accepté la demande en mariage de Richie sous prétexte que vous alliez avoir un enfant. Ça peut être une catastrophe de procéder de cette façon. Je sais qu'il peut se montrer un peu – comment dire ? – détaché du monde réel. Il a toujours été comme ça, depuis tout petit. Mais c'est quelqu'un de bien et je sais qu'il veut vous aider. Moi aussi. Ce sera mon huitième petit-enfant. Je ne la verrai pas autant que les autres – la plupart habitent à quelques rues de chez moi –, j'y suis résignée, mais j'espère que j'apprendrai à la connaître.

— Richard et moi allons en discuter.

— Je sais, mon chou. Quand on parle du loup. »

Richard apparut à mon côté et me tendit un sac de courses. Je tentai de le rembourser mais il m'assura que c'était la moindre des choses, après tout. Nous nous mîmes d'accord pour nous revoir quelques jours plus tard, puis Richard et sa mère s'éloignèrent, bras dessus bras dessous, pour continuer leurs emplettes. Depuis l'allée centrale, Norma se retourna et me lança : « J'ai hâte de vous revoir et de rencontrer ma nouvelle petite-fille. Venez nous voir à Gateshead. »

Richard, lassé de tenir la porte pour le flux constant de personnes qui entraient et sortaient du pub, me rejoignit enfin dans mon coin lugubre. Je savais désormais pourquoi c'était la seule table de libre : elle se trouvait juste en dessous du haut-parleur qui déversait de l'électro. Une fois échangées (à pleine voix, forcément) les salutations et formules de politesse d'usage, je sortis mon carnet et mon stylo de ma mallette.

« Bien, je n'ai qu'une demi-heure, alors allons droit au but. Je vais prendre des notes de notre discussion, ensuite je les taperai à l'ordinateur et je te les enverrai pour validation.

— Excellente idée. Ça évitera les malentendus.

— Pardon, les quoi ?

— Les malentendus.

— Exactement. Numéro un : lieu de résidence. Chez moi, évidemment. Dès que j'aurai reçu mon héritage, c'est-à-dire très bientôt, j'achèterai un appartement mieux adapté à une famille de deux personnes ; rassure-toi, tout est prévu sur le plan domestique.

— Désolé, Susan, je n'ai rien entendu », dit Richard en se penchant vers moi avant de reculer à la hâte.

Je répétai, plus fort, articulant chaque mot aussi distinctement que possible.

« Oui oui, tout à fait. J'ai toujours été d'accord pour que l'enfant vive avec toi, Susan, et je ne doute pas que tu organiseras tout comme il faut.

— Très bien. » Un groupe d'hommes au bar poussa une clameur prolongée. J'attendis que le calme revienne avant de poursuivre. « Numéro deux : fréquence des contacts entre toi et l'enfant. Je pensais à une fois par semaine.

— Tu as dit une fois par semaine ? cria Richard. C'est parfait. Comme tu le sais, je suis généralement à Londres le mercredi et le jeudi, donc un de ces deux jours ferait l'affaire. Et elle resterait avec moi à l'hôtel le mercredi soir. J'imagine qu'elle pourrait m'accompagner en réunion et aux expositions.

— En effet. Il paraît qu'ils sont faciles quand ils sont petits. Ils dorment tout le temps.

— Parfait. J'achèterai l'un de ces porte-bébés. C'est bien plus pratique qu'une poussette pour aller au théâtre et dans les galeries d'art.

— Quand elle sera née, tu pourras venir la voir à l'hôpital, même si ce n'est pas un mercredi ou un jeudi.

— C'est très aimable à toi, Susan.

— Comment ?

— Très aimable ! »

Je hochai la tête, bus une rasade et griffonnai ce dont nous étions convenus jusqu'à présent. Ma gorge me faisait mal à force de crier.

« Numéro trois : les week-ends. J'imagine que tu aimerais l'emmener de temps en temps dans le Sussex. Je pensais à un week-end par mois.

— Je ne suis pas sûr d'être d'accord avec un week-end par an.

— Pour l'amour du ciel, est-ce que tu pourrais demander à quelqu'un de baisser la musique ? »

Richard disparut un moment et sa mission dut être couronnée de succès car le niveau sonore devint bientôt supportable. Quand il eut regagné son siège, je répétai le point numéro trois à l'ordre du jour.

« C'est exactement ce que j'allais te proposer, fit Richard. Je pourrais venir la chercher à la gare de Waterloo. Une fois qu'elle saura se faire comprendre, tu penses qu'il serait possible de la mettre dans le train à Londres et que je la récupère à l'arrivée ?

— Pourquoi pas ? Après tout, il est important d'encourager l'indépendance dès le plus jeune âge. Je continue. Numéro quatre : les vacances.

— Je ne prends généralement pas de vacances.

— Moi non plus, Richard, mais apparemment, les enfants aiment ça.

— Eh bien, disons deux fois par an, une semaine au printemps et une en automne ? J'ai vraiment hâte de lui faire découvrir les capitales européennes.

— Alors c'est d'accord. Évidemment, il faudra choisir des dates qui correspondent aux vacances scolaires. Ce qui m'amène à la question numéro cinq : l'éducation de l'enfant et autres détails pratiques. Je serai heureuse d'écouter ton point de vue sur ces sujets ; cependant, en tant que tutrice principale, c'est toujours moi qui prendrai les décisions.

— Avec une autre que toi, Susan, je protesterais peut-être, mais sachant que tes idées correspondront probablement aux miennes, j'y consens.

— Et enfin, numéro six : le côté financier, sur lequel nous n'avons pas été d'accord jusqu'à présent. Bien qu'accepter de l'argent de ta part me déplaise beaucoup, je sais que tu as très envie de contribuer. J'ai opté pour un compromis. Chaque mois, j'énumérerai les sommes précises dépensées pour l'enfant, que ce soit la nourriture, les habits, les livres, et cetera. Je t'autoriserai à payer cinquante pour cent du total, pas un penny de plus. Que les choses soient bien claires : en aucun cas je n'accepterai d'argent pour moi. Je ne te serai pas redevable moralement.

— J'ai compris et j'accepte.

— Je crois que nous avons passé en revue toutes les questions, dis-je en finissant mon verre.

— Nous pouvons nous féliciter pour cet excellent travail à l'amiable. Certaines personnes en auraient fait tout un plat, mais nous sommes tous deux trop raisonnables et pragmatiques pour nous enliser dans les détails. J'ai hâte de mettre notre accord à exécution. Combien de semaines reste-t-il ? Huit ?

— Sept semaines et deux jours.

— Encore mieux. Il y a cependant une dernière question à régler, avant que nos chemins se séparent. Celle qui est restée en suspens la dernière fois que nous nous sommes vus : le mariage.

— Richard, j'apprécie ta proposition mais, soyons réalistes, nous n'en avons envie ni l'un ni l'autre. Notre relation était comme une aventure – les sorties, les nuits à l'hôtel, la séparation de la vie quotidienne. Les amants n'ont généralement pas l'intention de quitter leur conjoint, pas plus que nous n'avons jamais envisagé de passer le reste de notre vie ensemble.

— Ton manque d'enthousiasme est peut-être justifié. J'y ai beaucoup réfléchi, ces dernières semaines. Mon but a toujours été de faire ce qu'il fallait et si tu avais changé d'avis et pensais que le mariage te conviendrait, ç'aurait été avec plaisir. Je dois toutefois admettre que je ne suis pas certain de pouvoir vivre avec quelqu'un sur le long terme. J'aime faire les choses d'une certaine manière, tout comme toi, et je ne sais pas comment je pourrais m'accommoder des habitudes et des manies d'une autre personne. Ma demande tient toujours, bien entendu, mais si tu es résolue à la rejeter, je comprends tout à fait.

— Rassure-toi, Richard. Si nous nous mariions, ce serait un vrai désastre. Je n'ai aucune intention d'accepter ta demande.

— Alors oublions toute cette histoire. La soirée a été très productive. Je savais au fond de moi que c'était ce que tu ressentais. Nous ne sommes pas du genre à nous ranger ; nous avons bien trop d'habitudes. »

Je suppose que je pourrais difficilement le contredire.

Février

22

« On cherche quoi, exactement ? demanda Kate en attrapant le paquet de Post-it que je venais de faire glisser vers elle sur la table de la cuisine.

— Toute allusion à un problème de santé mentale, même mineur ou passager. Confusion, perte de mémoire, anxiété, dépression. Surligne aussi tous les traitements prescrits. Utilise les Post-it roses pour les symptômes, jaunes pour les diagnostics et verts pour les médicaments.

— Attends une minute, laisse-moi écrire tout ça. »

J'espérais avoir bien fait de laisser Kate m'aider. Après tout, elle était étudiante en troisième cycle dans un domaine pseudo-scientifique ; elle ne pouvait donc pas être complètement dénuée de logique. Le fait est que le dossier médical de ma mère traînait sur le coffret depuis ma sortie de l'hôpital, à attendre que j'en fasse quelque chose. Même un effort mental était trop difficile pour moi. Cependant, au début de ce mois, je fus incitée à passer à l'action. J'avais en effet reçu par la poste les courriers de la défense, en réponse à ma plainte : l'un de la part de Mr Brinkworth et l'autre de la part d'un cabinet mandaté par Edward. Les documents ne contenaient rien que je ne sache déjà – ils réfutaient simplement mes allégations –, mais je savais qu'il était grand temps que je rassemble mes preuves. Lorsque je parlai à Kate de la tâche qui m'attendait pendant le week-end, elle proposa de m'aider. Je la soupçonne d'avoir davantage cherché à échapper à la dissertation qu'elle était censée rédiger qu'à partager mon fardeau.

« Notre campagne contre la dissolution de l'association pour les mères et leurs bébés se passe bien, dit Kate en parcourant la première feuille de sa pile. On a reçu énormément de soutien de la part des habitants du quartier, surtout des parents et des grands-parents.

— C'est fascinant, mais je pense que nous arriverons mieux à nous concentrer si nous ne nous laissons pas aller à un bavardage stérile.

— Oui, chef. »

Kate étudiait les notes concernant la première admission de ma mère à l'hôpital, deux ans avant sa grande attaque. Après avoir tourné quelques pages, elle leva les yeux.

« Ils n'arrêtent pas de mentionner qu'elle a eu une AIT. Qu'est-ce que ça veut dire ? »

Je fis une recherche sur mon ordinateur portable. « C'est l'acronyme pour une "attaque ischémique transitoire". L'appellation médicale d'un mini-AVC. Un des côtés de son corps a subi une paralysie temporaire et elle avait des troubles de l'élocution. Ça n'a duré que quelques heures. Je n'étais même pas allée la voir parce que le temps que j'apprenne la nouvelle, elle était déjà revenue à la normale. En tout cas, c'est ce qu'elle m'a dit.

— Tu n'as pas voulu aller vérifier par toi-même ?

— Ça ne semblait pas nécessaire. J'ai cru ce qu'on me disait. »

À l'époque, j'étais persuadée d'avoir fait ce qu'il fallait. Si ma mère avait voulu me voir après son mini-AVC, elle l'aurait dit, non ? Pourtant, lorsque j'en parlai à Kate, je ne me sentis pas tout à fait coupable mais peut-être un peu honteuse. Je commençais à penser que la décision la plus rationnelle n'était peut-être pas toujours la meilleure. Nous poursuivîmes notre lecture.

« Ils disent que l'IRM a révélé un petit caillot qui causait une perturbation temporaire de l'apport en oxygène vers son cerveau, reprit Kate. On lui a prescrit un médicament appelé "clopidogrel". »

Je me tournai de nouveau vers mon ordinateur. « C'est un "antiagrégant plaquettaire" qui empêche la formation de caillots ; une personne qui a déjà été victime d'un mini-AVC a plus de risque d'en avoir un autre, plus grave encore. » Je vérifiai les effets secondaires mais ne trouvai rien qui aurait pu affecter les facultés mentales de ma mère.

« De toute façon, elle n'en a apparemment pris que pendant quelques semaines, dit Kate. Elle aurait dit aux médecins de la clinique que ça lui donnait des migraines et qu'elle voulait arrêter. Ils lui ont prescrit de l'aspirine à faible dose à la place.

— D'autres médicaments ? demandai-je.

— Je ne vois rien d'autre. Les notes indiquent que les médecins étaient satisfaits de son rétablissement. Ils l'ont laissée sortir sous la surveillance de son généraliste. »

Le paquet de documents médicaux que j'étais en train d'examiner concernait la deuxième attaque de ma mère, à commencer par son admission aux urgences après l'incident à l'église. Il y avait des pages et des pages de données : observations cliniques ; mesure de la tension artérielle, du rythme cardiaque et de la température ; résultats hématologiques et cytologiques ; et rapport de médication. Je trouvai aussi des comptes rendus de scanners et d'IRM. Les notes disaient que ma mère avait eu un « accident vasculaire cérébral ischémique de l'hémisphère gauche », causé là encore par un caillot de sang dans le cerveau – plus gros, cette fois-ci. On lui avait administré un « activateur tissulaire du plasminogène » pour désagréger le caillot, puis de nouveau les agents antiplaquettaires ainsi que de la warfarine – un anticoagulant – et des bêtabloquants pour son hypertension. Une partie du jargon médical était compréhensible, quant au reste, je le vérifierais plus tard. J'avais envie d'entrer dans le vif du sujet.

Les médecins avaient constaté que ma mère réagissait bien au traitement ; au bout de quelques jours, elle avait commencé à retrouver l'usage de sa main droite paralysée et contrôlait suffisamment bien sa voix pour se faire comprendre. Cela concordait avec mes souvenirs ; ma mère sembla d'ailleurs si bien remise de son attaque que je rentrai à Londres avant sa sortie de l'hôpital. Après tout, tante Sylvia et Edward lui rendaient visite chaque jour et je savais que le travail en retard s'accumulerait sur mon bureau. De plus, Richard avait des billets pour un concert au Barbican auquel je voulais absolument me rendre. Malgré ces nombreuses raisons tout à fait sensées, je dois admettre que je me demande à présent s'il n'aurait pas fallu attendre que ma mère ait quitté l'hôpital ; je n'aurais peut-être pas dû supposer qu'elle allait se rétablir aussi rapidement et complètement que lors de son mini-AVC.

Je me penchai sur les rapports des consultations hospitalières auxquelles ma mère s'était rendue régulièrement après sa sortie. Les premières pages concernaient les questions physiques : les vérifications habituelles de sa tension et de son rythme cardiaque, ainsi que la manière dont elle tolérait les médicaments. Suivait une page de notes bien plus détaillées. Voilà qui devenait intéressant. Ma mère expliquait au médecin qu'elle se sentait contrariée par de petits incidents qui ne la dérangeaient pas auparavant, comme le chat du voisin venant faire ses besoins dans son jardin ou le laitier livrant le lait après le petit déjeuner. Même si elle savait qu'elle en faisait tout un fromage, ce genre de choses lui étaient devenues presque insupportables. Ma mère confia également au médecin qu'elle égarait sans cesse des objets – ses clés, son sac à main, son carnet d'adresses –, oubliait les dates et ce qu'elle devait faire ce jour-là. Elle se sentait stupide et énervée contre elle-même. Elle pensait que dresser des listes détaillées et écrire des pense-bêtes lui permettait de dissimuler son état à son entourage. Mais faire semblant était épuisant. Elle disait se sentir déprimée. Le rapport de l'hôpital indiquait que ma mère avait été envoyée vers un neurologue et un psychiatre pour d'autres examens et bilans. Ceux-ci conclurent au diagnostic suivant : démence vasculaire.

« Oh non, dis-je. Oh mon Dieu.

— Qu'est-ce que tu as trouvé ? demanda Kate en levant le nez de la dernière page de sa pile.

— La démence. Ma mère souffrait de démence vasculaire.

— C'est un peu plus grave que la confusion. Elle ne t'en a jamais parlé ? Tu ne t'en es pas rendu compte ?

— Je savais que quelque chose clochait mais elle le cachait bien. Je ne lui ai rendu visite que deux fois après son AVC, donc je n'ai pas vu tous les signes. Je ne crois pas non plus que ma tante ait remarqué, pourtant elle la voyait régulièrement. Ma pauvre maman. »

Nous restâmes quelques instants assises en silence. « Sans vouloir être indélicate, dit Kate, voyons le bon côté des choses : c'est super pour ton procès, non ? Enfin, pas super qu'elle ait souffert de démence. Ça va sans dire. Mais on ne peut pas changer le passé ; c'est comme ça et pas autrement. Tu dois être satisfaite de savoir que tu avais raison depuis le début.

— Je suppose que oui. » Kate avait vu juste. C'était exactement ce que j'espérais trouver. Pourtant, j'étais loin d'être satisfaite.

« Si elle m'en avait parlé à l'époque, j'aurais pu venir la voir plus souvent. J'aurais pu l'aider ; la protéger d'Edward. »

Absorbée dans son travail de détective, Kate ne m'écoutait que d'une oreille. « Je viens de faire une recherche. Les symptômes de démence vasculaire peuvent comprendre une lenteur de la pensée et des difficultés à élaborer des projets. Il n'existe aucun traitement précis. Qu'est-ce qu'ils ont fait, à l'hôpital ? »

Je me replongeai dans les rapports. « On lui a prescrit des antidépresseurs en plus de tous les autres médicaments qu'elle prenait déjà. On lui a aussi conseillé de changer ses habitudes de vie et d'aller voir un ergothérapeute. J'ai l'impression que c'était censé l'aider à gérer ses activités quotidiennes. Ça lui a probablement permis de dissimuler ses problèmes. » Je tournai une autre page. Celle-ci parlait de son programme de soins. Ma mère et Edward avaient participé à une réunion au cours de laquelle mon frère avait accepté de devenir son principal prestataire de soins, par conséquent aucune autre aide à domicile ne fut prévue. On informa ma mère qu'elle avait droit à des allocations en échange des soins qu'Edward lui prodiguerait. Elle répondit qu'elle avait déjà envoyé une demande.

Je passai en revue le reste des documents, tous du même acabit : médicaments prescrits, notes sur les problèmes de mémoire et d'organisation rencontrés, autres examens et bilans. Les médecins expliquèrent à ma mère que son état paraissait stable pour l'instant mais qu'elle devrait continuer à suivre son traitement car de nouveaux caillots seraient susceptibles de causer d'autres dégâts. La présence d'Edward aux rendez-vous était souvent mentionnée. Voilà. J'avais désormais la preuve, non seulement que ma mère souffrait d'une pathologie qui pouvait affecter sa capacité à rédiger un testament, mais aussi qu'Edward en était parfaitement conscient. Qui plus est, il avait profité financièrement de la situation. Je pouvais comprendre pourquoi ma mère ne m'avait pas parlé de son diagnostic. C'était une femme fière ; elle n'aurait pas voulu me faire pitié. Mais pourquoi Edward me l'aurait-il caché, sinon par calcul ? Plus j'y pensais, plus le chagrin laissait place à la colère face à la duplicité d'Edward.

J'étais désormais certaine qu'un juge invaliderait le testament et que la succession finirait par être comme un décès intestat ; à savoir que la maison serait vendue immédiatement et la recette divisée équitablement entre Edward et moi. La fin de partie paraissait toute proche. J'aurais dû en être plus heureuse.

La semaine suivante, pendant ma pause déjeuner, je passai voir Brigid dans son cabinet de Lincoln's Inn. L'accès à son bureau mansardé, aux dimensions exactes d'un placard à balais, se faisait par un escalier raide en colimaçon ; l'ascension était loin d'être évidente dans mon état de grossesse avancée, pas plus qu'elle ne devait l'être pour Brigid la Barrique. Son bureau croulait sous les dossiers bien sûr mais également sous les plantes en pot fanées, les tasses à café sales, les emballages de sandwich et divers tickets de caisse. Cela me rappela sa chambre dans l'appartement que nous partagions autrefois.

« Alors, qu'est-ce que tu as à me montrer ? » demanda Brigid en faisant de la place au milieu de son bureau d'un revers de son bras musclé.

Je lui tendis mon formulaire de plainte et l'exposé des faits ainsi que les deux défenses, qu'elle consulta quelques instants. Je lui expliquai ce que j'avais découvert dans le dossier médical et lui montrai les passages les plus significatifs. Enfin, j'ajoutai que Margaret, ma tante et le pasteur attesteraient – à des degrés divers – que ma mère souffrait de pertes de mémoire et de confusion.

« Tu as loupé ta vocation, ma vieille. J'ai toujours dit que tu aurais dû passer le barreau.

— La paperasse ne m'aurait pas posé de problèmes ; les gens, si.

— M'en parle pas. »

Elle lut les paragraphes du dossier médical que j'avais surlignés. « C'est exactement le genre de preuves dont tu as besoin dans un cas comme celui-ci. Tu as entendu parler de l'affaire Banks contre Goodfellow ? »

Je répondis que j'avais lu un article à ce sujet au cours de mes recherches. Il apparaissait qu'une personne rédigeant un testament doit avoir conscience de sa démarche et des conséquences de celle-ci, de l'importance de ses biens et des contraintes légales à respecter.

« Tout à fait. Et cette personne ne doit pas souffrir de troubles mentaux qui – je cite de mémoire – "empoisonnent ses affections, pervertissent son sens du bien et du mal ou empêchent l'exercice de ses facultés naturelles". En règle générale, si un testament paraît rationnel et ne contient aucune irrégularité, on présume la bonne santé mentale. Mais l'affaire Vaughan contre Vaughan a fait valoir que s'il existe des signes de confusion ou de perte de mémoire, ce sera à ceux qui font confiance au testament – soit Mr Brinkworth et ton frère – d'établir la bonne santé mentale. Une autre affaire dit qu'un tempérament irrationnel peut remettre en cause la présomption de facultés mentales normales. Donc, les preuves médicales alliées au fait qu'il n'y a aucune raison logique pour que ta mère ait accordé sa préférence à ton frère, tout ça joue en ta faveur.

— C'est exactement ce que je pensais.

— Attention quand même à une chose. La question n'est pas de savoir si la personne comprend ce qu'elle fait mais si elle a les capacités mentales de comprendre. Plus la succession est complexe, plus il est aisé de démontrer l'incapacité. Le fait que ce soit un testament très simple avec seulement deux bénéficiaires ne va pas vraiment t'aider.

— Mais la démence vasculaire l'empêchait probablement de saisir tout ce qu'implique un usufruit.

— C'est l'argument que j'essaierais de mettre en avant.

— Il y a aussi la manipulation.

— Ah oui, la manière forte. Tu sais que je n'ai jamais aimé en passer par là. La manipulation implique une coercition ; le défunt doit avoir été poussé à rédiger un testament contre son gré. Heureusement pour ton dossier, la coercition varie en fonction de la volonté, or si la volonté est affaiblie par une fragilité psychologique, il devient plus facile de la circonvenir. Le problème, c'est que quelqu'un peut être influencé sans que ce soit contre sa volonté. Donc si Edward s'est contenté de tanner ou de harceler ta mère pour obtenir l'usufruit de la maison familiale, ça ne suffit pas. La cour voudra s'assurer, après examen des probabilités, qu'Edward a fait plus que ça ; qu'il l'a bel et bien forcée à rédiger son testament contre son gré. Tu ne m'as rien montré qui prouve une telle chose. »

Un jeune avocat frappa à la porte. Brigid lui demanda d'attendre une seconde.

« Bon, Susan, dit-elle en se levant. Je te conseille d'oublier la manipulation et de te concentrer sur les facultés mentales. Le dossier médical, soutenu par les témoignages, t'apporte des arguments légitimes. Fais rédiger et signer dès que possible les dépositions des témoins et envoie tes preuves aux autres parties. Espérons qu'ils capituleront sans avoir à passer par une audience. Bonne chance, ma vieille. N'oublie pas ma part des gains. »

Deux jours plus tard, au bureau, je reçus un appel du pasteur de St. Stephen.

« Mrs Green. Je suis ravi de vous avoir au téléphone. J'ai longuement réfléchi au sujet que nous avions évoqué à Noël et j'ai beaucoup prié Dieu qu'il me guide. J'en suis venu à la conclusion que j'ai le devoir moral et éthique de vous révéler ce que votre mère m'a confié, maintenant qu'elle n'est plus parmi nous.

— Il était temps. » En réalité, les informations prétendument top secrètes du pasteur m'étaient complètement sorties de la tête.

« Oui, je suis désolé d'avoir tant tardé, mais la décision a été très difficile à prendre. Ce qui a fini par me décider, c'est le fait que cela aura un impact sur vous, personnellement, ainsi que sur vos actes. Par ailleurs, avant sa mort, votre mère se demandait si elle devait vous en parler. Je crois qu'elle l'aurait fait, au bout du compte. Il me semble que ces considérations l'emportent sur mon devoir de confidentialité envers votre défunte mère.

— Très bien. Je suis sûre que Dieu comprendra votre raisonnement. Alors, de quoi s'agit-il ?

— Ah, eh bien ce n'est pas le genre d'information que je peux divulguer par téléphone. Venez me voir dans la sacristie, je vous expliquerai tout.

— Vous vous rendez compte que j'habite à cent cinquante kilomètres et que je suis enceinte de huit mois ?

— En effet, Mrs Green, et je suis navré de vous déranger ainsi, surtout dans cette situation délicate. Mais je suis sûr que votre mère aurait voulu que je vous en parle en personne. »

Je pensais de toute façon retourner dans les Midlands. J'avais tapé les dépositions du pasteur, de Margaret et de tante Sylvia et je voulais être présente lorsqu'ils signeraient.

« D'accord. Vendredi prochain, dans l'après-midi ? suggérai-je.

— Formidable. » Il y eut un instant de silence. « Vous voudrez peut-être amener un ami ou un parent pour vous soutenir. »

23

Kate grimpa au grenier au-dessus de son appartement pendant que je tenais l'échelle et empêchait Ava et Noah de la suivre. Quelques instants plus tard, elle reparut avec un fourre-tout plein de vêtements de nouveau-né qu'elle me tendit.

« Mets-les à la machine et ils seront comme neufs », lança-t-elle en disparaissant de nouveau par la trappe. Elle descendit ensuite un couffin puis un sac-poubelle noir contenant du linge de lit et un siège auto pour bébé. « Tu n'auras pas besoin de grand-chose d'autre pour commencer, en dehors d'un paquet de couches.

— Mais où est-ce que je vais stocker tout ça ?

— Tu trouveras de la place dans ton appartement. C'est un peu comme le Tardis dans Doctor Who : tu serais surprise de voir le bazar que tu peux y entasser. »

Je proposai de la dédommager, mais elle refusa. « On les remettra là-haut plus tard. Qui sait ? Peut-être que l'une d'entre nous en aura encore besoin à l'avenir.

— Très drôle. »

Ce soir-là, j'ouvris le fourre-tout et étalai les affaires sur le sol du salon : combinaisons, bodies, gilets, blousons, casquettes et moufles. Tout était incroyablement petit ; cela me rappela les habits de la poupée que j'avais, enfant. Elle m'avait accompagnée presque partout, du jour où je l'avais reçue pour mon troisième anniversaire jusqu'à celui où – cinq ans plus tard – elle avait mystérieusement disparu de ma chambre alors que je faisais des courses de Noël avec ma mère. D'après cette dernière, j'avais dû l'emmener et l'oublier quelque part. Mais je n'étais pas idiote. Edward semblait très fier de lui quand nous étions rentrées, épuisées par la foule du centre-ville. Ce n'est que plus tard ce même soir que je compris pourquoi. Je n'avais toutefois aucune preuve et ma mère s'était emportée vivement contre moi pour avoir osé accuser Edward de la sorte.

« Le petit morveux en est capable, avait bredouillé mon père. On le laisse tout faire, dans cette baraque. »

Alors que je rangeais les habits de bébé, le téléphone sonna. Je jetai un œil à l'écran : c'était Rob. Je n'avais pas eu de nouvelles depuis presque un mois. Inexplicablement, l'inquiétude monta, j'hésitai à décrocher. Je saisis le combiné juste avant que le répondeur ne s'enclenche.

« Allô.

— Susan, je suis content de t'entendre. Ça fait un bail.

— Oui, ça doit faire un moment.

— Je n'ai pas vu le temps passer, j'ai été super occupé.

— Je vois ça.

— Tout s'est super bien passé, Susan. C'était extraordinaire. Au début, j'étais un peu gêné. Alison m'observait, pour s'assurer que j'avais vraiment changé, que je n'étais plus le même petit con qu'il y a vingt ans. J'ai dû être convaincant, puisqu'elle a décidé de prendre quelques jours de congé, de me faire visiter Édimbourg et de me présenter à ses parents et à ses deux autres enfants. L'un d'eux est à la fac et l'autre est en apprentissage dans une menuiserie du coin.

— Comme c'est charmant.

— Absolument. Sa famille a été tellement gentille avec moi, cette fois-ci ; rien à voir avec la dernière fois. Ils ont passé l'éponge. Qu'il y ait un nouveau méchant – l'ex-mari d'Alison – dans l'histoire a probablement joué. Comparé à lui, je ne suis apparemment pas si mal que ça.

— J'imagine que tu as rencontré ton fils.

— Finalement, oui. Il a commencé un doctorat à l'université de Liverpool. Alison avait suggéré qu'on lui rende visite ensemble pour qu'elle fasse les présentations, alors après la première semaine à Édimbourg, on y est allés en voiture. Je ne peux pas expliquer ce que ça m'a fait ; c'était le plus beau jour de ma vie, je n'exagère pas. Malgré tout, je n'étais pas prêt psychologiquement à le rencontrer. Je savais, d'un point de vue rationnel, que c'était un jeune de vingt-trois ans, mais inconsciemment, je le voyais encore comme un petit garçon. D'ailleurs, il est aussi grand que moi – peut-être même un peu plus grand – et plus râblé. Et il a une grosse barbe touffue. C'est un type incroyable ; Alison a fait du bon boulot.

— Je suis heureuse que tu t'entendes bien avec lui.

— Plus que ça. Je n'appellerais pas ça une relation père-fils. Je ne crois pas que ce soit possible, après toutes ces années. Mais on s'est attachés l'un à l'autre, sans le moindre doute. Alison a passé quelques jours avec nous à Liverpool avant de rentrer à Édimbourg et James a insisté pour que je reste. Il y a une chambre d'amis dans la maison qu'il loue. C'était super de passer du temps avec lui. On a vu la maison d'enfance de John Lennon, fait le Beatles Tour, traversé la Mersey en ferry. Ensuite, je lui ai proposé de lui faire découvrir Birmingham, alors il est venu chez moi. Je l'ai emmené là où sa mère et moi on s'est rencontrés et dans quelques-uns des endroits où on aimait traîner. Il est parti ce matin. On va essayer de se voir régulièrement.

— Je suppose que tu vas aussi voir Alison régulièrement, maintenant que vous êtes de nouveau ensemble. »

Il éclata de rire. « En fait, on n'est pas ensemble. »

Pas ensemble, pensai-je. *Pas ensemble*.

« Je suis navrée. Tu dois être très déçu.

— Pas du tout. Quand on s'est revus, j'ai tout de suite compris à quel point c'était ridicule. J'avais idéalisé Alison et les moments qu'on avait passés ensemble, mais ça n'était pas vrai à l'époque, pas plus que maintenant. Je la trouve géniale, on s'entend bien, elle est sympa et drôle et elle aurait peut-être voulu retenter le coup ; ou pas. Mais il n'y a pas eu d'étincelle, de mon côté du moins. C'est dingue d'avoir été aussi obnubilé par quelqu'un qui n'existait pas vraiment, hors de mon imagination.

J'ai été idiot. Alison et moi, on va quand même rester amis. On a James en commun et on fait chacun partie du passé de l'autre. Mais elle ne fait pas partie de mon avenir. J'ai beaucoup réfléchi, ces dernières semaines. Et je suis désolé de ne pas t'avoir appelée plus tôt. J'étais dans une petite bulle ; la vraie vie est restée en suspens. Je vais me rattraper.

— C'est tout à fait inutile.

— Si, si. » Un silence. « Bref, raconte-moi ce que tu deviens.

— Je me suis occupée de la paperasse pour mon dossier judiciaire », dis-je en m'apercevant que je me détendais peu à peu. J'expliquai ce que j'avais découvert dans les comptes rendus médicaux. Cela le surprit ; Edward n'avait jamais mentionné le diagnostic de démence vasculaire. À propos d'Edward, Rob me confia qu'ils s'étaient disputés. Mon frère avait appris que nous avions réveillonné ensemble ; il avait traité Rob d'agent double et de salaud de traître. Je ne pus m'empêcher de sourire. Je parlai des complications de ma grossesse et de mon séjour à l'hôpital. Rob aurait aimé que Kate l'appelle pour venir me rendre visite. Il était désolé de n'avoir pas été là pour me soutenir.

Notre conversation dura probablement plus d'une heure – je ne surveillai pas ma montre. Vers la fin, je mentionnai par hasard que je prendrais le train pour les Midlands le vendredi suivant pour voir le pasteur et faire signer les dépositions.

« C'est parfait, dit-il. Je te rejoindrai à la gare et je t'emmènerai où tu veux. »

Je déclinai son offre, sans doute pas aussi fermement que j'aurais dû, mais il insista.

« Tu as besoin que quelqu'un t'accompagne, à cause de ce qui t'est arrivé avec le bébé. S'il se passe encore quelque chose, tu ne devrais pas être seule. »

Je dois admettre que j'étais très heureuse de son insistance ; ça me ferait gagner du temps et économiser les frais de taxi.

En route pour Birmingham, je me sentis anormalement nerveuse et perturbée. J'ignorais pourquoi ; peut-être était-ce l'anxiété de rencontrer le pasteur ou de voir Rob, mais ni l'une ni l'autre de ces suppositions n'avait de sens. J'essayai d'ouvrir le livre sur l'éducation des bébés que j'avais acheté la semaine précédente. Cependant, je m'aperçus que je relisais le même paragraphe encore et encore. Kate m'avait dit de le jeter à la poubelle. Elle disait qu'on ne pouvait pas dresser les bébés comme des singes savants ; qu'il fallait juste agir naturellement. C'est bien beau, mais si je n'y arrive pas ? Crainte infondée ; je saurai quoi faire, bien entendu.

Alors que je passai à grand-peine le tourniquet de la gare de New Street, je le vis qui regardait le panneau des arrivées et vérifiait l'heure. Je ressentis un choc ; ça n'avait rien à voir avec son apparence, il s'agissait d'autre chose. C'était un peu comme ce qu'on éprouve quand on ouvre la porte de chez soi après une longue absence ; à la fois la sensation de retrouver quelque chose de familier et de le voir sous un nouveau jour. Rob m'aperçut et s'approcha à grands pas. Arrivé à ma hauteur, il s'arrêta, hésitant, avant de se décider à me dire bonjour. Je lui rendis son salut. J'avoue que je cachai même mon visage dans son caban tandis qu'il enfouissait le sien dans mes cheveux. Un pas avait été franchi. Complètement ridicule, je sais. Je me sens pitoyable rien qu'en le racontant. De quoi diable avions-nous l'air ? Une petite femme très enceinte et à l'élégance irréprochable avec un grand type aux cheveux en bataille, vêtu d'un bleu de travail. À l'évidence, je n'avais plus toute ma tête.

À ma grande surprise, Rob avait nettoyé sa camionnette, l'intérieur comme l'extérieur. Il avait même posé une couverture sur le siège dégoûtant et accroché un désodorisant. Ce n'était pas exactement une limousine, mais il y avait du progrès. En chemin, il me confia que les affaires marchaient au ralenti ; c'était toujours le cas, en hiver. Pendant qu'il se trouvait à Édimbourg et Liverpool, Billy avait supervisé les travaux de rénovation de sa maison. C'était presque terminé désormais et il pensait pouvoir la vendre avec une bonne plus-value. Coïncidence, un de ses amis qui dirigeait une agence prospère de paysagisme à Londres l'avait appelé pour lui dire qu'il recevait bien plus de demandes qu'il ne pouvait en accepter. Il avait proposé à Rob de travailler avec lui. Une idée judicieuse, pensait Rob ; la clientèle potentielle était plus importante dans le Sud et rien ne le retenait à Birmingham. Il semblait chercher mon approbation. J'ignore pourquoi. Je répondis que ses choix professionnels et domestiques ne me regardaient pas.

« Peut-être. Mais ça m'aiderait, de savoir ce que tu en penses. »

Rob continua à esquisser ses embryons de projets ; il en parlait encore lorsque nous nous arrêtâmes à l'entrée du cimetière de l'église St. Stephen. Il sauta de la camionnette et en fit le tour pour m'aider à descendre du côté passager.

« Tu veux que je vienne avec toi ? demanda-t-il. Un peu de soutien moral ?

— Non, je ne pense pas que ça durera très longtemps. Attends-moi ici. »

Rob examinait les pierres tombales du cimetière lorsque je poussai la porte de l'église et redescendis en furie l'allée quelques minutes plus tard. Il se fraya un chemin au milieu de l'herbe humide et me rejoignit sous le porche.

« Et d'une. Plus que deux visites », fit-il après que je me fus hissée dans la camionnette.

Je ne répondis pas, regardant fixement devant moi.

« Susan, tu vas bien ? Je te conduis chez Margaret ? »

Silence.

« Je crois que ce sera pour une prochaine fois, dis-je.

— Comme tu veux. Est-ce qu'on va directement chez ta tante, alors ?

— Non, non, je ne veux pas aller à Worcester. Absolument pas.

— Je croyais que tu devais y passer la nuit. Elle ne t'attendra pas ?

— Tu m'écoutes ou pas, Rob ? m'écriai-je. Tu es sourd ou juste idiot ? Je ne veux pas aller chez tante Sylvia. Je ne veux pas aller chez Margaret. Je ne veux aller nulle part.

— Viens là, dit Rob en m'enlaçant. Je ne sais pas ce que ce crétin de pasteur t'a dit, mais je vois bien que ça t'a contrariée. Tu veux que j'aille lui péter les jambes ? » Je me dégageai et appuyai mon front sur la vitre. « Désolé. Allons chez moi », ajouta-t-il en démarrant.

Pendant le trajet, je repensai à mon entretien avec le pasteur. Cette fois-ci, la sacristie était glaciale ; le chauffage faisait des siennes et le radiateur électrique vétuste était impuissant contre le froid de février. Nous nous assîmes avec notre manteau et nos écharpes, le pasteur portant en plus des mitaines et une casquette en tweed. Je commençai par lui montrer la courte déposition rédigée en son nom qui résumait les faits dont il m'avait parlé lors de notre dernière rencontre. Après l'avoir lue, il la posa devant lui sur le bureau puis la recouvrit de ses mains, paumes à plat.

« Je suis navré mais j'ai bien peur de ne pas pouvoir la signer telle quelle.

— Pourquoi ?

— Ce n'est pas que je ne sois pas d'accord avec ce que vous avez écrit, mais il y manque un fait qu'il faudrait ajouter si je dois témoigner dans cette affaire.

— Mais encore ?

— Il vaut mieux que je le dise une bonne fois pour toutes. Susan, votre mère était très déprimée au cours des derniers mois de sa vie. Elle gardait un secret. Elle se doutait qu'elle ne serait bientôt plus de ce monde et hésitait à se confier à vous. Puis-je vous demander si vous avez déjà vu votre acte de naissance ?

— Non. Ma mère l'a perdu il y a des années. » Je n'avais jamais cherché à m'en procurer une copie. Je suppose que je l'aurais fait si j'avais voulu obtenir un passeport ou le permis de conduire, mais je n'en avais jamais ressenti le besoin. « Quel est le rapport, au juste ?

— Votre mère n'a pas perdu votre acte de naissance. Elle l'a caché.

— Pourquoi diable aurait-elle fait ça ?

— Elle ne voulait pas que vous le trouviez par hasard parce que vous auriez constaté qu'elle n'était pas votre mère biologique. Ma chère, je suis vraiment navré de devoir vous l'apprendre ; vos parents vous ont adoptée alors que vous n'aviez que quelques semaines.

— Haha. Elle perdait vraiment la boule. Elle pensait ne pas m'avoir donné naissance ?

— Ce n'était pas un délire. Nous en avions beaucoup, beaucoup discuté : du dilemme moral de vous cacher la vérité et de la peine que cela vous causerait si vous l'appreniez. Son récit était trop convaincant et plausible pour être le fruit de son imagination. Je sais que ça doit être un choc terrible pour vous.

— Ce n'est pas vrai. C'est un mensonge. Si on m'avait adoptée, je l'aurais su. Je m'en serais doutée. Tout le monde dit toujours à quel point je ressemble à mes parents. Quelles preuves avez-vous ? Je n'ai que votre parole. Bon sang, c'est vous qui pourriez avoir inventé tout ça, pour autant que je sache.

— Si vous avez du mal à accepter cette nouvelle, ce que je comprends tout à fait, pourquoi ne jetteriez-vous pas un œil à votre acte de naissance ?

Votre mère m'a dit où elle l'avait mis. Je crois qu'elle devait anticiper une situation comme celle-ci.

— Alors où était-il, d'après elle ?

— Dans sa boîte à bijoux. La doublure de la base est mal fixée. Elle l'a caché en dessous. Je suis vraiment, vraiment navré.

— À raison. Honte à vous de raconter des histoires absurdes sans vérifier les faits. C'est indigne de vous et de votre fonction. Je vais déposer une plainte officielle auprès de l'évêque ou du synode ou de je ne sais quoi. »

Je m'emparai de la déposition non signée restée sur le bureau et me sauvai.

Dans l'entrée de la maison de Rob, je fus d'abord frappée par la chaleur, particulièrement bienvenue après la sacristie glaciale et les courants d'air de la camionnette, puis par l'odeur de peinture, de vernis à bois et de colle à papier peint. Cette coquille vide ressemblait presque à un foyer.

« Je dois passer un coup de fil, dis-je à Rob en lui tendant mon manteau.

— Tu n'as qu'à aller dans le salon. Je vais mettre de l'eau à chauffer. »

Le portable de Kate sonna plus d'une demi-douzaine de fois. Enfin, elle décrocha.

« J'ai besoin que tu me rendes un service, dis-je. Est-ce que tu peux aller chez moi avec ton double et y prendre la boîte à bijoux de ma mère qui est dans la bibliothèque, sur l'étagère du haut ?

— Pas de problème. Attends une minute. »

J'entendis le cliquetis des clés, des pas dans l'escalier, le bruit du verrou et l'alarme qu'on désactivait.

« Voilà, j'ai la boîte. Qu'est-ce que tu veux que j'en fasse ?

— Enlève le compartiment du haut, vide le reste et regarde si la doublure est mal fixée.

— Oui, elle l'est. Il y a un papier plié dedans. On dirait un acte de naissance. »

Mon cœur battait la chamade, mes mains étaient moites. Je crus que j'allais lâcher le téléphone.

« Est-ce que tu peux le déplier et me lire les noms du bébé, du père et de la mère.

— Le bébé est Susan Mary Green. Oh, c'est ton acte de naissance ! Le nom de la mère est Sylvia Grainger. Il n'y a rien sous le nom du père. Qu'est-ce qu'il se passe, Susan ? Tu vas bien ?

— Merci pour ton aide. Tu peux tout remettre en place et fermer à clé en sortant ? »

Je raccrochai. Je me sentais mal ; la pièce commença à se dissoudre devant mes yeux, comme les couleurs d'une aquarelle se mêlant les unes aux autres. Je m'assis dans un fauteuil et me penchai en avant, les coudes sur les genoux, la tête dans les mains.

Ma vision se précisa un peu quand Rob entra, avec sur un plateau une théière en inox, des tasses dépareillées et un paquet de biscuits au chocolat.

« Ça va te requinquer un peu », dit-il, en posant le plateau sur la table basse. Me jetant un regard à cet instant, il vit que ça ne serait pas le cas.

« Tu veux en parler ?

— Je ne me sens pas bien. Est-ce que je peux m'allonger quelque part ? Juste un instant.

— Tu n'es pas sur le point d'accoucher, si ?

— Non, ce n'est pas ça du tout. J'ai simplement besoin de me reposer. »

Il m'accompagna là-haut, expliquant qu'il n'avait qu'un lit pour l'instant mais que je pouvais m'y allonger. La chambre était austère ; récemment décorée mais attendant d'être personnalisée. La seule trace de son occupant était une pile de livres d'horticulture sur la table de chevet. Après avoir retiré les couvertures, Rob m'aida à enlever mes chaussures.

« Je vais appeler ta tante pour lui dire que tu ne viendras pas. Elle m'a donné son numéro quand elle voulait que je m'occupe de son jardin. Dors aussi longtemps que tu veux. Je serai en bas, si tu as besoin de moi. »

Je fermai les yeux mais le sang qui battait dans mes tempes m'empêchait de me détendre. Ma tante était ma mère et ma mère, ma tante ; mon père n'était pas mon père du tout. J'avais beaucoup de mal à saisir. Tante Sylvia, qui avait quinze ans de moins que ma mère, devait avoir dix-sept ans lors de ma conception. C'était quelques années avant qu'elle n'épouse oncle Frank. Ma mère avait une trentaine d'années ; mon père et elle étaient mariés depuis six ans. Comment tante Sylvia avait-elle pu donner son bébé ? Un bébé qu'elle avait porté, tout comme je portais le mien. Je ne comprenais pas non plus pourquoi mes parents avaient adopté l'enfant d'une autre. Et pourquoi avaient-ils tous gardé le secret ? Ils ne m'avaient jamais donné l'impression que nos liens n'étaient pas ce qu'ils semblaient être. Tante Sylvia avait l'habitude de nous rendre visite avec une régularité agaçante, mais il est vrai qu'elle était très proche de sa sœur. Par ailleurs, elle s'intéressait toujours de près à ce que je faisais, mais je pensais que c'était sa nature indiscrète. Tante Sylvia : bête, vaniteuse, égocentrique. L'idée que j'étais sa fille m'atterrait. Mon enfance – tout ce qu'on m'avait dit ou fait, tout ce que j'avais vécu – reposait sur un mensonge.

Je redescendis environ une heure plus tard. Il faisait nuit ; les rideaux avaient été tirés, les lumières allumées et un radiateur à gaz asthmatique mis en marche. J'entendis la radio dans la cuisine, où je trouvai Rob assis à table en train de lire le journal local. Il se leva à mon approche et me demanda comment je me sentais. Je m'excusai de mon étrange comportement puis lui expliquai que le pasteur m'avait confié quelque chose au sujet de ma mère qui m'avait choquée et bouleversée. Il me demanda de nouveau si je voulais en parler ; je refusai.

« Est-ce qu'il y a des hôtels, dans le coin ? demandai-je. Il faut que j'aie une discussion avec tante Sylvia. J'ai décidé d'aller chez elle demain matin, donc reprendre le train pour Londres ce soir n'a aucun sens.

— Laisse tomber. Tu restes ici. »

Pour être honnête, j'avais besoin de compagnie. Je n'étais pas en état de me retrouver seule. La soirée fut plutôt morne et banale. J'aidai Rob à éplucher des légumes pour le plat qu'il préparait puis le regardai s'activer aux fourneaux. Nous partageâmes une bouteille de vin ; j'en avais besoin. Une fois le repas terminé, Rob fit la vaisselle et je l'essuyai. Nous discutâmes de notre travail, de ce qui avait changé à Birmingham ces dernières années, des films que nous avions vus ou voulions voir, évitant soigneusement ce que j'avais appris à St. Stephen. Vers la fin de la soirée, je m'aperçus que quelque chose le tracassait. Il aborda le sujet alors que j'allais monter me coucher.

« Est-ce que je dors sur le canapé ou on partage le lit ? Il est très grand, il y a largement assez de place pour deux – enfin, trois. »

Je ne m'attendais pas à une telle suggestion. Évidemment, si j'avais eu le temps d'y réfléchir ou si j'avais été dans mon état normal, je n'aurais pas hésité à lui enjoindre de dormir sur le canapé, sans équivoque.

« Je ne sais pas, répondis-je. C'est ta maison ; à toi de décider.

— D'accord. Alors, on partage. »

Je suppose que j'aurais pu dire à Rob que je préférais finalement dormir seule. Mais je n'en fis rien. J'ai toujours réprouvé l'indécision.

Lorsque je me réveillai le lendemain matin, il dormait contre moi, en cuillère, et son bras entourait mon ventre – eh bien, ce n'était pas tout à fait désagréable.

24

« Dommage que tu ne sois pas venue hier, tu as loupé Wendy et Chrissie. Elles étaient effondrées de ne pas te voir mais elles ont dû partir à l'aube. Elles sont allées skier je ne sais plus où. Une station avec un nom genre Europe de l'Est, mais je peux me tromper. Oncle Frank les emmène à l'aéroport, il sera de retour avant midi. Rob a appelé hier pour dire que tu étais mal en point. Ça arrive parfois, en fin de grossesse, si on ne lève pas le pied. C'était pareil pour moi quand j'attendais les jumelles. "Sylvia, arrête un peu de t'agiter dans tous les sens", me disait oncle Frank. Mais tu me connais. Je ne peux pas rester sans rien faire. C'est pour ça que je suis aussi svelte. »

Elle s'arrêta un instant en entendant le bruit de pneus sur le gravier.

« Oh, Rob s'en va. Il ne veut pas rester ? J'avais hâte de bavarder avec lui. J'ai vu un David de Michel-Ange qui ferait super près du belvédère et j'aimerais avoir son opinion d'artiste. Ciao ciao, Rob, mon chou – à plus tard. Susan, je suis tellement contente pour vous deux. Tu as tiré le bon numéro. J'ai toujours apprécié les hommes qui ont leur propre entreprise. Si j'avais vingt ans de moins, on se battrait pour lui. »

Tout ça avant que j'aie passé le seuil ou même dit « bonjour ». Plus tôt ce matin-là, j'avais expliqué à Rob qu'il ne ferait que le chauffeur ; sa présence chez ma tante serait un obstacle. Il répondit que ça ne le dérangeait pas. Tout près se trouvait une maison dont le jardin avait été créé par le célèbre paysagiste Capability Brown ; il s'y promènerait volontiers une heure ou deux. Paradoxalement, comme je regardais sa camionnette disparaître au bout de la longue allée, je regrettai presque de ne pas l'avoir autorisé à m'accompagner. Le sujet que j'étais sur le point de soulever avec ma tante pesait lourdement sur mes épaules.

Debout dans la cuisine en attendant que le café soit prêt, je fis un effort monumental pour papoter avec tante Sylvia, qui se demandait si une frange lui irait ou non. Enfin, après avoir étudié cette question particulièrement importante sous toutes les coutures, elle poussa le piston de la cafetière et se pencha pour vérifier son contenu.

« Je l'ai peut-être laissé passer trop longtemps. Ça va réveiller ton petit bout, pour sûr », dit-elle en se relevant et en tapotant mon ventre d'un geste affectueux.

Elle sortit deux tasses à fleurs du placard, servit le café et ajouta trois cuillerées de sucre dans l'une d'elles. La cuillère levée, elle s'arrêta.

« Tu veux du sucre, ma puce ? Je sais que je ne devrais pas, mais j'ai toujours été gourmande, depuis toute petite. "Sylvia, me disait mon père,

tu es déjà à croquer, pas la peine d'en rajouter."
Mais ça fait du bien de se laisser un peu aller. »

Je refusai poliment. Elle se dirigea vers le frigo. « Chantilly ou lait ? demanda-t-elle en ajoutant une bonne dose de crème à sa propre tasse.

— Noir, s'il te plaît.

— Oh là là, ce que tu es raffinée ! »

Nous étions assises l'une en face de l'autre sur les canapés en cuir crème du salon, séparées par une table basse de style Louis XIV où se trouvait la déposition que j'avais rédigée. Sylvia se pencha, passa directement à la dernière page et signa sans même jeter un œil au contenu. Je lui suggérai de le lire avant, mais elle affirma que c'était inutile.

« Tu écris mieux que moi, ma puce. Je suis sûre que c'est très bien. »

Je m'étais demandé si, au vu des circonstances, je devais tout de même demander à tante Sylvia de signer le document. Finalement, je décidai que oui ; quelle que soit l'issue de notre conversation, j'avais encore besoin des témoignages pour étayer les preuves médicales de mon dossier.

« Maintenant, dis-moi ce que tu deviens, dit tante Sylvia, levant sa tasse et raclant la chantilly avec sa cuillère.

— Je suis allée voir le pasteur de St. Stephen, hier.

— C'est bien. Il était très gentil avec ta mère. Toujours très élégant, même s'il a une barbe.

— Il a dit que maman avait un secret. »

Tante Sylvia posa sa tasse et sa cuillère et entreprit de retirer les peluches de sa jupe.

« Ah bon, ma puce ? Je me demande pourquoi il a dit ça. Mais je suppose qu'on a tous des choses à cacher. Je suis sûre que ce n'était rien d'important. J'aurais dû apporter des biscuits. J'ai de délicieux sablés écossais. Tu en veux un ? » Elle se leva.

« Apparemment, maman lui a dit que j'étais adoptée. »

J'étais calme, bien plus calme que je ne l'aurais cru. Ma tante se rassit, empourprée du cou jusqu'aux joues.

« C'est vrai qu'elle avait l'esprit embrouillé ; tu l'as dit toi-même. On l'a tous constaté, non ?

— Pas sur ce point-là, non. Je sais qui est ma mère sur mon acte de naissance. Je suis venue ici aujourd'hui parce que je veux entendre ce que tu as à me dire.

— Je ne sais pas de quoi tu parles. Enfin… Oh Susan, ma puce, s'écria tante Sylvia. Oh, je ne sais pas quoi dire.

— Et si tu me disais la vérité ? Il serait temps que quelqu'un le fasse.

— Tu n'aurais pas dû apprendre ça de cette manière. Je ne pensais pas que Patricia avait gardé l'acte de naissance. Elle m'a assuré l'avoir détruit une fois l'adoption finalisée. Quand est-ce que tu l'as trouvé ?

— Hier. Il était caché au fond de la boîte à bijoux de maman.

— Je n'imagine pas ce que tu dois ressentir. »

Elle se leva encore une fois et fit maladroitement le tour de la table basse pour me rejoindre. Elle tenta de me prendre les mains mais je me dégageai puis me glissai à l'autre bout du canapé.

« Non, dis-je. Ne me touche pas, s'il te plaît. Je veux juste entendre les faits.

— Susan, je voulais t'en parler, depuis que tu étais toute petite. Mais je ne pouvais pas, tu comprends ? Patricia était ta maman. Elle t'élevait comme sa propre fille. Je ne pouvais pas faire de vagues. Ça aurait contrarié toute la famille : ta mère, ton père, tes grands-parents, oncle Frank. Et ça t'aurait embrouillé les idées. J'ai fait ce qui me semblait juste. Ce que tout le monde voulait.

— Alors pourquoi ne pas m'avoir tout dit quand maman est morte ?

— J'y ai pensé, je te jure. Mais tu étais en deuil. Et ensuite, j'ai appris que tu étais enceinte. Je me suis dit que ça ferait trop pour toi. Sans compter qu'il aurait fallu que j'en parle à Wendy et Chrissie. Oncle Frank est au courant. Je lui ai tout raconté avant qu'on se marie. Il a eu la frousse au début, mais il m'a quand même soutenue. Je le dirai aux filles dès qu'elles reviendront de je ne sais où. Une fois qu'elles se seront faites à l'idée, elles seront aux anges de savoir que tu es leur sœur.

— Que tu leur dises ou non ne m'intéresse pas ; ça te regarde. Tout ce que je veux, ajoutai-je lentement et fermement, c'est connaître la vérité sur ma naissance. »

Depuis le couloir nous parvint la sonnerie du téléphone. Ma tante fit mine de se lever avant de se raviser. Nous tendîmes l'oreille, sans un mot, attendant que la personne raccroche ou que le répondeur se mette en route. Enfin, la sonnerie cessa. Tante Sylvia s'éclaircit la gorge.

« Susan, ma chérie, j'étais si jeune. » Ainsi commençait l'histoire de ma naissance. « Je n'avais que dix-sept ans ; j'habitais encore chez mes parents. Ça faisait moins d'un an que j'avais quitté l'école et je venais tout juste de trouver mon premier boulot – au rayon cravates de Rackhams. Tous les garçons me couraient après, mais ça n'allait jamais plus loin que ça. Sauf cette fois-là. Quand je me suis rendu compte que j'étais enceinte, j'étais horrifiée. J'avais l'impression d'avoir gâché ma vie. » Tante Sylvia secoua la tête comme pour en chasser le souvenir.

« Tu aurais pu avorter, si j'étais une si terrible erreur, dis-je d'un ton brusque. Ce n'était pas la peine de mettre au monde un enfant non désiré.

— Ne dis pas "non désiré". Ça ne s'est pas passé comme ça. Pas une seule fois je n'ai pensé à avorter. Je n'étais pas contre ; je connaissais quelques filles qui l'avaient fait, sans aucun regret, mais pour une raison que j'ignore, j'ai tout de suite décidé de ne pas choisir cette voie. »

Mon bébé appuyait sur ma vessie. Je changeai de position sur le canapé en cuir glissant.

« Alors pourquoi m'avoir abandonnée ? »

Tante Sylvia tressaillit.

« Quand ça a commencé à se voir, je savais qu'il me serait impossible de le cacher plus longtemps. La seule personne à qui je pouvais en parler était ta mère. À l'époque, elle avait déjà épousé ton père et ils vivaient à l'autre bout de la ville, on ne se voyait donc pas très souvent. On s'est retrouvées au Kardomah Café un samedi pendant ma pause déjeuner. Je tremblais comme une feuille. Je pensais que ça la rendrait folle. Elle avait quinze ans de plus que moi, rappelle-toi, et était plus qu'une grande sœur pour moi. Mais elle s'est montrée très compréhensive. Elle m'a demandé qui était le père et s'il allait assumer ses responsabilités. J'ai répondu qu'il s'agissait simplement de quelqu'un que j'avais rencontré à une fête ; je ne l'avais jamais vu avant ni revu depuis. “Tout ira bien, m'a-t-elle assuré. J'expliquerai tout à papa et maman. Quoi qu'ils en disent, je serai de ton côté.” »

Tante Sylvia se leva pour prendre une boîte de mouchoirs dorée dans le buffet pendant que je tentais de digérer l'idée que j'étais simplement la conséquence d'une aventure d'un soir. Elle se rassit sur le canapé et se tamponna le coin des yeux, attentive à ne pas étaler son épais maquillage.

« Je me sentais tellement coupable en me confiant à ta mère j'avais l'impression de me décharger du problème sur elle, mais elle a tenu parole. Le lendemain, elle est passée chez nous, s'est assise à la table de la cuisine avec ta grand-mère et ton grand-père et leur a tout raconté. Comme si de rien n'était. Mamie pleurait comme une madeleine et papy avait envie de me filer une raclée. Ensuite, ils ont dit des trucs du genre : “Que vont penser les voisins ?”, “Comment tu vas subvenir à ses besoins ?”, “Et comment tu vas faire pour trouver un mari, maintenant ?” Je ne savais pas quoi répondre. Ta mère, si. Elle avait déjà dû y réfléchir ; elle m'a demandé : “Tu ne pourras pas compter sur le père, je me trompe ?” J'ai répondu que non. “Et tu ne veux pas non plus que ce bébé te gâche la vie, n'est-ce pas ?” “Eh bien, non”, j'ai dit. “Alors il n'y a plus qu'une solution, Sylvia.” Bien sûr, je voyais où elle voulait en venir. Je lui ai dit : “Je ne peux pas le donner à un inconnu”. “Pas à un inconnu. À Clive et moi.”

— Pourquoi a-t-elle fait une chose pareille ? C'était ta bêtise, pas la sienne. Même pour une sœur, c'est un grand sacrifice.

— Pas pour elle. En fait, tes parents essayaient d'avoir un bébé depuis le jour de leur mariage. Il y avait eu trois grossesses et trois fausses couches, les unes après les autres. Ta mère avait l'impression que le temps pressait : elle avait la trentaine et pensait qu'elle ne pourrait pas avoir d'enfant. Je crois qu'elle se disait que ce n'était pas un hasard si j'étais tombée enceinte. Je me souviens qu'elle avait tout prévu. "Sylvia peut dire à son patron qu'elle va passer quelques mois chez des proches. Elle devra démissionner, mais avec un peu de chance, ils la réembaucheront. Elle pourra aller chez tante Gladys, à Rhyl, jusqu'à la naissance du bébé, ensuite elle reviendra à la maison comme si de rien n'était. Les gens n'y verront que du feu. Et Clive et moi pourrons adopter le bébé. De cette façon, il restera dans la famille et tout le monde sera content." Après, tes grands-parents se sont un peu calmés. Ça faisait d'une pierre deux coups, tu comprends ; la stérilité de ta mère et ma grossesse imprévue.

— Comme la vie est bien faite. La politique de l'autruche.

— Personne ne m'a demandé mon avis, ma puce. Ils supposaient tous que je serais d'accord. Alors j'ai accepté ; je ne voyais pas d'autre solution. Mais la semaine après ta naissance, quand ta mère et ton père sont venus à Rhyl, j'ai cru que je ne pourrais plus te laisser partir. Tu étais si belle. Tu avais les yeux les plus bleus que j'aie jamais vus et ta petite touffe de cheveux était la plus douce que j'aie jamais touchée. Pendant qu'ils bavardaient avec tatie Gladys, je t'ai emmaillotée dans un châle et j'ai glissé ton petit lapin à côté de toi – je l'avais tricoté un mois avant – et je t'ai serrée, serrée, serrée dans mes bras. »

Mon Lapinou. Il avait toujours été mon préféré ; à présent, il était rangé dans un carton à chaussures au bas de mon armoire, emballé dans du papier de soie. J'avais toujours cru que ma mère l'avait tricoté pour moi.

« Quand tes parents sont partis, ils t'ont emportée avec eux. Je n'ai jamais autant pleuré de toute ma vie. Je n'arrêtais pas de me dire que ce n'était pas comme si tu étais partie pour toujours ; je pourrais toujours te voir quand je voudrais. Je pourrais te câliner, te parler et te regarder grandir. »

Tante Sylvia renifla, prit une grande inspiration et me sourit. Je tournai la tête vers la cheminée de marbre blanc. Le manteau était encombré de photos de tante Sylvia, oncle Frank, Wendy, Christine et des petits-enfants. Je remarquai, à l'extrémité la plus proche de moi, un petit cadre argenté en forme de cœur qui contenait une photographie en noir et blanc d'un nouveau-né. S'il s'était agi de Wendy ou de Christine, il y aurait eu un autre cliché dans un cadre identique. Ce n'était pas le cas.

« Bref, je suis restée à Rhyl encore deux semaines, jusqu'à ce que je me sois remise de l'accouchement et que j'aie à peu près récupéré ma ligne. Tout s'est passé exactement comme l'avait prévu ta maman. Les voisins n'ont rien remarqué et Rackhams m'a réembauchée. Ta mère t'amenait me rendre visite toutes les semaines. Au début, c'était difficile de te voir dans ses bras et de te dire au revoir à chaque fois, mais ensuite je suppose que j'ai dû m'y habituer. Tu es devenue la fille de Patricia, ma nièce.

— Comme ça devait être commode », dis-je en me tournant vers ma tante. Elle tressaillit de nouveau mais poursuivit son récit.

« Tout le monde a été surpris quand ta mère est tombée enceinte un an plus tard, mais on pensait qu'elle ferait encore une fausse couche. Pourtant, cette fois-ci, elle a réussi à porter le bébé jusqu'au bout. Je ne l'ai jamais vue aussi heureuse que le jour de la naissance d'Edward.

— J'imagine.

— Pour être honnête, j'étais verte de jalousie quand je la voyais avec sa petite famille. Ensuite, j'ai rencontré oncle Frank, on a eu les jumelles et tu connais la suite. Je suis vraiment désolée, Susan. Je suis désolée que tes parents ne t'aient jamais dit la vérité. Mais tu vois bien que rien de tout ça n'est ma faute, pas vrai ? J'ai fait ce qu'on m'a dit de faire, voilà tout. J'aurais aimé que les choses se passent autrement, mais on se débrouille comme on peut. Maintenant que tu connais la vérité, je n'aurai plus besoin de faire semblant. Tu es ma fille à moi, désormais. Tu le seras toujours. »

L'eye-liner et le mascara formaient des flaques d'encre au coin des yeux de tante Sylvia. Elle les tamponna de nouveau avec un mouchoir.

« Et mon père biologique ? Dis-moi tout ce dont tu te souviens à son sujet. »

De pathétique, son expression se fit craintive.

« Il faut juste que je reprenne mes esprits, ma puce. Je vais faire un tour au petit coin et je reviens dans une minute. »

Je commençais à me sentir claustrophobe ; le plafond du salon semblait trop bas, la moquette trop épaisse, l'air trop lourd du parfum du diffuseur sur la table de jeu toute proche. Je me levai péniblement, passai la porte de la véranda et regardai par la fenêtre. Le ciel était gris acier et il tombait une bruine fine ; le genre qui ressemble à de la brume mais qui vous trempe en un rien de temps. Les branches des arbres étaient nues et il n'y avait aucun signe de vie dans les plates-bandes détrempées. Une pie solitaire atterrit sur la mangeoire, vit qu'il n'y avait rien à se mettre sous le bec puis s'envola. Au bout d'un moment, tante Sylvia réapparut dans l'embrasure de la porte, l'air résigné.

« Je vais me servir un xérès avant de reprendre, dit-elle. J'ai besoin d'un petit remontant. Tu en veux un ?

— Non merci. »

Lorsqu'elle revint, un verre en cristal à la main, elle proposa de s'installer de nouveau confortablement au salon.

« Je préférerais rester ici.

— Mais il fait si froid. Je n'arrive jamais à chauffer cette pièce, l'hiver.

— Ça m'est complètement égal. »

Je m'assis dans un fauteuil en osier et tante Sylvia fit de même, à contrecœur.

« Alors ? Et mon père ?

— Susan, je n'étais pas sûre de vouloir t'en parler. Personne d'autre que moi n'est au courant ; pas même oncle Frank. Je pourrais l'emporter dans la tombe, si je voulais – ce serait probablement plus facile pour tout le monde –, mais je vais te le dire. Tu mérites de connaître toute l'histoire. Fini les secrets, hein ? »

Tante Sylvia baissa la tête et se mit à tripoter sa grosse bague incrustée de diamants.

« Comme je disais, je n'avais que dix-sept ans, même si les gens me croyaient bien plus âgée à cause de ma façon de m'habiller ; tu sais, comme une star de ciné. J'admirais beaucoup ta mère. Elle avait tout : un mari, une maison, un travail, assez d'argent pour s'acheter de jolies choses. C'est difficile à imaginer, mais ton père était bel homme en ce temps-là. Il avait trente-deux ans, était respecté dans sa profession et très charmant. En fait, j'avais un peu le béguin pour lui. Bien sûr, il buvait déjà trop. Tout le monde le savait.

— C'était un alcoolique.

— Je sais, ma puce, mais on pensait juste qu'il poussait un peu, comme les acteurs de l'époque. Quand il buvait, on le trouvait rebelle. Personne n'aurait cru que ça ferait de lui un homme faible et destructeur.

— Quel est le rapport avec ton histoire ? »

Il y eut un long silence. J'entendais le léger tic-tac de la pendulette d'officier en toc par la porte du salon et le bourdonnement d'un tracteur au loin.

« Le soir en question, on était à un mariage. La cousine Shirley, tu te souviens d'elle ? Elle habite en Australie maintenant. »

Je hochai la tête.

« C'était un vendredi, poursuivit tante Sylvia, et je devais me lever tôt pour aller au travail le lendemain, alors j'avais décidé de ne pas rester jusqu'au bout. Shirley a dit que ton père pourrait me déposer chez moi avant de revenir à la réception. Il n'en avait pas très envie parce qu'il s'amusait bien. Mais comme il venait d'acheter une nouvelle voiture et qu'il aimait bien frimer, il a fini par accepter. Il avait déjà bu quelques verres – à l'époque, les gens s'en fichaient. Sur le chemin, il blaguait, il disait que j'avais l'air d'une Brigitte Bardot de Birmingham. Quand on est arrivés chez tes grands-parents, il a décidé d'entrer et d'en prendre un dernier pour la route ; il savait où mon père rangeait son whisky.

— Je ne comprends pas pourquoi tu me racontes tout ça. Je veux que tu me parles de mon père biologique, pas de mon père adoptif.

— J'y arrive, ma puce. J'y viens. » Elle avala une gorgée avant de reprendre. « Je me sentais déjà un peu pompette ; je n'avais pas l'habitude de boire mais j'avais pris deux verres de poiré cette nuit-là. J'ai mis un disque de Tom Jones sur le phonographe et j'ai commencé à danser. Ton père m'a rejointe ; au début, on a eu un fou rire parce qu'on dansait n'importe comment. »

Elle but une autre gorgée et je remarquai que ses mains tremblaient. Je pressentis soudain ce qu'elle allait me révéler ; j'espérais malgré tout me tromper.

« Enfin, inutile de rentrer dans les détails, soupira-t-elle. C'était juste une fois. J'ai tout de suite regretté et je voyais bien que lui aussi. Il est parti juste après et je ne l'ai pas revu avant plusieurs semaines. Je ne lui ai jamais dit que j'étais enceinte.

— Non !

— La seule fois où il m'en a parlé, c'était après que ta mère a eu l'idée d'adopter le bébé. Il est venu me voir chez Rackhams un jour en fin d'après-midi, peu de temps avant que je démissionne. Il a juste dit : “C'est le mien ?” J'ai répondu : “Oui” et il a dit : “Je suis désolé.” C'est tout.

— Mon Dieu, non. » Je fermai les yeux.

« Le lendemain, ta mère a appelé pour m'informer que ton père était d'accord pour adopter le bébé. Elle n'a jamais su qu'il était ton vrai père. Du moins, je ne lui ai jamais rien dit. Je me suis quand même parfois demandé, au fil des ans, si ton père lui en avait parlé quand il était saoul, mais si c'est le cas elle n'a rien laissé paraître. Elle avait interdit à tous les membres de la famille – y compris moi – de parler de l'adoption. On faisait tous comme si tu étais sa fille. Je ne l'ai jamais dit à personne d'autre qu'à toi. » Elle avala d'un trait le reste de xérès et posa le verre sur la table. « Il faut que tu comprennes, Susan, que rien de tout ça n'était ma faute ni celle de ton père. Il ne s'était jamais intéressé à moi avant. C'était juste un coup de folie. Je ne regrette pas, parce que te voilà. Tu es une fille formidable, tellement belle et intelligente. Je suis si fière de toi. Et tu vas me donner un autre petit-enfant. La seule chose qui m'attriste, c'est d'imaginer ce que tu as dû endurer avec l'alcoolisme de ton père. Je sais que c'était dur pour toi. C'était dur pour moi aussi de te regarder de loin. Si j'avais pu te reprendre, je l'aurais fait. Mais je ne pouvais pas. »

Tante Sylvia se tut enfin. Elle avait l'air d'attendre une réaction mais j'étais statufiée, incapable de réagir. Son récit résonnait dans ma tête comme le coin d'un glacier s'effondrant dans l'océan. Mon sang était une rivière gelée ; des stalactites de douleur me perçaient la tête, martelaient le fond de mes yeux et les racines de mes dents. Mes oreilles sifflaient et j'avais l'impression que l'air me brûlait les poumons.

« Tu comprends, n'est-ce pas, Susan ? Dis-moi que tu comprends, ma puce. Dis-moi que tu ne m'en veux pas. Je suis contente que tu aies tout découvert je te jure. Ça pourrait être un nouveau départ pour nous tous, maintenant que tu sais tout. »

Elle me caressa le bras d'un air implorant.

« Tu as été très claire. » Je frissonnai. « Mais ne t'attends pas à ce que je te disculpe.

— Susan, tu ne sais pas comment ça se passait, à l'époque. Une mère célibataire, c'était encore mal vu. Sans doute pas à Londres ou dans les milieux branchés ou artistiques, mais là d'où on venait… Enfin, mes parents ne l'auraient pas supporté.

— Je sais bien ; je ne suis pas idiote. Mais je te connais, toi. Tu as toujours été aguicheuse. Tu ne peux pas dire "bonjour" à un homme sans faire ton numéro de charme. Tout le monde le sait. Tu étais jalouse de ta sœur et tu voulais ce qu'elle avait. Tu as séduit mon père quand il ne se contrôlait plus à cause de l'alcool, après quoi tu t'es montrée trop veule pour assumer les conséquences de tes actes. Oui, je comprends. Je comprends tout à fait.

— Ce n'est pas du tout ce qui s'est passé, Susan. »

Je n'avais qu'une envie : m'enfuir, m'éloigner de cette femme qui ne paraissait pas se rendre compte – pas le moins du monde – de ce qu'elle avait fait. Je l'ignorai pendant qu'elle s'apitoyait sur son sort et vérifiai ma montre ; cela faisait presque deux heures que j'étais dans cette villa. Avec un timing providentiel, la mélodie de Big Ben de la sonnette carillonna depuis le vestibule. Je m'extirpai du fauteuil en osier et traversai le salon jusqu'au vestiaire. Tante Sylvia me suivit, chancelante.

« Reste, ma chérie. Parlons encore un peu.

— Nous nous sommes dit tout ce que nous avions à nous dire, lançai-je en me tortillant pour enfiler mon manteau trop étroit.

— Mais non ; nous venons juste de commencer. Ne pars pas comme ça. Demande à Rob de revenir plus tard. Je vais nous faire à manger. »

Je secouai la tête et la bousculai en me dirigeant vers la porte.

« Tu as fait ce que tu as fait. Pour chaque action, il existe une réaction égale et opposée. Tu m'as tourné le dos et maintenant c'est moi qui te tourne le dos. »

Sur le chemin de la gare, Rob tenta de savoir pourquoi je l'avais traîné à sa camionnette dès que j'avais ouvert la porte et pourquoi le visage de ma tante était décomposé. Je lui expliquai que nous venions de parler généalogie. Il se doutait que les choses étaient bien plus complexes que ça.

« Je serai là pour toi quand tu seras prête à te confier », dit-il.

Il risquait d'attendre longtemps.

Afin d'éviter toute allusion désagréable à ce qui venait de se passer chez tante Sylvia, je questionnai Rob au sujet du jardin qu'il avait visité ce matin-là. Il était encore en train de le décrire jusqu'à plus soif quand nous atteignîmes la périphérie de Birmingham.

Arrivés au parking à étages, Rob coupa le moteur de la camionnette et se tourna vers moi dans l'obscurité.

« Susan, avant que tu partes, j'ai une proposition à te faire. Le timing n'est pas idéal mais, comme dirait l'autre, "la fortune sourit aux audacieux". Après ce qui s'est passé hier soir, je me sens plus en confiance.

— Il ne s'est rien passé, hier soir. Nous avons dormi à proximité l'un de l'autre, c'est tout. Plus précisément, tu as dormi pendant que je me retournais dans tous les sens.

— Très bien, mais écoute-moi. J'ai beaucoup réfléchi depuis ma rencontre avec Alison. C'est comme si je portais des œillères depuis des mois ; maintenant que je les ai enlevées, j'y vois enfin beaucoup plus clair.

— Je n'ai pas beaucoup de temps, Rob. Viens-en au fait, s'il te plaît.

— Oui, d'accord. » Il prit une grande inspiration. « Bon, tu sais que j'envisage de déménager à Londres et de fusionner mon entreprise avec celle de mon pote ?

— Oui.

— Eh bien, qu'est-ce que tu dirais d'habiter ensemble ?

— Mais de quoi tu parles ?

— On pourrait commencer par louer, si tu as peur de t'engager. Tu sais probablement ce que je ressens pour toi et j'ai l'impression que c'est réciproque. Oublie qu'on ne se connaît vraiment que depuis quelques mois ; si ça colle, ça colle. On est très différents mais on se complète. Tu connais le dicton : "Le tout est plus grand que la somme de ses parties" ? C'est nous. Tu me ferais du bien et moi, je te ferais beaucoup de bien. À notre âge, pourquoi perdre plus de temps ? »

C'était la dernière chose dont j'avais besoin ; je me sentais déjà assiégée, bombardée, submergée par les assauts successifs sur mon psychisme. Je ne pensais pas pouvoir en supporter davantage. Loin de penser à partager ma vie avec quelqu'un, tout ce que je voulais, c'était rentrer chez moi, fermer la porte à clé, éteindre mon téléphone et oublier le monde extérieur. Les événements récents avaient confirmé ce que j'avais toujours pensé : on ne peut pas faire confiance aux autres.

« C'est ridicule, dis-je tout en détachant maladroitement ma ceinture de sécurité.

— Je sais, mais après tout, pourquoi pas ?

— Qu'est-ce qui te fait croire que je voudrais vivre avec toi, alors que je n'ai jamais, au grand jamais, eu aucune envie de partager ma vie avec quiconque ? J'apprécie ma solitude, je tiens à mon indépendance, j'aime faire les choses à ma façon. Je ne veux pas d'un grand lourdaud qui fiche le bazar chez moi et qui traîne dans mes pattes. Par ailleurs, ce n'est pas parce qu'on s'entend bien que j'ai des sentiments pour toi. Mon train arrive dans quinze minutes. Je n'ai vraiment pas besoin de ça en ce moment, Rob. »

Je me penchai à grand-peine pour récupérer mon sac à mes pieds et ouvris la portière de la camionnette.

« Cela dit, je remarque que tu n'as pas vraiment dit "non", fit Rob.

— Non. En aucun cas. Jamais de la vie. C'est assez clair pour toi ? »

Mars

25

Je devrais me réjouir d'être en congé maternité – plus besoin de loger mon ventre colossal dans les wagons bondés du métro, de supporter les tics horripilants et les bavardages ineptes de mes collègues ; j'ai tout le temps de m'occuper de moi. Pourtant, je suis dans les limbes, incapable de savoir comment remplir ces journées interminablement vides. Ce mois-ci, si tout va bien, je deviendrai la mère d'une petite fille. Je devrais, me semble-t-il, ressentir une certaine nervosité mais j'y pense à peine. Comment songer à l'avenir quand on est pris au piège du passé ?

Ce n'est que ces derniers jours que j'ai touché le fond de ce découragement qui me submerge. Le lendemain de mon retour de Birmingham, je m'éveillai malgré tout avec un courage redoublé. J'étais en colère, gonflée à bloc. L'heure était venue de reprendre le contrôle. Je porterais le coup fatal dans mon affaire judiciaire, vendrais la maison et ce qui se trouvait à l'intérieur, puis je tournerais la page, libérée de tous les liens avec ma famille et mon passé. Une rupture propre, nette et rapide.

J'envoyai sa déposition à Margaret qui me la renvoya signée au bout de deux jours, après quoi j'écrivis des e-mails à Mr Brinkworth ainsi qu'aux avocats de mon frère, Lawson, Lowe & Co. Je joignis des copies des pages les plus accablantes du dossier médical (celles qui évoquaient le diagnostic de ma mère et ses symptômes débilitants) et les dépositions de tante Sylvia et de Margaret. À Mr Brinkworth, je signalai qu'il avait fait preuve de la pire négligence en ne cherchant pas à obtenir du corps médical la confirmation que ma mère savait ce qu'elle faisait : ces documents l'attestaient. J'ajoutai que l'invalidité du testament n'était plus la question : rédigé par une vieille dame souffrant de démence vasculaire, il ne serait jamais recevable aux yeux de la cour.

Dans mon autre e-mail, j'indiquai à Lawson, Lowe & Co que, d'après le dossier médical, leur client avait parfaitement conscience de l'état de ma mère et savait donc qu'elle serait vulnérable à sa pression. Edward avait tenu cette information secrète. À la lumière de mes preuves, la cour se méfierait beaucoup d'un testament plus avantageux à l'égard d'Edward qu'à celui de sa propre sœur. J'exigeai de Mr Brinkworth et de Lawson, Lowe & Co qu'ils cessent leur petit jeu et s'avouent vaincus. J'étais absolument persuadée qu'ils obtempéreraient. Mes preuves anéantiraient leurs arguments. Je me félicitai : j'avais fait du bon boulot. Ceux qui avaient cru que je resterais les bras croisés à regarder les choses suivre leur cours, que je serais la victime consentante de la négligence ou de la traîtrise d'autrui, s'étaient mis le doigt dans l'œil jusqu'au coude.

Je fus presque tentée d'appeler Trudy pour lui demander si je pouvais venir travailler comme d'habitude jusqu'à mon accouchement. Je ne vois pas l'intérêt de s'arrêter trois semaines avant le terme ; ça laisse à votre esprit une trop grande liberté pour s'aventurer en terrain miné. Il aurait néanmoins été humiliant de retourner au bureau après tous les chichis faits à mon départ. Trudy avait voulu organiser un pot de congé maternité au restaurant thaï en face mais je lui avais dit que ça ne me procurerait aucun plaisir. J'avais l'intention de passer les portes battantes pour mon dernier jour de travail comme pour n'importe quel vendredi soir.

Mes soupçons s'éveillèrent quand, à dix-sept heures ce jour-là, des tables furent écartées et des bouteilles de vin sorties des sacs de mes collègues. Au mépris de ma demande, Trudy avait prévu un pot surprise. Je souris poliment quand elle affirma que, sans moi, le bureau tomberait dans l'anarchie la plus totale, que mon humour grinçant leur manquerait, que le bébé aurait la vie la mieux organisée de tous les bébés du monde. Il y eut des toasts et de nombreux cadeaux que l'on me persuada d'ouvrir devant toute l'assistance. Trudy m'avait offert un tire-lait et un paquet de coussinets d'allaitement (« Les premières semaines, j'avais tout le temps des fuites », confia-t-elle, au plus grand dégoût de Tom). Tom m'avait quant à lui offert une grenouillère portant l'inscription *Retour vers le futur* (« Je me suis dit que c'était ta génération », fit-il avec un sourire narquois). Lydia m'avait offert un DVD m'encourageant à retrouver la ligne en six semaines (« Tu étais si bien proportionnée, avant »). Inévitablement, on me força à faire un discours. Je parvins à débiter quelques paroles en apparence sincères ; j'avais assisté à suffisamment de fêtes de congés de maternité organisées par Trudy pour connaître la musique.

Une fois l'humiliation publique terminée, je pris la fuite. Personne ne s'en aperçut, j'en suis certaine, tout comme personne ne remarquerait mon absence pendant les six prochains mois, quoi qu'ils en disent. À ma grande contrariété, je dus payer le prix non négligeable de la course jusqu'à Clapham ; non seulement je me débattais avec des paquets cadeaux ornés de différentes espèces de bébés animaux, mais je portais également sous le bras une grande boîte en carton contenant mes cactus. Je ne me fiais à aucun de mes collègues pour s'en occuper ; ils les noieraient probablement, sans se rappeler que de telles plantes prospèrent en milieu aride.

Je pensais que les accusés capituleraient immédiatement. Cependant, au fil des jours, je commençai à me sentir un peu moins optimiste. Le premier matin de mon congé de maternité, je reçus les deux e-mails que j'attendais. Je m'assis dans le fauteuil avec mon ordinateur portable, posai mes pieds enflés sur le coffret et ouvris le premier, signé Lawson, Lowe & Co :

Nous avons reçu les instructions de votre frère concernant votre dernier e-mail et les documents joints. Notre client admet en toute franchise avoir eu pleinement conscience du diagnostic de votre mère, que celle-ci lui a demandé de ne divulguer à personne, y compris aux membres de la famille. Nous avons récemment interrogé Mr Shafiq, le médecin de votre mère. Il confirmera que, même si son état de santé affectait légèrement certaines de ses activités quotidiennes, il n'affectait en revanche ni sa capacité à comprendre l'importance de ses biens, ni la démarche de rédaction du testament, ni les contraintes légales qu'elle se devait de respecter. Ce témoignage replace le dossier médical dans son contexte et réfute la présomption d'insanité d'esprit de votre mère.

Nous sommes également en train de rédiger la déposition du révérend Jeremy Withers, qui a contacté notre client pour l'informer que vous n'êtes pas la fille biologique de Mrs Green. Je constate que vous avez omis d'évoquer ce fait, bien qu'il explique de manière très pertinente le contenu du testament. En plus de témoigner de votre relation à Mrs Green, le révérend Withers attestera qu'elle s'inquiétait de la manière dont notre client surmonterait son décès, plus particulièrement au vu de leurs liens étroits : une raison supplémentaire d'établir son testament.

En tout état de cause, nous avons informé notre client qu'il se trouve en position de force. Il continuera donc à se défendre fermement face à vos accusations.

Le second e-mail m'avait été envoyé par Mr Brinkworth :

Le fait que le dossier médical indique que votre mère souffrait d'une démence vasculaire ne modifie en rien ma position : il ne m'incombait pas de solliciter un avis médical avant d'établir le testament de votre mère parce que rien dans son comportement ne suggérait qu'elle n'était pas parfaitement consciente de ce qu'elle faisait. Les avocats de votre frère m'ont informé de la nouvelle preuve qui vient d'être révélée, d'après laquelle votre plainte sera de toute évidence classée sans suite. Je me trouve au cœur d'un conflit qui vous oppose à votre frère au sujet des souhaits véritables de votre mère. Je me permets de vous recommander une dernière fois de parvenir à un compromis et de mettre fin à ces procédures inutiles.

Je relus les deux e-mails. J'avais l'impression d'avoir posé un scrabble avant de m'apercevoir que mon adversaire pouvait non seulement faire de même, mais aussi utiliser une case mot compte triple. Je ne m'attendais pas à ce que le médecin de ma mère minimise ses symptômes et certifie sa compétence. Je ne m'attendais pas non plus à ce que mon adoption – qui, pensais-je, n'était connue que du pasteur, de tante Sylvia, d'oncle Frank et de moi – soit mêlée à la procédure. J'imaginais ce qu'avait pu ressentir Edward en apprenant que j'avais été adoptée ; il avait dû ricaner joyeusement et se frotter les mains. Je suis sûre qu'il s'était senti disculpé, non seulement par rapport au testament de ma mère, mais aussi par rapport à tout ce qu'il m'avait dit ou fait.

Ce maudit pasteur. Croyait-il vraiment se comporter de manière éthique en racontant tout à Edward, ou essayait-il juste de créer des problèmes ? Quoi qu'il en soit, cela avait porté un coup terrible à mon dossier. Je repensai à ce que m'avait dit Brigid : « Un tempérament irrationnel peut réfuter la présomption de facultés mentales normales. » Le fait que ma mère n'avait apparemment aucune raison de favoriser Edward aurait fait douter la cour de sa compétence à rédiger un testament. À présent, il y avait bel et bien une raison possible. Pour la première fois, je songeai que peut-être la décision de ma mère de permettre à Edward de rester dans la maison familiale n'était pas un acte irrationnel causé par la démence. Elle avait eu la ferme intention de le favoriser.

Ce jour-là, je ne cherchai même pas à m'habiller. Je regardai des émissions de télé stupides, allongée sur le canapé, zappant de chaîne en chaîne pour m'abrutir. J'avais le souffle court et le cœur qui s'emballait. Concentrer mes efforts sur mon dossier judiciaire avait permis de détourner mon attention d'autres pensées moins agréables. Celles-ci commencèrent à affluer.

« Vous connaîtrez la vérité, et la vérité vous libérera. » Voilà ce que le pasteur m'avait lancé tandis que je quittais la sacristie à toute vitesse. Un verset de l'Évangile selon Jean. Je ne suis pas entièrement d'accord avec ce saint vénérable. À présent, je connais la vérité. Je sais que j'étais une erreur honteuse, la conséquence de la rencontre éphémère et insignifiante de deux personnes qui n'éprouvaient rien l'une pour l'autre. Je sais que ma mère biologique se souciait si peu de moi qu'elle m'avait abandonnée ; qu'aux yeux de la femme que je pensais être ma mère, je n'étais qu'un lot de consolation, un bouche-trou, au cas où elle n'aurait pas d'enfant à elle ; que ma famille m'avait trompée, dupée, menti pendant toute mon enfance, toute ma vie. La vérité m'a-t-elle libérée ? Certainement pas. Elle m'emprisonne, me définit. Je n'ai jamais été celle que je croyais être ; loin d'être l'héroïne de ma propre histoire, j'ai été un personnage secondaire dans celle d'une autre.

Je n'ai pas quitté l'appartement depuis une semaine ; le soleil printanier me semble trop vif et le bruit de la rue trop retentissant. Je me suis fait livrer mes courses aujourd'hui pour ne pas avoir à m'aventurer dehors. Non pas que je mange beaucoup. Kate n'arrête pas de frapper à ma porte pour savoir si je vais bien. Je lui réponds que je suis épuisée, que les derniers jours de grossesse me pèsent, que j'ai besoin de me reposer. Elle m'a proposé de me tenir compagnie mais je ne l'ai pas laissée passer la porte. Je n'ai pas envie qu'elle voie mon appartement ; ça fait des jours que je n'ai pas rangé, nettoyé, ni même pris de douche. Elle ne sait pas que je suis le fruit d'une aventure entre mon père et ma tante, ni que mon dossier judiciaire a été taillé en pièces. Je n'ai pas envie d'en parler mais je n'arrive pas à penser à autre chose.

Rob m'embête aussi, il m'appelle tous les jours. Je lui ai répété qu'il perdait son temps. Je n'ai pas de nouvelle à lui annoncer, rien à lui dire. Une fois, il a mentionné ses sentiments à mon égard et son idée complètement idiote d'emménager ensemble. Je lui ai dit que si jamais il m'en reparlait, je ne prendrais plus ses appels. Il m'a répondu qu'il laissait tomber, pour l'instant. Mais il ne semble pas vouloir me lâcher. Tante Sylvia aussi m'appelle souvent, sur le fixe comme sur le portable. Je ne décroche pas. D'ailleurs, j'en ai tellement assez de supprimer ses messages que j'ai débranché mon répondeur. Je n'en ai pas besoin.

Je ne sais pas pourquoi tante Sylvia cherche à tout prix à me contacter. Toute cette histoire de grossesse et de bébé avait dû être un tel désagrément pour elle. Elle devait probablement s'inquiéter, lorsqu'elle me portait dans son ventre, de gâter à tout jamais sa silhouette. Si elle m'avait gardée, je n'aurais été rien de plus qu'une source de honte ; un boulet qui gâchait toutes ses chances de se trouver un bon mari. Je ne pense pas qu'elle ait regretté une seconde son geste après m'avoir remise à mon père et ma mère. Quel soulagement elle avait dû ressentir en retournant à sa vie de célibataire sans entrave, libre de flirter et de faire étalage de ses charmes. Je parie qu'elle avait à peine songé à notre véritable lien, depuis. En réalité, connaissant son ineptie et son égocentrisme, je ne serais pas surprise qu'elle ait complètement oublié m'avoir donné naissance jusqu'à ce que je le lui rappelle.

Je passe beaucoup de temps à étudier les albums photo que j'ai récupérés chez ma mère. Je comprends mieux maintenant le cliché de mon baptême sur lequel ma mère a l'air gêné, tante Sylvia l'air distant et la plupart des invités l'air lugubre. Tous jouaient un rôle, faisaient semblant. Les albums contiennent très peu de photos de moi bébé : il n'y en a que deux de ma mère qui me tient avec raideur sur ce qui ressemble à un banc public et une de mon père qui me berce. Ma mère ne sourit dans aucune des deux photos. Pourquoi donc ? Après tout, m'adopter était son idée. Peut-être trouvait-elle la maternité plus contraignante que prévu, ou peut-être éprouvait-elle des difficultés à établir un lien avec un bébé qui n'était pas le sien. Mon père, d'un autre côté, a presque l'air heureux. Sans doute parce qu'il s'en était tiré à bon compte. Il s'était débrouillé pour transmettre ses gènes à la génération suivante sans qu'on lui reproche quoi que ce soit. Au demeurant, on l'avait probablement considéré comme un saint pour avoir recueilli l'enfant d'un autre.

Évidemment, il y avait de nombreuses photos de mon frère bébé : Edward nu sur une couverture ; Edward dans les bras de sa grand-mère ; Edward dans son landau, son berceau, sa poussette et plus tard sur sa chaise haute, sur son tricycle et brandissant son ours en peluche préféré. Je suis parfois là, en arrière-plan. De temps à autre, je suis moi aussi le sujet de la photo mais coincée tout au bord, comme si on avait pensé à moi après coup. Ma mère était presque la seule à prendre des photos dans ma famille, surtout quand l'alcoolisme de mon père s'intensifia. Le nombre de clichés d'Edward comparé au mien en dit long. Comment ne l'ai-je pas remarqué plus tôt ?

J'avais entamé la procédure judiciaire pour obtenir justice et équité ; pour récupérer ce que – croyais-je – ma mère aurait voulu que j'aie. Je me rends compte à présent qu'il ne s'agissait pas de ça. J'avais en réalité voulu prouver qu'Edward et moi étions égaux aux yeux de ma mère. Je voulais qu'un juge affirme en audience publique qu'elle n'aurait pas favorisé mon frère si elle avait été saine d'esprit. Bien entendu, j'avais toujours su qu'elle préférait Edward ; ça sautait aux yeux. Mais parfois, nous détournons le regard par instinct de survie.

Ma mère craignait qu'Edward n'ait hérité de la fragilité de mon père ; que, sans sa vigilance permanente, il ne sombre dans l'alcool ou la drogue. Elle disait qu'il était de notre devoir de le protéger. Je me demande si ma mère se serait également inquiétée pour moi si elle avait su que je partageais les gènes de mon père. J'en doute. À ses yeux, je n'étais ni fragile ni vulnérable sur le plan émotionnel. Elle ne chercha jamais à y regarder de plus près. Je la soupçonne de ne m'avoir rien dit simplement parce qu'elle pensait que j'abandonnerais Edward à son sort en apprenant qu'il n'était pas mon frère. La tromperie continuelle était une tentative désespérée de s'assurer que quelqu'un s'occuperait de son fils après sa mort.

Je croyais autrefois que ce qui distinguait l'enfance d'Edward de la mienne était la manière dont nous réagissions à l'alcoolisme de mon père. Un psychologue amateur affirmerait que cela me rendit plus mature, m'incita à contrôler parfaitement ma vie et à être dure avec moi-même – et avec les autres. Il prétendrait aussi que cela poussa Edward à devenir impulsif, irresponsable et en manque d'affection. Une telle analyse pourrait bien se révéler plus exacte que je ne voudrais l'admettre. Mais il y avait autre chose. Ce qui distinguait mon enfance de celle d'Edward, c'est que mon frère fut aimé, moi pas.

Suffit. J'ai pris une décision. Je sors mon ordinateur portable et rédige deux e-mails : l'un à

Mr Brinkworth et l'autre aux avocats d'Edward. Je propose un rendez-vous en terrain neutre. Il devra avoir lieu dès que possible, au vu de l'arrivée imminente de mon terme. Je me douche, me lave les cheveux, m'habille et descends la grand-rue pour acheter du lait et du pain. À mon retour, je remplis le lave-vaisselle et la machine à laver puis passe un certain temps à ranger mon appartement. Enfin, une fois l'ordre rétabli, je vide une boîte en carton récupérée dans le placard sous les escaliers et y place le coffret qui contient les cendres de ma mère. Je roule en boule des morceaux de papier journal que j'enfonce dans les interstices. Je ferme solidement la boîte, utilisant presque la totalité d'un rouleau de scotch, puis j'inscris dessus le nom d'Edward et l'adresse de la maison familiale au marqueur. Je vais sur Internet et demande qu'un coursier passe la prendre. Il serait inconvenant de ma part de garder les cendres de ma mère. Elle aurait voulu rester avec son fils. C'est regrettable, mais pas une grande perte. Pour moi, le coffret ne serait jamais rien de plus qu'un repose-pieds.

26

Je me sers un verre d'eau de la carafe qui a été placée au milieu de la table de conférence, prends une gorgée puis ouvre mon porte-documents. Je commence à regretter d'être arrivée si tôt au bureau du médiateur. Je pensais que ma ponctualité me permettrait de choisir la meilleure place et d'avoir le temps de m'organiser avant l'arrivée d'Edward. Mais, tandis que j'attends, je sens l'inquiétude monter. Absurde. Il n'y a aucune raison de m'inquiéter ; je sais exactement ce que je vais dire.

Je souffre de brûlures d'estomac chroniques depuis ce matin. J'avais décidé de sauter le petit déjeuner mais bien mal m'en a pris. Mon estomac gargouille. En plus d'être à la fois affamée et malade, j'ai le ventre qui durcit de manière très désagréable. Cela a commencé avant-hier. J'ai tout lu sur le sujet : les contractions de Braxton Hicks – ou fausses contractions –, c'est ainsi que le corps se prépare à ce qu'il aura à faire dans peu de temps. Je n'ai qu'une envie, que cette réunion se termine pour pouvoir rentrer à la maison.

Je regarde autour de moi la salle banale : la longue table de conférence en bois blond avec sa douzaine de chaises assorties disposées à intervalles réguliers ; l'épaisse moquette verte qui assourdit les sons et donne l'impression d'être dans un cocon. Sur la table, en plus de la carafe, il y a un verre, un bloc-notes et un stylo devant chaque chaise. C'est un peu excessif. Nous ne serons que quatre : le médiateur, Edward, son avocat et moi. C'est Mr Brinkworth qui a suggéré ce cabinet d'avocats pour la médiation. Il les a déjà vus à l'œuvre et s'est dit impressionné. Il a ajouté que sa propre présence à la réunion serait inutile. Si Edward et moi trouvons un accord, il est prêt – sans toutefois reconnaître sa négligence – à rédiger l'acte de transaction et à en supporter le coût. Cette proposition indique, à mon avis, qu'il se sent au moins en partie responsable de ce bazar.

Juste après onze heures, la porte s'ouvre et entre un Pakistanais soigné portant un attaché-case marron brillant. Il est suivi d'Edward, qui tient une chemise en carton cornée et maculée de thé. Mon frère a l'air gauche, il n'est pas à sa place dans un environnement professionnel. Une fois de plus, il a revêtu sa tenue de prédilection pour les occasions officielles : jean, chemise et veste de costume noirs ; cravate à pointes métalliques et bottes de cow-boy noires. Il sent l'Eau de Pub, parfum reconnaissable entre tous qui le précède partout où il va.

« Salut frangine, dit-il, affectant un pas nonchalant tandis qu'il suit son avocat à l'autre bout de la table. Oh mais attends une minute, je peux plus t'appeler comme ça. Comment tu vas, Suze ?

Il te reste plus longtemps à tirer, d'après ce que je vois. »

Il a répété son texte en chemin, c'est évident.

« Très bien. C'est gentil de t'inquiéter.

— Je suis Sajid Iqbal, l'avocat de Mr Green », fait le pimpant jeune homme. Il se penche par-dessus la table, main tendue. « Je sais que vous n'avez pas de représentant juridique, Mrs Green, mais ne vous sentez pas désavantagée. Je suis ici uniquement pour écouter et prendre des notes, ainsi que pour conseiller mon client s'il le souhaite.

— Je vous assure que je ne me sens pas désavantagée.

— C'est pas sympa, tout ça ? » demande Edward. Il repousse sa chaise, étend ses jambes et croise les mains derrière la tête. Cette nonchalance manifeste m'agaçait autrefois, mais maintenant je comprends ce que c'est vraiment – un numéro. Il est aussi mal à l'aise que moi. Je remarque qu'il a l'air plus âgé sous les lumières crues de la salle de réunion ; ses tempes grisonnent, des rides labourent les coins de ses yeux. Fêtard à plein temps, ça laisse des traces.

La médiatrice entre dans la pièce – une femme, la cinquantaine bien sonnée, en tailleur-pantalon gris perle et chemisier blanc impeccable. Ses cheveux blonds sont relevés en un chignon parfait. Elle s'assoit en bout de table, chausse la paire de lunettes à double foyer pendues à une chaîne en or autour de son cou et ouvre son dossier.

« Bonjour à tous. Je suis Marion Coombes. C'est moi qui serai votre médiatrice aujourd'hui. Comme je préfère les ambiances décontractées, je suggère que nous nous appelions par nos prénoms. Tout le monde est d'accord ? Bien. Je devrais commencer par expliquer que mon rôle n'est pas de juger du vrai et du faux dans cette affaire mais d'établir la communication entre les parties afin de trouver un terrain d'entente. J'ai lu les documents et j'ai bon espoir de parvenir à un compromis avant la fermeture du cabinet. J'aimerais commencer par un bref récapitulatif des faits, ensuite chaque partie pourra prendre la parole. »

Elle regarde ses notes.

« Je vois que Susan et Edward sont la fille et le fils de feu Patricia Green. D'après le testament, Edward a reçu l'usufruit de la maison familiale. Susan prétend que le testament est invalide, ce qu'Edward et l'exécuteur testamentaire réfutent. Les preuves et les dépositions de témoins présentées par les deux parties ont abouti à une impasse. L'étape suivante est une audience devant l'assemblée plénière. C'est bien ça ? »

Je hoche la tête. Edward et Mr Iqbal échangent à voix basse.

« Par souci d'exactitude, intervient Edward en suivant d'un ongle taché de nicotine le fil du bois de la table de conférence, Susan n'est pas la fille de ma mère – elle est adoptée. Elle n'a aucun lien de parenté avec nous.

— Ah oui, dit Mrs Coombes. Le révérend Withers l'a évoqué dans sa déposition. Souhaiteriez-vous répondre, Susan ? »

Je sens une autre fausse contraction arriver, comme si on serrait de plus en plus fort une large ceinture placée autour de mon ventre. J'essaie de respirer avec régularité, d'attendre que ça passe. La contraction s'apaise.

« Oui, je suis adoptée, mais je ne l'ai appris que très récemment. J'aimerais cependant ajouter, également par souci d'exactitude, que j'ai bel et bien un lien de parenté avec ma mère – Mrs Green – et avec mon frère.

— Qu'est-ce qui te fait croire ça ? demande Edward.

— Tante Sylvia est ma mère biologique. Donc maman était ma tante biologique ainsi que ma mère adoptive.

— Tante Sylvia est ta mère ? Tu déconnes.

— Est-ce que j'ai l'air de déconner ?

— Eh ben je vois pas de ressemblance côté personnalité mais je te crois sur parole. Un jour t'es ma sœur, le lendemain t'es pas de ma famille, et voilà que t'es ma cousine. C'est un peu les montagnes russes, pour moi. »

Il pouffe nerveusement et regarde autour de lui. Personne d'autre ne rit.

« Il y a un dernier rebondissement. Ou un dernier looping, si tu préfères. Je suis ta sœur.

— Ce qui veut dire ?

— Ce qui veut dire que nous avons le même père.

— Quoi, papa et tante Sylvia ? Là, tu te fous vraiment de ma gueule. Il disait toujours que c'était une débile. Sylvia la simplette. Il aurait jamais fait sa petite affaire avec elle.

— Je t'assure que je n'inventerais pas une telle histoire. Si tu ne me crois pas, appelle tante Sylvia. »

Mrs Coombes et Mr Iqbal griffonnent dans leur carnet.

« Eh bien, dit Mrs Coombes en levant le nez, ces révélations sont fort intéressantes, même s'il nous reste à voir où elles nous mèneront. Edward, il semblerait que Susan soit votre cousine et votre demi-sœur naturelle en plus d'être votre sœur adoptive. Est-ce que vous acceptez ses dires ?

— Je suppose que oui. » Edward semble déstabilisé. Je remarque que son œil gauche palpite. Il le frotte avec son poing. « Ouais, d'accord. Je sais pas trop quoi en penser, mais d'accord. Ça change rien, de toute façon. Enfin, elle était quand même pas la vraie fille de ma mère. Désolé, Suze, mais c'est comme ça.

— Tu as raison, Edward. Je n'étais pas sa vraie fille. » Je me tourne vers Mrs Coombes. « J'aimerais dire quelque chose avant de perdre davantage de temps. Je peux ?

— Oui, absolument. Il n'y a pas de règles pour cette procédure. Allez-y. »

Je m'adresse à mon frère.

« Edward, je vais être tout à fait honnête. C'est difficile pour moi et ce sera la seule et unique fois que je te le dirai – à toi ou à n'importe qui d'autre –, alors écoute attentivement. Quand j'ai appris que j'étais adoptée, ça m'a brisée. Je suis prête à l'admettre. J'avais l'impression qu'un marteau avait fracassé mes souvenirs d'enfance en mille morceaux. J'étais submergée par l'incertitude. Mais au bout d'un moment, j'ai réalisé que ça devait arriver, que ce n'était pas trop tôt. J'ai longtemps ressassé les pensées, sentiments et événements du passé. Pour tenter de comprendre, j'ai dû étudier chaque souvenir pour voir quelle était sa place dans ce nouveau tableau. J'ai regardé d'un œil neuf ma relation avec papa et maman – même avec toi. Pendant des années, j'ai évité de penser à certains détails du comportement de papa envers nous. Je n'ai pas besoin de t'expliquer ; tu sais de quoi je parle. En ce qui concerne maman, il m'est apparu clairement qu'elle ne m'a jamais aimée comme elle t'aimait, toi. »

Edward fait la moue et secoue la tête. Je l'ignore et poursuis.

« Ça m'a forcée à repenser à ce qu'elle aurait voulu après sa mort. Je continue à penser que Mr Brinkworth aurait dû obtenir un avis médical avant de préparer le testament d'une femme qui souffrait de démence et que tu as fait pression ou du moins influencé maman pour qu'elle le rédige. Si je le voulais, je pourrais le prouver devant la justice. Mais j'en suis venue à la conclusion que, malgré ma certitude quant à l'invalidité du testament, son contenu reflète probablement ce qu'elle aurait voulu. Elle était tout à fait consciente que tu étais incapable de t'en sortir tout seul…

— Merci, Suze.

— … et elle aurait voulu que tu aies un endroit sûr où vivre après sa mort, même si ça impliquait que je ne recevrais jamais mon héritage. Je ne suis pas venue ici pour négocier. Je suis venue t'informer de ma décision. Je ne vais pas poursuivre cette affaire. Tu peux rester dans la maison aussi longtemps qu'il te plaira, jusqu'à la fin de tes jours si tu veux. Ma seule condition est que tu paies tes propres frais de justice. Je ne vais pas en être de ma poche à cause de la conduite douteuse des autres. Tu peux dire à Mr Brinkworth de rédiger un acte de transaction et je le signerai. »

Mon frère est silencieux. Je n'arrive pas à lire son expression. J'aurais cru qu'il pousserait un cri de joie.

« Ça veut dire que tu as gagné, Edward, au cas où tu n'aurais pas compris. Tu as eu ce que tu voulais.

— Bien, c'est un geste très constructif de la part de Susan, dit Mrs Coombes. Je ne m'attendais pas à une concession aussi importante en tout début de réunion. Edward, aimeriez-vous discuter de cet accord avec votre avocat avant de répondre ? »

Edward se penche en avant et pose les coudes sur la table.

« Pas la peine. Je suis pas non plus venu ici pour parlementer. Commençons par le commencement : je tiens à dire encore une fois, Suze, que j'ai pas mis la pression sur maman pour qu'elle écrive son testament. Je sais que tu me croiras jamais parce que tu m'as toujours pris pour un escroc, mais réfléchis un peu. Si je m'étais donné tout ce mal pour la forcer à faire son testament, tu crois pas que j'aurais fait en sorte de tout récupérer plutôt que d'avoir simplement le droit de vivre dans la maison, plus la moitié des bénéfices une fois que je serais parti ? Ça t'est jamais venu à l'esprit ? Mais ce qu'il faut surtout que tu saches, Suze, c'est que j'ai jamais voulu rester dans cette maison après la mort de maman. J'y suis retourné uniquement parce qu'elle avait besoin d'aide. Je déteste cette putain de baraque. »

Mr Iqbal toussote poliment.

« Pardon pour les jurons, poursuit Edward. Mais cette maison contient trop de mauvais souvenirs. Quand j'y suis, ça me déprime. En plus, elle est carrément trop grande pour moi ; je supporte pas ces voisins de merde qui me disent toujours de baisser la musique le soir ; sans compter que le jardin est énorme. Je déteste jardiner. Et puis d'ailleurs, même si je voulais y vivre, j'en ai pas les moyens : les impôts locaux sont super élevés et les factures d'électricité sont astronomiques. J'ai visité un studio mortel en centre-ville où tu paies les charges et tu t'occupes de rien. Je veux vendre, utiliser ma part des bénéfices pour acheter l'appart et le louer pendant que je voyage, un an ou deux. J'ai besoin de m'échapper un peu ; j'ai besoin de soleil. En Asie du Sud-Est, peut-être. Le loyer paiera tous mes frais. Je suis passé voir les agents immobiliers avant-hier et ils sont déjà venus prendre des photos. Ils disent que c'est un quartier très recherché pour les familles à cause des bonnes écoles. Je serai à l'étranger avant le début de l'été. »

Il se cale de nouveau contre le dossier de sa chaise.

« Donc en fait, Suze, c'est toi qui as gagné. »

Je ne m'attendais pas à ça. Il me faut quelques instants pour comprendre ce qu'Edward vient de dire. L'attente est presque finie ; j'aurai mon héritage. Ça n'a toutefois aucun sens.

« Si tu détestes autant la maison, pourquoi m'avoir dit que tu voulais continuer à y vivre ? Pourquoi ne pas avoir accepté de la vendre tout de suite ? Pourquoi t'être opposé à la procédure judiciaire ?

— J'en sais rien. Par habitude, je suppose. On s'est toujours disputés. C'est comme ça. Quand j'ai vu à quel point t'étais fâchée contre moi au sujet du testament, ça m'a énervé. Tu m'as saoulé avec tes insinuations débiles. Plus tu m'attaquais, plus je résistais. Je voulais remuer le couteau dans la plaie. C'est ta faute ; si t'avais été gentille dès le départ, on en serait pas là. T'aurais eu ce que tu voulais il y a des mois.

— C'est complètement ridicule. Même toi, je ne t'aurais pas cru capable d'un comportement aussi puérile. Nous avons perdu tout ce temps, cette énergie et cet argent juste parce que tu voulais marquer des points ? »

Edward s'esclaffe.

« On s'est quand même amusés, pas vrai, Suze ?

— Tout cela est très inhabituel, dit Mrs Coombes. Je ne pense pas avoir jamais eu affaire à un pareil cas de figure, où les deux parties s'avouent vaincues aussi facilement. Laissez-moi donc résumer la situation. Edward, vous allez quitter la maison familiale et la mettre sur le marché. Conformément au testament de votre mère, cela signifie que le produit de la vente sera ensuite divisé entre vous deux. La demande d'un acte de transaction auprès du greffe mettra fin à la procédure judiciaire. Chaque partie prendra à sa charge ses propres coûts. Vous êtes tous les deux d'accord ? »

La médiatrice nous regarde tour à tour.

« Je n'arrive pas à croire qu'Edward ait poussé le raisonnement aussi loin, mais oui, ça me convient », dis-je. Le terme est faible.

« Ça me va aussi, dit Edward.

— Merci pour votre pondération et votre pragmatisme ; notre réunion s'est soldée de manière très satisfaisante pour tout le monde. Bonne journée à tous. »

Mrs Coombes prend son dossier et quitte la pièce en nous adressant un signe de tête courtois.

« Tranquille, sa matinée, à elle », dit Edward. Il se lève et s'étire. Sa nervosité s'est dissipée. Il a l'air décontracté, satisfait. « Merci mon pote, ajoute-t-il, se tournant vers Mr Iqbal pour lui serrer la main. Vous avez pas eu grand-chose à faire, désolé, mais j'avais besoin de vous au cas où elle essaierait de me rouler. On sait jamais, avec ma sœur. » Il me fait un clin d'œil.

Mr Iqbal dit qu'il a juste le temps d'attraper le train de treize heures pour Birmingham. Après avoir refermé son attaché-case et en avoir promptement effacé les traces de doigts d'un revers de manche, il se dépêche de sortir. Edward s'attarde, en me regardant ranger mes documents.

« Alors..., dit-il.

— Alors quoi ?

— Alors, le bébé, c'est pour quand ?

— Pour hier.

— Merde, alors. Pas étonnant que tu sois grosse comme une baleine.

— Merci.

— Sauf ton respect. »

Je sens une nouvelle contraction, plus forte que les précédentes. J'inspire, retiens mon souffle, puis expire. Inspire, retiens, expire. Elle met du temps à passer.

« T'es coincée ou quoi ? T'arrives pas à te lever de ta chaise ?

— Bien sûr que si. »

Je me lève à grand-peine en m'aidant du rebord de la table. Nous quittons le cabinet d'avocats et prenons l'ascenseur jusqu'au rez-de-chaussée.

Il règne un silence gêné. Tandis que nous avançons dans le hall dallé de marbre, Edward touche la manche de mon manteau.

« Tu sais, Suze, tu te trompes. Elle t'aimait aussi. Sinon, pourquoi elle t'aurait laissé la moitié de tous ses biens ? Toi et maman, vous aviez un autre genre de relation, c'est tout. Franchement, j'étais jaloux de la façon dont elle te traitait – comme une égale. C'est pas aussi drôle que tu crois, de passer sans arrêt pour un gamin irresponsable. Elle savait que t'avais pas besoin de son aide ; tout s'arrange toujours pour toi.

— Je ne vois pas les choses ainsi. Mais nous ne le saurons jamais. Ce n'est pas toujours facile pour moi de deviner les intentions des autres.

— Bienvenue au club. »

Nous descendons les marches qui mènent au trottoir devant l'immeuble de bureaux. Puis nous hésitons.

« Bon, bah bonne chance pour l'accouchement et tout. »

Ça ne me paraît pas naturel, forcé, mais je le dis quand même : « Merci. Bonne chance pour tes voyages. »

Voilà. Voilà le moment où je dis au revoir à mon frère et où nos chamailleries prennent fin, nos chemins se séparent pour de bon.

Mais il semblerait que ça ne soit pas le cas.

« Oh non », m'écrié-je.

Le suintement chaud devient rapidement un ruisseau puis une éruption. Ça atterrit sur le trottoir entre mes jambes et éclabousse mes chaussures.

« Tu déconnes, fait Edward. C'est bien ce que je crois ?

— Oh, merde. » Je ne peux que rester plantée là, à regarder la flaque que j'ai créée.

« Qu'est-ce qu'on fait, maintenant ?

— Je ne sais pas.

— Tu vas accoucher ?

— Je ne sais pas.

— Tu dois savoir. T'as des contractions ?

— J'ai de légères contractions depuis deux jours. Elles deviennent plus fortes.

— Okay, pas de panique. Ça arrive tous les jours. Ma Volkswagen est garée à deux pas. Je te dépose à l'hôpital. »

Il me prend le bras et nous enjambons la flaque qui commence à dégouliner vers le bord du trottoir.

« Juste un truc…

— Oui ?

— Si t'accouches dans ma voiture, je déduirai le nettoyage complet de ta part de la succession. »

27

Pendant que je tente de joindre Kate, Edward savoure son rôle dans notre petite comédie dramatique, ravi d'avoir une excuse pour doubler à gauche, griller les feux et klaxonner à tout va. À un moment donné, il se penche par la fenêtre et crie des insanités à une vieille dame qui traverse dans les clous, lui enjoignant de se magner le train parce que sa sœur s'apprête à accoucher dans sa voiture. Autrefois, j'aurais été furieuse et humiliée de me trouver à la merci d'Edward mais – sérieusement – quel intérêt ?

Mes contractions ont augmenté d'un cran depuis notre départ. La sensation est déplaisante plutôt que contrariante ; un peu comme un mal de dos conjugué à des crampes d'estomac et des douleurs menstruelles. À chaque nouvelle vague, mon ventre se fait dur comme la pierre. Je tiens le coup en respirant régulièrement. Je contrôle la situation.

Au bout de ma troisième tentative, Kate décroche enfin. Elle dit qu'elle passe déposer les enfants chez une amie et qu'elle me rejoindra à l'hôpital avec mon dossier de maternité et le sac que j'ai préparé il y a plus d'un mois. Après avoir raccroché, j'utilise mon téléphone pour chronométrer mes contractions. Elles sont espacées d'environ cinq minutes et demie et durent à peu près trente secondes.

« Ralentis, dis-je à Edward. Je n'en suis pas encore au stade d'urgence absolue. Il reste encore du temps avant que le bébé arrive.

— T'es sûre ? » Il lève un peu le pied de l'accélérateur.

« Crois-moi, Edward, je ne mentirais pas. Mon projet de naissance ne prévoit pas que ce soit toi qui mettes au monde mon bébé.

— Ouf. Bon, on peut faire un petit crochet, alors. Il y a un magasin de disques dans le coin où j'aimerais aller faire un tour. »

Je lui dis d'oublier ça. Je ne compte pas rester inconfortablement assise dans la voiture à m'ennuyer pendant qu'il passe des heures à baver devant des vinyles introuvables. Pour toute réponse, il prend un virage à pleine vapeur. Je glisse vers lui et m'accroche au bord de mon siège. Il boude tout le trajet.

Le temps de trouver une place dans le parking visiteurs, je me sens de plus en plus incommodée. Une contraction d'une intensité inattendue me submerge au moment où nous traversons le vestibule animé de l'hôpital ; je m'arrête et agrippe le bras d'Edward.

« Eh, ça fait mal, quand même, marmonne-t-il.

— À qui le dis-tu. »

Une fois la douleur passée, nous rejoignons la queue pour l'ascenseur et atteignons tout juste le bout du long couloir qui mène à la maternité avant que la prochaine contraction ne frappe. Je serre encore une fois le bras d'Edward, qui est en train d'expliquer la situation à la réceptionniste. Une sage-femme aux cheveux bruns et à l'accent espagnol se présente : elle s'appelle Claudia. Elle nous accompagne jusqu'à une petite pièce et me dit de m'installer sur le lit. Edward s'affale sur une chaise dans un coin, soulagé de m'avoir remise entre les mains de quelqu'un d'autre. Après que Claudia a fini de chronométrer mes contractions et de prendre mon pouls, ma température et ma tension artérielle, je lui explique mon projet de naissance. Cent pour cent naturel : pas d'intervention médicale, pas de sédatif ni aucun autre médicament, sous absolument aucun prétexte. Je sais que les médecins et les sages-femmes aiment diriger et je suis bien décidée à éviter qu'ils ne prennent le contrôle. Elle réprime un sourire tout en prenant des notes. Puis elle me prie d'enfiler une blouse d'hôpital, après quoi elle examinera mon ventre et procédera à un toucher vaginal. Je demande à Edward d'attendre dehors.

« Votre partenaire peut rester, s'il veut, dit Claudia.

— Ce n'est pas mon partenaire d'accouchement, c'est mon frère.

— Alors il vaut mieux qu'il attende dehors, en effet. Mais c'est charmant de voir un frère qui soutient sa sœur. »

Elle pétrit mon abdomen puis vérifie la dilatation du col. Trois centimètres. J'ai encore du chemin à faire. Elle repassera plus tard pour voir comment je vais. Edward revient au moment où j'ai une nouvelle contraction. Je m'accroche à son bras et respire profondément. Au loin, une femme crie et une autre meugle. Je n'ai aucune intention de me comporter de la sorte. J'ai toujours très bien supporté la douleur. Enfant, quand je m'égratignais le genou, j'allais chercher la trousse à pharmacie, nettoyais la plaie et mettais un pansement. Edward quant à lui réclamait sa maman à grands cris.

« C'est marrant que je t'aide maintenant, après tout ce qu'on a vécu, fait mon frère quand je lâche son bras.

— Tordant.

— Tu sais, tu m'as manqué, bizarrement.

— J'ai du mal à le croire.

— Je t'assure que si. Maman cimentait notre relation. Ces derniers mois, je me disais qu'on se reverrait peut-être plus jamais, maintenant qu'elle est partie. Et quand je pense à ça, je me sens un peu... enfin, un peu triste quoi. Avec qui je vais me disputer, sinon avec ma propre sœur ?

— Je suis sûre que tu n'auras aucun mal à trouver quelqu'un. Et au fait, tous les frères et sœurs ne se disputent pas. Ce n'est pas une fatalité.

— Je sais, mais c'était mal parti depuis le début. On a été programmés pour se battre, avec maman qui était tout le temps aux petits soins pour moi, et toi, la petite fille à son papa.

— Je n'ai jamais été une fille à papa. Il nous traitait aussi mal l'un que l'autre.

— Et pourtant t'étais la prunelle de ses yeux, ça faisait aucun doute : bonne élève comme lui, calme, gentille et sage. Pour lui, j'étais un fouteur de merde. Je faisais pas le poids face à sa petite sainte-nitouche.

— Il ne se souciait ni de toi ni de moi, Edward. Tout ce qui l'intéressait, c'était de savoir où il boirait son prochain verre.

— On dirait que nos souvenirs sont différents, encore une fois. Mais la vérité est subjective ; tout le monde a sa propre version. Peut-être que les nôtres sont toutes les deux valables. »

Voilà une remarque anormalement profonde de la part de mon frère.

« Peut-être bien. Ma vérité reste toutefois un tout petit plus valable que la tienne. »

Après la contraction suivante, je dis à Edward qu'il a apporté sa contribution en m'amenant à l'hôpital ; il n'a pas besoin de rester. Il répond qu'il ne devrait pas partir, qu'il faut quelqu'un auprès de moi.

« D'accord. Mais tu restes seulement jusqu'à ce que Kate arrive, pas plus longtemps.

— Super. Je sors juste fumer une clope rapide et je serai de retour avant la prochaine contraction. »

Ce n'est pas le cas. Je me penche en avant, serre les dents et agrippe les draps à pleine main. Je ne vais pas faire un bruit. Vraiment pas. Le corps des femmes est fait pour accoucher, la douleur ne peut donc pas être si insupportable que ça. Le pouvoir de l'esprit. Quand la contraction s'apaise, je remarque par la petite fenêtre qu'il fait déjà nuit. Je me sens seule. Edward a raison, j'ai besoin de quelqu'un à mon côté pendant cette épreuve. Je ne veux pas la traverser toute seule.

Il va sans dire que j'aimerais que mon amie Kate soit là ; elle saura se montrer calme, capable, rassurante. Elle a déjà vécu deux accouchements, elle connaît la musique. Pourtant, je n'arrête pas de penser à Rob. Je sais qu'il ne me serait pas d'une grande aide pratique, mais il m'amuse malgré moi. Je pense à tout ce qu'il a fait ces derniers mois : m'aider avec les affaires de ma mère, stocker les meubles, me servir de chauffeur, s'occuper de moi quand j'étais anéantie par la nouvelle de mon adoption, m'appeler et m'envoyer des messages quand je n'arrivais pas à dormir, se montrer fidèle au poste en dépit de ma froideur et des reproches d'Edward. Je me demande si je l'ai jamais remercié. Ça me semble désormais évident : je veux qu'il soit à mon côté pour l'accouchement, et après aussi. Ce n'est pas vraiment une révélation. Je suppose que je le savais depuis longtemps mais que je ne voulais pas admettre que, comme tout le monde, je suis sujette à des sentiments irrationnels ; sentiments qui rognent notre couche protectrice, nous exposent et nous rendent vulnérables. Est-ce que je peux me permettre une chose pareille ?

Kate arrive en courant au bout de ce qui m'a paru des heures – probablement quelques minutes seulement. Elle jette mon sac sur la chaise, l'air fébrile.

« Nous revoilà. Comment ça va ? demande-t-elle en se laissant tomber lourdement sur le bord du lit. Tu as l'air d'avoir chaud. Attends une seconde. » Elle sort un gant de toilette de mon sac, le mouille au lavabo et le pose sur mon front. Une autre contraction ; elle me laisse lui agripper les mains de toutes mes forces. Je m'entends émettre d'étranges petits grognements tandis que je retiens mes hurlements. Quand ça passe, je me détends.

« Je croyais que ton frère serait ici. Il t'a jetée là avant de se carapater ?

— Malheureusement, non. Il n'est pas du genre à louper un peu de divertissement gratuit ; il croit qu'il va assister au spectacle. Tiens, quand on parle du loup » ajouté-je alors qu'Edward entre d'un pas traînant. Mon frère et mon amie ne se sont jamais rencontrés auparavant. Il la regarde de haut en bas d'un air inquisiteur ; elle le regarde de haut en bas d'un air désapprobateur. Une expression résignée parcourt son visage quand il se rend compte qu'elle en sait trop sur lui.

« Tu peux partir, maintenant que Kate est là, dis-je.

— Je viens de demander à la sage-femme, répond-il. Elle dit que deux personnes peuvent rester avec toi.

— Fiche le camp, Edward. L'idée que tu me soutiennes pendant que j'accouche est tellement grotesque que c'en est presque comique.

— Bon, est-ce que j'attends dehors, au cas où tu changerais d'avis ? »

Je refuse poliment ; il a l'air contrarié. Tandis qu'il quitte la salle d'accouchement, je l'appelle pour lui demander s'il veut bien informer Rob que le bébé arrive. Son visage se tord instinctivement en un rictus réticent, mais il obtempère certainement parce que mon téléphone sonne au bout de quelques minutes. Comme je suis en plein milieu d'une contraction déchirante, c'est Kate qui plonge la main dans mon sac et qui décroche. Elle me fait savoir que Rob jette quelques affaires dans son sac à dos et saute dans sa camionnette. Je lui demande de dire à Rob qu'il ne devrait pas se déranger mais il ne se laisse pas dissuader.

L'heure est mal choisie pour prendre une décision aussi radicale, je l'admets, mais peut-être les choix instinctifs valent-ils mieux que les choix méticuleusement réfléchis. Je sens que je ne vais pas le regretter : « Dis-lui oui, dis-je d'une voix haletante au moment où Kate s'apprête à raccrocher.

— Oui quoi ?

— Oui, c'est tout. »

La sage-femme quitte son poste et une autre prend le relais. Claudia me souhaite bonne chance pour l'avenir. La nouvelle sage-femme aux lèvres pincées a l'air âgée, fatiguée et blasée ; elle ne doit pas être loin de la retraite. Elle se prénomme Ann, me dit-elle en feuilletant mon dossier avec à peine un regard pour moi. Les contractions s'intensifient encore : espacées de trois minutes, elles durent près de soixante secondes. Après un bref examen, Ann déclare que je ne suis toujours pas très dilatée. Tous ces efforts pour rien.

Kate propose de me masser les épaules et le dos. Ça n'aide pas du tout ; me faire tripoter et tapoter ne fait que m'agacer et je lui demande d'arrêter. J'ai un appareil électronique de neurostimulation dans mon sac qui me fera oublier la douleur. Kate le sort, colle les quatre patchs au bas de mon dos et me passe la télécommande. Quand je mets en route l'appareil, je ressens une légère sensation de picotement. La contraction suivante commence. J'appuie sur la touche *boost* pour augmenter l'amplitude de la stimulation. La contraction me terrasse et je me surprends à émettre des bruits d'animal étranglé.

« Ça ne marche pas, dis-je, pantelante. Que dalle.

— Tu as peut-être besoin de le mettre au maximum. Tiens, donne-le-moi. » Kate tourne un bouton et la sensation de picotement s'intensifie. C'est aussi horripilant que ses massages mais je laisse faire. Pendant que nous attendons la contraction suivante, Kate fouille dans mon sac pour voir ce que j'ai emporté.

« Oh, un Scrabble. Quelle bonne idée.

— Non, ce n'est pas une bonne idée, m'écrié-je tandis que la douleur recommence. Jette-le par la fenêtre. Je n'ai pas envie de jouer à des jeux à la con. » La contraction atteignant son paroxysme, je tiens la touche *boost* enfoncée. Comparé à la puissance de ce que mon corps me fait subir, c'est comme si on me chatouillait avec une plume. Mon souffle est court et rapide.

« Souviens-toi de tes techniques de respiration, dit Kate. Regarde-moi. Inspire par le nez, expire par la bouche. Inspire par le nez, expire par la bouche. »

Je l'ignore. Je sais que je panique, que je devrais écouter ma partenaire d'accouchement, mais je n'y arrive pas. Je suis prise de vertiges. La contraction passe et je tire sur les fils attachés aux patchs.

« Enlève-moi ces trucs débiles. Cet appareil ne vaut rien Il faudrait faire un procès au fabricant. Je vais devoir me débrouiller sans.

— Ce n'est pas la peine. Ils peuvent soulager ta douleur.

— Hors de question. L'accouchement est un processus naturel. Avant, les femmes se débrouillaient sans anesthésie, il n'y a aucune raison de ne pas en faire autant aujourd'hui.

— Oui mais les choses se sont améliorées depuis. Les femmes mouraient en couches, avant.

— Merci de me le rappeler. »

À la contraction suivante, je m'agrippe encore à Kate. Je me sens submergée par les vagues de douleur, chacune plus intense et plus longue.

Il se passe une éternité, puis Ann revient accompagnée d'un étudiant sage-femme.

« Hum. Quatre centimètres de dilatation seulement, dit-elle à l'étudiant après m'avoir examinée. Il y a très peu de progrès. Évidemment, le risque d'avoir un travail long et difficile est beaucoup plus important chez les dames d'un certain âge. Les muscles utérins ne fonctionnent pas aussi bien.

— Tout le monde fait exprès de me miner, ou quoi ? hurlé-je. Est-ce que quelqu'un aurait des mots encourageants et positifs à me dire ?

— Vous faites du très bon boulot », fait Ann sans un sourire.

On frappe à la porte et Rob entre. Je suis contente de le voir – bien plus que contente – mais, pour une raison que j'ignore, ce sentiment s'exprime par un écoulement copieux de larmes et de morve. Tout en m'essuyant sur la manche de ma blouse d'hôpital, je me rends compte que je ne suis pas des plus séduisantes. Rob ne semble pas le remarquer ; il s'approche à grands pas de mon lit, se penche et m'enlace. La peau de sa joue mal rasée paraît fraîche dans la chambre étouffante. Il balaie les cheveux collés sur mon visage et je m'aperçois qu'ils sont trempés de sueur.

« J'ai bien peur d'être de très mauvaise compagnie aujourd'hui. Et ça ne va pas tarder à empirer », ajouté-je en sentant arriver une contraction. Je serre fort la manche de son blouson.

« N'oublie pas de respirer.

— Tais-toi. Tu es aussi énervant que Kate, dis-je, le souffle coupé.

— J'ai fait des recherches sur Google », fait Rob. La douleur diminue et je relâche mon étreinte. « Je pourrais devenir obstétricien tellement je m'y connais en accouchement. » Il se tourne vers Kate. « Tu veux faire une pause ?

— Ça ne serait pas de refus. J'ai besoin de passer quelques coups de fil et de me prendre un sandwich.

— Alors, comment tu vas ? » s'enquiert-il une fois qu'elle est partie. Il ajuste ma blouse, qui commence à glisser d'une épaule.

« Pas super. Ça fait des heures que je suis là. Je devrais déjà être dilatée de presque dix centimètres, mais je suis loin du compte. Je vais devoir demander un sédatif.

— Pourquoi tu ne l'as pas fait avant ?

— Je voulais accoucher naturellement.

— C'est bien beau, mais si tu en as besoin, tu en as besoin. Est-ce que je vais chercher une sage-femme ? »

J'hésite et finis par hocher la tête. *Ratée*, ne puis-je m'empêcher de penser. Puis je me dis, *mais qu'est-ce qu'on en a à foutre ?* Au bout de quelques minutes, le gaz hilarant a été installé et on me tend un masque. Je respire avidement le mélange gazeux. La tête me tourne comme si j'avais bu un peu trop de vin. Ça ne fait pas disparaître la douleur, mais je m'en sens éloignée ; je me sens éloignée de tout.

« Tu as reçu mon message ? demandé-je à Rob entre deux contractions.

— Tu veux parler de ton “oui” minimaliste ? C’était un peu énigmatique.

— Ça n’avait rien d’énigmatique, à moins que tu n’aies déjà oublié la question que tu m’as posée dans la camionnette.

— À ton avis ? » Il m’embrasse les mains. « Mais est-ce que c’est bien raisonnable de prendre une décision aussi radicale à un moment pareil ? Je préférerais que tu sois en pleine possession de tes moyens. Je n’ai pas envie que tu te réveilles demain matin en pensant : “Mais qu’est-ce qui m’a pris ?”

— Je n’agis pas sur un coup de tête, imbécile. C’est juste qu’il m’a fallu une situation extrême et un peu d’assistance pharmaceutique pour trouver le courage de dire oui.

— Donc, c’est décidé. On va être une famille ; toi, moi et ce petit bout, quand elle se décidera à se montrer. »

Ça paraît extraordinaire : une famille.

Kate finit par revenir. La notion du temps m’échappe. Le gaz hilarant qui m’a soulagée un peu n’atténue plus la douleur et ne fait que me désorienter. Les contractions sont insupportables ; je ne me retiens plus de hurler. Rob est assis d’un côté du lit et Kate de l’autre, tous deux me tiennent la main. Ils n’arrêtent pas de me dire que je m’en sors bien, de continuer comme ça, que ce ne sera plus très long maintenant. Ann m’examine encore une fois ; toujours très peu de progrès malgré tout le temps qui s’est écoulé. Elle m’annonce qu’il va falloir accélérer les choses. Elle me mettra sous perfusion de syntocinon, ce qui amplifiera les contractions et, avec un peu de chance, dilatera mon col. Elle ajoute qu'il est peut-être temps de passer du gaz hilarant à la péthidine. Je m'en fiche royalement. Je veux juste arrêter de souffrir et que mon bébé sorte de mon corps en toute sécurité.

On me fait une injection sur la cuisse, un cathéter est introduit dans mon bras, puis on me raccorde à une perfusion. Des capteurs sont fixés sur mon ventre pour mesurer mes contractions ainsi que le rythme cardiaque du bébé. Quand la péthidine commence à faire son effet, la douleur est toujours présente mais comme séparée de mon corps. Je suis transportée de joie, je plane complètement. Je ne contrôle plus mes impulsions et me surprends à déclarer à Rob, entre deux énormes contractions, qu'il est l'homme le plus gentil, le plus drôle, le plus adorable que j'aie jamais rencontré. J'aime sa chevelure indisciplinée et son nez bien droit, le grain de beauté sur sa joue et ses yeux très très bleus. Je me suis même habituée à sa taille excessive. Il rit. Il dit qu'il m'aime aussi, que je lui plais bien quand je suis défoncée. Il demandera peut-être à Ann si on peut prendre de la péthidine à emporter.

Je me tourne vers Kate.

« Je me souviens de l'avoir trouvé tellement cool, la première fois que je l'ai vu à une soirée étudiante. Il ressemblait à un chanteur de groupe grunge, tellement décontracté et sûr de lui. Il venait d'une autre planète.

— Attends une minute, fait Rob. Tu m'avais dit que tu ne te souvenais pas de m'avoir jamais rencontré.

— Eh bien, je n'allais pas admettre que tu m'avais tapé dans l'œil, si ? dis-je d'une voix haletante tandis qu'une contraction déferle sur moi. Sache qu'il m'arrive aussi de raconter des petits mensonges, de temps en temps. »

L'allégresse initiale provoquée par les opiacés s'atténue et je me sens planer. Quand je ne me tords pas de douleur, j'écoute le battement régulier du cœur du bébé sur le moniteur et fixe l'écran où des nombres se substituent à d'autres de manière aléatoire et où une ligne ondulée monte et redescend. Rob et Kate parlent à Ann chacun leur tour puis tentent de m'expliquer des choses. J'éprouve des difficultés à comprendre ce qu'ils me disent.

Les équipes changent encore une fois et Claudia est de retour. Elle est surprise de constater que je suis encore là. La douleur prend de la vitesse ; les effets de la péthidine commencent probablement à s'estomper. Claudia affirme que la dilatation a un peu progressé mais je crois qu'elle essaie juste de préserver mon moral. Pendant la contraction suivante, je hurle que j'en ai assez, que je n'y arrive pas. Claudia dit qu'elle sait que je ne voulais absolument pas de péridurale, mais que je peux toujours changer d'avis et que ça m'apaiserait beaucoup. Elle me demande si je veux revenir sur ma décision.

« Oui, dis-je. Oui, s'il vous plaît. Faites-moi une péridurale, s'il vous plaît. »

L'attente est interminable et je perds mes dernières bribes de retenue. Enfin, un anesthésiste arrive. On me demande de me relever, de me pencher et on m'injecte un produit dans le dos. C'est magique ; la douleur diminue puis disparaît complètement, même si j'ai l'impression d'avoir couru dix marathons les uns à la suite des autres. Je suis extrêmement soulagée de ne plus souffrir mais j'ai peur. J'ai perdu tout contrôle ; rien de tout ceci n'était prévu. Mon bébé devrait déjà être là, dans mes bras. Au lieu de ça, elle est dans les limbes, à attendre que je la pousse au-dehors. Et je n'y arrive pas. Claudia touche mon ventre et déclare avec un froncement de sourcils inquiet que mes contractions s'affaiblissent, alors qu'elles devraient s'intensifier. Le rythme cardiaque du bébé est moins régulier et il y a des silences intermittents. À chaque fois que le son s'arrête, je retiens ma respiration jusqu'à ce qu'il recommence. La sage-femme quitte la pièce et revient presque aussitôt avec un médecin. Ils étudient les mesures enregistrées par le moniteur et s'entretiennent à voix basse de détresse fœtale. Rob va leur parler tandis que Kate tapote mon bras pour me rassurer. Je remarque qu'elle a l'air épuisé. Ça doit faire presque un jour et une nuit entière qu'elle est ici.

Des gens se pressent autour de mon lit et quelqu'un marmonne « absence de progression ». Le médecin m'explique que le bébé n'est pas en forme, que le travail dure trop longtemps. Ils doivent pratiquer une césarienne d'urgence. Est-ce que je comprends ? Je comprends ; mon corps me laisse bel et bien tomber, cette fois-ci. Plus particulièrement, il laisse tomber mon bébé. On me tend un bloc-notes. Je signe sans lire le formulaire qui y est attaché. Le médecin dit qu'il faut se rendre au bloc et Rob me demande si je préfère que ce soit lui ou Kate qui m'accompagne pour l'opération. Je ne parviens pas à répondre ; je ne pense qu'au bébé, souhaitant qu'elle arrive aussi vite que possible et en bonne santé. Ils ont dû se mettre d'accord entre eux parce que Rob est à mon côté quand on me pousse dans le couloir. Il me chuchote des encouragements mais mon esprit est ailleurs. Mon bébé est coincé à l'intérieur de mon corps. En détresse.

On dresse un champ sous ma poitrine pour que je ne voie pas ce qu'il se passe. Rob, qui a enfilé la même blouse bleue que l'équipe médicale, est assis sur une chaise près de ma tête. Il y a beaucoup de monde dans la salle : des médecins, des infirmiers, des sages-femmes, tous portant un masque. Quelqu'un m'explique la procédure mais je ne saisis pas. Je suis terrifiée. Est-ce qu'elle tient le coup ou mon corps l'a-t-il complètement lâchée ? J'entends des murmures, des sons métalliques, un bruit de succion et je sens qu'on tire et qu'on pousse. Puis on soulève mon bébé au-dessus du champ pour que je la voie. Elle a l'air inerte, blanc violacé. Je croyais qu'on me la remettrait immédiatement mais on l'emporte. Personne ne parle et je ne vois pas ce qu'il se passe. Rob me serre la main très fort. Des larmes coulent sur ses joues. Je remarque qu'il essaie de les retenir, d'être fort. En vain. Il baisse la tête vers moi et pose sa joue contre la mienne ; nos larmes se mêlent. Je ferme les yeux. C'est alors que j'entends un petit cri aigu, et un autre encore. La sage-femme réapparaît avec un paquet emmailloté dans une couverture de coton blanc. On le place sur ma poitrine. Je vois un petit visage rose et une minuscule bouche qui s'ouvre et se ferme, à la recherche de quelque chose à téter. Mon bébé. Mon magnifique, magnifique bébé.

28

Lorsque les médecins ont terminé leur tournée matinale et que le remue-ménage de la maternité s'est apaisé, j'ouvre l'enveloppe trempée de pluie que Rob a trouvée hier sur mon paillasson. À l'intérieur, je trouve une carte de vœux représentant une femme au volant d'une décapotable rouge, ses longs cheveux blonds au vent. Sous l'illustration sont imprimés les mots : « Félicitations pour ton permis de conduire ». Ça vient d'Edward. J'arrive tout juste à déchiffrer son écriture :

Salut Suze. Rob m'a dit que tout s'était bien passé (à la fin) et que tu m'as confectionné une nièce. J'aurais voulu venir à l'hôpital pour y jeter un œil et voir si elle ressemble à son vieil oncle, mais un pote vient de me demander de remplacer son roadie pendant sa tournée et on part demain. Je laisse la vente de la maison entre les mains expertes de Mr B. Je serai de retour à Birmingham dans deux mois pour une courte escale avant de partir en voyage. On devrait probablement s'occuper des cendres à ce moment-là

– les répandre, les enterrer ou un truc du genre. J'ai aucune idée de l'endroit où maman aurait aimé qu'on les mette. Et toi ? Tante Sylvia saura peut-être mais à tous les coups, elle voudra construire la réplique d'un mausolée égyptien dans son jardin. Bref, prends-toi une bière pour fêter ça, c'est moi qui offre. Je te filerai un billet de cinq la prochaine fois qu'on se voit. Si je m'en souviens. Ed.

Au dos, il y a un post-scriptum :

Désolé pour la carte. J'étais pressé et j'ai vu que le mot « Félicitations » chez le marchand de journaux. Autant la garder – ça m'évitera d'en racheter une si tu passes ton permis. Qui sait ce que tu feras ensuite ?

Je la dépose au milieu du petit tas de déchets qui se sont accumulés sur ma table de chevet avant de me raviser et de la placer parmi les autres cartes plus conventionnelles envoyées par Rob, Kate et mes collègues de travail. Chaque atome de mon corps me souffle de ne pas laisser Edward s'approcher de ma fille – son comportement envers moi au fil des ans lui a ôté tout droit de faire partie de nos vies. Par ailleurs, il serait un exemple épouvantable pour elle en grandissant. Néanmoins, une minuscule idée titille mon esprit : l'idée qu'en frappant mon frère d'ostracisme, je la priverai peut-être de quelque chose. Qu'il y aura peut-être un vide dans sa vie et dans la mienne aussi. Je dois effacer cette pensée de mon esprit, sans doute la conséquence des fortes doses d'ocytocine qui courent dans mes veines. Je suis soulagée qu'il parte.

Richard m'a rendu visite. Rob l'a appelé pour lui apprendre la bonne nouvelle pendant que j'étais dans la salle de réveil. Quand il est venu à l'hôpital le lendemain, il a posé un très gros paquet au pied de mon lit. Comme je n'étais pas en état de l'ouvrir, Richard m'a révélé de quoi il s'agissait : un kit de petit chimiste. Il en avait toujours voulu un, enfant, mais sa famille n'avait pas les moyens ; sa fille, elle, ne manquera de rien. Debout près du berceau, Richard ne quittait pas le bébé des yeux, répondant à mes observations par des propos décousus. Je lui ai dit qu'il pouvait la prendre si elle se réveillait. Il a filé peu après. Il est en état de choc. Je le comprends ; il y viendra, avec le temps.

Rob passe beaucoup de temps à naviguer sur les sites d'agences immobilières. À l'heure des visites, il enlève ses boots, étend ses longues jambes sur le lit d'hôpital à côté du mien et allume son iPad pour me montrer les biens à louer. Il tient à avoir un jardin de bonne taille. Il semblerait d'ailleurs que ce soit là son critère principal. Habiter loin de Londres ne le dérange pas, mais je lui signale que je dois pouvoir me rendre facilement à mon bureau en transports en commun. Tandis qu'il fait défiler les annonces, je réévalue la sagesse de notre projet. Il faut qu'il arrête avant de perdre plus de temps dans ses recherches. Je lui dis que j'en suis arrivée à la conclusion que ce n'est tout compte fait pas une si bonne idée ; j'ai changé d'avis. Rob pose son iPad et se tourne vers moi, s'appuyant sur son coude. Il répond qu'il sait que tout va très vite, qu'il ne veut pas me bousculer, qu'il attendra que je sois prête. C'est un malentendu. Je m'explique : j'ai changé d'avis à propos des locations. Il est vital que je conserve une propriété à Londres – sinon je risque de ne plus jamais pouvoir y vivre –, je pense donc que nous devrions acheter. Son visage s'éclaire.

Afin de parer à toute éventualité, je lui propose d'acheter en tant que « propriétaires indivis » plutôt qu'en « tontine ». De cette manière, nos parts seront définies légalement, ce qui facilitera les choses si nous nous apercevons que nous avons fait une grave erreur. De plus, l'indivision sous-entend qu'en cas de décès la quote-part du défunt est distribuée à notre plus proche parent et non pas au coïndivisaire. Mes explications font rire Rob. Quoi que je décide, ça lui va, me dit-il.

Notre discussion est interrompue : ma fille se réveille. Ses poings minuscules frappent l'air et elle couine et grince. Rob la prend dans ses bras ; il la fait rebondir et tapote son dos. Il est à l'aise et elle le sent. Ses sœurs ont cinq enfants en tout, il a l'habitude. Elle est calme mais pas pour longtemps. Rob ne suffit pas quand elle a faim. Il me la passe. Je déboutonne le haut de ma chemise de nuit et elle s'accroche au sein. Je me penche et pose ma joue contre sa tête duveteuse. Il faut que je lui trouve un nom ; je ne peux pas continuer à l'appeler « ma fille » ou « le bébé ». Bien sûr, il est hors de question de choisir celui de quelqu'un de ma famille. Je ne veux pas qu'elle ait un prénom trop courant comme le mien, ni un qui fasse idiot ou prétentieux. Je ne veux pas non plus qu'il puisse donner lieu à un diminutif – ce qui pourrait lui causer toutes sortes d'ennuis. J'ai pensé à un nom abstrait comme Grace ou Céleste mais je ne suis pas du genre à exposer mes sentiments. Rob a d'abord suggéré « Roberta ». J'imagine que c'est une blague. Il a ensuite proposé un prénom court comme Kate, Meg ou Nell. Petite Nell. Rob en vérifie la signification : « éclat du soleil ». C'est parfait.

Nell s'est endormie au sein. Je me souviens que le manuel sur l'éducation des bébés conseillait de les réveiller en pareil cas pour qu'ils ne pensent pas devoir manger pour s'endormir. Comme si je pouvais lui faire une chose pareille. Je glisse doucement mon doigt dans sa bouche pour la dégager et la passe à Rob pour qu'il la remette dans le berceau en plastique transparent à côté de mon lit. Elle s'agite, gazouille un peu mais la mission est un succès. Un instant plus tard, Kate pousse les lourdes portes de la maternité, portant Noah sur la hanche et tenant sa fille de sa main libre. Ava contemple Nell, le nez collé à la paroi du berceau. Assis sur les genoux de sa mère, Noah joue avec un livre en tissu pendant que nous papotons. Kate raconte que quand elle est passée chercher des vêtements de rechange chez moi, tante Sylvia a appelé. Ma tante était ravie d'apprendre que j'avais accouché. Elle a demandé à Kate de nous embrasser de sa part. Elle voulait aussi que je sache que la joie avait laissé sans voix mes cousines quand elle leur avait révélé être ma mère. Plus important encore, elle avait changé le nom de sa villa de « Wendine » en « Swendine ». Elle avait fait refaire les panneaux du perron et de la porte ainsi que son papier à en-tête et ses cartes de visite. Il fallait que je le sache, ça lui tenait à cœur.

« Pour changer de sujet, dit Kate, j'ai une proposition à te faire. » Une mère divorcée de son association mère-bébé lui a annoncé qu'elle cherchait une autre famille monoparentale pour racheter la part de son ex dans la maison. Les deux mamans pourraient alors s'entraider avec les enfants et les tâches domestiques. Kate trouve que c'est une femme formidable et que la maison est belle, pas très loin de là où nous vivons actuellement. Cette solution la tente beaucoup. Si elle accepte, Rob et moi pourrons acheter son appartement et le rattacher au mien. Ce n'est pas une mauvaise idée. C'est peut-être même une idée géniale. J'aime mon quartier et Rob aussi.

Kate m informe ensuite de l'avancée de sa campagne contre le retrait des fonds de son association. Elle a reçu un e-mail du conseil municipal ce matin : le financement va s'arrêter définitivement. C'est injuste. Kate m'a beaucoup parlé de l'association ; les familles du coin comptent vraiment dessus. Il se peut que, moi aussi, j'en aie besoin. Je me demande tout haut s'il est possible de poursuivre la municipalité en justice. J'annonce à Kate et Rob qu'une fois sur pied, je ferai un peu de recherches juridiques et enverrai quelques e-mails. J'en profiterai pour appeler mon amie Brigid pour savoir si elle veut faire la connaissance de Nell. Les gens aiment voir les nouveau-nés.

« Oh merde, dit Rob. Un autre litige.

— J'aurai tellement de temps devant moi pendant mon congé maternité, autant en faire bon usage. Et puis ce serait dommage de ne pas me servir de tout ce que j'ai appris ces derniers mois.

— Je ne suis pas sûre que tu aies autant de temps que tu l'imagines, fait Kate. Mais merci de proposer ton aide. » Elle se tourne vers Rob. « Pas d'inquiétude. C'est différent, cette fois-ci : il s'agit du bien de la communauté, pas d'une obsession personnelle malencontreuse. »

Rob pousse un soupir exagéré.

Les heures de visite sont vite passées, ce soir. Kate, Ava et Noah s'en vont, ainsi que les parents et amis des autres patientes. Rob laisse ses affaires près de mon lit pour faire un saut aux toilettes. Il dit qu'il sera de retour dans une minute pour me dire bonne nuit. La maternité redevient silencieuse, du moins aussi silencieuse que possible étant donné la présence de six nouveau-nés et de leurs mères.

J'ai hâte de commencer ma nouvelle vie avec Nell mais on m'a expliqué que je passerais plus d'une nuit à l'hôpital. La césarienne me fait mal ; une fois rentrée chez moi, les médicaments me permettront de supporter la douleur. Je regarde le berceau. Nell dort toujours profondément, allongée sur le dos, son visage rose tourné vers moi. Elle a les bras levés et les mains près de ses joues rebondies, paumes vers le haut ; ses jambes sont pliées en grenouille. Autour de son petit poignet, elle porte un bracelet avec mon nom. C'est moi qui l'ai faite ; elle est à moi. Si je tends la main depuis le lit, je peux caresser sa joue. Sa peau est douce et moelleuse, comme une bouffée d'air chaud. Je remets doucement en place Lapinou, mon vieux lapin tricoté qui est assis dans un coin du berceau et la regarde dormir.

De temps en temps, Nell sursaute ou s'agite. Elle s'imagine sans doute être de retour dans son cocon. Je ne crois pas qu'elle voulait le quitter ; je vois déjà que nous sommes pareilles, elle et moi. C'est étrange – depuis sa naissance, certitudes et incertitudes ont permuté. J'étais convaincue que je saurais exactement comment m'occuper d'un bébé : comment changer sa couche, lui donner le sein, lui faire prendre son bain, mais je dois admettre que je me sens inexpérimentée et maladroite. Inversement, j'étais loin de penser que je pourrais aimer ma fille immédiatement. Je n'en reviens pas d'avoir douté. Je commence à comprendre ce qu'a pu ressentir ma mère en tenant son propre enfant pour la première fois ; ce qu'a pu ressentir tante Sylvia quand elle m'a abandonnée.

Ma tante (je ne peux pas encore l'appeler autrement) a dit qu'elle avait passé une semaine avec moi à Rhyl avant l'arrivée de mes parents. Elle s'est forcément attachée à moi pendant ces quelques jours. Je sais qu'elle a dû être déconcertée en sentant pour la première fois la réalité de cet être vivant, puis stupéfaite que son propre corps ait pu créer une chose si remarquable, si parfaite. Elle a dû voir le monde d'un œil neuf et se demander par quelle magie un tel miracle avait pu se produire. Je vois très clairement dans mon esprit tante Sylvia avec son nouveau-né : elle laisse mes doigts se refermer sur le sien et ma force la surprend, je le serre si fort, comme si je ne voulais plus jamais la lâcher ; elle plonge ses yeux dans les miens et ne parvient plus à détourner le regard ;

elle me tient contre sa peau quand elle me nourrit ; elle me berce quand je pleurniche, écoutant mon souffle qui s'approfondit et qui s'apaise ; elle me chuchote des pensées secrètes qu'elle aurait trop honte de partager avec quelqu'un d'autre ; elle contemple les mouvements de ma poitrine quand je dors, mes paupières presque translucides qui papillotent, et se demande si je rêve. Elle rêve aussi ; qui vais-je devenir, à quoi ressemblerai-je, quel son aura ma voix ? Serai-je comme elle ? Ou comme mon père ?

Sachant tout ce que tante Sylvia a dû ressentir, j'ai du mal à comprendre comment elle a pu se défaire de moi. Elle n'avait que dix-sept ans ; vingt-huit de moins que moi aujourd'hui. Avec toute ma force, ma détermination, mes années d'expérience et même en ayant conscience que le temps guérit presque tout, je ne supporterais pas d'abandonner mon bébé. Cela a dû être autrement plus difficile pour quelqu'un d'aussi jeune. Je la vois embrasser le sommet de mon crâne, me donner à ma mère puis sentir le poids manquant, l'absence. Elle ne pourrait pas se contenter de retourner à sa vie d'avant ; il y aurait désormais un trou en forme de bébé. Pourquoi avait-elle accepté cette idée ? Pourquoi n'avait-elle pas refusé de me remettre à mes parents quand ils étaient venus me chercher ? Lorsque j'ai appris la vérité, j'ai d'abord cru qu'elle s'intéressait plus à elle et à son propre avenir qu'au mien, mais je pense que je me suis trompée. Je crois que c'est parce qu'elle voulait ce qu'il y avait de mieux pour sa fille ; qu'elle voulait plus qu'elle ne se croyait capable de m'offrir.

Pas étonnant, maintenant que j'y réfléchis, que tante Sylvia soit venue si souvent nous rendre visite. Je sais qu'elle appréciait la compagnie de ma mère mais son désir de me voir, moi – de me voir grandir et changer –, avait dû être aussi important, si ce n'est plus.

Le fait est que je ne suis pas du tout comme elle. J'espère ne pas l'avoir déçue ; j'espère qu'elle comprend et me pardonne mon manque d'aisance dans la vie. Après tout, ce ne sont pas que les gènes qui déterminent une personne. Je suppose qu'elle avait dû souvent vouloir me dire qu'elle était ma mère. Mais avec la promesse faite à sa sœur, cela devait être difficile. Et puis comment annoncer à votre nièce qu'elle est votre fille ? Par où commencer ? Est-ce que je peux pardonner à tante Sylvia de m'avoir abandonnée, d'avoir gardé le secret ? Peut-être. Je n'exclus rien ; je verrai bien. Le monde semble plus grand, plus bruyant et plus coloré qu'il y a quelques semaines, quelques jours. Pour le moment, je ne suis pas entièrement certaine de ma place. Mais ce n'est pas grave.

Rob est revenu des toilettes. Il range son iPad dans son sac en toile, enfile son blouson et ramasse ses affaires. Il sort son téléphone de la poche arrière de son jean et vérifie l'heure.

« J'aimerais rester plus longtemps, dit-il, mais je crois qu'il vaut mieux que je déguerpisse avant que l'infirmière en chef me voie. Il est déjà dix. »

Il se penche et m'embrasse sur la bouche.

« On se fiche de l'heure qu'il est, dis-je. Reste un peu. Tire les rideaux et viens sur le lit. Personne ne saura que tu es là. Oublie un peu ces règles idiotes.

— Quoi ? Susan Green me demande d'oublier les règles ? Je n'aurais jamais cru t'entendre dire une chose pareille.
— Tais-toi et fais-le.
— Tais-toi et fais-le ?
— Tais-toi et fais-le, s'il te plaît.
— Comment refuser quand c'est dit si gentiment ? »

Il pose son sac, retire son blouson et le jette sur la chaise. Je l'observe de mon lit, soutenue par des oreillers, tandis que les rideaux se referment lentement autour de nous.

Remerciements

La graine du *Cactus* fut plantée au cours de mon master de création littéraire à l'université métropolitaine de Manchester. Mille mercis à mes « Buveurs de whisky » : Angie Williams, Bryn Fazakerley, Paul Forrester-O'Neill, Saiqa Khushnood et Steven Mepham. Leur amitié, leurs encouragements et leur maîtrise exceptionnelle de la lecture ont permis à la graine de germer et de se frayer un chemin vers la lumière.

Les plantes prospèrent mieux lorsqu'on en prend soin. Je suis extrêmement reconnaissante à Jane Finigan d'avoir défendu *Le Cactus* ; son soutien et ses excellents conseils se sont avérés inestimables. Merci également à Juliet Mahoney et à tous ceux de Lutyens & Rubinstein d'avoir encouragé ce livre, surtout au moment où Jane parcourait son propre chemin vers la maternité. David Forrer, d'Inkwell Management, a été lui aussi un supporter fidèle et je lui en sais gré.

Sincères remerciements à Lisa Highton chez Two Roads et Erika Imranyi chez Park Row Books d'avoir ajouté *Le Cactus* à leurs collections et pour leur confiance, leur enthousiasme et leur remarquable contribution éditoriale – toutes les plantes tirent profit d'un lieu idéal et d'un peu d'élagage et de polissage. Merci également à Federico Andornino, Natalie Chen, Alice Herbert, Jess Kim, Diana Talyanina ainsi qu'au reste de l'équipe de Two Roads et de John Murray Press pour leur excellent travail qui a permis à ce livre de s'épanouir dans son nouveau foyer. Merci à Michela Picchi pour sa magnifique couverture illustrée.

Rien de tout cela n'aurait été possible sans le soutien de ma famille et de mes amis qui sont le terreau, l'eau et la lumière. Je tiens à remercier tout particulièrement ma très chère amie Beth Roberts – mon inspiration quotidienne – qui m'a donné le courage de faire le premier pas dans un monde nouveau et la détermination de continuer malgré les moments difficiles. Enfin, tout mon amour et ma gratitude envers Simon – mon premier lecteur – et envers Gabriel et Felix pour leur patience et leur compréhension infinies pendant que j'étais occupée à cultiver *Le Cactus*.

13954

Composition
NORD COMPO

Achevé d'imprimer à Barcelone
par CPI Black Print
le 25 septembre 2023

Dépôt légal septembre 2023
EAN 9782290256930
OTP L21EPLN003004-435380

Éditions J'ai lu
82, rue Saint-Lazare, 75009 Paris

Diffusion France et étranger : Flammarion